KB085126

늘 건강하세요!

중증외상센터

GOLDEN HOUR

골든 아워

한산이가
지음

중증외상센터

GOLDEN
HOUR

골든 아워 IV

몬스터

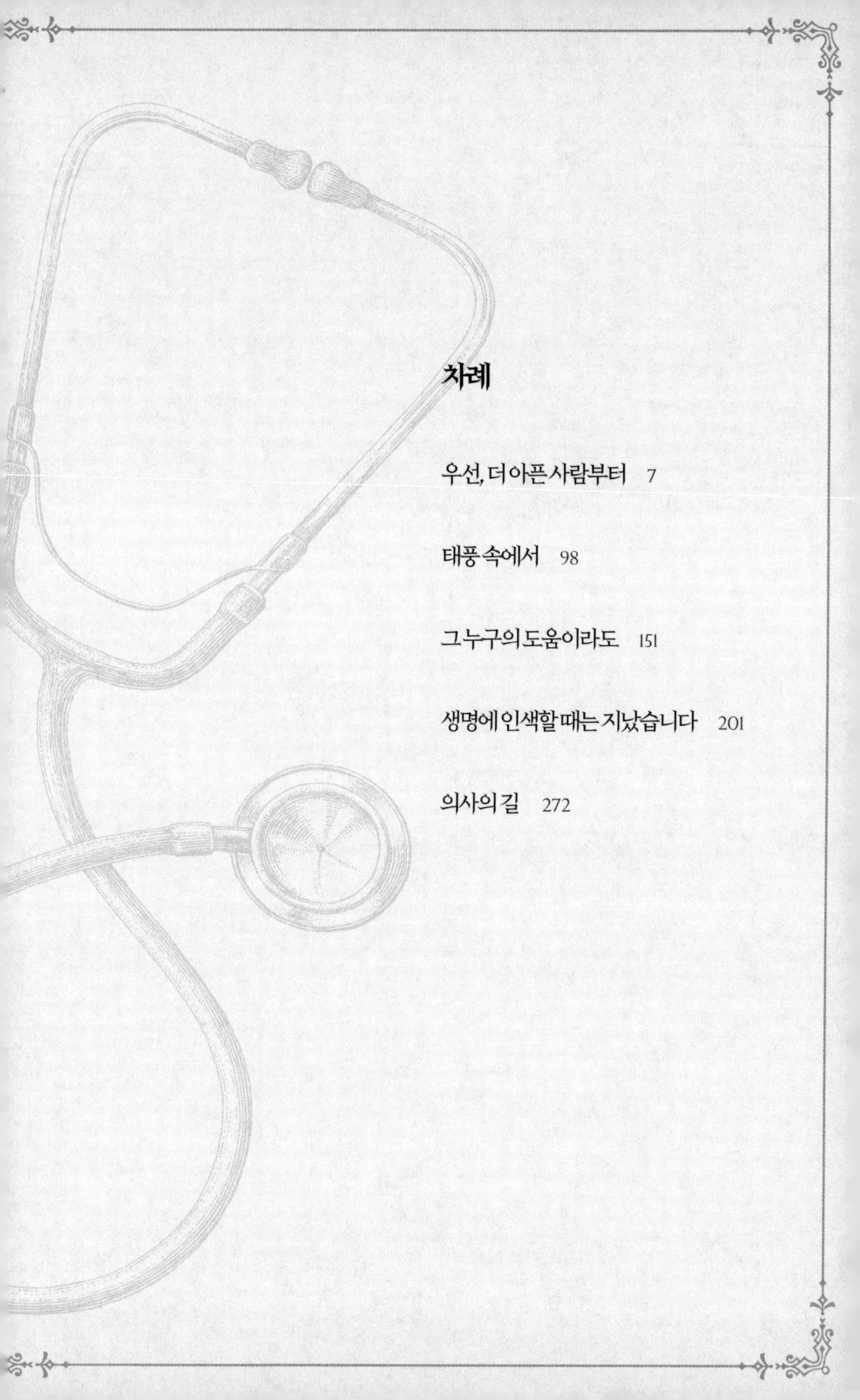

차례

우선, 더 아픈 사람부터

병원도 나름 바쁘게 돌아가고 있었지만 정작 더 바쁘게 돌아가기 시작한 곳은 따로 있었다. 바로 각 언론이었다.

"백강혁 관련해서 과거 행적 철저히 조사해."

"네, 편집장님."

"해외 언론이고 뭐고 협조 얻어서, 제대로 조사해!"

"네!"

오늘 CNN 기자에 의해 개망신을 당한 NBC만의 일은 아니었다. 거의 모든 언론과 매체에서 일어나고 있는 일이었다. 하지만 제대로 된 정보를 얻기란 꽤 어려웠다. 일단 블랙 워터스는 보안이 아주 철저했다. 그쪽에서는 강혁과 관련한 정보를 얻는 건 불가능했다. 그나마 국제 외상 외과 학회를 통해서는 정보를 얻기가 수월했을 테지만, 부끄럽게도 현 대한민국에서 해당 학회에 대한 정보를 아는 사람은 극히 드물었다.

"그러니까, 나한테 인터뷰를 요청하겠다……. 이거지?"

강혁은 다리를 꼬고 앉은 채, 앞에 서 있는 박상은 기자를 바라보았다. 박상은 기자는 옆에 빈 의자가 있음에도 불구하고 앉지 못하고 있었다. 저번 사건부터 박상은 기자는 아니, TV 고려는 강혁에게 완전히 을이 되어버렸기 때문이다.

"네, 교수님."

"인터뷰라……. 내 얘기를……. 흠."

강혁은 잠시 고개를 주억거리다가 재원과 장미를 돌아보았다. 이 둘이 그나마 강혁의 과거 행적에 대해 알고 있는 사람들 아니던가. 뭔가 의견을 구하기엔 그렇게까지 똑똑한 녀석은 아닌 것 같았지만, 지금은 그럴 만한 사람이 이 둘밖에 없었다.

"저는……. 저는 좋을 거 같은데요."

"이 새낀 덮어놓고 좋을 거 같다고 하네?"

"그……. 교수님 실력에 관해 국민이 알게 되면 좋잖아요."

"그걸 내 입으로 말하라고? 그건 좀 그런데."

"맨날 얘기……. 억."

강혁은 까불거리다가 결국 뒤통수를 맞은 재원을 내려다보며 말을 이었다.

"새꺄, 너희 앞에서 얘기하는 거랑 언론에 대고 얘기하는 거랑 같냐? 믿기는 하겠어? 댓글 못 봤냐?"

강혁은 오늘 아침에 확인했던 기사를 상기했다. 어제 있었던 인터뷰를 간략히 정리한 내용의 기사였는데, 아단 컨트 소령이 왔는데도 강혁이 집도를 계속했다는 내용 또한 담겨 있었다. 대부분의 네티즌이 강혁을 옹호했지만, 그렇지 않은 댓글 또한 많았다.

- 뜻이 좋은 건 알겠는데 욕심이 과한 듯?
- 아단 컨트가 백 교수한테 뭘 배웠다는 거임? 검색해보니까 아단 컨트 소령이 나이도 위더구먼.
- 뭔가 구린 냄새가 나는 듯.

"음……. 그……. 그러게요……. 아니, 참 이상도 하지. 지금까지 교수님이 한 일이 몇 갠데 그걸 못 믿어."

다들 죽으라고 중증외상센터 활성화를 위해 뛰고 있는데. 정작 그 활성화의 혜택을 받게 될 사람들이 발목을 잡고 있는 느낌이었다.

"교수님이 직접 인터뷰하시기가 좀 그러면……. 다른 사람을 불러서 하면 되잖아요?"

강혁과 재원의 불평을 가만히 듣고 있던 장미가 입을 열었다. 자연히 강혁과 재원 그리고 박상은 기자의 고개가 그녀 쪽을 향했다.

"어떤?"

"아단 컨트 소령도 있고요. 미군 군의관 중에 백 교수님한테 배운 사람 많다면서요. 수술 영상만 보고 배우는 사람 많다고 하고."

"많기야 하지……. 근데 다 미국에 있을 텐데."

강혁의 말에 장미는 박상은 기자를 바라보았다. 그 눈빛이 어찌나 단호했는지, 박상은 기자는 저도 모르게 뒤로 한걸음 물러섰다.

"TV 고려에서 가면 되죠. 돈이야 있을 테고……. 이만한 특종이면 시간도 내주지 않을까요?"

그 말에 박상은 기자는 뒤편 구석에 찌그러져 있던 김충만 부장을 바라보았다. 김충만 부장은 잠시 한숨을 쉬다가 이내 고개를 끄덕였다. 완전히 끌려가는 느낌이 들긴 했지만, 강혁의 제안으로 제작한 시리즈가 어마어마하게 히트를 했기 때문에 고민할 게 없었다. 심지어 TV 고려 뉴스의 시청률이 동 시간대 공중파 예능까지 누를 지경이었다. 위에서는 난리가 났고, 김충만 부장으로서는 그들의 요구를 거부할 수 없었다.

"될…… 것 같습니다. 그런데 인터뷰 대상자가 먼저 확보되지 않으면, 그건 어렵습니다."

그러자 강혁이 어깨를 으쓱해 보였다.

"아무리 미국에 있다고 해도, 내가 하라고 하면 안 할 사람은 없을걸."

"그……."

박상은 기자는 잠시 의심을 했다가 고개를 저었다.

'이 사람이라면 충분히 그럴 수 있지.'

아단 컨트만 봐도 알 수 있지 않은가.

"그럼 부탁……. 좀 드리겠습니다. 언제까지 될까요?"

"내일 가는 비행기 표 예약하지. 지금 바로 인터뷰할 놈들 잡아 둘 테니까."

"네?"

"뭐 해? 예약 안 하고?"

박상은 기자가 눈을 크게 뜨고 강혁을 바라보고 있으려니, 그는 이미 어디론가 전화를 걸고 있었다. 통화 패턴은 거의 비슷했다. 다섯 통의 전화 끝에 연결된 강혁의 다섯 제자들은 하나같이 쩔쩔매다가 끝내는 흔쾌히 강혁의 부탁을 들어주기로 했다.

"예약은 다 됐나?"

이제 막 예약을 마친 박상은 기자는 황급히 고개를 끄덕였다.

"그럼 뭐 하고 있어? 준비해서 다녀와야지."

"아……. 네. 알겠습니다."

박상은 기자는 도망치듯 병원을 빠져나와 무려 몇 시간 만에 미국행 짐을 꾸리고, 바로 다음 날 공항으로 향했다. 가는 길에 인터뷰 준비를 마치고, 강혁이 알려준 사람들을 만나 인터뷰를 진행했다. 촬영한 인터뷰 영상은 현지에서 바로 김충만 부장에게 전송됐고, 백강혁의 관리 감독하에 적절히 편집되어 황금 시간대에 방송되었다.

'이게 어용방송이지, 다른 게 어용방송이 아니야…….'

김충만 부장의 무너진 자존심과는 별개로 반응은 폭발적이었다. 세계 최고라고 하는 미국의 군의관들이 한결같이 한국의 외과 의사를 최고라 칭찬하고 있었으니까.

"백강혁 선생님. 아, 이제 교수님이신가요? 그분은 신입니다, 신. 제 평생 그분 절반만큼만이라도 따라가면 좋겠습니다."

화상센터의 앤더슨 소령의 인터뷰였다.

"선생님 덕에 제가 이렇게 많은 동료를 살릴 수 있었죠."

화상센터에 있는 샘슨 중령도 이렇게 말했다.

"음. 백 교수님 덕에 센터가 더 발전할 수 있었습니다."

화상센터의 센터장 키퍼 대령 또한 이렇게 말했다. 그날 국민들의 반응은 폭발적이었다.

- 국위 선양이 딴 게 국위 선양이냐? 이런 게 국위 선양이지.

- 이런 인재가 한국에 왔다는 거 자체가 축복이다, 정말.

- 보복부, 보고 있냐? 이번에 이런 사람 놓치면 진짜 가만 안 둔다.

"세계 최고의 외상 외과 의사가 우리 병원에 있었다는 뜻인데……."

최조은 원장은 책상 위에 놓인 각종 신문과 홍보실에서 스크랩해둔 자료를 내려다보며 중얼거렸다.

"세계 최고는 무슨 세계 최고입니까? 미군 군의관 몇 명 섭외한 거겠죠."

그런 원장을 향해 기조실장 홍재훈 교수가 불만 가득한 기색으로 끼어들었다.

'정신을 못 차리는구만.'

최조은 원장으로서는 그저 어처구니가 없을 따름이었다. 미군 군의관을 개인적으로 섭외할 능력이 있다면, 그것만으로도 우습게 볼 일이 아니었다. 인터뷰에 등장한 군의관들은 미 해군 화상센터에서 근무하는, 미국 내 의사 중에서도 초엘리트 집단이라고 볼 수 있었다.

"말도…… 안 되는 소리 하지 마시고요, 기조실장님."

"네?"

"본인도 알고 있지 않습니까? 섭외는 무슨 놈의 섭외입니까? 사실……. 백 교수 실력, 인정해야 합니다."

최조은 원장은 뭐가 어찌 되었든 외과 의사였다. 백강혁의 실력을 대강이나마 파악할 수 있었다.

"인정이라뇨? 병원의 암 덩이 같은 놈인데요!"

하지만 홍재훈 교수는 내과 의사였다. 게다가 강혁에 대한 미움으로 눈이 멀어 있기도 했다.

"암 덩이……. 이제 그런 말은 주의하는 게 좋을 겁니다, 기조실장."

최조은 원장은 잠시 홍재훈 교수를 지그시 바라보다가 입을 열었다. 어쩐지 분위기가 달라져 있다는 걸 느낀 홍재훈 교수는 당장 대꾸하지 못했다. 최조은 원장은 그럴 줄 알았다는 듯 그대로 말을 이어나갔다.

"이사회에서 백 교수 얘기가 다시 나왔다고 합니다."

"원래……. 계속 나오지 않았습니…… 까?"

주로 현 한국대학교 병원 재정 적자의 원흉으로 지목되던 그였다. 홍재훈 교수도 한 번 그 회의에 참석해서 강혁에 대해 성토를 했었기에 분위기가 어땠는지 아주 잘 알고 있었다.

"그랬지요. 그런데 이젠 좀 달라졌어요."

"달라…… 져요?"

"생각해보십시오. 이제 좋든 싫든 백 교수는 우리 병원과 한 몸입니다."

헬기 이착륙장 개소식 때 박성민 의원이 던진 똥 때문에 그렇게 된 지 오래였다. 내부에서는 전혀 그렇지 않았지만, 밖에서 볼 땐 한국대학교 병원이 강혁과 그의 중증외상센터를 전심전력으로 돕는 것처럼 인식되었으니까.

"한 몸……."

"그 사람하고 척질 수 있겠어요? 대체 끈이 어디까지 닿아 있는지 모를 사람인데?"

"그래도……. 그래도 적자를 계속 이대로……."

"홍 실장."

최조은 원장은 마치 어린애 타이르는 듯한 말투로 홍재훈을 바라보았다. 오히려 그게 더 압박되었는지 홍재훈 교수는 뒤로 한걸음 물러났다. 그리곤 더 입을 열지 못했다.

"이미 엎질러진 물입니다. 그 사람 내칠 수 없어요. 그랬다간……."

아마 국민 청원이라도 올라올 상황이었다.

"그러니, 오히려 이 상황을 잘 이용해야 한다는 것이 이사회 회의 결과입니다."

"이용…… 이요?"

"어차피 뗄 수 없는 사람인데, 그 사람이 세계 최고의 중증외상 의사입니다. 마케팅에 이보다 좋은 수단이 있겠습니까?"

"마케팅…… 이라니요. 그럼……?"

홍재훈 교수는 설마 하는 눈으로 최조은을 바라보았다. 이번 이사회 회의에 참석했을 때 최조은 원장이 지었던 표정과 정확히 같은 표정이었다.

'다 알지, 저 심정.'

하지만 최조은 원장은 시치미를 뚝 떼고 미소를 지은 채 말을 이었다.

"이번 이사회에 올라온 자료를 보니, 우리 병원 매출 추이가 아주 신기하더군요. 알고 계셨습니까?"

홍재훈 교수는 갑자기 엉뚱한 방향으로 튄 최조은 원장의 말에 고개를 저었다.

"중증외상센터의 적자는 소폭 줄었습니다. 백 교수가 신경을 쓰긴 쓴 모양이에요."

"그, 그래 봐야 월에 억 단위가 넘는 적자가 발생하고 있습니다!"

홍재훈 교수는 대화의 맥락은 이해하지 못했지만, 강혁에 대한 칭찬은 사소한 것도 참지 못하겠다는 듯 외쳤다.

"소리 지르지 마십쇼, 실장님. 여기 제 방입니다."

"그……."

홍재훈 교수는 아까부터 최조은 원장이 자신과 거리를 두고 있다는 것을 느꼈다. 방금 발언은 거리를 두는 것보다 더 꺼림칙하게까지 느껴졌다. 토사구팽을 당하는 사냥개의 심정이 이러했을까? 최조은 원장은 불안해하는 얼굴이 된 홍재훈 교수를 지그시 바라보며 말을 이었다.

"그래요. 중증외상센터에서 천문학적인 적자가 발생하고 있는 것은 사실입니다. 다만, 다른 과의 매출이 엄청나게 늘었습니다. 어떤 특정 시점을 계기로요."

"어……."

"바로 백 교수가 매스컴을 타기 시작했을 때부터입니다. 이현종 대위 때는 더 올랐고, 이번 마약 사범에 유엔 사무총장까지. 다른과 매출이 고공행진이에요."

매출이 올랐다는 것 정도는 이미 모두가 알고 있던 사실이었다. 하지만 그저 원장단이 열심히 해서 그렇다고 여겼을 뿐, 다른 생각은 하지 못했더랬다. 그걸 이사회의 전문 경영인이 아예 다른 시각에서 바라본 것이었다. 그 결과 백강혁의 출현 전후로 병원 매출이 급격하게 상승했다는 사실을 파악할 수 있었다.

"아니, 그럼……."

"그래요. 백강혁 교수가 알게 모르게 병원 광고를 어마어마하게 해준 셈입니다."

강혁은 누가 봐도 대단한 업적을 매일매일 더하고 있었다. 그가 속한 한국대학교 병원 역시 대중들에게 좋은 이미지를 줄 수밖에 없었다.

"실제로 이사회에서 조사한 결과, 작년보다 한국대학교 병원 이미지가 크게 개선이 되었습니다."

그전에도 아주 나쁜 편은 아니었다. 하지만 그렇다고 해서 최고는 아니었다. 기업 병원임에도 낙후된 시스템, 교수들의 친절도, 그리고 최첨단 장비의 부재까지 더해져 칠성병원과 아선병원에 밀리고 있었다.

"이번에 1등이더군요. 비공식 자료지만, 아마 보복부 설문 조사 결과에서도 비슷한 결과가 나올 것이라고 예상하고 있더군요. 이사회에서는."

"그……."

홍재훈 교수는 주는 것 없이 강혁을 죽어라 미워했고, 그게 자신을 원장으로 만들어줄 것이라 믿었기에 이런 말을 듣고 차마 입을 다물지 못했다.

“그래서 하반기 병원 모델에 백강혁 교수를 선정했습니다.”

“네? 모델로요?”

“네.”

“허…….”

거기서 더 벌어질까 싶었던 홍재훈 교수의 입이 쩍 하고 벌어졌다. 강혁이 모델로 선정된다는 것은 이제 강혁을 내칠 수 없어졌다는 말과 다름없었다.

“그리고 아직 그냥 이름만 중증외상센터장이었지요? 정식으로 센터장 임명하라고 하십니다.”

“그리고 일단 간호 인력 대폭 충원하고, 응급 구조사도 충원하라고 지시가 내려왔습니다. 명색이 세계 최고의 외상 외과의가 있는 센터인데 구색을 갖춰야 하지 않겠느냐고 하더군요.”

계속되는 파격적인 말에 홍재훈 교수는 마치 말더듬이라도 된 것처럼 제대로 말을 잇지 못했다. 하지만 그가 정말로 입을 다물게 된 건, 바로 다음 순간이었다.

“어차피 이 일에 대해선 백 교수님도 전달받은 걸로 알고 있습니다. 오라고 했는데 왜…….”

최조은 원장이 투덜거리려는 순간, 문이 열렸다.

“안녕하십니까, 원장님. 아, 홍 실장님도 계시네.”

능글맞은 미소를 지으며 들어온 이는 역시나 백강혁이었다. 그는 어버버 거리는 홍재훈 교수의 어깨를 툭툭 치고는 최조은 원장 바로 앞에 놓인 의자에 앉았다. 여태 서 있던 홍재훈 교수는 어쩐지 억울하다는 생각이 들어 옆 의자에 앉으려 했지만, 강혁이 말렸다.

"이제 나가실 텐데 뭘 앉아요?"

"어?"

홍재훈 교수는 이게 대체 무슨 일이냐는 얼굴로 원장을 바라보았다. 이때까지 차마 이 말을 할 수 없어서 말을 빙빙 돌려대던 최조은 원장은 살며시 고개를 돌렸다.

"뭐, 뭡니까, 이거?"

홍재훈 교수는 아까부터 불안했던 참인지라 저도 모르게 소리를 빽 질렀다. 그때 한 사람이 더 원장실 안으로 들어왔다. 한유림 교수였다.

"너, 너……."

강혁은 한유림 교수를 마주한 뒤로 행패를 부리다가 계속 '너'만 내뱉고 있는 홍재훈 교수를 끌어다 밖에 내놓았다. 짐짝처럼 밖으로 끌려나간 그는 잠시 원장실 문 앞에서 소란을 부리다가, 비서에 의해 아예 다른 층으로 치워졌다. 그제야 최조은 원장이 다시 입을 열었다.

"어제 말씀드린 대로 이제 한유림 교수님이 기조실장이시고…… 백강혁 교수님은 정식으로 센터장에 취임합니다. 다만……. 원래는 과장직을 제의했었는데, 정말 괜찮으시겠습니까?"

이사회에서 강혁에게 제의했던 건 외과 과장이었다. 하지만 강혁은 단칼에 그 제의를 거절했다.

"저는 정치 싫어합니다. 그저 환자만 마음 편하게 보면 됩니다."

그 말을 들은 최조은 원장은 당최 뭐라고 대꾸해야 할지 모르겠단 생각이 들었다.

'단지 환자를 마음 편하게 보기 위해…… 온 나라를 구워삶았다

이건가.'

뒤늦게라도 이 사람 라인을 탄 것이 정말이지 잘한 일 같았다. 안 그랬다면 자신도 조금 전에 끌려나간 홍재훈 교수처럼 떠밀려 나갔을 것이 분명해 보였으니까.

중환자실로 간 강혁은 유지상 환자 옆에 서 있던 마약 수사팀을 향해 말했다.

"이제 입 열 수 있을 겁니다."

박철순 반장은 그의 뒤에 서 있는 김 형사, 장 형사와 함께 강혁에게 고마움을 표했다.

"눈 감고 있는 거 봐, 이 새끼 이거."

강혁은 잠시 셋을 흐뭇하다는 눈빛으로 바라보다가, 유지상에게 눈을 돌렸다. 뭔가 움찔한다는 느낌이 들었지만, 곧 꿈쩍도 하지 않았다. 물론 그래 봐야 별 소용은 없었다. 의사에게는 환자가 의식만 있다면 얼마든지 눈을 뜨게 할 방법이 있었으니까.

"끄, 끄억."

여러 가지 방법이 있는데, 그중에서 강혁이 특히 선호하는 것은 통증이었다. 그의 무지막지한, 장갑 낀 손가락이 윤활유를 잔뜩 묻힌 채 유지상 환자의 귓구멍에 들어가 있었다.

"어디 의식 없는 척하고 있어. 눈동자 돌아가는 거 보면 다 아는데."

"그, 그만! 그만!"

유지상은 설마하니 중국도 아니고 대한민국에서 통증을 수반한 수사가 있으리라고는 꿈도 꾸지 못하고 있던 터라, 아주 당황스럽다는 얼굴이었다. 그런 유지상을 강혁이 가만히 내려다보다 입을 열었다.

"환자, 정신 드시죠?"

더없이 부드러운 목소리였다. 유지상으로서는 이 새끼가 정말 의산지, 아니면 분장을 하고 있는 형사인지 분간이 가지 않았다.

"뭐, 뭐야. 너."

"뭐긴 뭐예요. 유지상 씨 살려드린 의사죠."

"거, 거짓말하지 마."

"에이. 거짓말은 유지상 씨가 잘하는 거잖아요. 방금도 의식 없는 척하시고선."

강혁은 껄껄 웃고는 박철순 반장의 손을 툭 하고 쳤다. 바통 터치를 하자는 뜻이었고, 박철순 반장은 대번에 그의 뜻을 알아들었다.

"그럼 제가 나서죠."

박철순 반장은 당장 유지상의 면상에 주먹을 내리꽂고 싶은 심정이었지만, 용케 참았다.

"혹시 도움 필요하면 말해요. 의사는 방법이 아주 많으니까."

그런 그의 귓가에 강혁이 속삭였다.

'도대체 그 방법이라는 게 뭘까.'

듣자마자 너무너무 궁금하고, 한번 확인해보고 싶어지는 말이었다.

강혁은 유지상 옆에서 돌아가고 있는 투석 기기를 보며 재원의 보고를 들었다.

"활력 징후 안정적이고. 상처도 좋습니다. 배액 관도 빼도 될 거 같아요. 어제 이후론 나오는 게 없습니다."

"흠. 정말 그렇네."

강혁이나 재원이 판단하기로는 이제 그만 돌려도 될 것 같았지만, 신장내과에서는 기왕 돌리기 시작한 거 며칠만 더 유지하자는 의견을 밝혀왔다. 어차피 더 돌려서 나쁠 게 없었기에 강혁은 그냥 그대로 두고 있었다.

"역시 난 천재야. 수술을 너무 잘해."

"어휴."

장미와 재원이 동시에 한숨을 쉬었다.

"뭔 한숨이야, 새끼들아."

"아니……. 아닙니다. 저기 사무총장님도 좀 보시죠……."

재원은 고개를 절레절레 젓고는 톰 커크먼을 가리켰다. 아직 의식을 되찾진 못하고 있었다.

"교수님, 괜찮으시겠죠?"

면회 시간에 맞춰 들어와 있던 사무총장의 비서 제임스가 물었다. 보호자가 단 한 번도 오지 않는 것이 이상해 물었더니, 톰 커크먼은 결혼도 하지 않은 몸이었다. 평생 남을 위해 살다보니 도리어 자기 삶을 돌보지 못한 까닭이었다.

강혁은 저도 모르게 미소를 지은 채 제임스를 바라보았다.

"시간이 필요합니다. 아주 위험할 수 있던 얼굴 쪽 출혈은 잘 잡혔으니 일단 두고 봐야죠."

"얼굴에 상처도……. 이거 얼마나 좋아질까요?"

말이 나온 김에 제임스는 톰 커크먼의 얼굴을 가리켰다. 원래도 상처가 너무 깊숙했던 데다가, 칼까지 들어간 탓에 퉁퉁 부어 있었다.

"뭐……. 아주 가까이에서 보는 거 아니면 모를 겁니다. 화장하면 카메라에서는 티가 안 날걸요."

"그렇…… 군요."

제임스는 썩 믿기지는 않는단 얼굴이었지만. 아단 컨트와 그의 동료들 그리고 외상 외과 학회에서 들었던 말을 떠올렸다.

'세계…… 최고라고 했지.'

"머리는 신경과랑 신경외과에서도 보고 있으니, 일단 안심하고 기다려보죠. 수술은 잘됐으니까요."

이제 병원 내에서 강혁의 위상은 180도 달라졌다고 해도 과언이 아니었다. 하루아침에 홍재훈 교수가 실각하고, 강혁의 최측근이라고 할 수 있는 한유림 교수가 기조실장이 되었다. 원래부터 협조적이었던 신경과는 물론, 미온적이었던 신경외과 또한 협진에 최선을 다하고 있었다. 환자가 톰 커크먼이라는 것 또한 아주 주효했다.

"감사합니다. 최선을 다해주고 계신다는 점 너무도 잘 알고 있습니다."

"뭐 그거야 당연한 일이니, 감사할 필요는 없고. 어."

강혁은 손사래를 치다가 말고 자신의 주머니에 손을 가져갔다. 웅. 진동과 함께 도저히 익숙해지기 어려운 벨소리가 울려 퍼졌다.

'응급실인데.'

강혁은 그 즉시 전화를 받았고, 뒤에 있던 재원과 장미, 경원 그리고 강행 또한 가까이 다가왔다.

"백강혁입니다."

"네, 교수님. 방금 중앙 구조단에서 출동 요청 왔습니다!"

"무슨 일인데?"

"잠시……. 잠시만요."

"어차피 옥상으로 가야 하니까, 시간 있어. 차근차근 정리해서 빨리 말해."

"네, 넵."

응급실 레지던트 4년 차는 최대한 차근차근 빨리 중앙 구조단에서 들었던 내용을 전달해야겠다는 생각뿐이었다.

"김영수, 남자 26세. 동대문역사문화공원역 스크린 도어 수리 도중 발생한 사고로……. 현재 의식 없고……. 음……."

"음, 뭐. 우리 이제 거의 옥상이야. 헬기 소리도 들리고."

레지던트 또한 수화기 너머 들리는 헬리콥터 소리를 들을 수 있었다. 다시 한번 정신을 차린 채 입을 열었다.

"좌측 다리가 무릎 아래로 절단되었습니다. 그리고 상체에도 다발성 손상이 있다고 하는데, 아직 정확한 파악은 되지 않았습니다."

"절단이라……."

강혁은 잠시 눈을 감고 사고 장면을 상상해 보았다. 좌측 다리가 절단되려면, 열차가 오는 것을 환자가 인지한 후 몸이 반쯤 빠져나온 상태에서 충돌이 발생했을 가능성이 높았다.

'절단보다는……. 짓뭉개졌다고 봐야겠는데.'

아마 그 충격 때문에 환자의 상체는 바닥을 한참 뒹굴었을 터였다. 운이 좋다면 부상이 별로 없겠지만, 글쎄……. 기차에 치인 사람이 다른 곳은 멀쩡하고 다리만 잘릴 수 있을까. 트럭에 다리만 치여도 죽는 경우를 숱하게 보아 온 강혁으로선 회의적이었다.

"급할 거 같은데……. 거기 국립중앙의료원 있지 않나?"

"있기는 한데……. 아시잖습니까."

"아."

강혁은 그제야 자신이 왜 한국대학교 병원에 보건복지부 장관명으로 오게 되었는지를 떠올렸다. 그야말로 대한민국 중증외상 의료의 기둥이라고 할 만한 사람이 쓰러졌고, 그 사람이 24시간 지키고 있던 곳이 바로 국립중앙의료원이었다.

"알았어. 어떤 상태일지 모르니까, 응급실도 환자 맞을 준비 하고 있어. 혈액 종류별로 10팩 이상 준비하고."

"네, 교수님."

응급실 레지던트들은 이제 완전히 협조적이었다. 그들의 로망이자 꿈이라 할 수 있는, '급작스러운 사고로 꺼져가는 생명을 살리는 사람'이 바로 강혁이었기 때문이었다. 거기다 병원 차원에서 지원하라는 공문이 내려온 이상 더더욱 열심히 하게 될 수밖에 없었다.

"조폭. 경원이랑 같이 응급실 준비하는 거 도와. 빼먹는 거 없도록. 가서 특이사항 있으면 연락해줄게."

"네, 교수님."

"신규는 수술실 준비하고. 혼자 할 수 있지?"

"네. 맡겨주세요."

"2호. 넌 일단 중환자실 지키고 있어. 무슨 일 있으면 콜 하고."

"네, 교수님."

강혁은 그렇게 지시를 한 후, 재원을 돌아보았다. 평소에는 느슨한 데다가 개기기까지 하는 재원이었지만 지금은 더없이 진중한 얼굴을 하고 있었다.

"1호는 나랑 간다. 다발성 손상이라 너 혼자 단독 처치해야 할 수도 있어. 할 수 있지?"

"물론이죠, 교수님. 세계 최고 의사의 수제자입니다."

"새끼, 허풍은. 아무튼, 저기 오네. 바로 타자."

"네, 교수님."

곧 바람을 날리며 닥터 헬기가 나타났다. 헬기는 조금 급하게 이착륙장에 내려앉았다. 보통의 옥상이라면 충격 때문에 아래층에 진동이 전해졌겠지만, 이 이착륙장은 박성민 의원과 최필두 보건복지부 장관의 감독하에 제대로 지어져서 그럴 일이 없었다. 튼튼한 것은 물론이요, 충격 방지 시스템까지 깔려 있어 무척 안전했다.

"교수님! 올라타십쇼!"

김강률 팀장이 문밖으로 손을 쑥 하고 내밀며 외쳤다. 강혁은 일단 들고 있던 의료 상자부터 건넨 후 위로 뛰어올랐다.

"웃차."

"언제 봐도 몸이 참 가벼우십니다!"

"외상 외과의는 몸이 생명이라."

"그런가요."

김강률은 강혁의 뒤에서 뒤뚱거리고 있는 재원을 가리켰다. 옛날에는 그냥 마른 체형이었는데, 이젠 배만 볼록 나와 있었다. 운동이라곤 수술 기구 드는 게 전부인 생활을 이어 나가고 있기 때문이었다.

"손 잡아!"

"네, 네!"

강혁은 그런 재원의 가냘픈 손목을 잡아다 위로 끌어 올렸다.

"출발합니다!"

기장은 아직 강혁과 재원이 자리를 잡지 않았음에도 부리나케 헬기를 위로 띄웠다. 하지만 강혁이나 재원 모두 당황하기는커녕 너무도 능숙하게 각자 지정석처럼 쓰고 있는 의자에 털썩 주저앉았다.

"상태 업데이트된 거 있어?"

"아, 네. 일단 지혈대로 지혈하고 있는 모양인데, 여의치 않은 모양입니다."

"그렇겠지."

무릎 아래로 절단되었다는 건 그냥 혈관뿐 아니라 근육, 뼈까지 모조리 잘렸단 뜻이었다. 근육은 몰라도 뼈에서의 출혈은 쉽게 잡히지 않는 법이었다.

"의식은?"

"마지막으로 연락 주고받은 게 5분 전인데, 그때까지는 있었습니다."

"명료?"

"아뇨. 통증에 반응하는 수준입니다."

"좋지 않은데. 1호, 혈액 얼마나 들고 왔지?"

강혁의 말에 재원이 메고 온 배낭을 가리키며 답했다.

"모두 Rh+ 혈액형으로 2개씩이요. 아직 혈액형 파악 안 된 거죠?"

"네, 파악되지 않았습니다."

"거참."

"착륙장 확보는 됐어?"

강혁은 일단 제일 중요한 것부터 묻기로 했다. 엉뚱하게 근처 건물 옥상에 내리게 되면 시간 낭비가 이만저만이 아닐 터였다. 다행히 강률은 제법 자신 있는 얼굴로 고개를 끄덕였다.

"네. 안 단장님이 경찰 협조 받아서 도로 통제 중입니다."

"오. 그게 가능해?"

"박성민 의원님 힘을 좀 빌렸죠."

"아……. 그거 잘됐네."

강혁은 어쩐지 조금은 씁쓸하다는 얼굴로 밖을 내다보았다. 강혁이나 김강률, 또는 안중헌이 단독으로 경찰에 연락했다면 과연 일이 진행됐을까. 남의 생명보다는 자신의 사소한 불편을 더 크게 느끼는 사람들이 수두룩하니까.

"저기! 저기에 내리면 됩니다!"

강혁과 마찬가지로 밖을 내다보고 있던 강률이 역사문화공원 뒷길을 가리켰다. 왕복 4차선으로 이루어진 도로 전체가 통제 중이었다. 사전에 공지할 수 없었던 상황인지라, 양측에서 운전자들이 고래고래 고함을 치고 있었다. 상황 설명을 해봐야 별 소용이 없는 모양이었다. 하지만 그들의 고함은 헬기의 등장과 함께 묻혀버렸다.

"뭐야."

"환자 때문에 막은 겁니다."

"대체 뭔 환자길래……."

"아무튼, 구조 작업 끝나면 통제 끝납니다. 모쪼록 협조 부탁드립니다."

"에이."

헬기 소리가 크기도 했지만, 헬기까지 나타난 마당에 더 소리 칠 사람은 없었다.

"빨리, 빨리!"

그사이 헬기는 도로 한가운데 내려앉았다. 아스팔트는 착륙의 충격을 온전히 버티기가 어려웠기에 일부 파편이 이리저리 휘날렸다. 박성민 의원의 직통 전화를 받고 떨떠름한 얼굴로 나와 있던 서장이 그 모습을 보고 얼굴을 찌푸렸다.

'거, 그냥 구급차로 오지……. 왜 유난이야…….'

동대문처럼 혼잡한 곳에 구급차로 왔다가는 제때 사람을 구하지 못해 사망자가 늘게 될 것이란 생각은 하지 못했다. 그저 이 일로 인해 늘어날 민원과 도로 보수 공사만 머릿속에 가득했다.

"야! 1호! 조심해, 조심!"

그리 환영받지 못하고 있는 와중에도 강혁과 재원, 구급 요원들은 최선을 다해 달렸다. 유독 재원만 몇 번이고 비틀거렸는데, 체력도 제일 달리는 데다가, 등에 메고 있는 배낭이 무겁기도 했다.

"괜, 괜찮습니다!"

"너 다치면 고칠 사람이 없다고! 현장에서 제일 중요한 건 일단 자기 몸이야! 몇 번 말하냐!"

"네, 네!"

하지만 재원은 용케 넘어지지 않고, 수없이 많은 계단을 따라 뛰어내렸다. 강혁은 더 무거운 배낭을 메고, 거기에 제세동기까지 들고 있었지만 재원보다 빨랐다.

"저, 저기!"

김강률의 손가락이 반쯤 열린 스크린 도어 근처를 가리켰다. 그야말로 유혈이 낭자한 현장이었다. 환자의 잘린 다리는 보이지도 않았다. 아마 열차에 치여 형체도 알아보지 못하게 되었을 가능성이 컸다.

환자를 발견한 즉시 모두 입을 다물고 그저 달렸다. 뒤처져 있던 재원도 한달음에 환자에게 도달했다.

"오, 오셨군요!"

근처 소방서에서 지원 나온 요원이 얼굴이 하얗게 질린 채 외쳤다. 강혁은 인사를 하는 대신 일단 환자 상태부터 살폈다.

'지혈대는 잘 묶었고, 지혈제도 도포했어.'

그 덕에 다리에서 나는 출혈은 스멀스멀 새어 나오는 정도였다. 물론 큰 손상을 입은 만큼 출혈량도 많았지만, 초동 대처가 잘된 편이었다.

'사고가 난 스크린 도어는 대략 10m 전방. 그렇다는 건…….'

강혁은 반쯤 열린 스크린 도어 쪽을 바라보았다. 스크린 도어에서부터 환자가 누워 있는 지점까지 피가 흩뿌려져 있었다. 충격으로 인해 여기까지 날아왔다는 뜻인데, 그만큼 다른 곳도 다쳤을 가능성이 높았다. 강혁은 아주 빠르게 환자의 전신을 살피기 시작했다. 원칙대로라면 시진부터 타진, 촉진 등의 순서를 따라야 할 테지만, 이렇게 급할 땐 한 번에 하는 편이 나았다.

"쇄골도 부러졌어. 다행히 출혈 동반은 없지만…… 갈비뼈 골절도 있고, 폐가 아니라 간을 찔렀어. 이건 좀……. 문제가 있겠는데."

강혁은 현장에 도착한 지 30초도 안 돼서 보고받았던 사항 외에 다른 문제를 잡아내었다. 환자의 웃옷을 들추자 우측 상복부가 시퍼렇게 멍들어 있는 것이 보였다. 간에서 피가 새어 나오고 있는 것이 분명했다.

"복강 내 혈액량이 아주 많진 않습니다. 호흡 곤란을 일으킬 정도는 아닙니다!"

재원 역시 타진을 통해 대략적인 복수 양을 측정한 후 강혁에게 보고했다. 강혁은 고개를 끄덕이며 요원들을 돌아보았다.

"일단 들것에 옮기고, 간이 혈액형 검사하면서 이동! 경추 손상을 배제할 수 없으니까 반드시 고정해야 해!"

"네, 교수님!"

그의 지시에 따라 강률을 비롯한 팀원들이 일사불란하게 움직이기 시작했다. 환자를 들것으로 옮기고 고정하는 데 한 치의 망설임도 없었다.

"A형 혈액과 반응 보이지 않습니다!"

"그럼 A형 연결해! 내가 다른 팔에 수액 달 테니까. 달리면서, 달리면서 해!"

"네!"

팀원들은 피로 물든 현장을 뒤로하고 다시 달렸다. 엘리베이터는 역무원이 미리 잡아두고 있었기에 올라갈 때까지 계단으로 뛰진 않아도 되었다. 다행히 근처에 있던 시민들도 협조에 동참해주어서 순탄하게 이동 가능했다.

"아이구, 무슨 일이래."

"귀한 일 하시네."

덕분에 팀원들은 조금이나마 기운을 내며 헬기를 향해 달릴 수 있었다. 여전히 헬기는 시동을 끄지 않은 채 대기 중이었다. 환자가 오자마자 날아올라야 했기 때문이다. 그 바람에 주변에 있던 교통 경찰이나 차량에 먼지와 아스팔트 조각들이 사정없이 날아들고 있었다.

"이거 어쩔 거야! 어제 세차했는데!"

"죄송합니다, 하지만 생명을 살리기 위한 조치입니다."

"그 다쳤다는 사람은 어디……. 아……."

"스크린…… 도어 수리하다가 다쳤습니다. 협조 부탁드립니다."

"이거야……. 원……."

그래서 불평불만을 늘어놓는 사람들도 있었지만 피를 철철 흘리는, 이제 겨우 20대 중반쯤 되었을 것으로 보이는 앳된 환자가 보이자 모두 입을 다물었다. 더욱이 그 환자의 한쪽 다리가 허전한 것을 본 다음에는 차마 더 바라보지 못하는 사람들도 많았다.

강혁과 재원 그리고 요원들은 침묵 속에서 헬기에 빠르게 올라탔다.

"환자, 환자 들어!"

"네!"

그리곤 환자를 최대한 빠르게, 하지만 안전하게 헬기 안쪽으로 옮겨 실었다. 기장은 그들이 올라탄 것을 확인하자마자 엄지를 위로 들어 올렸다. 곧 도로 한가운데 서 있던 헬기가 하늘 높이 날아올랐다. 땅 위에 있을 때와는 비교도 할 수 없을 만큼 많은 양의 먼지가 비산했지만 그 누구도 불만을 토로하지 못했다. 그저 지하철에서부터 여기까지 이어진 핏자국만을 바라보고 있을 뿐이었다.

'살 수는 있는 건가.'

그리고 생면 부지의 어린 노동자의 생사를 궁금해했다.

"봉합 기구 줘봐!"

그 노동자의 생사는 강혁의 손끝에 달려 있었다.

"네!"

"도착하기 전에 일단 혈관 출혈부터 잡아야겠어. 지혈대만으로는 아무래도 부족해!"

"네, 교수님!"

강혁은 챙겨 온 커다란 봉합 기구를 이용해 환자 다리 절단면의 혈관들을 틀어막고 있었다.

"이거……. 단면이 거친데요……."

재원은 이제껏 강혁을 따라다니면서 수많은 환자를 봤다고 생각했지만, 이런 경우는 또 처음이었다. 단면이라기보다는 무언가 아주 강력한 힘으로 다리를 잡아 찢은 것 같은 모양새였다. 사고 당시 환자가 겪었을 고통이 감히 상상조차 되지 않았다.

"진정제는 들어갔어?"

강혁은 중얼거리는 재원을 향해 처치 여부부터 물었다. 시선은 그대로 단면을 향한 채였다.

"아, 네. 진통제랑 같이 들어갔습니다."

"그래. 자칫 잘못하면 패닉 쇼크로 환자 잃는다."

"네. 혈압은……. 그나마 오르고는 있습니다."

"의식을 아예 깨우지 마. 지금은 그게 오히려 안전해."

"네."

어설프게 의식이 깨어났다간 사고 당시의 트라우마만 생생하게 떠오르면서 뒤늦게 쇼크 상태에 빠질 가능성이 높다. 그렇게 되면 쓸데없이 염증 매개체가 쏟아져나오면서 걷잡을 수 없는 상황으로 이어질 수도 있다. 강혁은 그렇게 망가지는 환자를 숱하게 본 경험이 있었다. 재원은 강혁의 말에 따라 주사기로 진통제를 충분히 주입했다. 그리곤 환자의 호흡을 확인했다. 다행히 자발 호흡은 겨우 유지 중이었다. 어마어마한 부상 수준에 비하면 그나마 활력 징후는 괜찮은 편이었다.

'조금만 늦었으면 죽었겠지.'

재원은 참혹했던 현장을 떠올렸다. 제때 피와 수액이 들어가지 않았다면 아마 지금쯤 숨을 거두었을지 모른다. 아무리 젊다고 해도 물리적인 저혈량을 끝없이 견딜 수는 없는 법이었으니까.

"아, 저기 병원 보입니다."

김강률 팀장이 병원 옥상에 점멸하는 붉은빛을 가리켰다. 정식으로 헬기 이착륙장이 생긴 이후 가장 도움이 많이 되는 기능 중 하나였다. 지금은 그나마 해가 조금 남아 있지만, 해가 지고 어둠이 깔린 후에는 헬기 이착륙장을 찾기가 쉽지 않았다. 특히 서울처럼 야간에 빛 공해가 심한 곳에서는 더더욱 그러했다.

"접근합니다."

기장 또한 점멸하는 붉은빛을 등대 삼아 헬기를 천천히 선회시켰다. 아래쪽을 내려다보니, 옥상 입구 쪽에 꾸물거리는 것들이 보였다. 장미와 이번에 중증외상센터로 배속된 다른 간호 인력들인 듯했다.

'다들 입이 사발만큼 나왔겠구만.'

이번에 중증외상센터로 온 신규 간호사들은 자신이 원하는 바와 전혀 관계없이 윗사람들의 결정에 따라 과가 정해진 것이니 불만이 가득할 수밖에 없었다. 특히 지금처럼 예정에 없었던 수술이 잡혔을 때는 더더욱 힘들어했다. 그나마 다행인 것은 강혁의 요구에 따라 장미보다 연차가 낮은 간호사들로 구성해주었다는 것이다. '족보'가 꼬이면 안 그래도 고생하는 장미가 더 힘들어질까 염려되었기 때문인데, 그 덕분인지 장미 말에 잘 따라주었다.

헬기는 이착륙장을 향해 접근 중이었다.

"허리 숙이고! 손으로 얼굴 가리고 접근하세요! 안 그러면 다칩니다!"

"어, 네!"

헬기가 내려앉고 문이 열리자 강혁을 비롯한 팀원들이 뛰어내렸다. 방금 막 응급처치가 끝난 환자도 침대와 함께 내려졌다.

"교수님, 바로 옮길까요?"

"어. 그래, 바로 옮겨!"

"검사실 일단 대기 중입니다, 어떻게 할까요?"

강혁은 환자 상태에 따라 바로 수술실로 들어가기도 하고, 때에 따라서는 검사실로 가기도 했다. 그래서 장미는 늘 강혁이 출동을 나가면 도착 시각에 맞추어서 검사실을 비워두고는 했다.

"음."

강혁은 잠시 환자의 상태를 보았다. 호흡이 얕고 빠르긴 하지만 산소포화도가 유지되고는 있었다. 혈압과 심장 박동 수도 수혈 이후 어느 정도 안정되어 있었다. 이제 병원에 준비되어 있는 혈액을 수혈하면 더욱 좋아질 것이다.

"CT 찍자. 배랑 가슴 한 번에……. 조영제 넣고."

"알겠습니다. 일단 혈액 검사 풀로 나가면서 라인 하나 더 달겠습니다."

"좋아. 다른 인원들은 여기 조폭 따라다니면서 잘 배워둬! 이제 조폭도 오프 좀 나가야지."

"네!"

강혁의 말에 신규 간호사들이 소리 높여 답했다.

"자, 그럼 검사실로 달려! 수술실에 톱 준비하라고 하고!"

"네!"

장미는 침대를 끌고 나가면서 지민에게 전화를 걸었다. 톱을 준비하라는 말을 들은 지민은 잠시 당황했지만 재빨리 답했다.

"교수님, 이쪽입니다!"

1층에서 대기 중이던 응급실 레지던트가 엘리베이터에서 내리는 강혁 일행을 반겨주었다. 그들 중 한 명은 장미가 뽑아낸 혈액을 들고 검사실로 뛰었고, 다른 한 명은 소변줄을 들고 와 CT실에 들어가자마자 연결했다. 방사선사는 늘 물어보면서도 제대로 된 답변을 들어본 적 없는 질문을 던졌다.

"교수님, 환자 조영제 알레르기는 없습니까?"

"그걸 알겠어?"

"네……. 모르시겠죠……."

그리곤 언제나처럼 '모름' 항목에 체크를 했다. 기존의 응급보다 더더욱 급할 수밖에 없는 중증외상센터의 특성이었다. 아예 검사를 못 하고 수술에 들어가는 경우도 비일비재했다. 유지상 환자의 경우처럼 의료진이 위험에 노출되는 경우도 있었다. 그러니 일단 CT

실을 거칠 수 있다는 건 꽤 운이 좋은 편에 속했다.

환자가 CT실 안에 들어선 지 불과 1분도 채 되지 않아서 기기가 돌아가기 시작했다.

"역시 갈비뼈가 나갔네요."

"그나마 흉강이 찢기진 않았어. 간은……. 저건 배 열어야겠네. 위험할 수도 있겠어."

간의 부상이 경미하다면 그냥 지켜볼 수도 있었다. 하지만 이번 경우처럼 뼈가 박혀 있는 상황에서 그냥 둘 수는 없는 노릇이었다.

"다행히 가슴 쪽 부상은 그냥 타박상이네. 배만 열면 돼. 배만."

"다리는 어쩌시고요?"

"다리?"

"네."

"그건 뭐 눈으로 보면 알잖아. 일단 수술실로 가자고."

"어……. 네."

강혁은 자세한 계획을 얘기해주지 않고, 검사가 끝나자마자 침대를 끌고 수술실로 달렸다. 인턴은 '이제 다 끝났다'라는 표정으로 납복을 벗다가 강혁에게 뒷덜미를 잡혔다.

"도망가지 말고. 나랑 다리나 좀 자르자."

"어……. 네?"

"교수가 말하는데 어가 뭐야 어가."

"아니……. 네, 알겠습니다."

"그래, 그렇게 말하라고. 달려, 빨리."

"넵."

그렇게 정신없이 수술실에 들어가보니 경원과 지민이 모든 준비를 마치고 그들을 기다리고 있었다.

"바로 마취 걸까요?"

"어. 목 안 젖히고 넣을 수 있겠어? 타박상이 전부긴 한데, 그래도 좀 불안해."

"해보겠습니다."

"안 될 거 같으면 바로 말해. 째면 되니까."

"네, 교수님."

경원은 환자의 목 안을 들여다보았다.

'음. 카메라 써야겠네.'

그리곤 튜브 안에 삽입할 수 있는 내시경을 선택했다. 환자가 너무 뚱뚱하거나, 목이 짧은 경우 또는 다른 이유로 기도 확보가 어려울 때를 대비하여 개발된 제품인데, 외상 환자에게도 활용도가 높았다. 경원이 밀어 넣은 튜브가 환자의 기도에 들어갔다.

"가스 연결합니다. 이제 수술 시작하셔도 됩니다."

"좋아. 빨라서 좋아."

강혁은 고개를 끄덕이고는 환자를 돌아보았다. 어느새 재원이 큼지막한 가위를 이용해 환자의 옷을 죄 잘라놓은 상태였다. 덕분에 환부가 고스란히 드러나 있었다.

"1호, 2호랑 같이 배 열어."

"제가 배요? 다리가 아니라?"

재원은 당연히 강혁이 배를 맡을 줄 알았는데, 정반대의 말을 듣자 곧장 질문이 튀어 나갔다. 강혁은 그런 재원을 바라보며 입을 열었다.

"왜. 다리는 쉬워 보이나 봐?"

"아니……. 이제는 생명하고 크게 상관이 없으니까요……. 하지만 간은 아니잖아요."

"그거야 그렇지. 근데 인마, 너 하지 절단에서 절단 위치가 얼마나 중요한지는 알고 있지?"

강혁의 스파르타식 교육은 여전히 새벽마다 계속되고 있었다. 수술이 있거나, 출동이 있는 등 불가피한 상황이 아니라면 강제로 공부를 해야만 했다. 그렇게 배운 내용 중에는 사지 절단도 있었다.

"알죠. 무릎 아래와 무릎 위. 삶의 질이 완전히……. 아."

"그래. 이 환자 이렇게 젊은데 최대한 무릎 살려봐야 할 거 아냐. 잘린 게 아니라 짓뭉개져 있는데 네가 살릴 수 있겠어?"

"아뇨, 아닙니다."

"그럼 잔말 말고 배나 열어. 여기 후딱 끝나고 올라갈 테니까. 사고만 치지 마. 거긴 핏덩이더라, 이제."

"넵."

'예견된 인재'

'또다시 반복된 스크린 도어 사고'

'죽음으로 내몰리는 비정규직 청년'

'말로만 재발 방지 외치나'

강혁이 탄 헬기가 환자를 구출한 이후, 현장은 오히려 더 시끄러워져 있었다. 이놈의 스크린 도어를 수리하거나 점검하다가 열차 사고가 난 게 올해만 벌써 두 번째였다. 그야말로 잊힐 만하면 터지는 고질적인 문제란 뜻이었다.

"현장에 남은 새빨간 피가 당시 급했던 상황을 알 수 있게 합니다."

"더더욱 안타까운 소식입니다. 이번 사고로 병원에서 치료 중인 김모 씨는 올해 26세로 할머니와 단둘이 살고 있는 것으로 알려졌습니다."

"김모 씨는 비정규직으로 밝혀져 서울시와 서울 메트로를 향한 비난이 더더욱 거세지고 있습니다."

다양한 언론사의 기자들이 현장에 나와 뉴스를 보도했다. 물론 현장에는 기자들만 가 있는 것이 아니었다. 평소 지하철 근처에는 얼씬도 하지 않던 국회의원과 구청장 등이 찾아와 심각한 얼굴로 스크린 도어 근처를 툭툭 두드리고는 눈시울을 붉혔다.

"쇼하고 있네, 저 양반. 지하철 요금도 얼만지 모르면서."

박성민 의원은 자동차 뒷좌석에 앉아 핸드폰으로 뉴스를 보며 중얼거렸다. 표정은 아주 꼴 보기 싫다는 듯했다. 아까 회의 도중 사고 소식을 접하자마자 국회의원이 내뱉었던 말이 불현듯 떠올랐기 때문이었다.

'에이, 하필이면 재수 없게. 사고가 날 거면 좀 옆에서 날 것이지.'

묵묵히 운전대를 잡고 있던 비서가 백미러를 통해 박성민 의원을 힐끗 바라보며 물었다.

"그래도 살지 않겠습니까? 백 교수님이 맡았는데."

박성민 의원은 당장 대답하는 대신 창문을 살짝 내리곤 밖을 내다보았다. 이제 어둑해진 시각이라 선선한 바람이 불어오고 있었다.

"끝까지 백 교수가 볼 수 있다면 그렇겠지."

"네?"

"아니, 아냐."

박성민 의원은 고개를 절레절레 저었다. 시원한 바람이 들어오던 창문을 닫자 순식간에 차 안에는 적막감이 감돌았다. 하지만 박성민 의원은 머릿속은 더욱 시끄러워져 있었다. 아까 회의장에서 들었던 여러 대화가 잔뜩 휘몰아치고 있었다.

'뭐? 내 손자가? 어디서!'

야당과 여당 수뇌부 회의였다. 당 대표, 원내대표에 수석 의원까지 한 당을 이루는 핵심 인원들이 한 자리에 모이는 회의는 무척 드물었다. 그래서 어지간한 일이 아니고서는 파투 나는 일이 거의 없었다. 하지만 지금 박성민 의원은 예정되어 있던 회의 시간보다 훨씬 일찍 나와서 한국대학교 병원으로 가는 중이었다.

'파투가 났지.'

그의 앞으로도 검정 세단이 줄지어 달리고 있었다.

'지, 지금 당장! 당장 근처 병원 수배해!'

현용수 여당 대표의 처절한 외침이 아직도 귓가에 맴도는 듯했다. 비록 정적이긴 했지만, 눈앞에서 손자를 잃게 생긴 노인의 얼굴을 보는 건 그다지 유쾌한 일이 아니었다. 회의에 참여했던 이들이 백강혁이 있는 한국대학교 병원을 추천해주었고, 현용수 또한 최필두 장관으로부터 백강혁의 실력을 지겹도록 들은 참이라 바로 승낙했다.

'근데 전화가 안 되더라……. 이 말이지.'

이상한 일이었다. 박성민 의원이 아는 강혁은 잘 때도 전화기를 놓지 않았으니까. 그 이유는 다른 의원에게 걸려온 전화를 통해 알 수 있었다.

'하필이면 지하철 사고가 겹쳐서…….'

강혁은 이미 헬기를 타고 출동 중이었던 것이다. 하지만 현용수 의원은 결코 포기하지 않았다. 옛날 같았으면 다른 병원을 찾았을 테지만, 트럭에 치인 톰 커크먼 유엔 사무총장이 순조롭게 회복되고 있다는 걸 알게 된 이상 다른 의사는 머리에 떠오르지도 않았다.

가장 먼저 한국대학교 병원에 도착한 세단은 현용수 의원의 차였다. 그는 여당 대표인 만큼 대중들에게 얼굴이 알려져 있었고, 병원에서도 알아보는 이들이 많았다. 덕분에 누구의 제지도 받지 않고 수술실까지 밀고 들어갈 수 있었다. 그렇게 밀고 들어가듯 수술실에 도착해 제일 먼저 마주하게 된 것은 으르렁거리는 듯한 강혁의 모습이었다.

"뭐야?"

그는 시선을 여전히 환자의 다리에 고정한 채 물었다. 김영수 환자는 무릎 아래까지만 절개하기가 상당히 어려운 상황이었다. 손상이 워낙 험했기 때문이다. 하지만 이 환자의 미래를 생각한다면, 역시 무릎 아래에서 승부를 봐야 했다. 이 절단선이 위로 올라가는 순간, 환자는 목발이 없으면 걷지 못하는 신세가 것이다.

"백강혁 맞나?"

현용수 의원은 분위기 파악을 못하고 다짜고짜 물었다. 그 말에 강혁은 대답도 하지 않고 고개만 슬쩍 현용수 의원을 향해 돌렸다.

'헙.'

경호원들도 강혁의 눈빛에 살기를 느낄 정도였는데, 현용수 의원은 눈치가 없는 건지 눈치를 살필 경황이 없는 건지, 전혀 물러서지 않았다.

"나 여당 대표 현용수야. 내 손자가 크게 다쳐서 왔거든. 이 환자 수술 일단 중단하고, 내 손자부터 봐주게. 내, 내 뭐든지 해줌세."

"여당 대표?"

"그래, 그래. 뭐든지 해줄 수 있어."

"그렇단 말이지."

강혁이 의미심장한 미소를 짓자, 현용수 의원의 표정도 조금 밝아졌다. 당연히 자신의 말을 따를 것이라 생각했던 강혁의 입에서 전혀 예상하지 못했던 말이 튀어나왔다.

"그럼 지금 부탁 하나만 들어주시죠. 좀 꺼져줄래요? 수술 중이니까."

"뭐, 뭐?"

"귓구멍이 막히셨나? 꺼지라고, 수술실에서."

"너 이 새끼, 내가 누군 줄 알고!"

"현용수라며. 여당 대표."

"그걸 알면서 그따위 말을 해?"

현용수 의원은 손자에 대한 걱정과 강혁에 대한 분노로 제정신이 아니었다. 제정신이었다면 수술 중인 강혁의 손목을 잡는 말도 안 되는 짓을 저지르진 않았을 것이다. 손도 안 씻고, 장갑도 끼지 않은 채, 한마디로 강혁을 오염시켰단 뜻이었다.

"이런 시발."

당연히 강혁은 눈이 돌아갈 상황이었다.

"어어! 잡아, 잡아! 야, 인턴! 잡아!"

처음 현용수 의원이 들어올 때부터 긴장의 끈을 늦추지 않고 있던 재원이 외쳤다. 생각 같아서는 자기가 직접 달려들고 싶었지만, 지금 한창 복막을 가르고 들어간 참이었다.

"어, 어."

아무리 재원이 소리쳐도 인턴은 악마의 모습으로 변한 듯한 강혁을 절대 잡을 생각이 없었다. 21세기 대한민국에서 태어난 덕에 평생 침묵을 지키고 있던 '본능'이 처음으로 그에게 경고했다. 지금 잡으면 죽는다고.

"으억."

그사이 강혁은 자기 손목을 잡고 있는 현용수 의원의 손을 비틀고 뒷덜미를 잡아 휙 하고 내던졌다. 어차피 오염된 손으로, 오염원들이나 제거하겠다는 마음이었다.

"의원님! 멈추세요! 으억."

당황한 경호원들이 달려들었지만 별 소용이 없었다. 그동안 단련했던 게 너무 허무하게만 느껴질 정도로 강혁을 어쩌지 못했다. 분노한 강혁은 수술실 문을 열고 무려 3명의 경호원과 1명의 비서 그리고 현용수 의원을 모두 밖으로 내몰았다. 그러고는 수술실 내에 설치된 CCTV를 가리켰다.

"정당방위였으니까 국가적으로 개망신당하고 싶으면 고소하시고."

"으……."

그리곤 바닥에 널브러진 채 신음을 흘리고 있는 현용수 의원 일행 앞에 입고 있던 수술복과 장갑을 거칠게 내던졌다.

"어디서 지랄이야, 수술하는데! 안 그래도 어려운 수술이구만."

강혁은 벗어 던진 수술복 더미를 일부러 현용수 의원 쪽으로 걷어차고는 물을 틀었다. 현용수 의원은 마치 아무 일도 없었다는 듯 손을 닦고 있는 강혁을 보며 뭐라고 외치고 싶었지만 차마 목소리가 나오질 않았다. 바닥에 내던져질 때의 충격 때문이었는데, 어디 부러진 것 같지는 않았다.

"아이고."

뒤늦게 달려온 박성민 의원과 비서는 널브러진 현용수 의원과 그 일행들 그리고 언짢은 얼굴의 강혁을 번갈아 보며 탄식을 내뱉었다. 그나마 피가 튀지 않은 걸 다행이라고 해야 할까. 박성민 의원은 애써 그런 생각을 위안 삼으며 강혁에게로 접근했다.

"의원님도 손자 나부랭이 얘기하면 던질 겁니다."

강혁은 물기가 뚝뚝 떨어지고 있는 손을 높이 든 채 지그시 박성민 의원을 돌아보았다. 그 말 외에 다른 행동을 하지 않았는데도 박성민 의원은 위협받은 느낌이 들었다.

'확실히 이 사람은 또라이야.'

그는 쓴웃음과 함께 고개를 저었다.

"아뇨. 저는 현 의원님 말리러 온 겁니다."

"아, 잘됐네요. 그럼 수술실 못 들어오게 좀 해줘요. 여기 보안을 좀 강화해야 하나, 잡것들이 들락거려."

현용수 의원의 얼굴이 아까보다도 더 일그러졌다. 하지만 아직도 목소리는 나오지 않았다. 등허리가 너무 아팠다.

'감히 날 쳐?'

너무 어처구니가 없었다. 당 대표에 대선 후보에 킹 메이커까지, 지금 현용수 의원을 수식하는 말은 하나같이 화려했다. 그런데 그런 자신을 두들겨 패? 자신이 먼저 실수했다는 생각은 전혀 들지 않았다. 그저 강혁의 행패에 분노하고 있을 뿐이었다. 그러나 강혁은 현용수 의원에게 눈길조차 주지 않고 살벌한, 그리고 실현 가능성이 매우 높아 보이는 협박성 멘트를 남긴 채 수술실로 들어가버렸다.

"또 들어오면 그땐 메스로 그어버릴 거야."

박성민 의원은 수술실 문이 닫히기 직전 아주 조심스럽게 발을 밀어넣었다.

"뭡니까?"

"아니……."

그리곤 자신을 돌아보고 있는 강혁의 사나운 눈길을 살짝 피하며 말했다.

"그……. 이 수술 빨리 끝나면, 혹시 현 의원 손자를 봐주실 수 있나…… 해서요."

그 모습을 본 강혁은 어처구니없다는 표정으로 웃었다. 그렇게 잠시 현용수 의원과 박성민 의원을 번갈아 보며 웃다가 이내 입을 열었다.

"제가 언제 환자 마다하는 거 봤습니까? 그건 걱정마십쇼."

"감사…… 합니다."

"일단 이 수술이 잘 끝나야 하니까, 이제 나가주시죠."

"네, 네. 교수님."

박성민 의원은 문이 닫힐 때까지 고개를 숙이고 있었다. 문이 닫힌 뒤로도 잠시 더 숙이고 있다가 현용수 의원을 돌아보았다. 현용수 의원은 그제야 비틀비틀 몸을 일으키고 있었다.

"들으셨죠? 우선 이 수술이 끝나야 하는 겁니다. 방해하지 마세요."

"크흠……."

"그리고 이럴 시간에 손자 곁에 있어주시죠. 혹시 압니까? 의식이라도 차릴지?"

불만 어린 얼굴로 박성민 의원과 수술실 쪽을 노려보던 현용수 의원은 잠시 멍한 표정을 지었다.

"아."

그러고는 아픈 몸을 대충 수습한 뒤, 경호원들과 함께 응급실로 달려갔다. 그 뒷모습을 바라보던 박성민 의원이 고개를 가로저었다.

"백전노장도 가족 일 앞에서 별수 없구만."

아무리 급해도 그렇지 이런 추태를 보이다니. 하지만 나는 저러지 말아야지, 라는 다짐을 하면서도 지킬 자신이 없는 것 또한 사실이었다. 지금 현용수 의원은 그저 자신의 손자를 살리려고 발버둥 치는 할아버지일 뿐이었으니까. 물론 그 방법이 올바른 것은 아니긴 했지만.

"우리도 가보지. 아마 또 오진 않을 거야."

띠띠. 현용수 의원의 손자가 들어간 처치실의 모니터링 기기에서는 끊임없이 무언가를 알리는 전자음이 흘러나왔다. VIP 중의 VIP가 왔으니 병실에 내려와 있는 의료진은 무척 많았다. 외래 중이던 신경외과, 다른 수술 중이던 정형외과, 연구 시간을 보내고 있던 일반 외과 등. 최근 칠성병원에 조금 밀리긴 하지만 그래도 일류 병원이라는 명성에 걸맞게 유명한 교수들이 죄 포진해 있었다.

"혈압! 혈압 떨어진다!"

"피는, 피는 달았어?"

"머리가……. 부상이 너무 심한데……."

"일단 체스트 튜브부터!"

하지만 사공이 너무 많아서일까. 아니면 그 사공들이 중증외상 환자를 돌본 경험이 거의 없어서일까. 눈에 띄는 진척은 없었다. 보호자들의 눈에만 그렇게 보이는 것이 아니었다. 응급실 레지던트들이 보기에는 훨씬 참담했다.

'이거……. 백 교수님이 안 오면 안 될 거 같은데.'

백강혁은 신들린 듯한 외과 수술 실력으로 유명했지만, 응급처치에도 발군의 능력을 보여주고 있었다. 워낙 경험이 많아서 환자를 딱 보자마자 계획이 서는 느낌이라고 해야 할까. 적어도 지금처럼 우왕좌왕했던 적은 없었다.

"어어! 심장 박동 수 처진다!"

"일단 물 부어, 물!"

상황은 더더욱 최악으로 치닫고 있었다.

"최조은 원장, 지금 상태가 어떤 거요?"

현용수 의원이 최조은 원장에게 묻자, 예상대로 원장은 직접적인 답을 회피했다.

"그……. 일단 최선을 다하고 있습니다."

"누가 그런 게 궁금하대? 내 손자가 지금 살 수 있느냐고!"

현용수 의원은 소리를 지른 자신도 깜짝 놀랄 만큼이나 크게 호통을 쳤다.

"그건 아직……."

"지금 저 상황에서도 아직이라는 소리가 나와? 당신이 그러고도 의사야?"

"의사는 신이…… 아닙니다……. 모든 걸 알 수는……."

"이, 이이이!"

현용수 의원은 최조은 원장의 멱살을 잡으려다가 겨우 참았다. 수술실에서와는 다르게 기자들이 포진해 있었기 때문이다.

"저……."

그때 한 응급실 레지던트가 조심스럽게 입을 열었다. 강혁에게 단 한 번도 이름으로 불렸던 적 없는 비중 없는 인물이었지만. 강혁과 함께 수많은 생명에 관여했고, 그 과정에서 그 무엇과도 비할 수 없는 보람을 느껴 왔던 인물이기도 했다.

상황이 상황인지라. 게다가 그 레지던트가 누구보다 빠르게 아이의 경정맥에 중심 정맥관을 꽂은 인물인지라 모두의 시선이 그를 향했다.

"뭐야?"

그중 제일 성질이 급한 신경외과 교수가 물었다. 그 기세에 눌린 레지던트는 잠시 우물쭈물했지만 결국 말하고자 했던 바를 털어놓았다.

"원격으로라도 백 교수님 지휘를 받는 게 어떨까요?"

당연하게도 교수들 전원이 반발했다. 이건 자존심 문제였기 때문이었다. 비록 자기 전공이 아닌 쪽에서는 능력 부족이라는 사실을 지금 실시간으로 배워나가는 중이었지만. 대번에 인정하는 사람은 없었다.

"음. 그게 좋겠네."

하지만 외과에서 내려온 명의 한유림 교수는 의견이 좀 달랐다. 그는 실제로 강혁의 옆에서 생명을 살려본 경험이 있기 때문이었다. 게다가 자신의 딸도 강혁이 살려주지 않았던가.

"으음."

한유림 교수의 말은 단순히 한 의사의 의견으로만 비치지 않았다. 이제 더는 끈 떨어진 연 신세가 아니라, 그야말로 떠오르는 실세였으니까. 게다가 뒤를 돌아보니, 최조은 원장마저 고개를 끄덕이고 있었다. 두 살아 있는 권력의 의견인 셈이었다.

"그, 그럴까요?"

눈치 빠른 정형외과 교수까지 고개를 끄덕이자, 신경외과 교수가 떨떠름한 얼굴로 고개를 저었다.

"에이, 난 몰라. 마음대로 해."

"그럼 제가 바로 달려가서 패드 설치하겠습니다. 여기서 원격 통화 좀 걸어주십쇼!"

허락을 구한 레지던트는 즉시 자신의 태블릿 피시를 들고 달렸다. 아이 상태가 너무 좋지 못했고, 점점 더 나빠지고만 있었다. 레지던트가 수술실 문을 열고 들어서자 강혁의 욕설이 쏟아졌다.

"아 시발, 오늘 뭔데?"

이제 겨우 무릎 관절 살릴 방도를 찾았는데 집중력을 깨뜨렸으니 당연한 반응이었다. 하지만 들어온 것이 양복쟁이가 아니라 땀을 뻘뻘 흘리고 있는, 가운에는 방금 튄 것으로 보이는 핏자국이 있는 레지던트라는 걸 확인하자마자 표정을 누그러뜨렸다. 원래 강자한테는 지나치게 강하고, 약자한테는 조금만 강한 것이 강혁이기에 그러했다.

"뭐야, 왜."

"지금 응급처치실에서 치료 중인 아이 상태가 너무 심각합니다. 교수님의 도움이 필요해요."

"뭐, 현용수인가 뭔가 하는 그 인간 손자?"

"네."

강혁은 초조한 얼굴로 고개를 끄덕이고 있는 레지던트를 향해 물었다. 예의 그 뭐든지 꿰뚫어 보는 듯한 눈을 하고서였다.

"너 뭐 그 인간한테 협박받아서 이러는 건 아니지?"

"아뇨, 아닙니다! 그냥 저한테 맡겨진 애가……. 죽을 거 같아서 그럽니다! 충분히 살릴 수 있을 거 같거든요, 교수님은."

강혁이 보기에 레지던트는 진심 같았다. 그리고 강혁은 환자를 살리고자 하는 의사를 존중하는 편이었다.

"내가 뭘 어쩌면 되지?"

레지던트는 강혁의 양해를 구하고 태블릿 피시를 켠 다음, 강혁이 잘 볼 수 있는 위치로 들어 올렸다.

"잠깐, 잠깐 내려놔. 일단 나 톱질 좀 하고."

"아, 네."

레지던트가 태블릿 피시를 내려놓은 사이 강혁은 장미가 준 톱을 받아 들었다. 본래 사지 절단에서는 전기톱을 쓰는 게 대중적이었지만 지금은 절단 범위가 너무 빈틈이 없는 상황이었다. 이럴 땐 손의 감각을 극대화할 수 있는 장비를 쓰는 게 좋았다.

"그, 그걸로요?"

당연하게도 레지던트의 눈에는 황당해 보일 따름이었다. 아니, 방금 기구를 건네준 장미가 보기에도 마찬가지였다.

"교수님, 혹시 몰라서 전기톱도 준비는 해뒀습니다."

장미는 자기 옆에 세팅해둔 톱을 가리켰다. 강혁은 눈길을 주지 않은 채 고개를 끄덕였다.

"해보고 안 되면 쓰지 뭐. 근데 그땐 무릎 위를 자르게 될 거야. 그러니까 제발 안 그렇게 되길 바라고 있어."

"아……. 네."

'무릎만 멀쩡하면……. 재활만 제대로 되면 걸을 수도 있어.'

장미는 자신이 준비한 것을 쓰지 않도록 마음으로 기도했다. 지금으로썬 보조 기구나 지팡이까지 생각해야 했지만, 기동성 면에서 목발이나 휠체어와는 비교도 하기 어려웠다.

"자……."

강혁은 환자의 다리에 줄톱을 걸었다. 여기서 몇 mm만 더 위로 올라가면 절단 범위에 무릎을 포함시켜야 했다. 방향이 1도만 틀어져도 무릎 전체를 잘라야 했기에 강혁은 근섬유나 신경을 이어줄 때처럼 온 정신을 집중했다. 순간 수술실 내부는 마른침 삼키는 소리가 들릴 정도로 짙은 침묵이 내려앉았다. 그리고 곧 줄톱에 의해 환자의 다리뼈가 절단되기 시작했다. 이미 강혁이 주요 혈관 및 신경들은 봉합사를 이용해 묶어버렸기 때문에 출혈은 거의 없었다. 다만 조금씩 뼈에서 새어 나오는 출혈은 어찌할 수 없었는데, 그건 장미가 본 왁스를 이용해 뼈의 절단면을 덮어주는 것으로 해결되었다.

강혁은 그대로 절단을 이어나가 마침내 뼈를 딱 원하던 위치에서 잘라내었다. 아무래도 보통의 무릎 아래 절단보다는 공간이 많이 부족하기는 했지만 관절의 구동 범위 자체는 훼손하지 않을 수 있었다.

"이제 당겨서 봉합만 하면 되겠어."

강혁은 겨우겨우 살려둔 피부를 죽 당겨다가 절단면을 덮었다. 원래대로라면 아래든 위든 한 면의 피부만으로 닫는 게 원칙이었지만 이 환자의 손상은 그 정도가 아니었다. 열차에 치이는 동시에 뭉개지며 떨어져 나간 피부는 그야말로 엉망진창이었다. 그래서 사방에서 피부를 당겨오고 나서야 겨우 절단면을 덮을 수 있었다.

"실. 그리고 넌 하려던 거 해봐."

다른 사람에게는 이러한 작업도 그리 쉽지만은 않았을 테지만, 강혁에게는 그저 간단한 봉합일 뿐이었다. 여유를 되찾은 강혁은 레지던트에게 태블릿 피시를 켜도록 허락했다.

"네, 교수님."

레지던트는 자신도 모르게 시계를 내려다보며 피시를 켰다. 아주 어려워 보이는 술기를 마친 것치고는 시간은 불과 5분밖에 지나있지 않았다. 하지만 그 아이에게도 '불과 5분'이라는 표현을 쓸 수 있는 상황은 아니었다.

'제발 죽지 않았길…….'

기도하는 마음으로 피시를 켜자 곧 영상통화가 걸려왔고, 응급처치실과 연결되었다.

"어! 왜 이렇게 오래 걸려!"

통화 상대는 레지던트의 동기였다. 그 또한 마음이 아주 급했다.

"여기도 만만치 않아서 그래, 수술이!"

"아, 하긴……. 헬기로 출동했었지."

중증외상센터라고 모든 환자를 헬기로 데려오는 건 아니었다. 오히려 구급차로 오는 환자를 보는 경우가 훨씬 많았다. 강혁이 헬기로 환자를 데려왔다는 건 그만큼 환자 상태가 급하다는 걸 의미했다.

"아무튼! 환자 지금 어때!"

"아아. 화면 전환할게. 교수님 보고 계시는 거지?"

"어, 보고 계셔."

"알았어."

초췌한 레지던트를 비추고 있던 태블릿 피시 화면이 작은 아이를 비추기 시작했다. 아이는 그야말로 피투성이인 데다가, 의식도 없었다.

"아."

자연히 화면을 바라본 장미와 재원 그리고 강행의 입에서 짤막한 탄식이 흘러나왔다. 다만 강혁은 그런 쓸데없는 감상에 빠지지 않았다. 대신 봉합을 마치고 배 쪽으로 올라가는 그 짧은 사이에 아이의 상황을 대강이나마 파악했다.

'경정맥에 중심 정맥관. 수혈 라인 두 개에 수액 라인 하나. 약은 들어가고 있고……. 다행히 아직 심장이 나가진 않았군.'

화면 뒤쪽의 응급처치 키트 위에 약물들이 놓여 있었는데, 한국대학교 병원 응급실은 원리원칙을 아주 잘 지키는 곳인 만큼 처치 도중 빈 앰풀을 함부로 버리진 않았을 터였다. 그러니 약병만으로도 지금까지 어떤 약이 들어갔는지 유추할 수 있었다.

"동공 반사는 어떻지? 좌우가 다르진 않아?"

하지만 그저 슥 훑어보는 것만으로는 조금 부족했다. 게다가 강혁도 사람인지라, 두 눈을 배 아니면 화면 중 하나에 고정해야만 했다. 지금은 수술 도중인 배를 바라보기로 했기에 귀만 피시 쪽에 열어두었다.

"아……. 아까는 같았습니다!"

"지금. 지금이 중요하지."

"네, 어……. 우측 고정입니다!"

"흠."

강혁은 예상대로라는 듯 고개를 끄덕였다. 그러면서 동시에 장미에게 건네받은 핀셋을 이용해 간을 꿰뚫고 들어간 갈비뼈를 살살 밖으로 잡아당겼다. 다행히 재원이 복강을 적당한 위치에, 적당한 길이로 열어놓아서 수술은 그리 힘들지 않았다. 더구나 강행도 짧은 기간 동안 실력이 상당히 늘어 시야 확보를 잘해주고 있었다.

"아까랑 비교해서 환자 눈 밑 색이 어때?"

"눈 밑 색……?"

"다크서클 진해진 거 아냐? 원래 그랬어?"

"아……."

강혁은 이제 부러진 갈비뼈 조각 중 하나를 들고 있었다. 그 조각이 빠져나온 부분에서 피가 줄줄 새어 나오는 게 정상이었지만, 강혁이 한쪽 손가락으로 꾹 틀어막고 있었기 때문에 피가 쏟아져 나오는 불상사가 발생하진 않았다. 물론 쉬운 일은 아니었고, 그러한 사실을 너무도 잘 아는 한유림 교수의 입이 절로 벌어졌다.

'확실히 저놈은 괴물이라니까.'

이쪽을 훤히 들여다보고 있었다는 듯 자연스럽게 대화를 이어나가면서 저쪽 수술도 물 흐르듯 할 수 있는 놈이라니. 왜 이놈이 세계 제일의 외상 외과 의사라고 칭송받는지 확실히 알 것 같았다.

"지, 진해졌습니다! 라쿤스 아이 소견입니다!"

"그래. 두개저 골절이 있을 거야."

저만한 키의 어린아이가 보행자 교통사고를 당했다면 제일 먼저 의심해봐야 하는 것 중 하나가 바로 두개저 골절이었다. 충돌 지점이 성인보다 아무래도 훨씬 위일 수밖에 없었으니까.

"기, 기도 확보를 해놓길 잘했군요……."

처치실에 있던 레지던트는 목 안쪽을 들여다보고는 얼굴이 하얗게 질린 채 중얼거렸다. 두개저 골절에서 반드시 동반된다고 할 수 있는 코의 출혈로, 이미 목구멍에 피가 잔뜩 고여 있었다. 튜브가 삽입되어 있지 않았다면 이미 환자는 죽었을 것이었다.

"갈비뼈 부러지면서 폐 손상이 있는 거 같은데, 흉관은 꽂았나?"

강혁은 아까 김영수 환자의 배 쪽으로 시선을 돌린 후로 단 한 번도 태블릿을 보지 않았으면서도 마치 보고 있는 것처럼 대화를 이어 나갔다. 놀라운 일이었지만 처치실에 있는 누구도 이러한 사실에 놀라움을 표하지 못했다. 놀랍지 않아서가 아니라, 너무 놀라서였다.

"아, 네! 제가 꽂았습니다."

"잘했네. 그 덕에 산 거야, 환자. 근데 그것만으로는 부족해. 이따 왼쪽으로 가슴 열어야 하니까, 흉관 단단히 고정해둬."

"네."

잘했다는 말에 레지던트 얼굴이 눈에 띄게 밝아졌다. 하지만 어느 정도 이상으로 밝아지진 못했는데, 아이의 상태가 급속도로 나빠지고 있었기 때문이다.

"배꼽 주변 색 보면 배 안도 심하게 다쳤어. 아마도 장간막 동맥이 다친 거 같은데…… 그건 좀 급해."

그 말에 모두의 눈이 환자의 배꼽으로 향했다. 솔직히 무슨 색이 변했다는 건지 알 수가 없었다. 외과 의사인 한유림 교수도 마찬가지였다. 하지만 그는 머리로 알고 있었다.

'저놈이 변했다고 하면 변한 거야.'

적어도 의학적인 부분만큼은 강혁의 말이 절대 틀리지 않는다는 사실을 아주 잘 알고 있었다.

"일단 지금 당장 여기 2번 방으로 들어가. 수술 끝나면 바로 넘어갈 테니까."

"그, 그동안은 어떻게 할까요?"

레지던트는 'CT를 찍을까요'라는 등의 멍청한 소리를 하진 않았다. 그간 강혁과 함께 호흡을 맞추면서 때론 검사보다 닥치고 치료하는 게 훨씬 나은 결과를 가져온다는 걸 배웠기 때문이다.

"거기 신경외과, 정형외과, 외과 있는 거 같은데……. 내과랑 응급도 있고. 맞나?"

강혁은 하나하나 과를 열거하면서 잠시 아득한 기분이 들었다. 정작 다리가 절단된 환자가 왔을 땐 아무도 내려와보지도 않았으면서 여당 대표의 손자라는 얘기에 '드림팀'이라고 불릴 정도의 교수들이 즉각 모여들다니. 짜증이 솟구쳤지만 일단 참았다.

'그렇게 해서 저 아이 살리면……. 그건 좋은 일이지.'

강혁은 후 하고 한숨을 내쉬곤 말을 이었다.

"두개저 골절은 신경외과에서 보되, 일단은 뇌압 강하만 해주세요. 괜히 머리 열어서 두개저까지 가려고 하면 골 아프니까."

"끙."

신경외과 교수는 몹시 자존심이 상했지만, 일단은 고개를 끄덕였다. 그 또한 한낱 평교수에서 끝낼 생각은 없었기 때문이었다. 실세

둘에 더해 여당 대표까지 강혁을 철석같이 믿고 있는 상황에 어깃장을 놓을 만큼 어리석지도 않았다.

"정형외과 쪽은 좌측 팔 부러진 거 보이죠? 거기 맞춰주시고요. 급한 거 아니니까, 다른 과 방해 안 되는 선에서."

"알겠습니다."

정형외과 교수는 딱히 감정이 상하지도 않았다. 하도 백강혁은 천재다, 어쩐다 소리를 많이 들었기 때문이었다. 게다가 전신 상태가 이토록 흔들리는 상황에서 소위 마이너 과인 정형외과로서는 할 수 있는 게 극히 제한될 수밖에 없었다.

"이제 좀 중요한 얘긴데. 한 과장님. 실장이라고 해야 하나?"

"어……. 듣고 있어. 좋을 대로 불러."

"그럼 한 교수님."

"에이."

한유림 교수는 상황이 상황인지라 금세 입을 다물었다.

'설마 지금 나만 본격적으로 수술 들어가라고 하는 건 아니겠지?'

신경외과는 뇌압 강하만 하면 되는 일이었다. 일을 크게 벌여봐야 머리에 구멍 내는 게 다였고, 그게 아니라면 뇌척수액 배액만 할 수도 있었다. 부러진 팔 맞추는 거야 이 상황에서 해도 그만, 안 해도 그만이었고.

'제발 나도 그냥 가벼운 거……' 하고 기도를 했지만, 안타깝게도 그의 기도는 그 어디에도 닿지 않은 모양이었다.

"배 열고, 장간막 동맥 우회 혈관 만들고 있어요."

그야말로 말도 안 되는 주문이 떨어진 것을 보면 알 수 있었다.

강혁은 그 후로도 지금 당장 추가해야 할 약물, 들어가는 수액의 속도 등을 교정해주었다. 덕분에 활력 징후가 좀 더 안정되었고, 드디어 수술실을 향해 출발할 수 있었다.

"빨리, 빨리!"

신경외과 교수는 여전히 기분이 그리 좋지는 않았지만, 그도 생명을 다루는 의사였다. 눈앞에서 꺼져가는 생명을 되살린 적도 있고 그 반대의 경우 또한 숱하게 겪은 바 있었다. 전자야 물론 보람된 일이었지만, 후자는 이루 말할 수 없을 정도로 고통스러웠다. 또다시 그런 고통을 더하고 싶은 생각은 추호도 없었다.

"갑시다!"

정형외과 교수 또한 침대를 손수 끌고 달리는 중이었다. 신경외과 교수에 비하면 표정이 한결 가벼워 보였다. 이 어린 생명의 미래가 자기 손에만 달려 있는 건 아니라는 생각이 부담을 덜어줬다.

"어후."

반면 한유림 교수는 거의 우거지 죽상이었다. 자신의 손에 아이의 생명이 걸려 있다는 생각이 들어서였다. 정말로 아이의 생명이 그에게 달려 있었다.

'백강혁……. 이놈이랑 엮여서 좋은 일이 없다니까.'

그냥 다른 교수를 내려보낼 걸 그랬나 하는 생각이 들었다.

'하필 오늘따라 수술실이 죄다 열려서는.'

하지만 냉정하게 생각해봐도 지금 당장 내려갈 수 있는 외과 의사는 자기뿐이었다. 다른 과를 보니 수술도 닫고, 외래도 닫고 오긴 한 모양이었지만 아직 한유림 교수는 순진해서 그런가 그렇게까지 권력에 아부할 생각이 들진 않았다.

"뭐 합니까? 기조실장님! 들어오세요!"

정신을 차리고보니 2번 방 앞이었다. 마취는 무려 마취과 과장

진태림이 내려와 있었다. 원래 한유림 교수와는 무척 껄끄러운 사이였던 그녀는 말없이 고개를 숙여 보였다. 이왕 홍재훈 기조실장이 나가리된 거 새롭게 관계 정립을 해보겠단 소심한 몸짓이었지만. 아쉽게도 한유림 교수의 머릿속엔 진태림 따위가 들어올 여력이 없었다.

'배를 열고……. 장간막 동맥을 찾고……. 우회로를……. 우회로는 어디서 채취하지?'

분명 다 할 줄 아는 수술이긴 했다. 그가 수련받았던 시절은 지금보다 훨씬 옛날이었고, 그 옛날에는 레지던트들이 거의 모든 수술을 도맡아 하던 시절이었다. 주먹구구식이라서, 죽지 않아도 되는 환자들이 죽어가던 시절이기도 했다. 아무튼, 억지로 찾아보자면 순기능도 있기는 있어서 당시 전문의 따고 나오는 전문의들은 그야말로 산전수전 다 겪은 사람들이었다. 한유림 교수도 그중 하나였고.

"한 교수님, 얼렁뚱땅 채취할 생각 같은 건 하지 말고. 그냥 인조혈관 쓰세요. 그게 나아, 지금 상황에서는."

마침 강혁이 한유림 교수의 속내를 다 알고 있다는 듯 말을 걸어왔다. 한유림 교수는 머릿속으로 이런저런 혈관을 찾던 참이었던지라 무척 반갑단 표정을 지어 보였다.

"아!"

"너무 좋아하진 마시고. 그래도 어렵긴 할 테니까."

"아."

"그렇다고 또 바로 그런 표정 지으면 마음이 아프잖아요."

"어, 보고 있어?"

"네."

태블릿 피시를 바라보니, 반대편 화면에 한결 여유로워 보이는 강혁의 모습이 눈에 들어왔다. 옆에 놓인 기구대 위로 부러진 갈비뼈 조각이 무려 세 개나 쌓여 있었다. 그동안 모조리 제거한 모양이었다. 지금은 봉합에 들어간 것처럼 보였고.

"야, 1호. 아무래도 안 되겠다."

강혁은 봉합 기구로 찢어진 간의 피막을 봉합하면서 재원을 돌아보았다.

"너 한 교수님이랑 친하지?"

"네? 아니……. 뭐……."

친하다고 하기엔 뒤통수를 치고 나온 몸이었다. 다행히 한유림 교수가 의외로 호구기가 진한 사람이라 별문제 삼진 않았지만. 아무튼, 대하기가 좀 껄끄러운 건 사실이었다.

"친하지 뭐. 네가 가서 좀 도와."

"네? 아, 지금요?"

"그래. 혼자 두기 불안하지 않냐?"

강혁의 말에 옆방에 있던 한유림 교수가 헛기침을 내뱉었다. 실제로 본인도 불안해하고 있긴 했지만, 그걸 이렇게 대놓고 말해서야 되겠는가.

"저기, 나 듣고 있는데."

한유림 교수는 그와 나란히 서 있는 수없이 많은 의료진을 돌아보며 말했다. 하지만 강혁은 언제나처럼 당당하기만 했다.

"알아요. 불안하죠? 솔직히."

"아니……. 백 교수."

"아무튼, 1호 보내줄게요. 의외로 잘하니까, 도움 될 거예요."

"……바로 갈게요."

재원은 도망치듯 1번 방을 빠져나와 2번 방으로 향했다. 한유림 교수는 원래 재원의 실력이 어땠는지를 아주 잘 알고 있던지라 아주 반가워하진 않았다.

'솔직히 그저 그랬는데.'

이놈이 과연 큰 도움이 될까 싶은 생각이 들었다.

"마취됐습니다. 시작하셔도 됩니다."

그사이 진태림이 아이에게 마취를 걸고 입을 열었다. 원내 정치에 지나치게 몰두하고 있긴 했지만, 그렇다고 해서 실력이 어디 가는 건 아니었다. 과장답게 마취는 깔끔하기 그지없었다. 활력 징후는 오히려 마취를 걸기 전보다 더 안정적이었다.

"그럼 머리 밀고, 버홀(Burr hole: 천두술) 바로 시작하겠습니다."

신경외과 과장은 침대를 180도가량 틀고는 아이의 머리 쪽으로 이동했다. 애초에 진 과장이 마취용 연결 호스를 확장형으로 끼워두었기 때문에 별문제는 없었다.

"저희는 팔 고정하겠습니다. 좌측 팔 위팔뼈 골절, 교정술 시작합니다."

정형외과 쪽도 자신에게 배정된 간호사와 직접 데리고 내려온 레지던트와 함께 팔을 슥슥 닦아내기 시작했다.

"후."

한유림 교수는 명확한 수술명을 얘기하는 대신 한숨을 푹 쉬었다. 의외로 옆에 있는 재원은 자신감이 넘쳐흘렀다.

"교수님, 어차피 백 교수님 금방 오실 거예요. 일단 바로 시작하죠."

"아……. 그래. 이게 제일 중요한 수술이니까."

머리 쪽은 뇌압만 낮춰도 시간을 꽤 벌 수 있었다. 두개저 골절은 심각해 보이는 진단명에 비하면 예후가 아주 나쁜 편은 아니었다. 하지만 소장 대부분에 혈액을 공급하는 장간막 동맥의 손상은 어떠한가. 가뜩이나 출혈 때문에 혈류량이 떨어진 상황인데, 여기서 조금만 더 지체되면 소장이 죄 못 쓰게 될 수도 있었다. 그 말은 이 어린 생명이 얼마 버틸 수 없다는 말과 같았다. 한유림 교수는 이런저런 생각에 죽상을 하고 환자의 배를 베타딘으로 닦아내기 시작했다.

"이제 손 닦고 오시죠. 제가 마무리하겠습니다."

"아, 그래."

그런 한유림 교수를 재원이 밖으로 안내했다. 한시가 급한 상황에 둘이나 소독하고 있을 수는 없는 노릇이었으니까.

"자, 그럼……. 시작하자."

한유림 교수는 머리와 팔 쪽 수술이 시작된 것을 확인하고는 메스를 집어 들었다. 재원은 아직 한유림 교수가 어딜 절개하겠단 뜻을 밝히지도 않았지만 짐작되는 부위를 알아서 양쪽으로 당겨주었다.

'음.'

한 교수는 잠시 그 부위를 바라보다가 이내 고개를 끄덕였다.

'그래, 절개는 여기다 하는 게 좋긴 하겠네.'

백강혁 밑에서 뒈지게 혼나면서 배웠으니 이 정도는 기본이겠지 싶었다. 한유림 교수는 그렇게 여기며 절개를 넣었다.

"읏차."

하지만 재원의 보조가 계속되면 될수록 뭔가 좀 이상하다는 느낌을 받았다.

'왜 이렇게 편하지?'

편하다는 말도 좀 부족한 표현인 듯싶었다. 재원은 보조를 하는 게 아니라, 마치 한유림 교수에게 수술을 가르쳐주는 사람인 듯 한 걸음씩 앞서 그를 인도해주고 있었다.

'설마 얘는 이거 집도할 줄 아나?'

그렇게밖에 생각이 안 될 정도로 재원의 보조는 물 흐르듯 자연스러웠다.

"교수님, 왜 그렇게 보세요?"

"아니, 아냐."

재원을 잠시 물끄러미 바라보던 한 교수는 다시 손을 움직이기 시작했다. 순식간에 복막이 갈라지고, 거추장스러운 장간막이 옆으로 치워졌다. 그렇게 모습을 드러낸 소장은 과연 색이 다소 거무죽죽하게 변해 있었다.

'이걸……. 밖에서 보고 알았다고?'

그것도 태블릿 피시 영상통화 화면만 보고. 한유림 교수는 강혁이란 인간은 참 알다가도 모르겠단 생각이 들었다.

재원은 들어오기 전부터 강혁의 말이 맞을 거란 확신이 있었기에 그리 놀라진 않았다. 대신 소장을 슬그머니 치워 밑에 숨어 있던 상부 장간막 동맥을 드러내놓았다. 역시나 강혁의 예상은 빗나가지 않았다. 소장의 괴사는 바로 이 상부 장간막 동맥의 손상 때문이었다.

"터지기 직전이네……."

"아마 내부로 혈전이 잔뜩 끼었을 겁니다."

"타박상이라 이거지?"

"네."

다행히 아이의 배에 뭐가 틀어박히거나 하지는 않았다. 하지만 두개골 바닥 뼈와 갈비뼈를 부러뜨릴 정도의 충격이었다면 배에도 꽤 큰 타격이 가해졌을 것이다. 한없이 부드럽기만 해야 할 아이의 배는 퉁퉁 부어 있었고, 깊숙이 숨어 있던 상부 장간막 동맥 또한 그러했다.

한유림 교수는 푸르딩딩해진 동맥을 한동안 유심히 살펴보았다. 어딘지 자신 없어 보이는 얼굴이었는데, 재원은 대번에 그 이유를 알 것 같았다.

'어디서부터 손상이 일어난 건지 모르시는구나.'

이상한 일은 아니었다. 선명한 상처가 있는 것도 아니고, 타박상이었으니까. 혈관 내부를 훤히 들여다볼 수 있지 않은 이상 어느 정도 헤매는 건 당연했다. 하지만 강혁이라면 알 수 있을 거라 확신했다. 평범한 눈을 가진 재원은 강혁과 같은 방식으로 알아낼 수는 없었지만, 그래도 배운 것이 있기는 했다. 그는 검지와 엄지를 이용해 혈관을 꾹 눌렀다. 그러자 혈액이 몰리면서 손상된 혈관은 눈에 띄게 부어올랐고, 괜찮은 부위의 혈관은 원래 형태를 유지했다.

"대강 여기부터는 안전한 거 같은데요?"

재원의 말에 한유림 교수는 헉 하는 표정을 지어 보였다. 이런 방법은 교과서에 나오진 않았으니까. 여기서 더 모르겠으면 도플러 초음파라도 가져올까 하고 있었는데, 이렇게 빨리, 그것도 이렇게 확실하게 알아낼 줄이야.

'괄목상대라고 하더니.'

인정하고 싶진 않았지만, 강혁 밑에서 재원의 실력은 그야말로 일취월장한 모양이었다. 한유림 교수가 감히 상상조차 할 수 없을 정도로.

"좋아. 그럼 거기서……. 여기까지 이어주면 되겠어."

"네. 그럼 되겠습니다."

"흠. 혈관 주겠어?"

한유림 교수의 말에 간호사가 인조 혈관을 건네주었다. 상부 장간막 동맥에 사용하는 혈관은 굳이 고어 메디컬사의 것을 이용할 필요가 없었다. 그렇게까지 얇을 필요가 없다는 뜻이었다. 그래서 꽤 두꺼운 혈관을 건네받은 한유림 교수는 잠시 고민하다가 이내 입을 열었다.

"그쪽은 양 선생이 잇고, 이쪽은 내가 잇지. 어때? 할 수 있겠어?"

질문이었지만 사실 질문은 아니었다. 혈관 연결은 결국 시간 싸움이었다. 한유림 교수는 혼자 둘 다 할 자신이 없었다. 다행히 재원은 강혁 밑에서 상당히 혹독하게 단련된 몸이었다. 척하면 척이란 얘기였다.

"네, 교수님."

"그래, 그럼 해보자."

"네."

한유림 교수와 재원이 죽으라 혈관 문합술에 들어갔을 무렵, 강혁 또한 애를 쓰고 있었다. 태블릿 피시를 보느라 볼 수 없었던 손상을 복구하기 위함이었다.

"야, 잘 좀 당겨."

"네."

"아니, 너 말고. 인턴."

"아, 네. 교수님."

노예 1호 재원의 공백은 생각보다 꽤 컸다. 예전에야 항문이라 불리고 구박만 받던 재원이었지만, 이젠 강혁과 제법 손발이 잘 맞는 사제 간이 되었다. 그에 비하면 2호 강행은 민폐 수준이었다.

"넌……. 넌 그렇게 당길 게 아니라, 새꺄. 핀셋으로 잡아서 당기거나 해야지. 뭐 하는 거냐 진짜…….”

“아……. 네, 죄송합니다.”

“1호처럼 해봐. 맨날 보면서 배우지 않냐?”

“그……. 네.”

정말이지 매일같이 보고 배우고는 있었다. 하지만 매일같이 다른 수술을 하고 있는데 어찌 익숙해질 수 있단 말인가. 솔직히 말해서 강행의 눈에는 강혁도 괴물로 보이긴 하지만 재원도 괴물로 보이긴 마찬가지였다.

‘처음에는 솔직히 허접인 줄 알았는데…….’

재원에 대한 첫인상을 떠올린다면 역시 ‘노예’였다. 강혁에게 맨날 갈굼이나 당하는 노예. 하지만 직접 와서 겪어보니 그게 아니었다. 강행이 보기에 재원은 명실상부한 외상 외과 전문의였다. 그에 비하면 자신은 이제 겨우 칼 쥐는 법이나 배운 애송이였고.

‘반년 만에 그렇게 됐다고는 하는데…….’

“야, 정신 줄 놨냐? 혈관 터졌는데, 미쳤어?”

“아, 아닙니다!”

“아, 안 놓으셨는데 이러고 계시는구나. 어떤 선견지명이 있으셔서, 터진 혈관을 이렇게 교묘하게 가리고 계실까?”

“아.”

그제야 강행은 자신이 쥐고 있는 핀셋이 강혁의 시야를 가리고 있다는 것을 깨달았다. 그 뒤편으로 간동맥의 분지라고 생각되는 혈관에서 피가 송송 새어 나오고 있었다.

“아가 아니라 인마, 거기 살짝 당겨봐.”

“네, 네.”

“너무 세게 당기지 말고. 벌써 간 많이 다쳤는데 당기다가 다 찢어진다."

"네, 교수님."

다행히 강행도 어찌 되었든 레지던트 과정을 정상적으로 밟은 외과 전문의였다. 그는 딱 간이 더 찢어지지는 않을 정도로, 적당한 세기로 간을 벌려주었다.

"그래, 딱 이대로 있어."

강혁은 일단 2호를 고정한 후, 봉합 기구를 이용해 바늘을 물었다. 평상시와는 달리 세로로 길게 물었는데, 틈새로 바늘을 찔러 넣기 위함이었다.

'저걸로……. 된다고?'

강행도 바늘을 저런 식으로 물어본 경험이 없는 건 아니었다. 하지만 그건 그냥 배 안 깊숙한 곳에 한 땀 정도 꿰매기 위한 것이었지, 찢어진 혈관을 꿰매기 위한 건 전혀 아니었다. 저런 식으로 바늘을 물어 혈관을 봉합하는 건 단 한 번도 본 적이 없었다. 하지만 강혁은 그게 일상이라는 듯한 얼굴로 바늘을 찔러 넣었다. 사이사이 태블릿 피시 쪽을 힐끔거리기까지 했다.

'일단 내가 시킨 건 순조롭게 하고들 있구만.'

신경외과 쪽은 일단 허리 쪽에 뇌척수액 배액 관을 꽂아놓고 일을 시작한 것으로 보였다. 태블릿 피시 스피커를 통해 드릴 돌아가는 소리가 들렸는데, 역시나 두개골에 구멍 내는 소리였다.

'시간은 확실히 벌 수 있겠어.'

저 정도만 해줘도 단기간에 뇌압을 크게 떨어뜨릴 수 있을 터였다.

'팔이야 뭐 귀신같이 잘하고 있군.'

다른 곳도 아니고 한국대학교 병원 정형외과 교수였다. 위팔뼈 부러진 것 정도는 손쉽게 처리할 수 있었다. 더구나 개방형 골절도 아니지 않은가.

역시 문제가 있다면 한유림 교수와 양재원이었다. 둘이 맡은 수술이 제일 어려웠으니까. 최근 1호가 실력이 많이 늘기는 했지만, 그래도 혈관 잇는 것까지 될까? 걱정이 들자 자연히 마음이 급해졌다. 강혁의 손이 점점 빨라지기 시작했다. 그럴수록 아주 작은 틈새를 통해 보이던 상처의 출혈이 눈에 띄게 줄어가고 있었다.

'이게 되는구나…….'

강행은 그저 그것을 보며 감탄을 터뜨릴 따름이었다. 대체 이 사람의 술기는 어디까지 가능한 걸까 하는 생각도 들었고.

"야."

그렇게 한참 멍하니 넋을 놓고 구경을 하고 있으려니, 강혁이 강행을 불렀다.

"엇. 네."

"출혈 잡았어."

"아……."

그러고보니 어느새 출혈이 완전히 잡혀 있었다.

"나머지는 네가 할 수 있지?"

강혁은 멍한 얼굴의 강행을 보며 말을 이었다. 벌써 장갑을 벗어 던지고 있었다. 옆방 걱정에 마음이 급해진 것 같았다.

"아."

강행은 재빨리 배의 상처를 살폈다. 이미 간에 박혀 있던 갈비뼈 조각은 모조리 제거되어 있었고, 부러져서 날카롭게 변한 남은 갈비뼈 부위 또한 강혁이 부드럽게 마모시킨 후였다. 간의 상처 중 가장 심각한 것이 방금 강혁이 봉합한 곳이었는데 이젠 완벽히 지혈되어 있었다.

"네, 교수님."

짧은 시간 동안 자신의 역량과 상처의 정도를 파악한 강행이 제법 믿음직스러운 얼굴로 고개를 끄덕였다. 물론 강혁에게도 믿음직스러워 보이진 않았다.

"조폭. 이 새끼 헛짓 안 하게 잘 지켜."

"네, 교수님. 이제 제법 잘하세요."

"헛바람 넣지 말고. 여차하면 네가 닫으라고."

"아니……. 제가 어떻게 닫아요……."

"나한테 배우긴 했잖아."

"그야……. 네, 뭐. 알겠습니다."

장미는 잠시 아득해지는 심경이었다. 강혁이 어느 날 아이스박스를 택배로 받고 즐거워하던 기억이 떠올랐기 때문이다. 그 안에 든 것은 돼지 껍데기뿐이었다.

'그것도 100장…….'

강혁은 각 돼지 껍데기마다 미묘하게 다른 깊이로 절개를 10개씩, 10cm 길이로 넣고는 모두에게 봉합하라고 했다. 재원, 강행, 장미, 지민이 각각 25개씩.

'하…….'

그것도 강혁이 보는 앞에서 해야 했다. 조금이라도 그의 마음에 안 들면 여지없이 뜯어버렸다. 덕분에 아직도 모두 5장을 채 넘기지 못하고 있었다.

'썩기 전에 봉합 못 하면 구워 먹일 줄 알아.'

아무리 봐도 이미 먹을 수 있는 상태는 아닌 것 같은데. 장미는 고개를 절레절레 저어댔다. 그사이 강혁은 1번 방에서 나갔고, 현용수 의원과 박성민 의원 그리고 최조은 원장을 대면할 수 있었다. 여전히 강혁을 졸졸 따라다니며 모든 순간을 카메라에 담고 있는 최하림 감독 또한 함께였다.

"여, 여긴 이제 끝난 건가?"

현용수 의원은 아까보다 훨씬 침울해 보였다. 손자가 막 다쳤을 당시에는 그렇게 성질을 부려대더니. 점차 화가 가라앉으면서 비로소 손자의 상태가 무척 좋지 않다는 사실을 인지한 모양이었다. 그의 뒤에는 이미 혼절한 젊은 여성과 그 여성의 어깨를 감싸 안고 있는 사내가 하나 있었는데, 아마도 아이의 부모 같았다.

'그래, 애가 무슨 죄가 있냐.'

강혁은 아까 잡아 던졌던 현용수 의원을 물끄러미 내려다보다가, 이내 개수대로 걸음을 옮겼다.

"네, 여긴 끝났습니다. 바로 2번 방으로 들어갈 겁니다."

"그, 그래…… 아까는 내가 잘못했네. 꼭 좀 부탁하네. 우리 집 장손이야……. 살아야 해……."

장손이라 살아야 한다는 말은 좀 이상하긴 했지만, 강혁도 아이를 살리고자 하고 있으니 뜻이 맞기는 한 셈이었다.

"저는 누가 환자든 최선을 다합니다."

"아……."

"그러니 일단 비키시죠. 안으로 들어가야 살릴 거 아닙니까?"

"어, 어. 그러지."

현용수 의원은 아까 강혁의 손목을 잡고, 최조은 원장의 멱살을 잡았던 사람과 같은 사람이 맞나 싶을 정도로 무력하게 옆으로 한 걸음 비켜섰다. 인상마저 한 10년은 더 늙어 보였다.

'뭐가 어찌 되었건 저 모습이 방송 타면 좋진 않겠구만.'

그걸 지켜보던 박성민 의원은 다분히 카메라들을 의식하며 현용수 의원에게 다가갔다.

"괜찮으십니까?"

"어? 어……. 그래."

"백 교수님이 들어갔으니 괜찮을 겁니다. 우리 김영수 군도 괜찮을 거고요."

김영수란 현용수를 비롯해 수뇌부 회의에 들어갔던 모든 이들의 관심에서 멀어져 있던 스크린 도어 수리공이었다. 박성민 의원의 말에 기자들은 고개를 끄덕이며 그에게로 카메라를 돌렸다.

'그래, 그래야지.'

박성민 의원은 예상대로 움직이는 카메라에 자연스럽게 눈을 마주치며 현용수 의원을 지나쳐, 뒤편 구석에 내몰려 있는 김영수의 할머니에게로 걸어갔다.

"할머님, 김영수 군은 괜찮을 겁니다."

똑같이 가족이 다친 와중에도 힘의 논리로 인해 밀려나 있던 할머니는 눈물만 글썽거렸다. 카메라 셔터 돌아가는 소리가 요란하게 울렸다. 적어도 정치인 중 한 명쯤은 권력자 현용수의 손자가 아니라, 힘없는 서민 김영수에게 관심을 보이는 게 좋지 않겠는가.

박성민 의원이 약간은 계산적으로 쇼를 하는 동안, 강혁은 2번 방으로 빨려 들어가듯 쑥 들어갔다. 그리곤 재빨리 간호사가 건네준 수술 가운과 장갑을 착용하며 슥 수술실을 훑었다. 태블릿 피시를 이미 본 모습이긴 하지만, 역시 직접 봐야 속이 시원했다.

'흠. 버홀은 완료됐어.'

신경외과에서는 이미 머리에 구멍을 뚫고 배액 관을 삽입해둔 후였다. 뇌압 때문에 뇌가 구멍 사이로 비집고 나오려 하고는 있었지만, 탈출이라고 부를 정도는 아니었다.

'팔 쪽도 괜찮고.'

여기까진 예상했던 바였다. 그렇다면 배는 어떨까. 강혁은 두근거리는 마음을 안고 배 쪽을 들여다보았다.

'호.'

놀랍게도 1호 재원은 거의 완벽하게 혈관을 잇고 있었다. 그저 봉합만 괜찮은 게 아니라, 연결 지점도 잘 찾아낸 듯했다. 그에 비하면 한유림 교수 쪽이 약간 처지긴 했지만, 걱정했던 것처럼 엉망은 아니었다. 역시 외과 과장 자리는 야바위로 딴 건 아닌 모양이었다.

"어, 어! 왔어? 자자. 바꿔, 바꿔."

물론 한유림 교수는 어서 빨리 이 부담되는 자리를 뜨고 싶었기 때문에 강혁을 보자마자 교체를 권했다. 불행히도 강혁의 의견은 조금 달랐다.

"벌써 거의 다 했는데요 뭐. 혈관 잇고, 죽은 소장 부위 자르고 이어줘요."

"아니……. 그게 말처럼 쉽지 않은 건 알잖아!"

"제일 어려운 거 했는데, 뭐. 얘가 배만 다친 게 아니지 않습니까."

"그야……. 그야 그렇긴 하지……."

한유림 교수는 아이의 왼쪽 가슴과 머리에 고개를 돌렸다. 가슴엔 흉관이, 머리엔 배액 관이 들어가 있었다. 둘 다 임시방편으로 시간만 벌고 있는 중이었다.

"폐랑 머리만 하고 내려갈 테니까, 그동안 끝내봐요."

"안……. 안 내려오겠다는 거 아냐?"

"용케 알아들으시네. 맞아요."

"야, 야!"

강혁은 누가 봐도 좀 급하게 고개를 돌린 후, 참았던 미소를 지어 보였다.

'늘었어. 확실히.'

애써 재원에게는 보이지 않으려 했던 바로 그 미소였다.

'재능이 있는 건 아니지만, 열심히 하긴 하잖아.'

시리아에서도 제법 많은 제자를 키워낸 적이 있었다. 하지만 그 땐 미국 국방성과 계약을 맺고 받아들인 제자들이었다. 막대한 돈을 받고, 각기 6개월이라는 시간제한을 두고 가르쳤다는 뜻이다. 물론 그들과 사제지간으로서의 교감이 전혀 없었던 건 아니지만, 어쩐지 양재원과는 좀 달랐다.

'새끼.'

강혁은 후후 웃으며 아이의 왼쪽 가슴 쪽에 자리를 잡았다. 정형외과 쪽 수술을 잘 보기 위해 태블릿 피시의 카메라가 향하고 있던 바로 그곳이었다.

"교수님 왜 저렇게 웃지."

옆 수술방에서 화면으로 강혁의 모습을 본 조폭이 어깨를 움츠리며 중얼거렸다. 소름이 오소소 돋아난다는 게 바로 이런 거구나 싶은 순간이었다.

"이거 끄면 안 되나? 여기 보면서 웃는 건 아니겠지?"

강행 또한 고개를 절레절레 흔들며 강혁이 남기고 간 태블릿 피시를 가리켰다. 영상통화로 연결 중이었으니 저쪽에서도 이쪽 모습이 훤히 보일 게 뻔했다. 물론 강혁은 딱히 들여다보지 않았다.

"계속 웃으시는데."

"인턴아. 저거 좀 치워. 무서워서 수술을 못 하겠네."

장미와 강행은 잠시 둘이서 숙덕대더니 곧 태블릿 피시를 치우는 데 동의했다. 도저히 저 얼굴을 봐가면서 수술을 진행하는 건 불가능해 보였다. 해서 센스 만점인 인턴이 크록스 신은 발로 툭 태블릿 피시를 밀어 넘어뜨렸다.

"이제 살겠네."

"빨리하죠. 저거 안 보인다고 쳐들어오실 수도 있어요."

"그래요. 휴."

강혁은 두 사람의 얼토당토않은 오해로 자신의 시야를 차단당한 줄도 모르고 미소를 짓고 있었다. 아무리 생각해도 재원의 혈관 봉합은 상당한 수준에 이르러 있었기 때문이었다.

'2호만 제대로 키워내면 언젠가는 알아서 돌아가겠어.'

남들에게는 절대 하지 않은 얘기지만, 홀로 대한민국의 중증외상센터를 짊어지고 간다는 건 솔직히 어마어마하게 부담되는 일이었다. 빨리 우수한 제자들이 커서 손을 보태주기를 끊임없이 바라고 있었다. 하지만 그 바람은 아주 먼 미래에나 이루어질 일이란 것을 잘 알고 있었다.

지금 강혁이 해야 하는 일은, 언제나 그렇듯 눈앞의 아이를 살려내는 일이었다. 강혁의 메스가 아직 자라지 못한 아이의 좌측 갈비뼈 사이의 공간을 가르고 들어갔다. 편하게 수술하려면 절개를 세로로 긋고 갈비뼈를 절단하여 넓은 시야를 확보하는 게 좋겠지만, 강혁은 늘 환자의 생명과 그의 남은 생을 중요시하는 의사였다. 이제 겨우 아홉 살짜리 아이에게 한눈에 들어오는 상처를 남겨주고 싶진 않았다.

"거기, 여기 손 좀 빌려주라."

강혁은 순식간에 절개를 마치곤 정형외과 쪽을 돌아보았다. 이제 붕대까지 다 감고 나가려던 교수와 레지던트가 그를 돌아보았다.

'기조실장 라인…….'

레지던트야 당연히 똥 씹은 얼굴이 되었지만, 교수는 맹렬히 머리를 굴렸다.

'원장도 구워삶았고……. 정치 쪽으로도 연이 있지.'

보건복지부 최필두 장관은 물론이고, 박성민 의원까지 백으로 두고 있는 인물이었다. 어쩌면 이번 일로 인해 현용수 의원까지 그의 뒷배가 되어줄지 모르는 일이었고. 그렇다면 여기서 교수가 취해야 하는 행동은 역시나 단 하나였다.

"야, 도와드려. 어차피 할 일 없잖아."

"네?"

정형외과 레지던트에게 할 일이 없다니, 레지던트는 이 사람이 정말 자기 교수가 맞기는 한 건가 하는 얼굴로 교수를 바라보았다. 3년 차까지 주치의를 맡아야 하는 거의 유일한 과였다.

"뭐 인마."

하지만 정형외과에서 교수의 말은 곧 법이었다. 옛날처럼 날 잡아서 빠따 치던 풍습은 사라졌지만, 여전히 군대 못지않은 위계질서와 교수의 입김이 센 곳이 정형외과였다.

"어……."

"뭐."

"아뇨. 네. 돕겠습니다."

레지던트는 울며 겨자 먹기로 다시 손을 닦고 강혁을 도우러 들어와야만 했다. 당연하게도 강혁은 미안하다는 생각 따위 하지 않았다. 환자가 있는 곳에 의사가 있는 건 너무 당연한 일이라 믿는 인간이었으니까. 그 레지던트가 어제 세 시간을 잤고, 또 오늘 세 시간을 겨우 잘 수 있으리란 건 중요하지 않았다.

"한숨 쉬지 말고, 위로 당겨. 금방 끝나."

"아……. 네."

레지던트는 이게 정말 금방 끝나겠냔 심정으로 절개면을 위로 잡아당겼다. 그러자 강혁이 교묘하게 넣은 절개 덕에 아래면은 딸려 올라가지 않고, 위쪽에만 큼지막한 공간이 생겼다.

"음?"

레지던트가 혹시 자기가 잘못 당겼나 하고 생각하는 사이, 강혁은 부러진 채 폐 피막을 찢고 들어간 갈비뼈를 제거했다. 마치 어디 바닥에 떨어진 동전이라도 줍듯이 아주 수월하게 뺐다.

"역시 폐 손상이 그렇게 심하진 않네."

다행히 갈비뼈가 폐에 박혀 들어가진 않고 겉으로 상처만 난 상황이었다. 하지만 폐는 계속 숨이 들락거리는 곳이었고, 피막은 얇디얇은 조직이었다. 그런 곳의 상처를 폐에 손상을 주지 않으면서 꿰맨다? 차라리 그 부위를 자르는 게 훨씬 나을 수 있었다. 대개 쐐기 절제술을 하는 게 바로 이런 이유에서였다. 하지만 강혁은 아이의 나이를 상기하며 봉합 기구를 집어 들었다.

'자르지 않고 승부를 보자.'

그 모습을 본 레지던트의 눈이 휘둥그레졌다. 비록 흉부외과는 아니긴 했지만, 의사라면 지금 같은 경우 봉합이 얼마나 말이 안 되는지 정도는 알 수 있었다. 하지만 이어지는 강혁의 봉합을 보고 나니, 이 사람이 왜 그런 선택을 했는지 알 수 있었다.

'실력 좋다, 좋다 하더니……. 거의 미쳤구나.'

일단 핀셋으로 피막 집어내는 것부터가 예사롭지 않았다. 종이보다 얇은 조직을 찢어지지 않게 집어내고는 거기다 바늘을 폭 꽂아 넣었다. 움직이고 있는 폐가 그 바늘에 단 한 번도 찔리지 않았다는 건 경악스러웠다.

"뭘 보고만 있어. 그러면 실이 잘리냐? 레이저 쏴?"

"아, 아. 네. 죄송합니다."

소문대로인 건 역시 실력뿐만이 아니었다. 더러운 성격은 소문 이상인 듯했다.

'어마어마한 과로구나.'

레지던트는 잠시 재원과 강행에게 묵념을 하며 가위를 놀렸다.

"좋아. 폐는 됐고……. 여기 너 혼자 닫을 수 있지?"

"네? 아, 네. 닫을 수 있습니다."

맨날 닫던 부위는 아니긴 했지만, 칼 다루는 과 3년 차쯤 되면 어디든 대강 닫을 수 있게 되는 법이었다. 완벽하진 않겠지만.

'뭐 내 절개가 워낙 좋으니까, 어렵진 않겠지.'

강혁은 그렇게 생각하며 아이의 얼굴로 올라갔다. 아이의 얼굴은 두개저 골절로 인해 퉁퉁 부어오른 상태에서도 너무 앳되어 보였다. 다행히 신경외과에서 달아둔 배액 관 덕에 아이의 뇌압은 어느 정도 조절되고 있었다.

'유두종 소견이 거의 없어.'

보아하니 동공 반사도 정상으로 돌아와 있었다. 제때 뇌압 조절에 들어간 덕분이었다.

'시키면 곧잘 한단 말이지.'

응급 상황에서 뭘 시켜야 할지 판단하지 못해서 그렇지, 각자 자기 분야에 대한 전문성은 가히 세계 최고라 할 만했다.

"여기 내시경 시스템, 준비됐나?"

강혁은 상념을 털어내고 간호사 쪽을 돌아보았다. 장미는 1번 방에, 지민은 중환자실에 묶여 있었기 때문에 이 안에는 이번에 신규 충원된 간호사들뿐이었다.

"네, 준비됐습니다!"

다행히 카리스마 넘치는 조폭 덕에 군기는 딱 잡혀 있었다. 강혁은 '역시 장미는 조폭이 딱이야' 하는 생각을 하며 카메라를 넘겨받았다.

"보스민 줘요."

"네."

보스민이란 비강 내 점막을 수축시키는 동시에 지혈까지 할 수 있는 만능 물질이라고 보면 되었다. 물론 만능이라는 말이 붙기엔 지혈 능력이 좀 떨어지긴 했지만. 간호사는 보스민을 적신 거즈를 강혁에게 건네주었다. 강혁은 내시경을 통해 비강 내부를 확인하면서 그 거즈를 슥슥 집어넣었다. 아무렇게나 넣는 것 같아 보였지만 실은 각 비갑개의 크기를 축소하기에 적절한 위치에 넣고 있는 것이었다.

'이비인후과 수술 배워둔 건 잘한 거 같아.'

특히 머리 쪽 손상이 있을 때 그 손상 부분까지 접근하기 위해 새로운 손상을 만드는 행위를 피하기에 이보다 좋은 방법은 없었다.

강혁은 방금 쑤셔넣었던 보스민 거즈를 제거했다. 그러자 한결 넓어진 비강이 수술실 한쪽 벽에 비치된 모니터에 한가득 모습을 드러냈다. 원래 같으면 깨끗해야 할 코의 천장, 즉 머리의 바닥 뼈 부근이 아주 지저분해 보였다.

'여기가 싹 다 부러졌어.'

부러지면서 조직이 부어서 그런가, 뇌척수액이 직접 새어 나오고 있진 않았다. 하지만 강혁이 보기에 이걸 그냥 방치해뒀다가는 후에 환자를 잃을 수도 있는 병변으로 보였다. 어떻게든 복구를 해야 했는데, 아쉽게도 이쪽의 뼈는 무척 얇아서 봉합하는 건 불가능하다고 봐야 했다. 뭔가 다른 물질로 막아야 했다.

'흠.'

강혁은 자신도 모르게 아이의 아래쪽을 내려다보았다. 아직 한유림 교수와 재원은 한창 배를 수술하고 있었다. 이 상황에서 아이의 다리에서 근막을 채취한다? 너무 많은 상처를 남기는 것 같았다.

'몸만 낫는다고 낫는 게 아니지.'

어쩌면 이미 정신이 다쳤을 수도 있었다. 거기에 충격을 더할 생각은 추호도 없었다.

"칼 줘볼까? 시클(Sickle: 낫처럼 휜 칼)."

"어……. 네."

강혁은 간호사가 건네준 칼로 코 바깥쪽 점막을 살살 들어 올리기 시작했다. 당연이 피가 줄줄 새어 나오기 시작했지만, 강혁의 시야에 그리 방해되지 않는 듯했다. 카메라 위치를 교묘하게 조작해서 떨어지는 핏방울이 닿지 않게끔 해두었기 때문이다. 그렇게 조금 더 칼을 들고 작업하는가 싶더니, 마치 덮개처럼 생긴 점막 하나가 만들어졌다. 4면을 다 떼어내지 않아 한쪽은 원래 자리에 붙어 있었다. 그곳으로부터 혈액을 공급받고 있으니 사실 이보다 단단한 생체 덮개도 드물 것이다.

"집게."

"네."

강혁은 그 덮개 형태의 점막을, 엉망이 된 코 천장까지 들어올렸다. 그러자 마치 딱 맞는 뚜껑이라도 덮은 것처럼 천장 전체가 보이지 않게 되었다.

"좋아. 실."

"실……. 어……. 어떻게 물어 드릴까요?"

본래 코안에서, 그것도 저렇게 깊은 곳에 봉합하는 일은 극히 드물었다. 콧구멍을 통해 기구 하나 넣는 것도 벅찬데 거기서 봉합을 한다는 건 거의 불가능한 일이었으니까. 하지만 강혁에게는 가능했다.

"세로로. 어, 그렇게."

"네. 교수님."

"실 좀 많이 쓸 거니까, 계속 줘."

물론 쉽진 않았다. 때문에 하나의 매듭에 소모되는 실의 양이 무척 많았다.

강혁은 거의 덮개가 다 덮인 후 다시 아래쪽을 내려다보았다.

"거기 어때?"

"어……. 이제 거의 다 됐어. 확인만 해줄 수 있나?"

그러자 한유림 교수가 반쯤은 뿌듯한, 나머지 반은 불안해하는 기색으로 이렇게 말했다. 강혁은 나이에 비해 귀여워 보이는 한유림 교수를 보며 빙그레 웃었다.

"그러죠, 뭐."

강혁은 코안에 메로셀을 잔뜩 집어넣었다. 메로셀은 스펀지처럼 물을 먹으면 크기가 커지는 성질의 거즈였다. 코안에 들어간 후, 안에서 새어 나오는 핏물을 흡수하면서 크기가 커졌고, 곧 아이의 비강을 꽉 채워버렸다.

"흠."

그 후 아이의 목 안쪽을 확인한 강혁은 만족스럽다는 기색으로 고개를 끄덕였다. 목 뒤로 피가 전혀 넘어오고 있지 않았기 때문이다. 그 말은 곧 수술 부위의 출혈 또한 거의 다 조절되고 있다는 뜻이었다. 아무리 메로셀을 넣어놓아도 혈관 출혈이 있으면 줄줄 새어 나오고 있었을 것이다.

"그럼 어디……."

강혁은 모든 수술이 끝난 후에야 한유림 교수에게로 내려갔다. 한유림 교수는 자기가 할 수 있는 모든 것을 해놓은 참이었기 때문에 멍하니 강혁만 바라보고 있었다. 그건 재원이라고 해서 크게 다르지 않았다. 마치 어미 새를 기다리는 아기 새 같은 둘을 보면서 강혁은 고개를 절레절레 흔들었다.

'이 양반은 어째 처음보다 점점 더 어려지는 거 같아.'

첫 만남 때의 한유림 교수를 생각해보면 지금 모습은 아예 상상도 할 수 없을 정도였다. 노예 1호 빼앗긴 것 때문에 날을 잔뜩 세우고 있었으니까.

"빨리, 빨리 좀 봐줘. 나 잘한 거야?"

그러던 사람이 지금은 아이처럼 동동거리며 수술 부위를 가리키고 있었다.

"흠."

물론 실력까지 퇴보한 것은 아니었다. 오히려 약간은 더 진보해 있었다.

'일단 혈관 문합이 좋아. 다시 봐도 괜찮네.'

연결도 꽤 잘해놨지만, 그 연결 부위를 선정한 것이 특히 더 놀라웠다. 원래 외과 의사에게 제일 중요한 것은 수술을 어떻게 하는가가 아니라, 무슨 수술을 어떻게 할지 결정하는 것이었으니까.

"이거 여기서 잇는 건 누가 결정한 거죠?"

강혁은 자신의 눈으로 봐도 알맞은 위치에 연결된 인조 혈관을 가리키며 물었다. 그 말에 한유림 교수는 잠깐 고민하다가 재원을 가리켰다.

"양 선생이. 실력 많이 늘었던데?"

"오……. 1호, 정말 네가 한 거야?"

강혁의 말에 재원은 한유림 교수와는 달리 한 치의 망설임도 없이 고개를 끄덕였다.

"그럼요. 제가 수제자 아닙니까? 거의 교수님하고 비슷하죠?"

"이 새끼는 입만 다물면 훨씬 나을 텐데."

"이런 것도 교수님 닮……. 윽."

강혁은 자신의 발에 정강이를 차인 채 한 발로 통통 튀고 있는 재원을 뒤로하고 수술 부위를 재차 들여다보았다.

'딱 썩은 부위만 잘라냈어. 손상은 최소화했고……. 이만하면 장루 안 뽑아도 되겠는데.'

소장을 잘라냈다고 해서 무조건 장루를 형성해야 하는 건 아니었다. 의료진의 판단에 따라 얼마든지 바로 이어줄 수도 있었다. 특히 그 대상이 작디작은 아이라면 더더욱 그런 결정이 중요했다. 다 큰 성인에게도 장루는 썩 유쾌한 경험은 아닌데, 아이에게는 평생 가는 트라우마로 남을 수 있었다.

"잘하셨는데? 일단 혈관을 빨리 이어서, 남은 소장 상태가 좋네."

"그, 그런가? 고마워."

"고맙긴요. 외과 교수님인데 이 정도는 해야지."

"기본 기준이 너무 높아, 백 교수는……."

"아무튼, 나쁘지 않게 하셨으니까. 이거 이어주고 닫고 나가죠."

"오, 그래그래. 다행이네."

한유림 교수는 강혁의 칭찬 같지도 않은 칭찬에 마음이 놓이는 듯했다.

강혁은 적당한 자리를 잡자마자 아이의 끊어진 소장을 휙휙 이어주었다. 예의 그 끝내주는 봉합술을 이용해서였다. 그걸 내려다보고 있던 한유림 교수는 물론이고, 불만 가득한 얼굴로 뒷짐 지고 있던 신경외과 교수 또한 감탄을 터뜨리고야 말았다.

'단 한 땀도 실이 안으로 들어가질 않네.'

즉 소장 안쪽 벽에는 봉합 흔적이 전혀 남지 않는다는 뜻이었다. 그러면서도 매듭은 아주 단단해서, 소장의 거친 연동운동도 문제없이 견딜 수 있을 것 같았다.

'건방지다고 생각했는데…….'

신경외과 교수는 방금 강혁이 해낸 두개저 골절 교정과 소장 문합술을 보며 고개를 내저었다. 오늘 본 강혁은 건방진 게 아니라 오히려 겸손한 것 같았다. 자신이 이만한 실력을 가지고 있었다면 다른 의사들이 과연 의사로 보였을까? 아마 아주 사소한 처치라도 맡기기 어려웠을 거다.

"오케이. 다 닫았고……."

강혁은 순식간에 복강에 피부까지 닫은 후, 사방을 둘러보았다. 한유림 교수와 재원 그리고 신경외과 교수가 눈에 들어왔다. 정형외과 레지던트는 소란스러움을 틈타 튄 모양이었다. 거기도 눈코 뜰 새 없이 바쁜 과인 만큼 충분히 이해가 됐다.

"중환자실로 가야 하는데. 흠……. 어디로 가지."

강혁은 잠시 현재 중증외상센터 중환자실 상황을 떠올렸다. 유지상은 상태가 꽤 좋아져서 중환자실에 꼭 없어도 되긴 하지만, HIV 환자라 어디 빼놓기가 무척 애매했다. 박철순 반장도 차라리 아예 출입이 통제되는 중환자실에 있었으면 하고 했고.

'일반 병실로 올라가면 아무래도 좀 경계가 힘이 들겠지.'

다른 환자나 보호자들이 들락거리는데 무장한 기동타격대가 지키고 있긴 어렵지 않겠는가.

'그렇다고 톰 커크먼을 일반 병실로?'

그 양반 아직 정신을 못 차리지 않았나 하는 생각을 하고 있는데, 여태 얌전히 보조만 하고 있던 간호사가 그를 불렀다.

"저, 백 교수님. 아까 중환자실에서 연락 왔습니다."

정신이 퍼뜩 드는 말을 했다.

"중환자실? 뭔데? 그런 건 바로 말해야지!"

"아……. 환자가 나빠진 게 아니라……."

"그럼 뭔데."

"톰 커크먼 환자 의식 찾아서 본관 중환자 내과 교실 도움받아 위닝 마쳤다고 합니다."

"오."

강혁의 감탄에 한유림 교수가 말없이 고개를 끄덕였다.

'평소 같으면 도와달라고 애원해도 안 왔을 만한 위인들인데.'

확실히 권력이 좋긴 좋았다.

"그럼 톰 커크먼 환자를 일반 병실로 빼고."

"네, 교수님."

"옆방 김영수 환자도 일반 병실로 보내고."

"아……. 네."

김영수 환자는 비록 다리가 잘리는 중상을 입었지만 다행히 의식 저하를 일으킬 수준은 아니었다.

"그리고 이 환자는 중환자실로 빼자. 와, 요새 환자 엄청 많네."

중환자실이 꽉 찬 것도 모자라 일반 병실까지 채워져 나가는 상황이었다. 그것도 모조리 사회적인 파장을 일으킬 만한 환자들이었다. 마약왕 유지상. 유엔 사무총장 톰 커크먼. 비정규직 노동자 김영수. 여당 대표의 손자 현하람.

“어휴. 환타(환자를 타는 사람, 환자가 몰리는 현상)도 이런 환타가 없네.”

한유림 교수는 생각만 해도 머리가 지끈거리는지 고개를 절레절레 흔들었다. 그냥 외과 과장이었던 때는 외과만 생각하면 됐는데, 이젠 병원 전체를 아우르는 사람이 되지 않았는가. 언론과 국민의 관심이 쏠린 환자들이 이렇게 많이 몰려 있다는 것이 그렇게 좋은 일만은 아닌 듯했다.

“뭐, 싹 치료하면 되지.”

하지만 강혁에게 환자는 그저 환자일 따름이었다. 그 사람이 가지고 있는 지위나 재산, 권력은 중요한 게 아니었다. 그냥 얼마나 아프냐가 훨씬 더 중요했다.

“1호. 얘 중환자실로 데리고 나가. 나는 옆방 갔다가, 보호자 만나고 뒤따라갈게.”

그래서 현용수 의원의 손자가 아니라 김영수 환자와 수술방을 나가겠다고 했다. 한유림 교수는 그에 관해 뭐라 말을 하려다 애써 집어삼켰다.

‘어차피 들어 처먹지도 않을 거…….’

그사이 강혁은 2번 방에서 빠져나가 1번 방 안으로 들어가버렸다.

“읏.”

강행은 아직 마지막 땀을 남겨두고 있던 참이라 저도 모르게 신음을 흘렸다. 결국, 장미까지 가세해 봉합했음에도 불구하고 강혁의 수술보다 봉합이 늦어버린 셈이었다.

‘어휴. 이거 언제 키워서 써먹나…….’

강혁은 느려터진 2호를 마주하자마자 숨이 턱 막히는 것 같았다. 하지만 이내 1호 재원은 얘보다 더 느렸다는 것을 떠올릴 수 있었다.

'그래, 난 가르치는 것도 천재지.'

안 그러면 어떻게 재원 같은 둔재를 쓸 만한 놈으로 키워 낼 수 있었겠는가. 아마 지금까지 해왔던 대로만 하면 언젠가는 2호도 썩 괜찮은 외상 외과의가 될 수 있을 터였다.

"나 쳐다보고 있지 말고 하던 거 일단 마저 해."

"아……. 네."

"어디 찔러? 제대로 해."

"넵."

강행은 거의 무슨 목욕재계라도 하는 심정으로 바늘을 다시 찔러넣었다. 생각해보면 너무 우스운 일이었다. 피부 봉합은 레지던트 때 다 마스터한다고 생각했고, 대부분의 외과계 전문의들은 자기 봉합은 완벽하다고 생각하고 있었다.

'완벽은 개뿔.'

하지만 강혁과 비교하기 시작하면서 자신에게 얼마나 큰 문제가 있는지 깨달을 수 있었다.

강행은 강혁의 채근에 힘입어 힘차게 마지막 봉합을 마무리했다. 그리고 뒤통수를 딱! 얻어맞았다.

"너 나가면 봉합 연습 더 해. 어떻게 된 게 아직도 애매하냐."

"네……."

"피부는 이래도 잘 붙어. 상관없어. 근데 안은 다르다고. 알아?"

"네, 교수님."

실제로 그렇다는 걸 강혁을 보면서 계속 배우고 있는 중이었다. 일반적으로 알고 있는 회복 기간보다 강혁이 집도한 수술은 그 기간이 훨씬 짧았다. 애초에 손상을 최소화하는 것도 이유였지만, 완벽한 봉합이 가장 큰 이유였다.

"경원이, 깨웠지?"

"물론이죠."

경원은 늘 그렇듯 완벽한 타이밍에 맞춰서 환자를 깨운 참이었다.

"그럼 튜브 뽑고 일반 병실로 가자."

"네, 교수님."

그렇게 1번 방에서 나와 일반 병실로 향하는 강혁을 기자들과 환자의 보호자가 따라나섰다. 그중 강혁이 관심을 보인 사람은 역시 환자의 할머니뿐이었다. 강혁은 유명 언론사 카메라 따위 눈에 보이지 않았다.

"보호자 되시죠?"

"네, 네. 우리 영수……. 어찌 된 거예요?"

할머니의 주름진 눈에는 눈물이 가득 고여 있었다. 지금껏 지하철 사고를 당한 사람 중 살아난 사람이 아무도 없었다. 오늘 아침에도 출근 전 조심하라는 자신의 말에 손을 흔들며 나선 손자의 모습이 눈에 아른거렸다.

'그때 말렸어야 했는데…….'

사고를 당한 환자의 보호자들이 으레 그러하듯 할머니도 아무 잘못 없이 무거운 죄책감에 시달리고 있었다. 강혁은 가만히 할머니를 내려다보다가, 어깨를 꼭 잡아주었다.

'할머니만 보면 자꾸 거짓말이 나오는구만.'

그리곤 어쩐지 씁쓸한 미소를 지어 보이곤 입을 열었다.

"괜찮을 겁니다. 다 괜찮을 거예요."

"아이구, 감사합니다, 감사해요."

"그럼 이따가 다시 설명해 드리겠습니다."

강혁은 고개를 숙이곤 도망치듯 침대를 따라잡았다. 미처 할머니에게 다리 얘기를 꺼내지 못한 자신이 원망스러웠다.

"으……."

병실로 옮겨진 김영수 환자는 곧 눈을 껌뻑이며 입을 열었다. 고통에 찬 얼굴이었고, 동시에 많이 당황한 듯한 얼굴이기도 했다.

'이젠 익숙하지, 이런 반응.'

환자에게 상황을 설명하기 위해 옆에 서 있던 재원은 김영수 환자의 어깨를 꾹 잡아주며 고개를 끄덕였다. 보통 사고 현장에서 의식을 잃었다가 병원에서 깨어난 중증외상 환자들은 대개 이런 반응을 보였다. 사람에 따라서는 비명을 지르거나 난동을 피우기도 했다.

"여, 여긴 어딥니까……?"

김영수 환자는 상당히 얌전한 편에 속했다. 이편이 환자에게도 좋았다. 상처가 벌어질 염려는 없었으니까.

"병원입니다, 김영수 환자. 혹시 사고 당시 기억나십니까?"

정작 수술을 집도한 강혁은 병실 입구에 조용히 서 있었다. 자기가 나서서 대화하면 환자가 울거나 화를 내니 재원에게 맡기는 수밖에 없었다. 최하림 감독의 카메라 렌즈가 그런 강혁을 살짝 비추었다가 재원을 향해 돌았다. 최하림의 다큐멘터리는 주변 인물들의 서사 또한 놓치지 않는 것이 특징이었다.

"어……."

김영수 환자는 끔찍했던 사고 당사자치고는 덤덤한 얼굴이었다. 단지 성격 때문이 아니었다.

'기억을 못 하는군.'

어떤 트라우마는 너무 강렬해서 당시 기억을 송두리째 앗아가기도 했다. 그게 환자에게 오히려 좋은 거 아닌가 싶겠지만, 기억만 못 할 뿐, 상처는 무의식 속에 그대로 남아 결국 더 큰 상처를 남긴다.

"김영수 씨. 스크린 도어 수리 도중 사고가 발생했어요."

그래서 이럴 땐 오히려 객관적인 사실을 정확하게 전달해주는 게 나았다. 그래야 그 트라우마와 싸워 이길 수 있으니까.

"어……."

"미처 열차가 들어온다는 걸 알리지 못한 모양이에요. 시스템 에러였던 것으로 추정하고 있습니다."

"아……."

그제야 김영수 환자의 얼굴에 공포가 번져나갔다. 아직 철도 쪽에 있는데, 열차가 들어오고 있었다. 새카맣던 공간이 하얀빛으로 물들어가던 순간이, 조용하던 귓가가 찢어질 듯한 소음으로 채워지던 순간이 분명하게 떠오르고 있었다. 재원은 조금씩 떨리기 시작한 김영수 환자의 손을 꼭 잡아주었다.

"여긴 병원이에요."

"네……."

김영수 환자의 얼굴에 떠올랐던 공포가 약간은 가벼워진 것 같았다. 재원의 말대로 이곳은 병원이고, 또 자신은 안전해 보였고, 의사라는 사람이 더없이 친절한 눈으로 자신을 쓰다듬어주고 있었다. 재원은 차츰 본론으로 들어가기 시작했다.

"사고 당시……. 기억나십니까?"

"아, 네……. 그……."

김영수 환자는 인상을 잔뜩 찌푸린 채, 자신을 향해 달려오던 커다란 빛 덩어리를 떠올렸다. 완전히 덮치기 전에 간신히 몸을 빼내기는 했다. 다리에 쾅 하는 느낌이 오기 전까지만 해도 완전히 빠져

나온 줄 알았지만, 그게 아니었다.

"그리고 굴렀는데……."

"정신을 잃으셨군요."

"네. 그때부터는 아예 기억이 나지 않습니다."

통증과 출혈이 복합적으로 작용했을 테니 그럴 수밖에 없었을 것이다.

"음."

재원은 차마 다음 말을 바로 꺼내지 못하고 강혁을 돌아보았다. 묵묵히 팔짱을 낀 채 둘의 대화를 듣고 있던 강혁은 그저 고개만 끄덕였다.

사고 얘기를 꺼냈는데 환자가 울지 않았다. 만약 강혁이 얘기를 했다면 지금쯤 안정제를 투여해야 했을지도 몰랐다.

'하아…….'

재원은 잠시 한숨을 내쉰 후, 재차 김영수 환자를 바라보았다. 표정을 보니 환자는 이미 어떤 각오를 마친 듯했다. 사고 당시를 떠올리다보니 자신의 다리에 가해진 충격과 찢어지는 듯한 통증의 순간도 떠오른 것이다. 덕분에 재원으로서는 아주 조금은 편안한 마음으로 입을 열 수 있었다.

"김영수 님."

물론 그렇다고 해서 절대 쉬운 일은 아니었다. 재원은 진중하고도 엄숙한, 그러면서도 옅은 미소를 띠고 환자를 바라보았다. 덕분에 김영수 환자는 두렵고 불안한 마음을 조금이나마 안정시킬 수 있었다.

"네, 선생님."

"사고 당시 환자분의……. 좌측 다리가 절단되었습니다."

김영수 환자는 무의식적으로 자신의 다리 쪽으로 고개를 돌렸다. 발끝이 툭 솟아올라 있는 오른발과는 달리 왼쪽은 허전했다. 이상한 일이었다. 여전히 감각은 느껴지는 것 같은데, 실제론 다리가 잘리고 없다니.

"다행히 무릎은 살릴 수 있었습니다."

재원은 김영수 환자의 절망이 더 깊어지기 전에 얼른 말을 이었다. 하지만 보통 사람들이 그렇듯 무릎을 살리고 잃는 것의 의미를 잘 몰랐기 때문에 환자는 그저 멍하니 재원을 바라볼 뿐이었다.

"보조구만 달면 걸으실 수 있습니다. 지팡이는 필요하겠지만……. 재활이 어떻게 되느냐에 따라 지팡이 없이 걷는 경우도 있습니다."

그야말로 극히 드문 경우였지만, 재원은 거의 기적이라고 부를 정도의 확률도 환자에게는 희망이 될 수 있다는 것을 아주 잘 알고 있었다.

"그, 그렇군요."

아니나 다를까 김영수 환자의 얼굴에도 옅은 희망의 빛이 떠올랐다.

"그 외에 간이 찢어지긴 했지만, 백강혁 교수님께서 완벽하게 지혈을 해주셨어요. 생명에는 전혀 지장이 없을 겁니다."

"그……."

환자는 자신의 배 쪽을 내려다보았다. 붕대가 칭칭 감겨 있었는데, 관 하나가 붕대 사이를 비집고 길게 나와 있었다. 관 끝에 달린 수류탄 모양의 주머니로 피인지 뭔지 모를 액체가 흘러들어가고 있었다. 재원은 그의 의문을 해결해주겠다는 듯 조심스럽게 주머니를 들어 올렸다.

"지금 안에 쌓인 피와 조직액이 나오고 있는 겁니다. 수술 직후인 것을 감안하면 색이 아주 좋습니다."

"그렇군요……. 감사…… 합니다."

"아닙니다. 일단은 회복에 전념하십시오. 불편한 거 있으면 언제고 옆에 버튼 눌러주시고요."

"네, 선생님."

재원은 마지막으로 환자의 등을 두드려주고는 돌아섰다. 눈이 마주친 강혁이 양손 엄지를 들어 올려줬다. 자신에게는 없는 재원만의 재능이었다. 극한 상황의 환자를 마주하는 의사로서도 아주 큰 장점이었다.

"자, 잠시만요."

그렇게 두 사제가 병실을 나서려는데, 김영수 환자가 급하게 말을 꺼냈다.

"네, 말씀하세요."

강혁은 그저 고개만 돌렸고, 재원은 따뜻하게 웃으며 입을 열었다.

"그……."

김영수 환자의 얼굴은 더없이 어두워져 있었다. 사고 당시를 떠올릴 때보다, 다리가 잘렸다는 것을 확인했을 때보다 더 어두운 표정이었다. 대체 무엇 때문일까. 재원은 조금 불안해졌고. 강혁은 밖을 내다보았다. 낡은 옷을 입은, 아주 조그마한 할머니가 보였다. 취재진에 밀려 병실 근처에도 못 오고 배회하는 힘없는 보호자였다.

"할머니……. 혹시 오셨나요?"

"아."

재원도 그제야 환자가 무엇을 걱정하는지 알 것 같았다. 평생을 고생하며 자신을 키운 할머니. 그 할머니가 다리 잘린 자신을 보았을 때 과연 어떤 반응을 보일까.

"오셨습니다."

재원이 망설이는 사이, 강혁이 입을 열었다. 그뿐만 아니라, 어느새 성큼성큼 걸어 환자의 앞에 가 있었다.

'어.'

재원이 말리려 했지만. 이미 늦은 것 같았다. 환자는 더는 재원을 보고 있지 않았다.

"그……. 그렇군요……."

"할머니께는 괜찮다고 말해뒀어요. 아무 일 없다고."

강혁은 고개를 떨군 환자를 향해 말을 이었다. 재원처럼 환자의 등을 두드려준다거나 하지는 않았다. 다만 목소리를 떨고 있었다. 그답지 않게.

"괜찮다고…… 하셨다고요?"

"차마 말이 나오질 않더군요."

"그……."

말하자면 거짓말을 했다는 뜻이었다. 의사가 보호자에게. 하지만 환자는 화를 내지 않았다.

"감사합니다. 잘하셨어요, 선생님."

김영수 환자는 도리어 감사하다고 하며 고개를 숙였다. 눈물이 뚝뚝 떨어져 배에 감겨 있던 붕대를 적셨다.

그때 밖에서 소란이 일었다. 장미가 앞에 장사진을 치고 있는 취재진을 무력으로 뚫고 들어왔기 때문이었다. 그녀는 귀찮다는 듯 옷을 탁탁 털어내고는 입을 열었다.

"백 교수님, 중환자실에 현하람 환자 들어갔습니다."

"아."

드디어 현용수 환자의 손자가 수술방을 빠져나온 모양이었다. 중하기로만 따지면 그쪽이 훨씬 심하긴 했다. 여기도 죽을 뻔하긴 했지만, 거긴 지금도 죽음의 문턱에 걸쳐 있었으니까.

"그."

강혁이 곤란하다는 기색으로 김영수 환자를 돌아보자, 환자는 그저 고개를 끄덕였다.

"전 괜찮습니다."

"네, 그럼 이따 뵙죠. 보호자는……. 원하실 때 뵐 수 있도록 조치해두겠습니다."

"감사합니다, 선생님."

강혁은 차마 더 있지 못하고 슥 빠져나왔다. 그런 강혁의 옆구리를 재원이 푹 하고 찔렀다. 이게 미쳤나 하는 눈으로 바라보자, 재원은 실실 웃고 있었다.

"많이 느셨는데요?"

"많이 느셔? 뒤질래?"

"아니……. 그렇잖아요. 결국, 울리긴 했지만. 아무튼, 웃었잖아요. 크나큰 발전 아닙니까?"

"이 새끼는 하여간……."

강혁은 고개를 절레절레 저으며 중환자실 문 앞에 섰다.

"아, 백 교수."

재원이 중간에 김영수 환자 상담 건으로 불려가는 바람에 혼자 환자를 챙겨야 했던 한유림 교수가 강혁을 보며 말했다. 그는 끙끙 앓지만 않았을 뿐, 뭔가 원하는 게 있는 강아지 같은 표정으로 강혁을 바라보고 있었다.

"왜 그래요? 뭐 잘못됐나?"

그럴 리가 없었다. 실려 올 때만 해도 거의 죽기 직전이었지만, 강혁의 원격 지휘로 목숨은 진작 구했으니까. 물론 앞으로 어떤 회복 경과를 밟게 될지는 의문이었지만, 지금 당장 잘못될 가능성은 없었다.

"아니, 아니. 불안해서 그렇지. 환자가 워낙 중했잖아."

한유림 기조실장은 그리 말하면서 본인이 수술한 아이의 배를 바라보았다. 어지간히 걱정되는 모양이었다.

"괜찮아요, 괜찮아. 활력 징후도 좋고, 저기 배액관 통해서 나오는 것도 좋네. 수술 잘해놓고 왜 이렇게 수선이에요."

"혹시라도 잘못되면 큰일이잖아. 현용수 의원 손자라고. 아니, 대체 뭔 짓을 했길래 죄다 VIP만 오는 거냐고."

한유림 교수는 뒤에 있는 톰 커크먼을 돌아보았다. 성공적으로 튜브를 빼낸 그는 다시 잠들어 있었다. 발관을 했다고 진통제를 바로 끊는 것이 아니었고, 진통제에는 졸음을 동반하는 성분이 들어 있었다. 아직 퉁퉁 부은 얼굴이 다 가라앉지 않아서 겉으로 보기에 몹시 흉했다.

'저거 그냥 저대로 쭉 가는 건 아니겠지?'

전국적 관심이 아니라, 전 세계적인 관심이 쏠려 있는 사안이었다. 유엔 사무총장의 얼굴에 저리 큰 상처가 나다니.

'반드시, 반드시 회복시켜야 합니다.'

게다가 사고의 책임을 회피하고 싶은 정부와 보건복지부에서 기조실장이 된 한유림 교수에게 시시때때로 연락을 해왔다. 그전에는 홍재훈 교수가 왜 그토록 지랄일까 싶었는데, 막상 그 자리에 앉아 보니 스트레스가 장난이 아니었다.

'어휴.'

덕분에 한유림 교수는 유엔 사무총장의 얼굴을 볼 때마다 숨이 턱턱 막힐 것 같았다.

"땅 꺼지겠네. 재수 없게 왜 중환자실에서 그러실까."

강혁은 그저 여유롭기만 했다. 자신이 수술한 사람이 유엔 사무총장이라는 자각이 전혀 없는 거 같았다. '나는 모든 환자에게 평등하다'라고 하더니 정말 그런 것 같았다.

"얼굴……. 진짜 좋아지는 거 맞지?"

"기가 막히게 봉합했으니까 걱정마세요. 정 뭐하면 나중에 레이저라도 쏘면 되지."

"관심 종자들이 자기가 했으면 내시경으로 가능했다, 영상의학과에 의뢰했으면 중재술로 가능했다, 이런 소리 하고 있으니까 그렇지."

늘 그렇듯 인기가 생기면 그림자도 지는 법이었다. 특히 강혁처럼 호불호 갈리는 발언을 해대고, 언론에 밉보인 사람은 더더욱 그러했다.

"어제도 그 어디더라. NBN? 거기 칠성병원 외과 과장이 나와서 그런 소리 하던데."

"새끼가 환자 다 치료하고 나니까 뒷북을 치네."

"잘 회복되면 그런 소리 쑥 들어가겠지"

"회복이야 잘될 거라니까요."

"그래……. 그럼 다행이고."

"아무튼, 지금은 애나 좀 봅시다."

강혁은 한유림 교수의 어깨를 툭툭 치고는 아이에게로 고개를 돌렸다. 할아버지가 제아무리 밉상이라고 해도 아이는 잘못이 없었다.

"아, 그래."

의식이 깨어 있었던 김영수 환자 때와는 달리 강혁은 즉시 환자에게로 다가갔다.

'동공 반사는 제대로 돌아왔고.'

아주 좋은 사인이었다. 그렇지 않다면, 아이의 미래는 무척 암울했을 테니까.

'목 뒤로 넘어가는 피도 없어.'

비록 메로셀 때문에 얼굴이 퉁퉁 부어 보이긴 했지만, 그렇게 단단하게 눌러둔 덕에 더 이상의 출혈은 전혀 없었다.

"배도 괜찮네요. 색도 좋고……."

강혁은 남들은 보지 못하는 소장의 색 변화를 언급했다. 한유림 교수는 조금 이상하단 생각이 들긴 했지만 그러려니 하고 넘어갔다.

"그런가? 그럼 식이는 어떻게 할까?"

"한 일주일은 정맥으로 줘야죠. 그 이후는……. CT 보면서 결정하죠."

"일주일? 너무 짧지 않아?"

"아까 보니까 수술 깔끔하게 잘하셨던데요, 뭐. 왜 이렇게 자신이 없으셔?"

강혁은 그렇게 말을 하면서 내내 고개를 끄덕였다. 어떻게 봐도 실려 올 때 당시와 비하면 많이 좋아져 있었다.

'뭐가 어찌 되었건……. 우리 팀이 동시에 두 사람을 감당했네.'

그것도 목숨이 경각에 달렸던 두 사람이었다. 예전 같았으면 강혁이 몸을 두 개로 쪼갤 기세로 달렸어야 가능했을 것이다.

'1호가 아주 제대로 해줬지.'

키워서 잡아먹는다는 게 이런 뜻이었나 싶을 정도로 쓸 만해져 있었다.

"왜……. 왜 등을 문지르세요?"

재원은 뭔가 생각에 잠겨 자신의 등을 쓸어내리고 있는 강혁을 올려다보았다. 강혁은 섬뜩하다는 말이 잘 어울릴 만한 미소를 지으며 말했다.

"잘했다고. 잘했잖아?"

"그……. 전혀 칭찬받는 느낌이 아닌데요?"

"그래? 착각이겠지."

"아니……. 아닌데……."

정말 조그만 칭찬도 놓치지 않는 이가 바로 1호 양재원이지 않은가. 그런데 지금 강혁의 발언에서는 뭔가 찜찜한 느낌만 있을 뿐이었다.

"아무튼, 보호자 좀 봐야겠는데."

강혁은 몇 번인가 더 재원의 등을 묘한 손길로 어루만진 후, 밖을 내다보았다. 김영수 환자의 보호자는 만났지만, 현용수 의원을 비롯해 아이의 보호자는 수술한 뒤로 한 번도 만나지 않았다. 환자가 너무 어리다보니 아무래도 보호자를 만나는 건 필수였다.

"네, 교수님. 대기실에 모셔놨습니다."

강혁의 말에 늘 한발 앞서 일하는 장미가 즉각 답했다.

"벌써?"

"네."

"그럼 가야지. 가시죠."

강혁의 말에 슬금슬금 뒤로 빠지고 있던 한유림 교수가 눈을 동그랗게 떴다.

"뭐, 나도?"

"나도라니. 제일 중요한 수술을 해놓고선."

"아니……."

어쩐지 가면 책임을 져야 할 것 같은 기분이 들었다. 기분만이 아니라 사실이었다. 최대한 뒤로 몸을 빼 보았지만, 강혁의 우악스러운 힘을 이겨 낼 수는 없었다. 정신을 차려보니 이미 중환자실을 빠져나오고 있었고, 고개를 들어보니 현용수 의원이 눈앞에 서 있었다.

"어떻습니까?"

"그……."

당황한 한유림 교수가 망설이는 사이, 재원이 앞으로 나섰다.

"수술은 잘 끝났습니다."

더없이 믿음직스러운 표정을 지으면서였다.

"응?"

하지만 현용수 의원에게 양재원은 '듣보잡' 의사였기 때문에 표정이 좀 묘해졌다.

"저보단 애한테 듣는 게 나을 겁니다."

그래서 강혁이 대신 말해주었다. 자세한 설명은 없었지만, 현용수 의원은 왠지 알 것 같은 기분이었다. 좋은 얘기를 들어도 기분이 더러워질 게 뻔하니까.

"알…… 겠습니다."

현용수 의원은 다시 재원을 향해 고개를 끄덕여 보였다. 마침내 허락을 받은 재원은 계속해서 말을 이었다.

"아이는 좌측 위팔뼈 골절, 좌측 갈비뼈 골절과 더불어 폐 손상이 있었고, 복부 동맥이 손상되면서 소장 일부가 괴사했습니다. 머리의 바닥 뼈……. 즉 두개저 골절이 있었고요."

재원은 현용수 의원과 뒤에 있는 아이 부모의 눈치를 살펴가며 설명했다. 다행히 현용수 의원은 국회에서 오랜 시간 자리를 지킨 사람답게 표정의 변화가 거의 없었다. 아이의 부모는 얼굴이 새하얗게 질리긴 했지만 울거나 쓰러지진 않았다. 일단 재원이 수술은 잘되었다는 말로 설명을 시작한 덕이었다.

"위팔뼈 골절은 신경 또는 혈관 손상을 보이지 않아 고정 후 깁스를 해두었습니다. 연골 부위는 손상되지 않았으니, 성장에 문제가 생길 확률은 적습니다."

재원은 일부러 작은 손상부터 차근차근 자세히 언급해주었다. 그래야 보호자들이 잘 이해하고, 이야기를 잘 따라올 수 있기 때문이다.

"갈비뼈가 골절되면서 다른 장기를 찌르는 경우가 있는데, 아이의 경우 다행히 폐의 표면에만 상처를 낸 정도였습니다. 그래서 찢어진 피막만 봉합하고 골절된 뼈는 제거했습니다. 이 또한 후유 장애를 남길 가능성은 적습니다."

"그렇…… 구만."

"복부는 소장 일부를 절제하긴 했습니다만, 다행히 손상된 혈관 복구가 빨리 이루어져서 그 범위가 작습니다."

"아하."

"두개저 골절은 백 교수님께서 최소한의 절개로 완전히 복구해 두었습니다. 상황을 두고 봐야겠지만 일단 심각한 상처들은 잘 치료되었습니다."

"그……. 그렇군."

현용수 의원은 잠시 고개를 끄덕이곤 말없이 서 있었다. 아들과 며느리가 진정된 후 그가 다시 입을 열었다.

"고맙네. 고마워……. 이 은혜는, 내 절대 잊지 않겠네……."

태풍 속에서

병원 창문 밖의 날씨는 안 좋다 못해 최악이었다. 하늘이 뚫리기라도 한 듯 비가 퍼붓고 있었다.

"이 새끼는 언제 보내지. 이제 퇴원해도 괜찮은데."

강혁은 상당히 홀가분한 얼굴이 되어 유지상 환자의 차트를 보며 말했다. 실밥도 다 풀었고, 투석도 중단했고, 마약에 대한 금단 증상을 보이고는 있지만 생각보다 심하진 않았다.

"박철순 반장님이 좀만 더 기다려달라고 하시던데요. 아시잖아요, 아직 입 안 연 거."

"내가 도와준다니까, 왜 고집을 부린대, 그 양반은."

"그……. 법에 저촉될 수 있다고……."

재원은 강혁이 열거했던 여러 방법을 떠올렸다. 그것만 반복하면 입을 안 열 재간이 없어 보였지만 대한민국에서 그런 짓을 했다간 아마 강혁도 한동안 감방 신세를 져야 할 것이었다. 여긴 시리아가 아니었으니까.

"언제부터 법 지키면서 범인 잡았다고 그래. 최 감독님 말 들어보니까 그 양반도 장난 아니었던데."

재원은 뭐라 답을 하려다 가운 주머니의 핸드폰이 울려 멈칫했다.

"뭐 해, 받아봐."

벨소리가 아니라 진동이었기에 강혁은 시큰둥한 반응이었다. 적어도 응급 환자 신고는 아니란 거였으니까.

“네. 아……. 지민 샘. 아, 아. 그래요? 그래서 못 오고 있었구나!”

재원 또한 별생각 없이 전화를 받았지만, 목소리가 점점 높아졌다.

“뭐야. 왜 그래?”

“현하람 환자 눈 떴답니다! 그래서 경원이가 못 온 거예요.”

“아, 그러고보니 걔가 없었네.”

“와……. 마취 필요할 때는 귀신같이 찾으시면서…….”

“뭐 인마. 아무튼, 가보자.”

“네.”

강혁과 재원 그리고 나머지 팀원 모두 중환자실로 향했다.

“아, 교수님.”

환자 옆에 있던 경원이 강혁을 향해 미소 지었다. 보기만 해도 마음이 편안해지는 그런 미소였다.

“어때?”

“직접 보시죠.”

경원은 일단 환자의 얼굴이 아니라, 뒤에 놓인 모니터를 가리켰다. 인공호흡기 모드가 변경되어 있었다. CMV(Controled Mechanical Ventilation: 기계 조절 환기)에서 CPAP(Continuous Positive Airway Pressure: 지속성 기도 양압)로, 쉽게 말하면 자발 호흡이 전혀 없이 기계로만 숨을 쉬던 상태에서 이젠 자발 호흡이 거의 돌아왔단 뜻이었다.

“아.”

강혁은 다행이라는 의미의 탄식을 내뱉고서는 아이를 내려다보았다. 눈을 깜박이고 있는 작은 아이는 이곳이 어딘지 전혀 모르는 듯 보였다.

“약 들어가고 있나?”

강혁은 아이의 정신이 염려된다는 투로 경원을 돌아보았다. 경원은 말없이 고개를 끄덕이며 수액 라인 쪽을 가리켰다. 자발 호흡에 방해가 되지 않을 정도로 소량의 진정제가 들어가는 중이었다.

"잘했네. 음."

강혁은 아이의 눈을 다시 한번 바라보았다. 초점이 제대로 잡히지는 않았다. 이 정도는 당연한 상황이었다. 다 큰 성인에게도 이 정도의 교통사고는 큰일이지 않겠는가. 신체적으로도, 정신적으로도 엄청난 충격을 받을 일이었다. 그런데 이렇게 어린아이라니 오죽할까.

'시리아에서도 몇 번 본 일이 있긴 한데…….'

강혁은 수없이 보아온 망가진 아이들을 떠올렸다가 이내 고개를 털어내었다. 그곳에서는 미처 아이의 정신 건강까지 신경 쓸 겨를이 없었다. 이루 말할 수 없는 비극적인 상황에, 목숨 살리는 것만도 벅찼으니까. 지금은 다행히 비교가 불가능할 정도로 나은 상황이었다.

"위닝 완전히 끝내기 전에 정신과 도움을 좀 받자. 우리가 할 게 아니라."

"아……. 그럴까요? 소아정신과……. 음."

경원은 그게 좋겠다고 생각을 하면서도 선뜻 답을 하지 못했다. 밖에는 비가 내리다 못해 쏟아지고 있었고, 오늘은 휴일이었으니까. 당직이라고 해봐야 레지던트들만 서는 정신건강의학과 특성상, 교수가 있을 리가 없었다.

"왜."

"그……. 위닝 오늘 하는 게 좋을 거 같은데. 정신과 교수님이 오실까요?"

"아……. 맞다 오늘 휴일이지."

강혁은 휴일인지도 모를 만큼 병원에만 묶여 살았다. 하지만 그렇다고 그 희생을 남들에게도 당연하게 요구할 수는 없었다.

"그……. 일단 얘기나 해봐. 와주면 좋겠다고. 아니면 레지던트라도 부르지."

"네. 소아라……. 소아정신과 교수님이 좋을 거 같긴 한데……. 아."

"또 왜."

"얘……. 현용수 의원 손자 아닙니까?"

"그렇지."

"원장님한테 얘기를 넣어보면 어떨까요? 그럼 오실걸요."

"근데 이 날씨에 강제로 오라는 게 좀……. 오다가 사고라도 나면 어쩌냐."

"제가 알기로 소아정신과 교수님, 올해 임용받았어요."

"그래서."

"결혼도 안 하셨고……."

"아, 설마 저 뒤에 사셔?"

강혁은 병원 뒤편을 가리켰다. 레지던트, 간호사 그리고 비교적 어린 교수들이 모여 사는 기숙사가 있었다. 강혁도 배정받은 방이 하나 있긴 했는데, 단 한 번도 가보지 못 했다.

"네."

"그럼 됐네."

"하람아, 괜찮아?"

"어……. 좀 아파. 근데 괜찮아."

"그래……. 그래, 내 새끼……."

아이가 깨어났다는 소식에 달려온 부모와 현용수 의원이 아이의 손을 잡고, 뺨을 쓰다듬고 있었다. 사고 당일, 난동을 피우다가 강혁에게 엎어치기 비슷한 것까지 당했던 현용수 의원이 민망하다는 표정으로 강혁에게로 다가왔다.

"그날 내가 진짜 너무했네. 미안하네."

"뭐 저도 쳤으니까 퉁 치는 걸로 하죠."

"그렇게 말해주면 고맙고."

"그리고 앞으로 중증외상센터 현안에 관심도 가져주시면 좋죠."

"그거야……. 그거야 내 강하게 건의해보겠네."

현용수 의원은 무거운 표정으로 고개를 끄덕였다. 현 정권은 레임덕에 접어든 지 오래인 데다가, 경제 상황도 점점 안 좋아지고 있었다. 이런 상황에서 1조 원이라는 막대한 돈을 중증외상센터에 투입한다? 그 혜택을 보게 될 국민의 수가 지극히 제한적인데? 아무래도 좀 어려운 일이었다.

'뭐 그래도 나중에라도 도움이 되긴 하겠지.'

강혁은 그리 생각하기로 했다. 박성민 의원에게 받는 소소한 도움들이 센터에는 꽤 큰 힘이 되어주는데, 현용수 의원에게도 어떤 도움을 받게 될지 알 수 없었다.

"교수님."

그렇게 생각하며 고개를 끄덕이고 있으려니, 재원이 심각한 얼굴로 그를 불렀다.

"응급실에서 전화 왔습니다."

"응급실? 이 날씨에?"

"그……. 관광버스가 미끄러져 넘어졌다고 합니다."

"관광버스……? 이 날씨에?"

강혁은 이해가 가지 않는다는 얼굴이 되었다. 이 날씨에 미쳤다고 누가 버스를 탄단 말인가.

"일본 단체 관광객이라는데, 급한 대로 여기저기 환자 뿌리고 있는 모양이에요. 응급실에서는 일단 받겠다고 한 상황이고요. 내려가시겠습니까?"

중증외상환자가 있을지 없을지 모른다는 얘기였다. 어쩌면 내려가서 경상자만 보게 될지도 몰랐다. 하지만 고민할 이유가 없었다.

"가야지. 아, 한유림 교수님도 데려가자."

"네?"

"아까 보니까 대기실에 있더라고. 놀면 뭐 해. 의사가."

"어……. 네."

곧바로 한유림 과장까지 대동하고 내려간 강혁은 비교적 한산한 응급실을 둘러보며 중얼거렸다.

"아직 환자가 오진 않았나 보네."

그러자 레지던트 하나가 아주 반갑다는 얼굴을 하고 그에게 달려왔다. 현하람 환자를 살릴 때 태블릿 피시를 들고 뛰어왔던 바로 그 녀석이었다.

"교수님. 와주셔서 감사합니다!"

"아니, 와야지. 어차피 중증외상센터나 응급의학과나 서로 돕는 처지 아냐?"

"그렇게 말씀해주시면 감사하죠."

"여기 기조실장님도 왔어. 인사해."

강혁의 말에 응급실 레지던트는 이건 또 무슨 소린가 하며 강혁의 손가락 끝으로 시선을 옮겼다. 그 끝에는 언짢은 얼굴이라고 해야 할지, 웃는 얼굴이라고 해야 할지 애매한 표정을 하고 한유림 교수가 서 있었다. 예전 같았으면야 과도 다르니 그냥 고개만 까딱 숙이고 말았을 테지만 지금은 권력의 중심인 기조실장이었다.

"네? 아, 아! 안녕하십니까, 한유림 교수님!"

한유림 교수라는 말에 스테이션에 앉아 있던 응급의학과 과장도 급히 몸을 일으켰다. 백강혁까지는 앉아서 인사를 받아도 되겠지만, 한유림 교수는 얘기가 달랐기 때문이었다.

"어, 기조실장님! 여긴……. 어쩐 일로 오셨습니까?"

과장은 그냥 몸만 일으키는 데 그치지 않고 신발도 벗어 던질 듯한 기세로 달려왔다.

"어? 어……."

한유림 교수는 '뭐라고 해야 하나' 하는 듯 강혁을 올려다보았다.

'모양 빠지게 이놈한테 끌려왔다고 할 수는 없지…….'

이왕 온 거 멋지게 보여야 하지 않겠는가. 게다가 아까 강혁이 자신에게 했던 말도 잘 기억하고 있었다.

"의사가 환자 온다는데 가만있을 수 있나. 몰랐으면 몰라도, 알았는데 와야지."

"아……."

응급의학과 과장은 평소 알던 한유림 교수와 너무 다른 말을 하고 있는 그를 빤히 바라보았다. 하지만 기조실장 앞에서 무례를 범할 수 없었다.

"지, 지당하신 말씀입니다. 참으로 의사들의 본보기가 되시는 말씀이고요."

"허, 그야 뭐……."

"일단 이쪽으로 오시죠. 사고 현황 브리핑해드리겠습니다."

"브리핑까지야 뭐……."

"아닙니다. 작은 사고가 아니라서요. 안 그래도 불안했는데, 기조 실장님께서 오시니 든든합니다."

"그……. 그러지."

한유림 교수는 이런 소리를 들어도 되나 하면서 과장을 따라 스테이션으로 향했다. 강혁은 투덜거리며 따라오더니 막상 와서는 즐기는 듯한 한유림 교수를 보며 피식 웃었다. 하지만 현황표를 본 후에는 그 웃음을 이어갈 수가 없었다. 생각보다 사고는 어마어마했다.

"버스가……. 한 대가 아니야?"

한유림 교수 또한 현황표를 보자마자 입을 쩍 하고 벌렸다. 소방청에서 전해온 예상 사상자의 수는 무려 100명을 넘었다.

"네. 버스 세 대가 연이어 가다가 넘어지면서 사고가 난 모양입니다."

"아니, 이 날씨에 왜 관광 버스가 다니지? 사고 지점이 어디야?"

"강변북로 영동대교 근처라고 들었습니다."

"가깝네……. 근데 이 환자들, 우리가 다 받을 순 없을 거 같은데."

아무리 강혁이 있다고 해도 이건 무리였다. 강혁은 몸이 하나였으니까.

"네. 건대병원, 칠성병원에서도 분산해서 받기로 했습니다. 현장에서 분류해서 별다른 치료가 필요 없다고 판단이 되는 경우엔 2차 병원으로 보내기로 했고요."

"현장에서 분류라……."

이번에 입을 연 사람은 한유림 교수가 아니라 강혁이었다. 그는 잠시 고개를 갸웃거리곤 그대로 말을 이었다.

"누가 가서 분류하고 있죠?"

평소 강혁과 안면을 트고 지냈던 응급의학 과장은 한유림 교수를 대할 때와 크게 차이 없는 태도로 대답했다.

"구급 요원들이 가 있습니다."

"구급 요원? 의사는 없고?"

"네. 현장까지 갈 인원은…… 없죠."

"흠."

강혁은 인상을 구긴 채 환자 명단을 들여다보았다. 정확한 인원 파악이 안 된 게 당연했다. 이런 날씨에는 사고 현장까지 가는 것만 해도 엄청난 도전일 테니까. 병원 건물을 부술 듯한 천둥소리가 응급실 로비를 가득 채웠다. 모두 저도 모르게 밖을 내다보았고, 미친 듯이 쏟아져 내리는 빗물을 보았다.

'대량 전상자 상황이라고 봐야…… 할 거 같은데.'

아직 피해 상황도 제대로 집계되지 않았지만 저런 날씨에 넘어진 버스의 승객들이 멀쩡할 것 같지 않았다. 이 정도면 사망자도 있을 것이 분명했다. 중상자도 상당수 있을 것이고. 하지만 제일 큰 문제는 따로 있었다.

'경상자로 잘못 분류되는 중상자들……. 반드시 있을 거야.'

만약 한시가 급한 중상자가 분류를 잘못해 2차 병원으로 가게 되면 어떨까. 아예 어떤 처치가 필요한지 깨닫기도 전에 환자를 잃을 가능성이 높았다. 2차 병원에는 응급환자를 받을 의사와 설비 자체가 부족할 테니까.

"아까 사고 지점이 어디라고요?"

강혁은 결연한 얼굴이 되어 응급의학과 과장을 향해 물었다.

곧 장미가 몰고 온 구급차가 로비 앞에 멈춰섰다. 비는 더더욱 세차게 내리기 시작해서, 코앞에 있는 구급차도 형태만 겨우 보일 지경이었다. 응급차에 탈 사람은 강혁, 장미, 강행인데, 응급실에 남게 된 재원과 지민의 표정이 더욱 불안하고 어두웠다. 최하림 감독은 출동이 결정되었을 때부터 쭉 의료진의 모습을 담고 있었다. 그녀도 함께 응급차를 타고 현장에 갈 준비를 마친 상태였다.

"왜 죽상이야. 내가 아빠냐? 어디 죽으러 가?"

강혁은 껄껄 웃으며 재원의 어깨를 툭툭 두드려주었다. 물론 별 소용은 없었다.

"하아."

"한숨 쉬지 말고. 아, 한 교수님."

강혁은 재원의 뒤통수를 시원하게 두드려준 후 한유림 교수를 바라보았다. 한유림 교수는 설마 이 새끼가 내 뒤통수도 날리려고 이러나 하는 눈빛으로 깜짝 놀랐다.

"왜 그래요? 사람들 보면 오해하겠어."

"아니. 왜. 가까이 오지는 말고, 딱 거기서 말해. 딱 거기 서서."

"여차하면 재난 코드 치라고요. 지금 보니까……. 여기 적어도 20명 이상은 올 텐데."

아무리 응급실 전원의 손이 빈 상황이라고는 하지만 한 번에 20명이, 그것도 교통사고 환자가 들이닥치게 되면 아수라장이 될 게 분명했다. 다행히 한국대학교 병원과 같은 3차 의료 기관에는 그런 상황에 대비한 프로토콜이 마련되어 있었다. 거의 쓰이지는 않지만, 재난 코드라는 이름의 프로토콜이다.

"아……. 그래. 맞네, 그게 있지."

한유림 교수와 응급의학과 과장은 서로 눈을 마주치며 고개를 끄덕였다. 오늘이 휴일이라 과연 얼마만큼의 효과가 있을지는 미지

수였지만, 각 과의 레지던트들만 싹 불러모아도 제법 괜찮은 전력이 될 것이었다. 특히 내과 레지던트들은 원인과 관계없이 환자의 숨을 붙여놓는 데는 고수들이었다.

"그럼 맡기고 갑니다."

"어……. 그래."

"안 그래도 불안한데 그런 식으로 답하지 마시고요."

"알았어, 알았어!"

"훨씬 낫네."

"그래도 빨리 갔다가, 되도록 빨리 와."

"알겠습니다."

강혁은 뒤도 돌아보지 않은 채 손을 휘적거리곤 응급실을 나섰다. 문이 열리자 비로소 안에 있던 사람들은 비가 어떤 기세로 오고 있는지 정확히 알게 되었다.

'미쳤네, 시바…….'

재원은 까딱했으면 자신이 저 차에 타고 이 비를 헤치고 갈 뻔했다는 생각에 소름이 돋았다. 하지만 한편으로는 강혁도 없이 한유림 교수와 환자를 봐야 한다는 생각에 절망적이기도 했다. 그야말로 어디를 택해도 지옥인데, 둘 중 강혁이 없는 지옥에 빠지게 된 셈이었다.

'이게 과연 나은 선택일까…….'

하지만 그런 고민할 시간은 없었다. 문이 닫히자마자 바로 돌아선 재원이 남은 인원을 향해 입을 열었다.

"우선 외상이 주될 것으로 보이니까, 처치실마다 수술 세트 하나씩 풀어두세요. 라인 잡을 준비도 하시고."

"네, 선생님."

그동안 강혁이 하던 것을 그 누구보다 가까이에서, 오래 지켜본 사람답게 응급실 지휘에 막힘이 없었다.

그사이 장미가 운전대를 잡은 구급차는 천천히 병원을 빠져나가고 있었다. 강행은 뒷자리에 앉아서 응급의학과 과장에게 전달받은 서류를 읊었다.

“신고된 게…… 벌써 20분 전입니다. 사고 시점은 명확하지 않은데 꽤 지체되었을 가능성이 있습니다.”

“그렇겠지. 일단 지금 통화가 되는 게 신기하지. 이거 봐라, 이거.”

비는 그야말로 한 치 앞도 알아보기 힘들 정도로 세차게 쏟아지는 중이었다. 산전수전 다 겪었다고 자부하는 강혁도 이런 빗속에서 출동하는 건 처음이었다.

‘가서 내가 정말 제 역할을 할 수 있기는 할까…….’

그로서는 실로 드물게 자신 없는 생각을 했다.

“어……. 통화권 이탈 뜹니다. 전화 안 됩니다.”

“괜찮아. 어차피 처치하고 분류하는 건 현장 일이니까.”

강혁은 애써 덤덤한 말투로 대답했다.

“야야, 천천히 가. 그러다 우리도 뒤집히면 진짜 대형 사고야.”

“알아요. 지금 다 계산해서 가고 있거든요?”

“지금? 이게?”

“저 운전 잘한다니까요.”

“어우.”

“입 다무세요. 혀 깨물어.”

“읍.”

강혁은 그저 입을 닫을 수밖에 없었다. 장미가 비가 많이 고인 곳을 피하기 위해 차선 변경을 하며 달렸고, 그 와중에도 아슬아슬하게 속도를 높이고 있었기 때문이다.

'와……. 심장이 다 뛰네?'

총알이 빗발치는 상황도 겪어본 강혁에게 이런 경험을 하게 해주다니 그는 진심으로 장미의 별명을 잘 지었다는 생각을 하며 눈까지 질끈 감았다. 그때, 빗물 때문에 유독 브레이크 밟는 소리가 길게 느껴지며 구급차가 멈추어 섰다. 그제야 눈을 뜬 강혁은 왜 멈춰 섰는지 바로 깨닫긴 힘들었다. 다행히 차는 미끄러지지 않았고, 어디 부딪히지도 않은 채 잘 서 있었다. 넘어진 건 눈 앞에 있는 커다란 버스 세 대였다. 이미 구급차 세 대와 소방차 한 대가 도착해 구조 작업을 펼치는 중이었다. 하지만 사고 버스 세 대에 비하면 너무 작아서 초라해 보일 정도의 인원이었다.

"우리도……. 내리자."

"네, 교수님."

내리자마자 누군가 온몸을 두들기는 듯한 느낌이 들었다. 빗방울이 아까보다도 더 거세져 있었다. 그러다보니 구조 시도조차 힘든 모양이었다. 일단 버스 밖으로 구조된 사람의 수가 10명도 채 되지 않았다.

'이런 망할.'

강혁은 나지막한 욕설을 내뱉은 채 버스를 향해 달렸다. 등에 멘 가방은 어느새 비에 흠뻑 젖어 훨씬 무거워져 있었다.

"교수님, 같이 가요!"

그런 강혁의 뒤를 장미가 바짝 쫓았고, 그 뒤로 강행이 헐떡거리며 달렸다.

"아, 백강혁 교수님!"

현장 가까이 가보니 안중헌 단장이 있었다. 중앙 구조단장이 되면서 이제는 현장과 멀어진 녀석이 대체 왜 휴일에 여기 나와 있을까 싶었지만, 역시나 가장 먼저 느낀 건 반가움과 안도였다.

"아, 안 단장!"

"김강률 팀장도 와 있습니다!"

"상황은 어때!"

비가 하도 거세서 가까운 거리에 있음에도 불구하고 둘은 계속 소리쳐서 대화를 이어나가야 했다. 매우 좋지 않은 상황이었다.

"구조가……. 여의치 않습니다! 아직 인력 충원도 덜 되었고요! 게다가……."

"게다가 뭐!"

"환자 대부분이 일본 사람이라 소통이 안 됩니다!"

"하……, 이런 망할."

응급 상황에서 문진은 필수 요소라고 봐야 했다. 그런데 의사소통이 안 된다니. 그나마 조금 가지고 있었던 희망이 빗방울과 함께 바닥으로 곤두박질치는 듯했다.

"저, 저!"

그때 뒤늦게 도착한 강행이 손을 들었다. 헐떡거리는 모양새가 곧 쓰러져도 이상할 거 같지 않았다. 하지만 눈빛만은 뭔가 굳게 결심한 듯했다.

"뭐, 너 뭐?"

"저 일본어……. 잘합니다."

"어……? 그래?"

강행이 무려 교수 앞에서 일본어를 잘한다고 자부했다는 것은 거의 원어민 수준이라는 뜻이었다.

"네."

"다행이네. 아니, 정말 잘됐어."

강혁은 껄껄 웃고는 재차 안중헌 단장을 향해 고개를 돌렸다.

"지금 구조된 사람들 어딨지? 그 사람들부터 상태 봐야 할 거 같은데."

"아, 네! 이쪽으로 오시죠!"

안중헌 단장은 쏟아지는 빗속에서 어딘가를 가리켰다. 천막 같은 것이 쳐져 있었는데, 아무래도 그 안에 환자들을 피신시킨 모양이었다. 가까이 다가가서 보니 천막 안에는 온풍기가 돌아가고 있었다.

"아주 잘했어."

지금 상황에 천막 안 온풍기는 아주 적절하고 현명한 선택이라 할 수 있었다. 아무리 여름이라지만 물에 젖으면 체온을 빼앗기는데, 부상까지 입은 사람들이었다. 우습게 생각할 수도 있지만, 여름에도 저체온증으로 환자를 잃는 경우도 있었다.

"감사합니다. 교수님이 보내주신 자료 보고 공부한 덕이죠, 뭐."

"그 자료로 공부를 했다는 게 중요하지. 어디……."

강혁은 천막 안을 둘러보았다. 우선 치료를 해도 소용이 없는, 죽음이 임박한 환자부터 골라내야 했다. 상당히 잔인한 생각이고 또 건방진 생각이기도 했다. 의사라 해도 일개 인간이 다른 사람의 생사를 결정해야 했으니까.

'에이, 시발.'

강혁도 이 과정이 썩 내키는 것은 아니었다. 하지만 한정된 의료 자원을 가지고 넘치는 환자들을 구조할 때는 반드시 거쳐야 하는 과정이기도 했다. 가망 없는 환자에게 매달리다가 정말 살릴 수 있던 환자를 놓치는 일이 종종 있었다. 비극 속에서 더 심한 비극을 방지하기 위한 일이었다.

그렇게 천천히 천막 안을 걷던 강혁은 한 남자 앞에서 우뚝 멈추어 섰다. 머리 뒤로 피가 배고 있었다.

'개방형 골절이 두개골에…….'

그 말은 곧 뇌가 밖으로 노출이 되었다는 뜻이었다. 뇌는 특히 다른 장기와는 달리 독립적으로 혈액뇌관문(Blood Brain Barrier, BBB)이 있어 따로 보호받아야 하는 장기였다. 수술실에서도 어지간하면 피하고 싶은 상황인데, 이런 곳에서는 어떻겠는가.

"진통제……. 놔드리지."

강혁은 고개를 가로젓고는 장미를 돌아보았다. 강혁의 말이 뭘 뜻하는지 단박에 깨달은 장미는 굳은 표정으로 고개를 끄덕였다.

"네, 교수님."

"서둘러. 아직 살릴 수 있는 사람도 많아."

'비가 오면서 기온이 더 떨어지고 있어…….'

우비를 입고 있는데도 비를 흠뻑 맞아서인지 한기가 들었다.

'이렇게 되면 생존율이 떨어질 거야…….'

출혈과 추위는 절대 같이 붙어 있어선 안 될 존재였다. 특히 외상 환자에 있어서는 거의 금기라고 할 수 있었다.

'눈앞의 환자부터 살리고 본다.'

강혁은 늘 좌우명처럼 삼고 있는 신조를 떠올린 후, 머리를 털어냈다. 그러곤 천막 안의 환자들을 살폈다.

"으……."

"내, 내 다리……."

"머리……."

그제야 환자들의 신음이 제대로 들려오기 시작했다.

"통역해."

"네, 교수님."

강행의 일본어 실력은 진짜로 뛰어나서 통역이 가능할 정도였다.

"다리가 제일 아프다고 하는데, 우측……. 아, 여기……."

강행의 말을 따라 시선을 옮기고보니 환자의 우측 다리가 눈에 들어왔다. 전복되면서 앞 좌석 등받이에 부딪히기라도 한 건지 완전히 부러져 있었다.

"개방형은 아니네. 조폭. 2호는 문진 보조해야 하니까, 네가 보조해."

"아……. 네."

장미는 여느 간호사들과는 달리 이미 강혁에게 상당 부분 훈련받은 몸이었다. 때문에 별 망설임 없이 앞으로 나설 수 있었다.

"환자가 많고, 또 계속 올 거라서……. 속도를 높일 거야. 평소보다 훨씬 빠를 거니까 정신 단단히 차려."

"네."

장미는 설마 평소보다 빨라지면 얼마나 빨라질까 생각하며 고개를 끄덕였다. 그리고 그 순간 강혁의 손이 환자의 발목을 붙잡았다.

"골반 쪽 잡아. 잡고 그냥 버텨."

"네."

"셋에 당긴다, 셋!"

"어, 어……?"

보통 셋이라고 하면 앞에 하나와 둘이 있었다. 그런데 그냥 셋이라니, 장미는 약간 당황스럽다는 눈빛으로 강혁을 바라보았고, 강혁은 그런 장미를 향해 으르렁거렸다.

"하나, 둘, 셀 시간이 어딨어!"

"아."

"일단 지금은 됐어. 대강 맞췄어. 댈 거랑 붕대."

"어……. 네."

"됐어! 진통제 놔주고, 근처 2차 병원으로 가라고 해!"

강혁은 천막 안에 놓인 여러 색깔의 스티커 중 녹색을 골라 환자의 몸에 붙이면서 외쳤다. 그리곤 곧장 바로 옆에 있는 환자에게로 달려갔다. 미리 그 환자에 관한 문진을 마친 강행이 재빨리 상태에 대해 보고했다.

"지금 여기가 어딘지 모르는 거 같습니다! 이름도 횡설수설하고……. 머리 쪽에 출혈이 있습니다!"

환자 상태가 안 좋다보니 자연히 강행의 목소리도 커졌다. 거기에 더해 밖에 내리는 비 또한 더더욱 세차게 내리고 있어 천막 안은 강행의 목소리로 웅웅 울렸다.

"어디 봐봐."

강혁은 짤막한 그의 보고에 고개를 끄덕이며 환자의 얼굴과 머리를 살폈다. 일반인이라면 잘 모르겠지만 강혁에게는 보이는 이상이 있었다.

'눈동자가 약간 틀어졌어.'

거기에 더해 공막에 유두부종이 관찰되었다. 물론 안검경으로 보면 더 확실하게 보이긴 하겠지만, 지금 이 상황에서 그런 걸 찾고 있을 여유 따위는 없었다.

'뇌출혈. 그것도 꽤 크다.'

위치까지 정확히 특정을 할 수는 없겠지만, 확실했다. 빨리 수술장에 들이밀어야 했다. 하지만 굳이 한국대학교 병원까지 보낼 필요는 없을 것 같았다. 여기서 대강의 처치만 해준다면 그대로 몇 시간은 벌 수 있는 상태였다.
"뇌척수액 배액할 거야, 조폭! 거기 다 됐어?"
"네, 네! 바로 준비하겠습니다."
"좋아! 다음 환자 보러 가지."
"여기 새로 구조자 구했습니다! 별다른 부상은…… 없으신 거 같습니다! 다만 저체온증이 의심되어 온풍기 앞에 배치하겠습니다!"
그사이 안중헌 단장이 다른 요원과 함께 환자 한 명을 또 구해왔다. 그걸 보고 있자니 비단 강혁뿐 아니라 장미와 강행의 마음도 절로 급해졌다.
"그만, 그만 닦아. 어차피 딱 거기만 찌를 거야."
"아, 네."
강혁은 이제 막 베타딘을 문지르기 시작한 장미를 옆으로 비켜서게 한 후, 주삿바늘을 푹 하고 찔렀다.
"안 단장!"
강혁은 그렇게 주사기를 꽂고, 끝을 통해 줄줄 흘러나오는 투명하면서도 노란 뇌척수액을 바라보면서 안중헌 단장을 불렀다. 이제 막 환자를 정리하고 다시 현장으로 달려가려던 그가 뒤를 돌아보았다. 빗물인지 땀인지 모를 액체로 얼굴이 죄 젖어 있었다.
"네, 교수님!"
"이 환자는 지금 바로……. 건대! 건대로 가자!"
"과는 어디로 배정해야 할까요?"
"신경외과! 뇌출혈 의심된다고! CT실 비워두라고 해!"
"알겠습니다!"
중헌은 그리 답한 후, 환자를 즉각 들것에 옮겨 싣고는 밖으로 내달렸다.

그나마 다행인 점은 그사이 몇몇 구급차가 더 도착했다는 것이다. 119에서 직접 보내기도 했지만, 근처 병원에서 보내온 것들도 있었다. 심지어 한국대학교 병원에서도 차가 두 대나 더 와 있었다.

'한유림…….'

누가 보냈는지는 깊이 생각해보지 않아도 알 수 있었다. 강혁은 남몰래, 아주 잠시 감사를 표한 후 다시 환자에게로 달려갔다. 그사이 그가 대강 처치를 마친 두 명의 환자는 각각 강혁이 지정한 병원으로 실려 갔다. 강혁과 강행은 환자가 실려 나가기도 전에 다음 환자로 빠르게 넘어갔다.

"어때?"

"쇄골 골절입니다! 아무래도 떨어지면서 팔을 짚다가……. 이렇게 된 게 아닌가 합니다!"

"대부분…… 경상이구나."

"좋은 일…… 아닙니까?"

강행은 왜 강혁의 얼굴이 굳어지는지 모르겠다는 표정으로 물었다.

"점점 안 좋은 환자들이 실려 나올 거야. 보통 이럴 땐……."

강혁은 장미의 도움을 받아 쇄골을 뚝 하고 맞춰주며 말을 이었다.

"몸이 그나마 멀쩡한 사람들이 먼저 나오기 마련이거든."

아마 이 사람들은 구조대가 창문을 깨거나, 문을 부숴주자마자 제 발로 나온 이들일 터였다.

강혁은 방금 치료해준 환자에게 녹색 스티커를 붙여준 후, 또다시 다음 환자에게 갔다. 그가 예상했던 대로 지금 천막 안에 있던 환자들은 뇌출혈이 있던 환자 말고는 죄다 경상자였다. 덕분에 진료 속도는 지나치다 싶을 정도로 빨랐다.

'평소에……. 진짜 쉬엄쉬엄하셨던 건가.'

이런 정신 나간 생각이 장미의 머릿속을 헤집고 다닐 정도였다.

"교수님! 여기! 여긴 좀 빨리 와주셔야 할 거 같습니다!"

이제 막 천막 안의 환자를 다 보고 있을 때쯤, 김강률 팀장의 목소리가 들려왔다. 강혁 일행은 어느새 목소리가 들려온 곳을 향해 달렸다.

"어디, 어떤데!"

강혁의 말에 김강률이 부리나케 옆으로 비켜서며 외쳤다.

"운전기사입니다! 안전띠를 안 한 건지……. 반대편 문 쪽에 떨어져 있었는데, 의식은 없고 입에 피 섞인 거품이 있습니다!"

"피 섞인 거품……."

강혁의 표정이 대번에 일그러졌다. 입안 거품이 시사하는 바는 단 하나, 폐의 손상이었다.

'예상되는 손상 지점은 좌측 폐 상부……. 그리고…….'

강혁은 부리나케 환자의 웃옷을 찢었다. 옆의 김강률도 강혁을 도왔다.

"어……. 어떤 겁니까?"

기사는 아무래도 핸들에 가슴을 부딪친 후, 옆으로 굴러떨어진 것 같았다. 떨어지는 과정에서도 상당한 손상을 입기는 했겠지만, 지금 환자의 가슴에 보이는 선명한 핸들 자국이 가장 심각했다.

"파워 핸들 봉이 문제야. 이런 망할!"

강혁은 넘어진 버스 쪽을 바라보았다. 깨진 앞 유리창 너머로 보이는 핸들에는 핸들을 조작하기 쉽게 해주는 핸들 봉이 있었다. 기사 중에는 편의성 때문에 사용하는 경우가 많은데, 사고가 났을 땐 그로 인해 목숨이 위험해지는 경우가 너무 많았다. 지금도 그랬다.

"심장이……. 하필 저기에 부딪혔어."

강혁은 급히 환자의 심장 쪽에 손을 가져다 댄 후, 유심히 바라보았다. 그야말로 뚫어질 듯이. 사전적으로는 그저 비유겠지만. 지금 강혁에게는 그렇지 않았다.

'약간의 출혈……. 하지만 압전까지는 아직……. 파열은……. 없어……. 흠.'

생각이 계속될수록 잔뜩 굳어 있던 표정이 점점 펴지는 듯했다. 처음 예상했을 때보다는 그나마 나았으니까.

"조폭."

"네, 교수님."

강혁의 말에 뒤에 서 있던 장미가 즉시 고개를 끄덕였다.

"이 환자 응급조치만 취하고 나면, 2호랑 같이 병원 갔다 와. 할 수 있겠어?"

이번엔 즉시 끄덕이진 못했다. 부담되는 명이었으니까. 하지만 사람의 목숨이 걸린 일이기도 했다. 뭐가 되었든 장미로서는 '네'라고 할 수밖에 없었다.

강혁은 아까 직접 메고 온 배낭에서 다시 수액 라인이 든 주삿바늘을 꺼내 환자의 좌측 가슴을 푹 하고 찔렀다. 심낭 막과 심장 사이의 공간을 향해서였다. 바늘을 빼며 라인을 슥 하고 밀어넣자, 소량의 혈액이 흘러나왔다. 강혁의 예상대로 압전 전 단계에 이르고 있던 것이었다.

"교수님! 차 옵니다!"

그사이 장미는 조금 멀리 세워져 있던 구급차를 몰고 강혁에게로 다가오는 중이었다. 보조하던 강행이 그쪽을 가리키며 외쳤다.

"자……. 이제 고정해."

강혁은 아까밀어 넣은 플라스틱 라인을 자신이 생각하는 최적의 위치에 놓은 후, 강행을 바라보았다. 강행은 테가덤(Tegaderm: 방수 테이프)을 뜯어다가 해당 라인을 고정해주었다.

"잘했어."

강혁은 그리 말하며 천천히 환자의 머리 쪽으로 이동했다. 비록 지금은 호흡이 그렇게 불안정한 건 아니었지만. 이 날씨에 병원까지 가려면 대체 얼마나 더 걸릴지 알 수가 없었다.

'부족한 것보다는 과한 것이 낫다.'

다른 곳에서는 어떨지 모르겠지만. 병원에서는 상당히 자주 쓰는 말 중 하나였다. 사람 생명과 관련된 일을 하는 곳 아니겠는가. 준비가 부족하면 '아차, 다시 할까'가 되는 곳이 아니란 뜻이었다. 그대로 죽음으로 직결되는 곳이었고, 두 번 다시 기회가 주어지지 않았다.

"삽관…… 한다."

강혁은 부드럽게 환자의 목 안에 후두경을 밀어 넣고는 천천히 위쪽으로 들어올렸다. 미숙한 사람이 하면 이 작업을 할 때 앞니가 깨지기 일쑤였다. 하지만 강혁은 마취과 의사들보다도 더 능숙하게 해나갔다.

"튜브 줘. 물 묻혀서."

"네."

장미가 구급차 안에 있었기 때문에 보조는 강행의 몫이었다. 강혁은 어느새 환자의 기도 안에 밀어넣은 튜브에 시린지를 이용해 공기를 불어넣고 있었다.

"고정."

"네."

강행은 그렇게 들어간 튜브를 실크 플라스터를 이용해 고정했고. 그제야 안심한 얼굴이 된 강혁은 강행의 어깨를 두드려주었다.

"가는 길에 무슨 일 생기면 다 네가 알아서 해야 해."

듣는 입장에서는 이제 격려인가 협박인가 싶은 말이긴 했지만, 놀랍게도 강행은 제대로 알아들었다. 그는 강혁과 제법 시간을 보냈고, 그가 어떤 사람인지 잘 알고 있었다.

"네, 교수님. 감사합니다. 잘하겠습니다."

"그래. 천천히 빨리 다녀와."

"……네."

물론 계속 담담할 수는 없었다. 거의 1년 가까이 강혁을 겪는 재원도 강혁에게는 늘 당하기만 하고 있었으니까.

'천천히 빨리라…….'

무슨 뜻인지는 알 것 같았다. 어려운 일이라 문제였다. 강행은 이 생각을 하면서도 들것에 실린 환자를 들고 구급차 뒷자리에 태우고 있었다.

"읏차."

다행히 요원 중 하나가 따라 타는 바람에 다소 안심이 되기는 했다. 그렇게 환자와 강행, 장미를 태운 구급차가 멀어져갔다.

'이제……. 당분간 혼자서 봐야겠구만.'

힘들어도 힘들면 안 되는 사람이 있는 법이었다. 강혁은 그게 여기선 바로 자신이라는 사실을 아주 잘 알고 있었다.

"자, 다음 환자 어딨지?"

그래서 되도록 아무렇지 않다는 듯한 얼굴로 입을 열었다. 김강률 팀장은 역시나 밝은 얼굴로 천막 쪽을 가리켰다.

"여기서 처치하는 사이에 다섯 명이 더 구조되었습니다! 현장 요원 중 일본어 가능한 사람이 하나 있어 대기해두었습니다, 교수님."

"아, 잘됐네. 알았어."

망할 놈의 하늘은 여전히 비를 쏟아붓고 있었다. 바람마저 점점 더 거세지고 있었다. 태풍의 영향이 강해지고 있다는 뜻이었다.

'지금 몇 시지?'

강혁은 부리나케 내달리면서 핸드폰을 꺼내 보았다. 방수라 먹통이 되진 않았지만, 여전히 통화권 이탈이었다.

'2시…….'

예보에 따르면 오후 4시 무렵엔 중부 지방 전역에 태풍 경보가 내릴 거라고 했다. 지금도 이렇게 험악한 구조 환경인데 경보까지 내릴 정도가 되면 과연 어떻게 될까.

'그건…… 그때 가서 걱정해야겠지.'

강혁은 그 생각을 하며 천막으로 달렸다.

그 시각 장미는 현장으로 향하던 때보다 더한 비바람을 뚫으며 병원으로 달리고 있었다. 뒤쪽에서는 강행이 최선을 다해 인공호흡 주머니를 짜는 중이었다. 출발한 지 대략 15분 정도가 지났을 무렵부터 환자의 자발 호흡이 너무 약해진 탓이었다.

'어렵다……. 어려워…….'

아예 자발 호흡이 없어진 경우엔 오히려 인공호흡기로 숨을 불어 넣어주는 게 더 나았다. 하지만 지금처럼 약간이라도 호흡이 있을 땐 그럴 수 없었다. 폐포 손상이 올 수 있었으니까.

곧 구급차가 응급실 앞에 멈추어 섰다. 이미 응급실 앞에는 다른 구급차가 여러 대 서 있었는데, 장미는 그것을 보면서도 뭐가 이상한 것인지 미처 알지 못했다. 그저 환자를 빨리 데리고 병원 안으로 달려야 한다는 생각뿐이었다. 강행과 요원의 도움을 받아 환자를 이송용 침대에 끌고 안으로 들어가자마자 재원과 마주할 수 있었다.

"어, 왔구나!"

현장에 비할 바는 아니었지만. 응급실도 바쁘긴 매한가지였다. 근처 2차 병원 중 휴일에, 이 날씨에 응급실을 운영하는 곳이 극히 드물었기 때문이었다.

"환자 엄청 많네요?"

"뭐……. 그렇지. 어떤 환자예요?"

재원은 이 환자가 바로 강혁이 자신과 한유림 교수에게 맡길 환자라는 것을 직감하고 있었다. 그렇지 않았다면 장미와 강행을 따로 떼어서 보내진 않았을 터였다.

"가슴에 강한 충격을 입은 환자예요. 심낭 압전이 예상되어서 먼저 관을 박았으나 폐 손상 동반되어 있어서 수술 필요합니다."

"아……. 흠."

재원은 장미의 말을 들으며 한유림 교수를 돌아보았다. 재원과 같이 '올 것이 왔다'라는 표정을 짓고 있던 그는 애써 고개를 끄덕여 보였다.

"드, 들어가지."

세상에서 제일 부담스럽다는 표정을 지으면서였다.

"흉부외과 연락을 하긴 할 텐데……. 오늘 당직 교수님이 없어서 아마 안 될 거예요."

재원은 자신과 한유림 모두의 마음을 다잡기 위해 이 말을 꺼냈다. 둘 말고는 이 수술에 들어갈 사람이 없다는 말이었는데, 재원에게는 어떨지 몰라도 한유림 교수에게는 별로 위로가 되지 않았다.

"그래……."

"이강행 선생님! 우리는 가요, 빨리!"

장미는 요원이 접수를 마치고 오는 것을 확인한 즉시 강행을 불렀다. 잠시 몸에 묻은 물기를 털어내고 있던 강행은 별다른 말도 하지 않고 장미 쪽으로 내달렸다. 둘을 멈춰 세운 이는 다름 아닌 재원이었다. 그는 손가락으로 TV를 가리키고 있었다.

"안 돼! 지금 나가는 건!"

"네? 교수님 거기 계셔요!"

"아마 교수님도 피신하고 있으실 거야! 태풍이 더 강해져서 벌써 태풍 경보가 내렸어!"

"아……."

그제야 장미는 재원의 손가락이 가리키는 TV를 볼 수 있었다.

"외출을 금하시고, 지금 밖에 계신 시민 여러분들께서는 속히 실내로 피신하기 바랍니다!"

"광진구 일대가 정전되었습니다!"

"저지대 침수로 주민들이 인근 학교 강당으로 대피했습니다!"

"영동대교 인근 교통사고 현장에 기상 악화로 인해 더 이상의 구조가 어렵다고 판단되어 폐쇄 결정이 내려졌습니다!"

TV에서는 속보가 쏟아져나오고 있었다.

"저거 때문에 지금 다른 차들도 출동 못 하고 있는 거예요!"

"아."

재원의 말을 듣고서야 장미는 응급실 로비에 아무렇게나 서 있는 여러 대의 구급차를 떠올릴 수 있었다. 날씨만 허락했다면 또다시 현장으로 달려갔을 차들이었다. 하지만 지금은 그저 무력하게 이곳에 발이 묶여 있었다.

"그래도……."

"백장미 선생님."

뭔가 마음에 걸리는 듯 밖으로 향하려는 장미를 재원이 다시 한 번 불렀다. 평소와는 달리, 아주 진중한 목소리였다.

"백강혁 교수님이셔요. 아무 일 없을 거예요."

더구나 재원의 말에는 일리도 있었다. 다른 사람도 아니고, 지금 밖에 있는 사람은 강혁 아니던가. 그 사람에게 무슨 일이 생긴다? 상상하기 어려웠다.

"하긴……."

"이따 돌아왔는데 환자 잘못되어 있으면 엄청 많이 혼낼 거예요. 우리나 좀 도와줘요."

"알겠어요."

해서 장미는 재원을 따라 수술실로 향했다. 강행은 응급실에 남았다. 이쪽도 환자가 너무 많았기 때문이다. 그리고 둘을 기다리고 있던 강혁은 쏟아지는 비에 더해 휘몰아치는 바람 때문에 흔들리는 천막을 잡고 선 채 중얼거렸다.

"시발, 이 새끼들 왜 안 와."

초속 20m 이상의 바람이 미친 듯이 불어오고 있었다.

강혁은 발목 바로 밑까지 찰랑거리는 빗물과 그 빗물에 소용돌이를 그리고 있는 바람을 보며 중얼거렸다.

"아직도 연락 안 돼?"

강혁은 천막 기둥 하나를 붙잡고 선 채 안중헌 단장을 향해 물었다. 기둥에 의지하고 서 있는 게 아니라, 임시로 설치한 천막 기둥이 넘어지지 않도록 잡고 있다는 말이 더 어울렸다.

"이 일대 기지국 전체가 정전인 거 같습니다."

안중헌 단장은 고개를 돌려 암흑천지가 된 자양동 일대를 바라보며 답했다.

"음……."

강혁이나 안중헌이나 정전이 되던 순간을 똑똑히 기억하고 있었다. 그야말로 벼락이 번쩍하더니 이 일대가 암흑에 휩싸이고야 말았던 것이다. 아직 이른 시간이지만 먹구름에 휩싸인 데다가 비까지 퍼붓고 있어 한 치 앞을 내다보기가 어려웠다. 강혁처럼 큰 체격의 남자도 흔들릴 정도의 강한 바람이 불었다.

"아무래도 경보 내렸을 거 같은데."

안중헌 단장의 의견 또한 크게 다르지 않았다. 하지만 아직 확신을 내리고 있지는 못했다. 소방청 상부에서 지침이 내려오지 않았기 때문이었다. 서울 한복판에 고립되다시피 한 이들로서는 그저 하염없이 연락을 기다리고 있을 수밖에 없었다.

"구조는 어떻게 되고 있지?"

강혁은 아까 들락거린 대략 30여 대의 구급차를 떠올리며 물었다. 몇 번씩 왔다 갔다 한 차들도 있어서 제법 많은 수의 환자가 이송되었다.

"아직……. 차 안에 열 명 정도가 있는 것으로 추정됩니다."

근처에 있던 비번인 소방 요원들까지 출동해준 덕에 생각보다는 많은 사람을 구해낼 수 있었다. 하지만 아직도 차 안에 남은 인원이 이들의 발목을 붙잡고 있었다.

"이런 제기랄."

강혁은 천막이 별 의미 없게 느껴질 만큼이나 세차게 들이치고 있는 비바람에 욕설을 다시 한번 내뱉었다. 그리곤 천막 안쪽을 돌아보았는데, 구조는 됐으나 아직 이송되지 못하고 누워 있는 환자 20명가량이 더 있었다. 그나마 강혁이 남은 덕에 목숨이 경각에 달린 사람들은 없었지만 이대로 더 시간이 지나게 되면 아무리 강혁이 있다 해도 소용이 없는 상황이 닥칠 것이다. 멀쩡한 사람도 죽을 것 같은, 그런 날씨였으니까. 사고 현장에 고립된 사람들에게는 재난 수준이었다.

"지금 더 구조하는 건 무리입니다."

중헌은 착잡한 얼굴로 고개를 가로저었다.

"이런 젠장."

그때 갑자기 돌풍이 불었다. 지금까지도 강한 바람이 불고 있었지만, 이번만큼 강한 건 처음이었다.

"어어!"

그 바람에 천막 지붕 한 짝이 후루룩 날아가버렸다. 심지어 그쪽 천막을 붙잡고 있던 요원 하나도 함께 떴다가 내려앉았다. 다치지 않은 게 다행이라고 할 정도로 어마어마한 바람이었다. 하지만 문제는 그다음이었다. 사라진 천막 쪽 지붕 틈새로 비가 쏟아져 내렸다. 가뜩이나 체온을 빼앗겨 이를 딱딱 부딪치고 있던 환자 몇몇이 몸을 부들부들 떨었다. 이미 가져왔던 온풍기는 기름이 다해 꺼진 지 오래였다. 이대로 있다간 너무 허무하게 환자를 잃을 것 같았다.

"제기랄."

강혁은 일단 입고 있던 우의를 벗었다. 여름이랍시고 얇은 와이셔츠 하나만 입고 온 터라 대번에 한기가 들었다.

"교수님! 교수님은 그냥 계세요!"

안중헌 단장이 말렸지만, 강혁은 듣지 않았다.

"난 괜찮아!"

여느 때처럼 자신감 넘치는 목소리였다. 아마 예전 같았으면 중헌도 속아 넘어갔겠지만, 그에게는 경험이 있었다.

"전에도 그런 말하고 기절했잖아요!"

강혁도 그저 피와 살로 이루어진 사람이라는 것을 그는 너무 잘 알고 있었다.

"나도 알아! 절대 무리 안 하니까, 일단……. 일단 이건 좀 덮어 주자!"

"교수님!"

"넌 저기 소방차 끌고 와서 천막 가려! 없는 것보단 나을 거야!"

그 말에 안중헌 단장은 저도 모르게 붉은 소방차 두 대를 돌아보았다. 고맙게도 이 악천후를 뚫고 근처 소방서에서 보내준 녀석들이었다. 원래 재난에 대비해 만들어진 차량인 만큼, 지금도 굳건히 버티고 서 있었다.

"알겠…… 습니다!"

"그리고 차 안에 히터 틀어! 환자 중에 체온 떨어지는 사람들 교대로 안으로 들여보내!"

"네!"

이미 구급차는 거의 다 떠난 후였다. 남은 차량이 하나 있긴 했지만, 물이 차서 그런가 시동이 걸리지 않았다. 그 말은 곧 지금 가용한 차량은 소방차 두 대뿐이란 얘기였다. 안중헌 단장은 아쉬운 대로 두 대의 소방차를 옮겨 와 천막 앞에 세웠다. 그것만으로도 바람이 확 가라앉은 기분이었다.

"진작, 진작에 이렇게 할걸!"

안중헌 단장은 이 자리에 있는 모두가 외치고 싶었을 후회의 말을 내뱉었다. 이렇게라도 하지 않으면 지금처럼 절망스러운 상황 속에서 힘을 내지 못할 것 같았다. 강혁 또한 비슷한 심정이었기에 안중헌 단장을 탓하지 않았다. 그저 떨려 오는 몸을 숨기기 위해 애써 몸을 움직일 따름이었다.

"옮겨, 옮겨!"

그사이 입술이 퍼렇게 변한 아이 하나와 노인 둘이 소방차 내부로 옮겨졌다. 말도 잘 통하지 않는 외국인들이었지만 요원들은 최선을 다해 구조에 임했다. 진심은 전해지기 마련이라지만 어쩔 수 없는 두려움이 그들 모두의 눈에 서려 있었다. 다른 나라에서 이런 재난을 겪게 되었으니 어찌 담담할 수 있겠는가. 그 모습을 보고 있자니 강혁의 안에서 천불이 끓었다.

'미친놈들이 이 날씨에 관광버스를 띄워?'

아무리 돈이 중하다지만, 날씨가 이 모양이면 일정을 바꿨어야 할 일 아닌가. 하루 일정을 취소하는 게 어렵다면 하다 못 해 동선이라도 바꿔서 코엑스 같은 데 들어가서 있었으면 이런 꼴을 당하진 않았을 텐데.

"또 바람이!"

하지만 지금은 화낼 여유조차도 없었다. 강혁은 김강률 팀장의 비명과도 같은 외침을 듣자마자 기둥을 붙잡아야만 했다. 어깨가 시큰거렸다. 앞으로 얼마나 더 버틸 수 있을까. 많아야 두 번? 어쩌면 한 번이면 끝날지도 몰랐다.

'이런 제기랄…….'

기둥을 쥐고 있는 강혁의 손에 너무 힘이 들어가는 바람에, 손이 하얗게 질릴 때쯤 무언가 변화가 있었다. 어디선가 바람 소리가 아닌, 그러나 뭔지 모를 소리가 들려왔다. 이곳에 있는 모든 차량은 멈춰선 지 오래였기에 더 선명하게 들렸다. 어떻게 들으면 아까 움직였던 소방차의 잔상인가 싶기도 했다.

"음?"

하지만 오감이 남들보다 훨씬 예민한 강혁은 빗속에서도 그 소리를 놓치지 않았다.

"저기……."

그리고 그의 예민한 눈은 빗속에 흐릿하게 비쳐 오는 빛도 똑똑히 바라볼 수 있었다.

"뭐가 온다."

강혁의 말이 있고 나서야 안중헌 단장과 김강률 팀장 또한 무언가 거대한 차량이 움직이는 걸 볼 수 있었다. 그 무언가는 아주 천천히, 하지만 확실하게 이쪽을 향해 오고 있었다.

"버스……. 재난 통합 지휘 버스입니다."

안중헌은 가까이 다가온 새빨간 버스와 소방차 16대를 보며 중얼거렸다. 제아무리 재난에 대비해 단단히 개조된 버스라 해도 이런 상황에서 홀로 오기는 어려웠을 터였다. 그래서 그런가, 소방차 6대에 둘러싸인 모양새를 하고서 천천히 다가오고 있었다. 그리곤 비와 절망 속에 갇혀 있던 요원들과 강혁을 향해 이렇게 물었다.

"안중헌 단장 있습니까?"

확성기를 통해 전해져온 목소리는 언젠가 한 번 강혁에게 된통 당한 바 있는 소방청장이었다.

"아, 청장님! 여기 있습니다!"

'구조 상황은?'

"천막 안에 20명이 있으며 전원 녹색 아니면 노랑입니다! 아직 구조 못 한 인원이 10명가량으로 추정됩니다!"

10명이나 저기 넘어진 버스 안에 있다는 말에 확성기가 잠시 멈추었다. 원래 같으면 여기까지 올 사람이 아닌데 오게 된 데에는 다 이유가 있었다.

'박성민 의원에……. 현용수 의원까지…….'

여야 거물의 전화를 받게 된 그로서는 당장 몸을 움직일 수밖에 없었다. 물론 그 두 의원을 움직인 사람은 따로 있었다. 바로 백장미. 아무리 봐도 심각하게만 보이는 날씨에 강혁과 전화 연결조차 되지 않는 상황이었다. 다른 사람이라면 몰라도 환자를 보낸 강혁이 전화를 안 받아? 이건 너무 이상한 일이라 생각했다. 상황이 심각한 걸 깨닫고 장미가 조치를 취한 것이다. 강혁에게 반드시 도움을 주어야 할 권력자들에게.

그 덕에 청장이 가용한 모든 전력을 이끌고 여기까지 오게 된 것이었다.

"소방차 이동해서 각 버스에 밀착 주차 후, 신속히 남은 인원 구조해서 버스에 태우고 빠져나간다! 실시!"

장관이었다. 무려 16대에 달하는 소방차가 움직이는 광경은. 아니, 장관이라는 말도 좀 모자라는 느낌이었다. 인력으로는 어찌할 수 없을 거라 여겨졌던 재난 현장이 천천히라도 정리되고 있는 모습을 보고 있자니, 강혁은 어쩐지 울고 싶은 심정이 들었다.

"교수님! 일단 이거 다시 걸치세요!"

그런 강혁에게 안중헌 단장이 소방차에서 꺼내 온 새 보호의를 건네주었다. 그렇지 않아도 슬슬 몸이 떨려 오기 시작한 참이었기에 강혁은 사양하지 않았다.

"그러지."

"잠깐 여기 계세요! 구조는 저희가 할 테니까……. 상태 평가만 좀 해주세요!"

"알았어. 조심해."

"네, 교수님!"

강혁은 굳이 안중헌 단장을 따라나서지 않았다. 사람에게는 저마다 맡겨진 일이 있고, 또 잘할 수 있는 일이 따로 있는 법이었다.

"아, 백강혁 교수님."

딱 버스에 올라타자마자, 구조 요원 복장을 잘 갖춰 입은 소방청장이 그에게 인사를 건넸다. 안중헌 단장이나 김강률 팀장의 것과 비하면 거의 새것 같아 보였다. 강혁은 그것이 마음에 들진 않았지만 일단 티를 내진 않았다. 뭐가 어찌 되었든 덕분에 살았으니까.

"청장님. 진짜 물심양면 도우시네요?"

그냥 넘어가기는 좀 그래서 일전에 사과하러 왔던 때의 일을 상기하게 만들기는 했지만 강혁에게 이 정도면 꽤 부드럽게 대한 편이었다. 청장도 그걸 모르진 않았던 터라 그저 웃어 보였다.

"그럼요. 일단…… 이쪽으로 앉으시죠."

"이건 뭡니까?"

강혁은 청장 앞에 있는 대형 스크린을 가리켰다. 청장은 대답 대신 스크린 앞의 스위치를 켰다. 그러자 구조 현장이 아주 다양한 채널을 통해 실시간으로 전해져왔다.

"지휘 차량이라서요. 여기 있으면 한눈에 구조 현장을 볼 수 있습니다."

"카메라는……?"

"원래는 드론을 띄우도록 하고 있는데, 이 날씨에서는 무리라 헬멧에 설치해 뒀습니다."

"아하."

소방청이 감당해야 할 재난이란 비단 인명 구조만이 아니었다. 때론 어마어마한 산불을 잡아 내기도 해야 했고, 때론 산사태 등의 재해에 대응하기도 해야 했다. 그러자면 실시간으로 현장을 파악하면서 지휘하는 것이 필수일 터였다.

“이건 좋네.”

강혁은 환자들의 상태 전부를 한눈에 파악할 수 있다는 사실이 무척 마음에 들었다. 해서 청장에게 양해도 구하지 않은 채, 화면이 가장 잘 보이는 곳에 털썩 앉아버렸다. 그와 동시에 몸에 남아 있던 물기가 바닥과 청장의 옷을 적셨지만, 청장은 굳이 입을 열지 않았다.

‘잘 보여야 하는 사람이야…….’

박성민 의원 하나만 해도 두려운데. 그새 현용수 의원까지 뒷배로 둔 모양이었다. 이런 사람한테 밉보였다간 공직 생활은 끝이란 생각이 들었다.

“흐음…….”

강혁이 넋을 잃은 채 모든 채널을 살피는 동안 녹색 스티커를 붙인 환자들은 각 소방차에, 노란색 스티커를 붙여둔 환자들은 버스 뒤편에 자리한 침대로 옮겨졌다. 청장은 그냥 구조 요원만 데리고 온 게 아니라 구급 요원들도 데리고 왔었는데, 그들 모두는 환자 상태를 보며 놀라움을 금치 못하고 있었다.

‘어떻게 여기서 이런 조치를…… 취했지?’

그야말로 완벽하다고밖에 말할 수 없는 응급조치가 되어 있었다. 어디가 부러진 환자는 골절 부위를 단단히 교정한 채 붕대를 하고 있었고. 출혈이 있는 환자는 딱 손상된 혈관이 있을 법한 부위를 누르는 방식의 드레싱이 되어 있었다. 심지어 봉합되어 있는 사람도 있었으며, 피가 많이 났을 것으로 판단되는 환자에게는 수액까지 연결이 되어 있었다.

‘역시……. 백강혁 교수가 괜히 유명한 게 아니구나.’

보아하니 현장에 남은 의사는 저 사람 하나뿐인 거 같은데. 수십 명이 넘는 환자들을 혼자 이렇게까지 돌볼 수 있었다니. 아마 저 사람이 없었다면 지금 노란 스티커 붙은 환자들은 죄다 죽었을 터였다. 강혁이 분류하고 처치하지 않았다면 대부분의 환자들이 현장에서 제대로 된 처치도 못 받고 엉뚱하게 분류되어 근처 병원으로 실려 갔을 것이었다.

"이런……."

하지만 그렇게 완벽한 처치를 해낸 강혁의 얼굴은 시시각각 어두워지고만 있었다. 넘어진 버스 안에서, 심각한 부상을 한 채 방치됐던 환자들 생각 때문이었다. 지금 막 구조되어 나오는 환자들은 대개 숨져 있었다. 그게 아니라면 죽음이 임박해 있거나.

"제길."

다시 구조에 나섰던 안중헌이나 김강률 또한 표정이 잔뜩 어두워져 있었다. 이제야말로 훨씬 빠르고 안전하게 사람들을 구할 수 있다고 생각했는데, 그 기대가 벌써 무너지고 있으니 당연한 일이었다. 그때 누군가 목청 높여 외치는 소리가 들렸다.

"살았어! 여기 살았다!"

계속해서 시신만을 발굴하고 있던 현장에서 살아 있는 사람을 발견한 것이다. 자연히 현장에 있던 요원들의 고개도, 지휘 버스에 앉아 있던 강혁의 시선도 그쪽을 향해 돌아갔다. 특히 강혁은 거의 눈도 깜빡이지 않고 있었다. 오직 환자가 죽을까 살까에만 집중하고 있었다.

"이거……."

그러던 강혁이 몸을 일으킨 시점은 그로부터 대략 1분 후였다. 구조된 환자의 허리 부근에 기다란 우산이 박혀 있다는 것을 확인한 직후이기도 했다.

"이거 메고 따라와요."

"어?"

그의 말을 들은 청장은 잠시 당황스럽다는 기색으로 눈을 끔뻑거렸다. 하지만 강혁은 어차피 제대로 된 답을 원치도 않았다는 듯 배낭을 강제로 그의 어깨에 들리곤 훅 하고 뛰어내렸다. 강혁이 여전히 배낭을 잡고 있었기 때문에 청장 또한 반강제적으로 뛰어내려야만 했다.

"최 감독님은 이제 좀 쉬시죠."

강혁은 그렇게 버스에서 뛰어내린 후 하림을 돌아보았다. 최하림 감독은 너무 물을 먹어서 이제 더 돌아가지도 않는 카메라를 들고 서 있었다. 흡사 물에 빠진 생쥐 모양이 되어 있었는데, 그나마 병원에서 챙겨 입은 우의가 있어 다행이었다. 만약 그게 없었더라면 지금쯤 그녀 또한 환자 신세가 되었을 것이다.

"아니, 아닙니다. 현장을 지켜보기라도 해야죠."

"그……."

강혁은 그냥 있으라고 말하려다 입을 닫았다. 누가 봐도 위험해 보이는 곳에 따라와 촬영한 사람이다. 이제 와서 물러날 리 없겠다 싶었다.

"대신 무리하진 마세요."

강혁은 이 말 외에는 달리 해줄 말이 없었다. 그 말만 하고는 돌아서서 사고 현장으로 향했다.

"교, 교수님!"

"잠깐 비켜봐."

"네!"

청장과 함께 달려간 버스 옆 현장은 참혹하기 이를 데 없었다. 세 대의 버스 중 가운데 있던 버스였는데 하필 미끄러져 넘어지면서 앞뒤 차량 모두에게 충돌을 당해서 그런 것으로 보였다. 가운데 버스에서 조금 전에 구출한 환자가 누워 있었다.

'저혈량 쇼크에 이어 저체온…….'

부상도 부상이지만 일단 몸 상태가 너무 좋지 못했다.

'게다가 이건…….'

우산은 앞에서 박힌 게 아니라 옆구리에서 들어가 등뒤로 나와 있었다. 후복막을 뚫고 들어갔을 가능성이 있었다. 빗물에 섞여 흘러나오는 핏물엔 노란색이 희미하게 섞여 있었다. 남들에겐 보이지 않겠지만 강혁은 확실하게 알 수 있었다.

'신장…….'

부상 자체도 치명상이라는 뜻이었다. 대강의 진단을 마치고 나니 마음이 더더욱 급해졌다. 환자의 상태가 안 좋아도 너무 안 좋았으니까. 아마 지금처럼 구조대가 대거 투입되지 않고, 아까와 같은 상황이었더라면 포기했을지도 몰랐다. 오늘 강혁이 포기한 세 명의 다른 환자들처럼.

'이제 포기는 그만하자.'

강혁은 좀 더 무리를 해보기로 했다. 이미 몸은 만신창이가 되고, 정신적 피로도도 극에 달했지만.

"라인."

"어……."

강혁의 말에 청장은 그저 우물쭈물하기만 했다. 언젠가 훈련을 받을 때 배우긴 했지만 이미 현장을 떠난 지 너무 오래되었기 때문이었다. 그를 탓할 일은 아니긴 했다. 현장 요원에게는 현장의 일이 있고, 지휘관에게는 지휘관의 일이 있는 법이었으니. 하지만 지금은 상황이 너무 급했고 강혁은 남들 사정 다 봐주면서 일하는 타입은 아니었다. 청장은 계속 꾸물대기만 했다.

"뭐 해!"

"어……."

"제가, 제가 할게요!"

보다 못한 최하림 감독이 나서지 않았다면 강혁의 두꺼운 손바닥이 아마도 청장의 뒤통수 언저리쯤에 가 닿았을지 모른다. 다행히 최하림 감독이 재빨리 움직인 덕분에 강혁은 너무 늦지 않게 수액 라인을 받을 수 있었다.

"흠."

"제대로 드린 거 맞죠?"

"맞아요."

"열심히 따라다닌 보람이 있네요."

강혁은 수액을 재빨리 환자의 팔뚝에 연결했다. 이미 혈압이 잘 잡히지도 않을 정도로 떨어진 상황이었다.

"하나 더."

"네."

강혁은 그렇게 무려 세 개의 라인을 연결한 후에야 환자의 상처를 향해 다시 고개를 돌렸다.

'일단 두고, 최대한 빨리 가자.'

강혁은 어느새 곁으로 다가온 안중헌 단장과 김강률 팀장을 바라보았다. 둘은 딱히 아무 말이 없었음에도 고개를 끄덕이며 환자를 들것에 옮겼다. 그리곤 다 함께 지휘 버스를 향해 내달리기 시작했다.

"나, 나도 같이 가야지!"

엉겁결에 뒤로 남겨진 청장이 뒤뚱거리며 달렸으나 계속해서 뒤

처지기만 했다. 애초에 강혁이 넘겨준 배낭이 너무 무거웠던 데다가, 비까지 먹어서 더더욱 무거워졌기 때문이었다.

"출발, 출발!"

강혁은 환자와 최하림 감독 그리고 몇몇 요원들이 타자마자 운전석에 앉은 요원을 향해 외쳤다. 요원은 아직 도착하려면 한참 남은 청장 쪽을 돌아보았다. 이대로 두고 가도 되나 하는 생각이 들 순간, 강혁이 답을 가르쳐주었다.

"지금 출발 안 하면 환자 죽어!"

"아……. 네! 그…… 호위 바란다! 지휘 버스에서 알린다, 호위 바란다! 목적지는……."

"한국대학교 병원 응급실!"

"한국대학교 병원 응급실이다!"

확성기를 통한 지시가 있자마자 버스를 지키고 서 있던 6대의 소방차가 동시에 천천히 움직이기 시작했다. 지금 미끄러진 채 바닥을 나뒹굴고 있던 세 대의 버스가 원래 향하려고 했던 곳, 영동대교를 향해. 지휘 차량 역시 한가운데 위치를 잡고 출발했다. 다들 대열을 맞추며 가야 했기에 속도는 느렸지만, 무척 안정적이었다. 밖에서 들이치는 비바람이 거의 느껴지지 않을 정도였다.

"야, 야!"

그사이에 청장의 목소리가 들리긴 했지만 애써 고개를 돌렸다.

'다른 차 타고 가면 되잖아.'

현장에는 여전히 열 대가 넘는 소방차가 있었다. 그러니 강혁이 집중해야 할 상대는 지금 그의 눈앞에 누워 있는 환자였다.

"히터! 히터 최대한 틀어!"

"네!"

"소변줄 줘봐!"

강혁은 필요한 지시를 내리는 동시에 환자에게 소변줄을 꽂았다. 예상했던 것처럼 흘러나오는 소변은 없었다. 출혈이 너무 심해서 소변이 만들어지지 않았다는 것이기도 하고, 우산으로 신장이 망가진 것도 이유일 것이다.

'느려……. 이대로 가다간…….'

안정적인 건 좋지만, 너무 느렸다. 그렇다고 속도를 내라고 하기엔 날씨가 너무 험악했다. 그렇다면 자체적으로 시간을 벌어야만 했다. 그 방법은 딱 하나뿐이었다.

"수혈. 수혈을 해야 해."

"수혈……."

강혁의 말에 안중헌 단장과 김강률 팀장이 힘없이 고개를 떨구었다. 언젠가 강혁이 헬기에서 직접 자신의 피를 한 아이에게 주었던 것이 떠올랐기 때문이었다. 대단한 살신성인이었던지라 뇌리에 깊이 박혀 있었다.

"일단 피를 좀 뽑지."

강혁은 그리 말하면서 환자의 손목 근처에 주사기를 푹 하고 꽂더니 곧 소량의 피를 뽑아내었다. 아무리 느리게 달리는 중이라고 해도 흔들리는 버스인 데다가 환자 상태도 나쁜 상황이었지만, 역시나 강혁의 처치에는 별 망설임이 없었다.

"내가 A형이거든?"

그리곤 묻지도 않은 자신의 혈액형을 말해주면서 어느 틈엔가 뽑아둔 자기 피와 환자의 피를 섞었다. 융합 반응이 순식간에 일어났는데, 수혈해서는 안 되는 피란 얘기였다.

'휴, 살았네.'

강혁은 엉겨 붙은 혈액을 보며 남몰래 안도의 한숨을 내쉬었다. 애써 담담한 척하고 있긴 했지만, 사실 오늘 종일 태풍에 시달린 터라 체력에 자신이 없었기 때문이었다. 강혁과 마찬가지로 격무에 시달린 안중헌과 김강률 모두 그런 강혁을 두려움 가득한 눈빛으로 바라보았다. 하지만 뭐라 말을 꺼내진 못했다. 누가 봐도 이 환자에게는 피가 필요한 상황이었으니까.

"여기……."

"저도……."

해서 둘은 두 눈을 질끈 감은 채 팔을 내밀었다.

"혈액형이 뭔데?"

강혁은 주사기를 냅다 꽂기 전에 둘에게 물었다.

"아, 전 B형입니다."

"저도."

"아 둘 다 B야? 잘됐네. 맞기만 하면 피는 충분하겠어."

강혁은 말이 끝나기 무섭게 두 사람의 피를 뽑았다. 하지만 아쉽게도 환자의 피와 접촉을 시키자마자 엉겨 붙고 말았다. A형도 안 되고, B형도 안 되고.

"여기 A형, B형 아닌 사람!"

강혁의 외침에 O형, AB형 요원들이 우르르 몰려들었다. 방금 중앙 구조단장과 팀장이 솔선수범해서 팔을 내미는 것을 보지 않았던가.

"꽝. 아까 혈액형 뭐라고요?"

"저 O형입니다."

"하……."

하지만 O형도 AB형도 모조리 꽝이 나오고 말았다. 다른 그룹이었다면 혹 자신의 혈액형을 잘못 알고 있는 건 아닌가 하는 생각을 할 수도 있겠지만, 여기 있는 사람들은 소방청 소속 현장 요원들이었다. 세상에서 가장 위험한 일에 노출된 사람들이 자신의 혈액형을 모를 리가 없지 않은가. 아무리 대한민국의 소방 대원들에 대한 대우가 개판이라고는 해도, 이 정도는 체계적으로 갖추고 있었다.

"RH-구나. 하필……."

강혁은 고개를 가로저으며 차의 앞창을 바라보았다. 억수로 쏟아붓고 있는 비를 와이퍼가 힘겹게 밀어내고 있었다. 그야말로 한 치 앞도 알아보기 힘든 상황이었다. 강혁은 잠시 그 비를 바라보고 있다가 운전대를 잡고 있는 요원을 향해 외쳤다.

"얼마나 남았죠?"

"아직……. 이제 절반 왔습니다!"

"절반……."

마음 같아서는 밟으라고 외치고 싶었지만. 지금 상황에서 그랬다간 이 안에 있는 다른 모든 이들도 위험해질 수 있었다.

"저……."

그때 최하림 감독이 조심스럽게 손을 들었다. 원래도 하얀 손이 추위 때문인지 더 창백하게 변해 있었다. 강혁은 어디 몸이라도 안 좋은 건가 생각하며 그녀를 돌아보았다.

"네, 감독님. 어디 아픈 곳이라도 있습니까?"

그리곤 그의 날카로운 눈으로 최하림 감독의 머리부터 발끝까지 슥 훑어보았다.

'입술 색은 괜찮고……. 호흡이나 피부색도 큰 문제는 없어 보여.'

이렇게 눈으로 먼저 진단을 하는 사이, 최하림 감독의 입에서 나온 건 너무 의외의 말이었다.

"저 RH- A형입니다."

"네?"

"저 RH-예요. 저도……. 한번 해보시죠."

RH- 혈액은 국내에서는 아주 희귀한 혈액이었다. 한국인들은 거의 전원이 RH+이었으니까. 아마 한국대학교 병원에 도착한다고 해도 비축분이 그리 많지는 않을 터였다.

'지금 혈액은행에 연락을 취한다 해도…….'

혈액이 올까? 아니, 출발은 할 수 있을까? 환자를 옮기는 것도 이렇게 힘겨운 상황인데? 강혁의 머릿속이 삽시간에 복잡해졌다.

"교수님."

그때 최하림 감독이 강혁의 어깨를 가만히 두드렸다.

"이번 다큐멘터리 촬영하면서 제가 제일 많이 생각했던 게 뭔 줄 아세요?"

그리곤 뜬금없는 타이밍에 질문을 던졌다.

"모르겠습니다."

"저도 한 번쯤은 돕고 싶다는 생각이었어요. 저도 돕게 해주세요. 교수님."

"하지만……."

강혁은 다시 한번 최하림 감독을 바라보았다. 누가 봐도 건장한 체격은 아니었다.

'165에 46kg…… 정도.'

처음 봤을 때만 해도 50kg은 넘었었는데. 중증외상센터 따라다니면서 어찌나 개고생했는지, 살이 5kg도 넘게 빠져 있었다.

'혈액량도 적을 텐데…….'

자칫 잘못하면 정말 큰일 날 수도 있었다. 최하림 감독 체력이 어디 가서 빠지는 수준은 아니긴 해도, 지금 상황에서 수혈은 정말 힘들 테니까.

"교수님. 전 괜찮습니다."

하지만 최하림 감독의 말이 두 번 세 번 이어지고 있는 데다가,

"교수님, 환자 혈압 더 떨어집니다!"

환자의 상태까지 안 좋아지고 있어서 강혁도 얼른 결정을 내리는 수밖에 없었다.

"알겠습니다……. 일단 확인이나 해보죠."

"네, 교수님."

"안중헌 단장. 안중헌 단장은 병원으로 전화 좀 해봐. 아직도 안 돼?"

"계속 통화권 이탈로 뜨기는 하는데……. 제가 어떻게든 해보겠습니다."

"그래, 부탁해."

강혁은 그리 말한 후, 다시 최하림 감독에게로 향했다. 이미 최하림 감독은 팔뚝을 슥 걷어두고 있었다.

'가늘어…….'

강혁은 자기 팔뚝의 반의반이나 될까 싶은 최하림 감독의 팔뚝에 토니켓을 감았다. 원래 같으면 그냥 막 찔러도 자신이 있었지만, 이 사람은 말라도 너무 말랐다.

"요새 좀 못 먹어서 그래요."

최하림 감독은 강혁의 마음을 읽었는지 애써 미소를 지어 보였다. 그러고보니 얼굴 살도 무척 많이 빠져 있었다.

'우리 애들도…… 비슷하지.'

재원도 뱃살은 더 나오고 있긴 했지만 팔다리는 점점 가늘어지고 있었다. 원래도 볼품없던 체형이 점점 더 심해지고 있다는 얘기였다. 단순히 겉모습 때문이라면 걱정할 이유가 없겠지만, 재원도 서른 중반이 아니던가. 관리하지 않으면 힘들 나이였다.

'이번 태풍 지나가고 나면……. 다들 건강 검진 받고, 운동이랑 먹는 것도 좀 챙겨야겠구만.'

강혁은 그 생각을 하며 최하림 감독의 팔뚝 언저리를 탁탁 두드렸다. 살갗이 단숨에 붉게 달아오르는가 싶더니, 안에 숨어 있던 혈관이 불쑥 튀어나왔다.

"확실히 대단하시네요. 저 사실 피 검사받을 때마다 몇 번씩 찌르는데……."

"너무 말라서 그래요. 잘 좀 챙겨 먹어요."

"그럴 시간이 있나요, 뭐."

"안 되겠네. 이번 태풍 지나가면 우리 밥 좀 먹읍시다. 근처에 맛있는 데 꽤 많아요."

"사주시려고요?"

"사야죠."

강혁은 당연하다는 듯 고개를 끄덕이며 바늘을 쑥 밀어 넣었다. 제법 기뻐하는 얼굴이 되었던 최하림 감독의 얼굴이 살짝 찡그려졌다.

"예이, 엇."

"바늘 들어갔어요. 움직이면 안 됩니다. 혈관도 얇아서 자칫하면 터져요, 이거."

"네, 교수님."

"어디……."

강혁은 하림의 혈액과 환자의 혈액을 섞은 후 응고 반응을 지켜보았다. 1분이 지나고, 1분이 더 지나도 변함이 없었다. 두 사람의 혈액이 서로 같다는 뜻이었다.

"저는 될 거 같은데요?"

강혁은 최하림 감독의 말에 고개를 끄덕이며 입을 열었다.

"일단 시작은 할게요. 대신 조금이라도 힘들면 말해야 합니다. 환자 살리는 것도 중요한데, 원래 멀쩡하던 사람 잘못되면 절대 안 돼."

의사들이 가장 주의하는 것 중 하나가 바로 기증자의 건강 이상이었다. 기증하려면 원래 건강한 몸이어야 하지 않겠는가. 근데 멀쩡했던 사람이 기증을 하다가 건강에 지장이 생긴다면, 그건 오롯이 의사의 책임일 터였다.

"알겠어요."

"대강 고개 끄덕이지 말고. 내가 진짜 그런 케이스 몇 번 봤다니까."

혈액뿐만 아니라 장기 기증도 마찬가지였다. 간혹 준 사람이 잘못되는 경우가 있었다. 이 경우, 이식을 받은 사람의 죄책감도 심각했지만 의사가 느끼는 비통한 심정 또한 이루 말할 수 없었다.

"알겠어요. 꼭 말씀드릴게요."

"그래요. 그럼 연결할게요."

강혁은 다시 한번 당부의 말을 한 후 혈액을 환자의 팔뚝에 밀어넣기 시작했다. 아무래도 두 사람의 혈압 차이가 있어서 별다른 처치를 하지 않아도 피가 죽죽 밀려 들어갔다.

'다행히……. 최하림 감독이 혈압이 그리 높지는 않군.'

아마도 저혈압일 터였다. 너무 마른 사람에게서는, 특히 그 사람이 젊다면 간혹 보이는 소견이었다. 그런 몸 상태를 하고서 자신을 거의 매일 따라다녔다니. 확실히 언론인들에게도 종류만 다를 뿐 대단한 사명감이 있다는 생각이 들었다.

"혈압……. 올라간다."

강혁은 환자의 혈압계를 바라보며 말했다. 확실히 최고의 승압제는 혈액이라는 말이 괜히 있는 게 아니었다. 지금까지 달아준 수액들이 무색하게 느껴질 만큼이나 빠르게 혈압이 올라가고 있었다.

"휴……. 일단 한시름 놓기는 했어."

강혁은 다시금 축축하게 젖어 오는 환자의 상처를 보며 중얼거렸다. 올라간 혈압 때문에 스멀스멀 출혈이 시작된 것이었다. 이건 딱히 좋은 일은 아니었지만, 조금씩 흘러나오기 시작한 소변을 보며 안심할 수 있었다. 아주 천천히, 하지만 확실하게 소변줄을 통해 소변이 한 방울, 한 방울씩 흘러나오고 있었다.

"괜찮은 거죠? 감독님은."

환자가 좋아지고 있으니, 이번에는 최하림 감독이 걱정이었다. 최하림 감독은 거의 처음 보는 것 같은 강혁의 따스한 눈빛을 마주하며 고개를 끄덕였다.

"네? 네. 이제 겨우 5분 됐는걸요."

"원래 같았으면 하면 안 되는 몸이잖습니까."

"아니……. 괜찮은데, 정말."

최하림 감독은 정말 괜찮다는 듯 과장된 미소를 지어 보였다. 그 모든 것이 강혁의 눈에는 별 소용이 없다는 것을 잘 모르고 있었다. 강혁에게는 하림의 표정보다는 가빠진 숨과 빨라진 심장 박동 수만이 보일 뿐이었다. 해서 강혁은 무척 단호한 얼굴로 말을 이었다.

"병원 도착하자마자 빼는 겁니다."

"네. 알았어요."

"그리고 태풍 끝나면 맛있는 것도 좀 먹고요."

"어……. 네."

이성에게 밥 먹자는 말을 이렇게까지 강력하게 할 수도 있는 거구나. 최하림 감독은 그런 생각을 하며 고개를 끄덕였다.

왜애애애앵!

"어, 또 누구 온다."

스테이션에 엎드려 있던 응급실 레지던트가 고개를 들었다. 꿈결인가 싶은 순간에 사이렌 소리를 들었기 때문이었다.

"어? 지금? 경보 내렸는데? 이 근처 싹 통제일걸?"

사실 경보니 통제니 하는 말을 듣지 않고도 밖을 내다보기만 해도 지금 구급차 같은 게 돌아다닐 수 있는 상황이 아니란 건 알 수 있었다. 하늘은 그간 조용히 지냈던 한을 풀기라도 하겠다는 듯 끊임없이 비명을 질러대고 있었다.

"하긴, 잘못 들었겠지?"

"말이 안 된다니까?"

교수도 이미 방 안으로 들어가버린 후 스테이션을 지키고 서 있던 두 레지던트는 그냥 그렇게 다시 자리를 뭉개고 앉았다. 하지만 또다시 '왜애애애앵!' 하는 사이렌이 들려왔을 땐 도저히 그럴 수가 없었다. 둘뿐만 아니라 응급실에 있던 간호사들까지 듣고 고개를 로비 쪽으로 돌렸으니까.

"이…… 이 날씨에 환자가 와?"

근처 사고 소식에 엄청 빡셀 것이 예상되었다가 확 편해진 상황이었다. 그래서 그런가, 지금 오는 환자가 그렇게 달갑지만은 않았다. 그렇다고 해서 본체만체하는 이들은 없었다. 레지던트와 간호사들은 평소 훈련했던 대로 이송용 침대와 몇몇 모니터링 장비 등을 끌고 응급실 로비로 향했다. 드르륵. 자동문이 열리자마자 돌풍이 그들을 반겨주었다. 방심하고 있던 간호사 하나는 뒤로 밀려 주저앉기까지 했다.

"미친……. 이런 날씨에 어떻게……."

욕설을 내뱉어대는 두 레지던트 사이로 강행이 튀어나왔다. 어쩐지 현장에 남겨져 있던 강혁이 왔을 것만 같은 강한 예감 때문이었다.

"아, 역시."

그리고 시야를 가득 메우며 등장한 소방 버스 한 대, 소방차 여섯 대의 장대한 행렬을 보며 고개를 끄덕였다.

"응급실 선생님들, 교수님 나오라고 해주세요. 환자가 한둘이 아닐 거 같아요."

"그…… 그렇겠네요."

평소 구급차 한두 대만 와도 비좁아 보이는 곳이 응급실 로비였다. 그런데 지금은 버스에 소방차에, 거대한 차들이 계속 들어오고 있었다. 덜컥. 게다가 문이 열린 버스에서는 한눈에 봐도 중환으로 보이는 환자가 내리고 있었다. 그 뒤로도 환자들이 줄지어 서 있었다.

"서둘러요! 대형 재난 코드 발령하시고!"

강행은 아까 재원과 강혁에게 주워들은 바를 그대로 이행했다. 덕분에 병원 전체에 너무 늦지 않게 코드가 발령될 수 있었다.

"대형 재난, 대형 재난. 원내에 계시는 모든 선생님께서는 지금 즉시 응급실로 와주시기 바랍니다."

당연히 모든 의사가 즉시 응답하지는 않았다. 하지만 응급실 근처를 지나가던 의사들이 달려왔고, 방송을 듣고 내려왔던 레지던트가 응급실의 난리 난 상황을 보고 동기들에게 전화를 돌리는 등 꽤 많은 의사들이 응급실로 향했다.

방송을 들으며 강혁 역시 환자와 함께 응급실 안으로 들어갔다. 환자는 최대한 비를 안 맞게 지켰지만, 강혁은 몸이 홀딱 젖은 채였다.

"후."

여전히 환자의 몸에는 장 우산이 깊이 박혀 있었다. 섣불리 뽑았다간 어떤 일을 겪게 될지 알 수 없었기 때문에 그대로 두고 급히 병원으로 옮긴 것이다.

"2호. 넌 나랑 수술실 가자."

강혁은 잠시 한숨을 내뱉고는 강행을 가리켰다. 이미 한참 전부터 마음의 준비를 하고 있던 강행은 말없이 고개를 끄덕였다.

"혈액은행 전화해서 RH- A형 혈액 올리고. 5팩 정도."

"아……. 네."

강혁의 지시를 받은 레지던트 하나가 고개를 끄덕였다. 당연히 속으론 그 혈액이 5팩이나 있을까 싶긴 했지만, 구하기 위해 노력은 해봐야 했다.

'누군 환자를 이 날씨에 데리고 오기까지 했는데…….'

몸 편히 늘어지게 쉬고 있던 주제에 뭐라도 하긴 해야 할 거 아닌가 하는 생각에 그는 머리카락이 휘날리도록 내달렸다. 강혁은 잠시 그 모습을 보고 있다가, 최하림 감독의 팔뚝에 꽂혀 있던 라인을 뽑아주었다.

"여기 문지르지 말고 눌러요. 딱 내가 쥔 것처럼."

"네, 네."

그리곤 하림의 팔을 꽉 움켜쥐었다가 풀어주었다. 강혁에게는 여전히 쉴 틈이 생기지 않았다. 오히려 점점 더 바빠지고 있었다.

"신환입니다! 팔 골절! 응급처치로 교정은 시행했습니다!"

"신환입니다! 다리 부위 30cm가량의 자상! 봉합 시행했습니다!"

강혁이 대강 처치만 해둔 환자들이 차례차례 병원으로 밀려들고 있었기 때문이었다. 최근 리모델링을 통해 응급실 베드 수를 크게 늘린 한국대학교 병원이었지만, 그렇다 해도 이렇게 한꺼번에 몰려드는 환자를 한 번에 수용할 수 있는 건 아니었다. 응급실은 삽시간에 혼란의 도가니로 변해버렸다.

그 누구의 도움이라도

'아, 아.'

그때 어디선가 거친 목소리가 들려왔다. 아니나 다를까 강혁이었다. 현장에서 청장이 들고 있던 확성기를 들고 말을 이어갔다.

"환자들 전원 내가 응급처치는 해놨고, 스티커 붙여놨으니까 녹색은 조금 천천히, 노란색은 급하게 봐. 적색은 없어. 내가 데리고 들어갈 거니까. 궁금한 거 있는 사람?"

모든 환자를 처치해두었다는데 무슨 질문이 더 있겠는가. 게다가 강혁이 데리고 들어가야 한다는 적색 환자는 누가 봐도 너무 급해 보였다.

"그럼 그렇게 알고 난 간다. 나머지는 아, 저기 오시네. 응급의학과 과장님이랑 상의해! 저기 구석에 가면 원장님도 있으니까 잡아오고."

강혁은 그렇게 말을 마친 후, 다시 환자에게로 다가갔다. 그사이 환자는 수술용 침대로 옮겨져 있었다. 다소 미흡했던 수액 라인 또한 숙련된 간호사들에 의해 싹 정리가 되어 있었다. 다만 상처는 그대로였는데, 그것 또한 강혁의 지시 사항이었다.

'원래도 나쁘진 않았는데, 이젠 더 늘었네.'

한국대학교 병원 응급실에 근무하는 간호사들이라면 정말이지 산전수전 다 겪은 사람들이었다. 다만 중증외상 환자들을 대하는 것이 좀 미흡하긴 했었지만, 그것 또한 강혁 때문에 반강제적으로 훈련을 받게 되면서 실력이 많이 늘어 있었다.

"좋아. 이대로 CT실로 가자. 비어 있지?"

"네! 지금 환자가 없었습니다."

"그래. 가자. 아, 최 감독님은 저기 좀 쉬세요."

강혁은 침대를 쑥 밀면서 뒤따라오려고 준비하고 있는 최하림 감독을 돌아보았다.

"전 괜찮습니다."

최하림 감독은 어깨를 으쓱해 보였지만, 강혁의 눈에는 역시나 불안해 보였다.

"숨이 좀 가쁘죠? 그대로 가다가 쓰러져요. 정 오고 싶으면 휠체어를 타시든가."

"휠체어……."

"대신 수술실은 못 들어와요. 그러니까 그냥 따뜻한 물로 씻고 들어가서 좀 쉬어요."

"음……."

최하림 감독은 잠시 자신의 몸 상태를 점검했다. 확실히 강혁이 말한 대로 숨이 찼다. 몸이 슬슬 떨리기도 했고.

"아프면 날 교수가 아니라 의사로 봐야 하니까, 일단 가서 쉬어요."

강혁은 그렇게 떨고 있는 최하림 감독의 어깨를 툭툭 두드려주었다. 같이 개고생해놓고 강혁의 손은 따뜻하기 그지없었다.

"알겠…… 습니다. 그럼 오늘은 이만 쉴게요."

"고생 많았어요. 그리고 고맙습니다. 덕분에 환자 여기까지 살아왔어요."

"아니……. 네, 이따 뵐게요."

최하림 감독은 인사차 고개를 잠시 숙였다. 그사이 강혁은 환자를 끌고 CT실로 향했다.

'거참……. 기분 묘하네.'

마약 수사대를 따라다닐 때도 현장에서 제외됐던 적은 총격전이 벌어졌을 때 말고는 없었는데……. 세상 어디보다 안전하다고 할 수 있는 병원에서 아웃이라니. 평소 같았으면 그런 걱정일랑 필요 없다고 화를 냈겠지만, 지금은 화가 난다기보다 어쩐지 고마운 마음이 더 컸다. 자신의 몸 상태를 강혁이 더 잘 알고 있다는 생각도 들었다. 최하림 감독은 알 수 없다는 생각을 하며 탈의실에 딸린 샤워실을 향해 터덜터덜 걸었다. 걸을 때마다 옷에서 흘러내린 빗물이 바닥을 적셨다. 그 모습을 보고 있자니, 강혁의 말대로 따뜻한 물로 씻고 싶은 마음이 간절해졌다.

강혁은 환자를 끌고 수술실로 들어가고 있었다. 강행에게 환자를 데리고 2번 방에 들어가게 한 후, 강혁은 우선 1번 방으로 향했다. 바로 재원과 한유림 교수가 수술하고 있는 방이었다.

"어, 교수님! 무사하셨군요!"

강혁이 방에 들어서마자마 무척 반가운 듯 장미가 인사를 건넸다. 박성민 의원과 현용수 의원을 움직여 강혁을 구출하게 한 장본인이었다. 그 사실을 여기까지 오는 길에 안중헌 단장을 통해 전해 들은 강혁은 밝은 미소로 감사를 표했다.

"덕분이지."

"걱정했어요. 날씨가 저렇다보니까."

"그래? 나도 걱정했는데."

"네?"

"잘하고 있어? 환자 죽이고 있는 거 아냐?"

"아."

강혁은 짓궂은 말을 해가며 재원의 뒤에 가 섰다. 딱히 발판을 밟고 선 것도 아니었지만 큰 키 덕분에 수술 부위를 내려다볼 수 있었다. 재원도 작은 키는 아니었지만 강혁은 그보다 훨씬 컸다.

"흠."

재원은 강혁이 시끄럽게 말을 하며 들어왔음에도 고개조차 돌리지 않고 있었다. 한유림 교수 또한 마찬가지였는데, 강혁은 말을 거는 대신 가만히 살펴보았다.

'아……. 심장 만지고 있구만.'

강혁이 하던 것처럼 펄떡대는 심장을 건드리고 있지는 않았다. 아무래도 한유림 교수가 들어가는 수술이다보니 병원에서도 최선을 다해 지원해준 덕이었다. 체외 순환기가 돌아가고 있었고, 심장은 멈춰 있었다.

'아, 집도를 1호가 하고 있어?'

잘 보니 한유림 교수는 보조 중이었다. 교수가 펠로우 보조를 하다니, 이상하다 싶을 수 있겠지만 여기선 어쩔 수 없는 일이었다. 재원은 강혁 때문에 반강제적으로 심장을 다뤄볼 기회가 많았지만 한유림 교수는 그렇지 못했으니까.

"휴."

재원은 대략 2분 정도가 지난 후에야 입을 열었다. 심낭의 상처를 바닥에 붙이는 봉합을 하고 난 직후였다.

"교수님, 오셨어요. 이거 어렵네요."

그는 그러고도 잠시 자신의 손을 내려다보고 있다가 강혁을 돌아보았다. 귓불까지 빨개져 있었는데, 어지간히 집중하고 있었던 모양이었다.

‘봉합 수준도 그렇고……. 확실히 이제 진짜 많이 늘었는데.’

그런데도 자만하지 않고 이렇게 진지하게 수술에 임하고 있다니, 강혁은 순간 대견스럽다는 생각이 들었지만 티를 내진 않았다. 강혁의 적절한 칭찬은 재원에게 도움이 되었지만 과한 칭찬은 독이 될 것 같았다.

“그래. 뭐 대단한 거 한다고 눈에서 레이저를 쏴?”

“시, 심장을 수술하는데 그런 말씀 하시면 안 되죠!”

강혁은 딱 한마디 했을 뿐인데 평소 모습으로 돌아온 재원을 보며 남몰래 미소를 지었다.

‘칭찬을 해주긴 해줘야겠지.’

하지만 자기 입으로 해주긴 싫었다. 강혁은 한유림 교수를 바라보며 물었다.

“한 교수님. 이 자식 좀 괜찮았습니까?”

“어, 어? 아…….”

한유림 교수는 어쩐지 조금은 씁쓸한 미소를 지어 보였다.

‘분야가 다르긴 하지만…….’

방금 본 재원의 실력은 솔직히 좀 놀라운 수준이었다. 전에도 상당하다고 느꼈지만, 이번에 아예 집도를 맡기고보니 더 선명하게 느낄 수 있었다.

‘이 자식 이제……. 내가 하는 수술 정도는 쉽게 할 수 있을 거야.’

하지만 반대로 한유림 교수는 결코 양재원이 하는 수술을 할 수 없을 터였다.

“뭔 생각을 그렇게 오래 해요?”

강혁은 상념에 빠진 한유림 교수를 향해 물었다.

"아. 엄청 잘하던데? 다른 사람인 줄 알았어. 백 교수 가르치는 실력이 아주 대단한 거 같아."

"아하. 역시 그런가요? 야, 들었냐?"

강혁의 말에 재원은 나직이 한숨을 쉰 후 고개를 끄덕였다.

'여긴 1호한테 맡기면 되겠군.'

재원은 강혁이 믿고 맡긴 보람을 차고 넘치도록 느끼게 해주었다. 그에 반해 저쪽은 상황이 아주 급했다. 신장이 터진 것만 해도 초응급인데, 위에 있는 아드레날 샘이 다쳤다면 그거야말로 초, 초응급이었다.

"이렇게 굴려대는데 실력이 안 늘면 좀 이상하죠……."

"그 말은 곧 굴리는 게 도움이 되기는 된다는 뜻으로 들리는데?"

"아니……. 그런……. 그런 뜻이 아니라……."

"맞잖아. 알았어. 내가 또 제자들 뜻을 기가 막히게 챙기지."

"아니!"

"마무리 잘해라. 저쪽이 좀 급해서."

"어……."

재원은 나라 잃은 사람의 표정으로 강혁을 돌아보았다. 하지만 이미 강혁은 2번 방으로 넘어간 후였다.

"내가 말실수한 건가?"

이렇게 중얼거리는 재원의 표정이 워낙 어둡다보니 한유림 교수가 살짝 눈치를 보았다. 재원은 강혁처럼 노교수의 그런 모습을 두고 보는 악취미 같은 건 없는 사람이라 급히 고개를 저어댔다.

"아뇨, 아뇨. 말만 저러시는 거예요."

"그렇겠지?"

"아마도……? 근데 어차피 지금 이상으로 굴릴 수는 없을걸요.

이미…….”

‘24시간이 모자라도록 구르고 있었으니까’와 같은 말을 굳이 붙이진 않았다. 한유림 교수도 어렴풋이는 전해 들어서 알고 있었다.

한편 2번 방으로 넘어온 강혁은 경원이 아닌 낯선 얼굴의 마취과 의사를 보며 다소 날 선 어투로 물었다.

“마취는?”

적대감이라기 보다는 그저 불안해서였다.

“아, 네. 에토미데이트 들어갔습니다. 그……. 이강행 선생님 부탁으로 베타 블로커 준비해두었습니다.”

“응?”

“아드레날 샘 파열 가능성이 있다고 해서요. 아닌가요?”

“아니, 맞아. 호오…….”

강혁은 상당히 놀랐다는 얼굴로 강행을 돌아보았다. 1호에 가려 늘 모자라게만 보였던 2호였는데 이번에 현장에서도 그렇고, 미리 약물 준비하는 것을 보니 제법이었다.

“아니, 뭐……. 아까 교수님 말씀 듣고요.”

“잘했어. 수술 보조만 잘하면 되겠다.”

“아, 네.”

“아까 들었으면 잘 알고 있겠지? 겁나 어렵다는 거.”

“네…….”

강혁의 말에 강행이 한숨을 두어 번 연거푸 쉬었을 때쯤 마취가 완료되었다.

“이제 시작하셔도 됩니다.”

“좋아. 일단 소독하자.”

“네.”

강혁과 2호는 딱 그 말만 기다렸다는 듯 베타딘을 이용해 소독하기 시작했다. 평소처럼 꼼꼼한 느낌보다는 다소 거친 손놀림이었다. 어차피 장 우산이 떡하니 박혀 있는 상황이기 때문이었다. 오염원이 안에 박혀 있는 상황이라, 어차피 우산을 뽑은 다음 다시 한번 제대로 소독을 해야 했다.

"그쯤 해두고, 손 닦자고."

"네."

강혁과 강행은 조금 대강대강 닦아두고 손을 닦으러 향했다. 당연히 손까지 대강대강 닦지는 않았다. 특히 강혁은 아예 웃옷을 벗어 던져버리곤 다소 과하다 싶을 정도로 넓은 범위를 닦아내고 있었다.

"어우."

강행은 강혁의 벗은 몸을 제대로 보는 건 처음이라 저도 모르게 신음을 흘렸다.

"뭐, 인마. 너도 갓 제대했으면 이 정도는 되지 않아?"

"네? 아뇨……. 그……. 훈련소에서도 이렇게까지는……."

"무슨. 빨리 씻고 들어가자고."

"어……. 네. 근데 그러고 들어가면……."

'큰일 날 거 같은데'란 말을 하려 했으나, 강혁은 이미 들어간 후였다.

"어우."

"아니 뭔……."

문이 열리며 한차례 소란이 있었지만 정작 당사자인 강혁이 워낙 담담했기에 그리 길지는 않았다. 강혁과 강행 모두 신속하게 준비했고, 멸균 처리된 가운과 장갑을 착용한 채 환자 앞에 다시 섰다.

"메스."

강혁은 잠시 환자의 배에 박혀 있는 우산을 바라보다가 이내 손을 내밀었고, 수술이 시작되었다.

"근 30년 만에 가장 강력한 태풍이었죠?"

"서울만 놓고 보면 관측 이래 가장 강력한 태풍이었습니다."

"침수, 정전 등도 많았지만 인명 피해 또한 많았는데요."

"그중에서도 영동대교 북단에서 발생한 버스 전복 사고가 가장 대표적이라고 할 수 있겠습니다. 당시 영상을 좀 보시죠."

태풍이 지나가자 각 언론에서 경보 주의보 당시 발생했던 사고들에 대해 보도하기 시작했다. TV에는 최하림 감독이 찍은 영상 중 일부가 재생되고 있었다. 현장에 기자라고는 단 한 명도 없었으니 최하림 감독의 영상이 유일한 귀한 자료였다.

"에이, 시발."

말없이 TV를 바라보고 있던 강혁이 돌연 욕설을 내뱉었다. 현장 영상을 보고 있자니, 당시의 그 끔찍했던 상황이 너무도 생생하게 떠올랐기 때문이었다. 휘몰아치는 비바람에 속절없이 죽어 나가던 사람들까지, 그야말로 악몽 그 자체였다.

"진짜……. 진짜 장난 아니었구나."

그때 현장에 가지 않았던 재원은 연신 감탄만 늘어놓고 있었다. 그러는 중간중간 누워 있는 강혁을 돌아보았다. 저 양반이 웬일로 저리 축 처져 있나 했더니, 바로 저런 곳에 다녀왔기 때문이다.

"아이고……."

난데없이 들려온 신음에 고개를 돌려 보니, 구석에 누워 있는 최하림 감독이 눈에 들어왔다. 쉬라고 해도 말 안 듣고 카메라 들고 설치더니 몸살이 난 모양이었다. 팔뚝에는 장미가 친히 연결해준 수액 라인이 달려 있었다. 진통 소염제에 더불어 포도당까지 들어가는 중이었다. 그런데도 여전히 삭신이 쑤시는지 제대로 움직이지도 못 했다.

"그나마……. 비가 아직도 계속 오는 게 다행이네요."

묵묵히 있던 경원이 당직실 창문을 통해 밖을 바라보며 말했다. 그의 말대로 여전히 비가 쏟아지고 있었다. 그때처럼 바람까지 불고 있지는 않지만, 사람들의 외출과 현장 작업을 중단시킬 정도는 되었다.

"다행이지. 아, 진짜 죽겠어."

평소 같았으면 환자 안 온다고 역정을 냈을 강혁이 고개를 절레절레 흔들며 말했다. 타고난 강골인 덕에 최하림 감독처럼 열이나 몸살이 나진 않았지만 온몸이 물에 젖은 솜처럼 무거워지는 것만큼은 그도 피할 수 없었다.

"웬일이래, 백강혁이 이런 말을 다 하고."

왜인지 자기 방에 안 가 있고 외상 외과 당직실에 와 있던 한유림 교수가 껄껄 웃으며 말했다. 기조실장실에 비하면 여긴 거의 돼지우리나 다름없는 곳인데 거의 매일같이 찾아오고 있었다.

"저도 사람은 사람이에요. 죽겠습니다, 진짜."

"하긴 저 현장 보니까……. 그럴 만도 하네."

"진짜 뒈질 거 같은 순간에는 안 찍혔어요. 아, 그거 카메라 아주 고장 났어요?"

강혁은 미처 완전히 고개를 돌리지도 못한 채 최하림 감독에게 물었다. 최하림 감독 또한 고개를 끄덕일 기운도 없는지 그저 입만 움직였다.

"네. 메모리 건진 게 천만 다행이죠."

"거, 비싸 보이던데."

"괜찮아요. 영상은 건졌으니까. 저런 거 어디서 구하겠어요."

"하긴……."

강혁은 거의 전쟁통을 방불케 했던 당시 상황을 떠올렸다.

'아니지……. 아냐. 시리아에서도 그런 경우는 없었어.'

아마 실제 전투에 투입되어 직접 싸우는 용병들은 그보다 더한 경우도 겪었을 것이다. 물론 강혁도 대부분 총을 차고 현장에 갔지만 이번처럼 진짜 전쟁터 같은 구조 작업은 처음이었다. 실제 전쟁터에서는 대개 전투가 소강상태에 빠졌거나 정리가 된 상황이었으니까.

"아, 그……. 현하람? 그 애 이제 걷던데, 괜찮은 거지?"

한유림 교수가 강혁에게 물었다. 강혁은 몸이 이 지경이 되도록 힘든 상황에도 회진은 돌고 온 참이었다. 게다가 재원이나 경원 그리고 장미, 지민 등을 통해 실시간으로 환자 상태에 관한 내용을 업데이트하고 있어 환자들에 대해서는 빠삭했다.

"아, 좋아요. 운이 좋았죠. 출혈에 뇌척수액 누출까지 있었는데……. 신경과 검진에서도 별거 없대요. 인지 장애도 없고."

"애들은 그게 장점이지."

'소아는 작은 어른이 아니다'라는 말이 괜히 있겠는가. 나빠질 때는 '이러다 오늘 어떻게 되는 거 아닌가' 싶도록 확 나빠지지만, 좋아질 때는 말도 안 되게 갑자기 좋아지는 것이 소아 환자였다. 현하람은 다행히 최악의 고비를 잘 넘긴 후, 순조롭게 회복 중이었다.

"아, 현용수 의원이 따로 감사를 전하고 싶다고 하더라고. 시간 나면 만나는 줘."

"뭐……. 그러죠."

예전 같았으면 단칼에 잘랐겠지만, 최근 강혁은 생각을 조금 바꿨다. 더 큰 목표를 위해서라면 약간의 불편은 감수하기로 작정한 것이다. 센터를 위해서라면 현용수고 박성민이고 다 만나줄 용의가 있었다.

"아……. 그리고 박성민 의원도 만나자고 하네. 긴히 할 얘기가 있다고."

"봐야죠, 뭐. 근데 왜 나한테 연락을 안 하고 교수님한테 하지?"

"몰라. 내가 더 편한가? 어차피 요즘 대기실에서 자주 보잖아, 맨날 와. 그 사람들."

"아……. 그렇구만."

강혁은 당직실 문 쪽을 바라보았다. 여기서 좀만 더 가면 보호자 대기실이 있었다. 생각해보면 최근에는 진짜 보호자보다 다른 사람들이 훨씬 많아 어이가 없을 정도였다.

'언론에 정치인에……. 경찰까지.'

"그리고 김영수 환자. 퇴원한다는데, 가서 만나봤어?"

강혁이 상념에 빠져 있는 동안에도 한유림 교수는 입을 쉬지 않았다. 처음엔 그렇게 강혁을 미워하더니 이젠 강혁이 그렇게 좋은 모양이었다. 그리 살가운 편도 아닌 강혁을 매일 찾아오는 걸 보면 알 수 있었다.

"왜 웃어?"

강혁은 그게 좀 우습다는 생각이 들어 피식 웃다가 한유림 교수의 투정을 듣고서야 재차 입을 열었다.

"아니에요, 뭐. 당연히 만났죠. 전과 됐다고 내 환자 아닌 건 아니니까."

"하긴 백 교수가 안 볼 사람은 아니지. 좀 어떤 거 같아?"

"박 의원 백으로 철도공사 정직원으로 들어가게 되어서……. 생활비 면에서 보면 오히려 나을 거예요. 나머지야 뭐 내가 수술했으니까 완벽하고."

"음."

한유림 교수는 뭔가 배알이 꼴린단 생각이 들었지만, 굳이 입씨름할 생각도 없었다. 어차피 강혁의 수술이 완벽하다는 건 사실이었으니.

"박 의원이 도와준 건 뭐 문제없는 거야?"

"뭐……. 적폐로 몰리기에는 김영수 씨가 너무 흙이잖아요."

"하긴 그것도 그렇긴 하네."

"게다가 철도공사도 쏟아지는 비난 여론을 무마하려고 한 것도 있고."

"이번에 잘했다고 댓글 많긴 하더라."

"네. 박 의원, 사람이 똘똘해요."

강혁은 자신을 전폭적으로 지지해주고 있는 박성민 의원을 떠올렸다. 그가 붙여준 최하림 감독은 그야말로 죽을 둥 살 둥 영상을 찍고 있었다. 박성민 의원 자신도 강혁이 넘겨준 자료와 다른 나라의 의료 정책을 분석한 뒤 지속적으로 피드백을 해주었고, 지금처럼 사소한 일도 잊지 않고 챙겼다.

'현용수보다는 박 의원을 먼저 만나봐야겠구만.'

강혁은 그 생각을 하면서 천천히 몸을 일으켰다. 오전 내내 누워만 있었더니 허리가 다 아플 지경이었다. 최근 들어 이렇게까지 게으름을 피웠던 적이 언제인지 기억도 나지 않았다.

"어디 가려고?"

한유림 교수는 아직 의자에 앉은 채로 강혁을 올려다보았다. 어떻게 된 놈이 그렇게 누워 있다가 일어났는데도 멀끔했다.

'잘난 새끼.'

강혁은 한유림 교수의 질투심 어린 시선을 마주보며 입을 열었다.

"톰 보려고요. 아까 갔더니 자고 있더라고."

"톰……? 아, 유엔 사무총장?"

"네. 슬슬 집에 가야지, 그 양반."

"집에? 아니 그렇게까지 심하게 다쳤는데, 갈 수 있나."

"수술이 완벽했으니까."

"아."

한유림 교수는 하마터면 욕설을 내뱉을 뻔한 입을 꾹 눌러 닫았다. 유엔 사무총장이 대한민국에 가서 큰 사고를 당했다는 것은 전 세계가 주목한 사건이었고, 그가 아무 후유증 없이 거의 회복되었다는 것 역시 전 세계적으로 이슈가 되었다. 강혁의 수술이 완벽하긴 했다.

강혁은 팀원들과 함께 당직실을 나섰다가 응급실 앞에서 웬 외국인 하나를 만났다. 유엔 사무총장 관련인인가 싶어 응대했는데, 카타르에서 온 헤드헌터였다.

"닥터 백. 정말…… 거절하시는 겁니까? 세금까지 저희가 다 부담할 겁니다. 한국에서 내셔야 할 세금까지요."

헤드헌터는 상당히 당혹스러운 표정으로 말했다. 거절하리라고는 생각도 못 했기 때문이다. 그도 그럴 것이, 그들이 제시한 금액은 표면적으로 3년에 50억이었지만, 그간의 생활비, 주거비, 인건비 등은 아예 따로 계산될 것이고, 한국에서 내야 하는 세금까지 부담하는, 거의 100억 규모의 조건이었는데 강혁이 거절한 것이다. 옆에 서 있던 팀원들도 놀란 표정이었다.

"별로 안 내키는데요. 지금은."

강혁은 정말 딱 잘라 거절하고 있었다. 헤드헌터가 아무리 봐도 대답하기 전 딱히 고민하는 것 같지도 않았다.

"아니……. 조금만 더 생각을 해보시죠. 금액뿐 아니라, 최고의 대우를 해드릴 겁니다. 듣자 하니 한국대학교 병원에서는 당직실 시설도 그렇고 인력도 그렇고, 많이 열악하다던데……. 저희는 뭐든지 최고로 해드릴 겁니다."

헤드헌터의 말에 강혁은 조금 전까지 쉬고 있던 당직실을 바라보았다. 얼마나 열악한 수준인지, 당직실에 남녀 구분도 없었다.

"뭐……. 여기가 좀 후지긴 하죠."

강혁 또한 그러한 사실을 굳이 부정하려 들지 않았다.

"그러니까요. 백 교수님, 한 번만 더 생각해보시죠."

"아뇨. 더 생각해볼 필요는 없습니다."

"네?"

강혁은 아까보다도 더 당황스러운 표정이 된 헤드헌터를 빤히 바라보았다. 그러다 천천히 고개를 돌려 자신의 곁을 지키고 서 있는 팀원들을 바라보았다. 재원, 장미, 경원 그리고 강행에 지민까지 모두 강혁을 빤히 바라보고 있었다. 감히 100억짜리 제의를 거절하고 있는 그의 교수를.

'고마운 새끼들.'

말로는 표현하지 않았지만 강혁은 그의 팀원들에게 진심으로 감사하고 있었다. 강혁이야 이미 오래전부터 꿈꿔오던 일이었지만, 이들은 반강제적으로 끌려왔는데도 최선을 다해 자리를 지켜주고 있었다.

강혁은 다시 헤드헌터에게로 고개를 돌렸다. 헤드헌터는 여전히 간절한 눈으로 강혁을 바라보고 있었다.

"제가 설마 여기 상황 모르고 왔겠습니까? 애초에 한국에서 수련받고 나간 건데."

"아……."

"그냥 단순히 한국대학교 병원 중증외상센터장이나 하자고 온 거 아닙니다. 이 나라 전체 시스템을 뜯어고칠 거예요."

"그……."

헤드헌터는 더 말을 잇지 못했다. 강혁이 말하는 게 어떤 뜻인지 다는 몰랐지만, 한 가지만큼은 확실히 알 수 있었다.

'돈에 움직이는 사람이 아니구나.'

헤드헌터로 일하다보면 아주 다양한 사람을 만날 수 있다. 하지만 대부분 한 가지 공통점을 가지고 있었다. '돈'이면 대개 움직인다는 것. 하지만 강혁과 같은 사람들은 무엇으로도 움직일 수 없었다.

'간혹 있지……. 이런 사람……'

이렇게 강경한데, 굳이 감정까지 상하게 할 필요는 없었다.

"알겠습니다. 교수님. 그럼 그 뜻이 이루어지고 나면……. 저희에게도 기회가 있을까요?"

강혁은 깔끔하게 물러나는 헤드헌터를 조금은 감탄스럽다는 눈으로 바라보았다.

'제법인데.'

이 정도로 숙련된 헤드헌터를 보낸 것을 보면 카타르 측에서 정말로 신경을 많이 쓰고 사안인 듯했다.

'너무 잘 사는 나라라 사실 관심이 가진 않지만……'

"뭐, 그때까지 카타르의 중증외상센터가 제대로 안 돌아가고 있다면 생각해보죠."

"감사합니다. 그나마 홀가분한 마음으로 돌아갈 수 있겠습니다."

"아닙니다. 조심히 가시죠."

"네, 교수님. 시간 내주셔서 감사했습니다."

헤드헌터는 마지막까지 예의 바른 태도로 인사하고 돌아섰다. 강혁은 그의 뒷모습을 바라보며 옛 스승을 떠올렸다.

'야, 카타르에서 10억 줄 테니까 오라는데. 어쩌지?'

나름 간암 수술의 권위자였고, 무안대학교 병원의 간판스타이기도 했다. 하지만 작은 대학 병원이다보니 명성과 실력에 비하면 연봉이 그리 높지는 못했다. 지금 강혁이 받고 있는 돈의 절반이나 되었으려나? 끝내 거절하기는 했지만 몇 달은 고민하던 모습이 기억에 생생히 남아 있었다.

'차라리 가시지.'

그리고 지금은 자식 유학 보내느라 가진 돈 다 까먹고 70세 노구의 몸을 이끌고 요양 병원에서 당직을 서고 있었다. 평생 학자로서, 그것도 꽤 실력 있는 외과 의사로서 살아온 사람이라기에는 조금 초라한 노후란 생각이 들었다. 물론 주변에서는 없는 형편에 무리한 자기 잘못이라는 말도 했다. 강혁은 그때마다 스승이 그냥 카타르에 갔더라면 어땠을까 하는 생각이 들었다.

'어쩌면……. 나도…….'

강혁은 잠시 요양 병원에 있는 자신을 떠올리다가 이내 고개를 가로저었다. 결혼도 안 하고 자식도 없으니, 아마도 그렇게 될 일은 없을 것 같았다.

"저, 교수님."

그렇게 잠시 상념에 빠져 있으려니, 재원이 그를 나지막한 목소리로 불렀다.

"왜?"

"박성민 의원님 기다린다고 연락이 와서요."

"아……. 어디로 왔지? 당직실?"

"아뇨."

재원은 확신 없는 얼굴로 핸드폰을 다시 한번 확인했다. 암만 봐도 좀 이상하다는 생각이 들었기 때문이다. 하지만 수신된 문자는 그가 읽은 그대로였다.

"지하 주차장이요."

"응?"

"너무 중요한 얘기라 차에서 만났으면 하시던데요?"

"중요한…… 얘기?"

재원의 말을 듣자마자 강혁 또한 마치 전염된 것처럼 이상하다는 표정을 지었다.

'정책 얘기하려고 온 거 아니었나?'

강혁은 최근 박성민 의원실과 주고받았던 메일을 떠올렸다. 강혁이 제시했던 정책 중 현행법안과 충돌하는 것들을 정리하는 중이었다. 그 모든 법안을 수정하든 타협을 보든 결정해야 했는데 당연하게도 강혁은 법안 수정을 요구하는 입장이었다.

'그러자면 제가 진짜 대통령이 되어야 할 겁니다. 그것도 총선에서 압도적인 차이로 이겨야겠죠.'

강혁의 의견에 박성민 의원은 에둘러 애로 사항을 전해왔다. 하지만 강혁은 그대로 밀어붙이기를 원했고, 박성민 의원도 그래야 중증외상센터 시스템이 제대로 자리 잡을 거라는 데 이미 동의한 바 있었다. 그러니 오늘 모임은 반쯤은 친목 도모의 성격을 띠고 있다고 생각했다.

'그런데 지하 주차장에서 보자고? 흠.'

강혁은 고개를 갸웃거리고는 응급실 내부를 돌아보았다. 여느 때처럼 환자들이 꽤 있었지만, 중증외상 환자는 없었다. 그리고 이젠 재원과 강행이 있으니 당장 환자가 온다고 해도 약간의 시간은 벌 수 있었다.

"알았어. 다녀올게. 환자 오면 전화해."

"네, 교수님."

강혁은 재원에게 손을 흔든 후 지하 주차장으로 향했다. 워낙에 큰 병원인 만큼 지하도 깊디깊었다. 그중에서도 맨 밑인 지하 7층에 도착한 강혁은 그리 힘들지 않게 큼지막한 제네시스 차 한 대를 발견할 수 있었다. 비서가 앞에 서 있으니, 발견하기 어려우면 그게 더 이상한 일이었다.

"교수님, 안쪽으로 오시죠."

"그러죠. 근데 대체 무슨……?"

"여기서 말씀드리긴 좀 부적절합니다. 일단 타시죠."

강혁은 거의 처음 보는 듯한 비서의 경직된 모습에 어깨를 으쓱하고는 차에 올라탔다. 차 안에는 박성민 의원 말고 한 사람이 더 있었는데, 강혁도 아는 얼굴이었다.

"박철순 반장님?"

"교수님. 오랜만입니다."

"뭐지?"

눈을 동그랗게 뜬 강혁에게 박성민 의원이 허허 하고 웃음을 지어 보였다. 어지간히 씁쓸해 보이는 미소였다. 그는 잠시 말없이 웃고만 있다가 입을 열었다. 밖에 서 있던 비서가 운전석에 올라 차를 출발시킨 뒤였다.

"그……. 유지상하고 남윤석이 입을 열었어요. 드디어 맨 위에 누가 있었는지 알았습니다."

차는 이제 병원 앞 도로에 서 있었다. 환자가 오면 즉시 들어가야 하는 강혁 때문에 멀리 가지 못했기 때문이다. 그렇지 않았다면 지금쯤 강남대로를 달리든, 영동대교를 건너고 있었을 것이다. 그만큼 박성민 의원이 꺼낸 얘기는 아주 심각하고 조심스러운 내용이었다.

"이거……. 이거 그럼 어떻게 되는 거죠?"

강혁은 제법 똑똑한 사람이고, 정치적인 감각도 나쁘지 않았지만 진짜 정치인에 비할 바는 아니었다. 자연히 박성민 의원을 바라보며 의견을 구했다.

'이게……. 유리해지는 거야, 뭐야?'

중증외상센터 살리기에 도움이 될지 아닐지 궁금한 것이었다. 박성민 의원은 즉각 답을 하는 대신 잠시 입을 다물었다. 뭔가 참담한 심정인 듯했다. 대한민국 마약왕의 뒷배가 이 나라 권력의 실세였다니. 여야를 떠나 이건 좀 아닌 것 같았다.

"이걸 빌미로……. 정치적인 공세를 해볼 수 있을 겁니다."

그리고 이왕 입을 열기로 한 이상, 망설임을 보이진 않았다. 적어도 이 차 안에 있는 사람들은 박성민 의원이 믿을 수 있다고 판단한 이들이었다. 백강혁은 원대한 꿈을 공유하는 사이였고, 박철순은 박성민 의원에게 수사 전반에 대해 빚을 진 사람이니까.

"공세?"

"현직 비서실장의 비리입니다. 그것도……. 이루 말할 수 없을 정도로 큰 비리죠. 수년 전 검거 작전에서 유지상이 숨을 수 있도록 도와준 것이 여당 측 인사라는 증거도 확보한 상황입니다."

"그렇습니까?"

"네, 다 교수님 덕입니다. 그 남윤석이라는 친구, 자기 목숨에 어머니 목숨까지 걸렸다고 생각하는지 술술 불더군요. 유지상도 남윤석의 진술을 토대로 취조하니까 다 불었고요."

박성민 의원은 동의를 구하는 듯한 눈으로 박철순 반장을 돌아보았다. 박철순 반장은 기꺼이 고개를 끄덕임으로써 박성민 의원의 말이 옳다는 뜻을 표했다.

"그렇군요."

"네. 일이 이렇게 되면 아마 현용수 의원 또한 비난에서 자유롭지 못할 겁니다. 그가 천거한 사람이 마약왕 뒷배였으니까요. 실제로 엮여 있든, 그렇지 않든 사퇴까지 각오해야 할 겁니다."

"허……. 그럼?"

"여당에서는 가장 유력한 대선 후보 둘을 한꺼번에 잃게 되는 거지요."

"의원님이 대통령이 될 가능성이 커지겠군요."

강혁의 말에 박성민 의원은 굳이 감정을 숨기지 않았다. 그는 껄껄 웃으며 고개를 저었다.

"그럴 수 있죠. 현재로서는."

"현재로서는?"

"백 교수님. 정치는 살아 있는 생물과도 같습니다. 언제 어떻게 변할지 아무도 몰라요. 아직 대선까지는 시간이 많이 남아 있습니다."

"그럼……?"

"이걸 지금 터뜨리면 당장은 속 시원할지 몰라도, 그때 가면 또 어떤 상황이 발생할지 알 수 없다는 겁니다."

"아하."

그러니까 박성민 의원의 말은 아껴뒀다가 터뜨리자는 것이었다. 강혁으로서는 완전히 이해할 수 없는 말이긴 했지만, 그저 고개를 끄덕이고만 있는 박철순 반장을 보니 둘은 이미 합의를 본 듯했다.

'여기서 내가 뭐라 할 건 없겠지.'

강혁은 그런 생각을 하며 멀뚱히 앉아 있는데, 박성민 의원이 약간은 미안한 듯 말을 꺼냈다.

"그래서 말인데요, 교수님."

"네?"

"부탁드릴 일이 하나 있습니다."

"어떤……?"

의외의 말이었기에 강혁은 말끝을 흐리며 되물었다. 박성민 의원 또한 잠시 입을 다물었다가 재차 말을 이었다. 어지간히 곤란한 부탁인 모양이었다.

"그……. 이번에 현 의원하고 안면 좀 트시지 않으셨습니까?"

"그야……. 그렇죠."

"제가 알기로 따로 약속도 잡으셨다고 하던데."

"맞습니다."

강혁은 굳이 그걸 어떻게 알았느냐고 묻진 않았다. 박성민 의원쯤 되면 여기저기 눈과 귀가 많을 테니까.

"그분한테 넌지시……. 유지상 치료하다가 여당 측 인사 얘기를 들었다고 해주실 수 있는지요."

"그건 왜?"

"언론에 터뜨리는 거야 내년에 해도 충분하겠지만, 흔드는 건 올

해부터 해야 더 좋으니까요. 안 그래도 레임덕인데 이 일까지 더해지면 골치깨나 썩을 겁니다."

"아하."

"그리고 필시 안지훈 비서실장 귀에도 들어갈 겁니다. 다급해지겠죠."

"그럼 사고를 치겠군."

"네. 자멸하는 게 제일 좋은 그림이죠."

"뭐……."

강혁은 잠시 현용수 의원과의 식사 자리를 떠올렸다. 여당 대표와의 식사 자리라 해도 어차피 병원 앞 중국집이었다. 그리 부담되는 자리도 아니었다.

"알겠습니다. 어려운 일도 아닙니다."

"감사합니다. 교수님."

"뭘요. 나중에 중증외상센터나 살려주시죠."

"그야…… 물론이죠. 제 최우선 공약으로 만들어보겠습니다. 지금까지 그랬던 것처럼 말로만 떠드는 게 아니라, 아예 정책까지 싹 마련해서 시작하겠습니다."

"좋죠."

대화가 마무리되려는 낌새가 보이자 비서는 아주 자연스럽게 차를 다시 병원 쪽으로 돌렸다. 다행히 그때까지 강혁의 핸드폰은 울리지 않았다.

"그럼, 조심히 들어가시죠."

박성민 의원은 스스로 차 문을 열고 내리려는 강혁을 향해 인사를 건넸다.

"네, 아."

강혁은 그대로 차에서 내리려다가 잠시 뒤를 돌아보았다. 박성민 의원 쪽이 아니라 박철순 반장 쪽을 바라보면서였다.

"최종 검사 결과 나왔습니다."

"네?"

박철순 반장은 무슨 말인지 모르겠다는 얼굴이었다. 강혁은 황당하다는 미소를 지으며 말을 이었다.

"맨날 걱정하는 척은 혼자 다 하더니. HIV 말하는 겁니다."

"아, 아! 그거 어떻게 됐습니까?"

어느새 유지상을 검거한 지도 한 달이 훌쩍 지나 있었다. 유지상과 접촉했던 인원들은 전원 강혁의 관리 감독하에 한 달간의 치료를 받았고, 그 결과가 오늘 오전에 강혁에게 전달되었다.

"괜찮습니다. 안심해도 좋습니다. 운이 좋았어요."

"휴, 시발. 아, 죄송합니다. 너무 좋아서."

"괜찮아요. 아까 우리도 욕 많이 했으니까."

재원과 강행 또한 욕을 대체 몇 번이나 하면서 날뛰었는지 모른다. 머리로는 안전할 거라고 생각했지만, 그래도 쭉 불안했는지 결과를 봤을 때 두 사람은 기쁨을 감추지 못했다.

'뭐, 남 말할 처지는 아니지.'

사실 강혁도 그랬다. 남들처럼 대놓고 기뻐하지 않았을 뿐.

"그럼, 나중에 또 봅시다."

강혁은 고개를 꾸벅 숙이곤 차에서 내렸다. 강혁이 병원 안으로 들어서자 안에서 대기 중이던 재원이 총총걸음으로 달려왔다. 처치실 쪽을 가리키면서였다.

"칼에 찔린 환자 하나 와서……. 응급 처치하고, 검사까지 마친 다음에 일반 외과로 넘겼습니다."

"아, 활력 징후는?"

"올 때는 좀 흔들렸는데, 지금은 괜찮습니다."

"잘했어."

강혁은 그리 말하면서 중환자실 쪽으로 걸음을 옮겼다. 이틀 전 태풍 경보가 있었던 날 실려 온 환자들을 보기 위해서였다. 재원은 부리나케 그의 걸음을 따라잡으며 물었다.

"어……. 환자 안 보십니까?"

"잘했겠지. 그러니까 나한테 와서 자랑하는 거 아니야?"

"와……."

"넌 얼굴 보면 다 써 있어."

재원은 정곡을 찔린 게 민망했는지 강혁의 뒤를 묵묵히 따라갔다.

한때 국내 언론과 해외 언론, 정계 VIP들까지 몰려와 득시글거렸던 대기실은 이제 주한 일본 대사를 비롯한 일본계 언론인들로 가득 차 있었다. 거기에 일본에서 날아온 보호자들까지 더해지는 바람에 대기실은 발 디딜 틈 없는 시장통 같았다.

"아, 백 교수님!"

이제나 저제나 강혁이 오기만을 기다렸던 일본 대사가 뛰어왔다. 나름 대한민국통으로 통하는 사람인 만큼 어색하게나마 한국어를 했다.

"네, 대사님."

"환자들……. 상태가 어떻습니까?"

"각 과에서 설명해드리지 않았나요?"

강혁은 아침에 확인했던, 각 과에서 보내온 환자 명단을 떠올렸다. 현장에서 강혁이 직접 응급 처치를 했고, 너무 늦지 않게 대형 재난 코드를 발동시킨 덕인지 환자 상태는 다들 양호했다.

"네, 그렇긴 하지만……. 언론에서는 교수님 말을 신뢰합니다."

대사는 곤란하다는 표정을 지으며 대기실에 있는 기자들을 가리켰다. 아닌 게 아니라 다들 강혁만 바라보고 있었다.

"왜요? 여기 교수들 다 훌륭한데?"

"그……. 영상을 다들 본 거죠. 저도 진짜 감동했습니다. 지금 본토에서도 난리입니다."

"영상? 아……."

강혁은 최하림 감독이 찍었던 영상을 떠올렸다. 영상 속 강혁과 구조 요원들의 모습은 그야말로 성자 그 자체였다. 초속 20m의 바람과 함께 휘몰아치는 굵은 빗방울에도 굴하지 않고 환자들을 구하는, 그야말로 히포크라테스 선서에 걸맞은 모습이었다. 일본에서 반한 정서가 수그러들고 있는 게 우연이 아니었다.

"이번 단체 여행객들이 많이 거주하던 현에서는 팬클럽까지 생겼다고 합니다. 뭐, 그렇게까지 의미를 둘 수 없을지도 모르지만……. 아무튼, 그 정도로 백 교수님의 위명이 대단합니다."

"뭐……. 알겠습니다. 제가 말씀드리죠."

어차피 강혁이 아침저녁으로 돌보는 환자들이었고, 지금 당장 급한 수술이 있는 것도 아니었다. 아마 직접 한국에 오지 못한 보호자들도 꽤 있을 텐데, 그들은 오매불망 TV를 통해서라도 환자의 소식을 듣고 싶어할 게 분명했다.

"감사합니다, 교수님. 시간 내주셔서."

"아뇨, 뭐. 어려운 일이 아닙니다."

강혁은 머릿속에 든 환자 명단을 다시 한번 떠올리며 기자들 앞에 섰다. 제대로 된 단상조차 구비되어 있지 않았지만 기자들은 '경건하다'는 말이 어울릴 정도로 엄숙하게 강혁을 맞이했다. 누구 하나 함부로 플래시를 터뜨리는 사람도 없었다. 그들에게 강혁은 이미 국민 영웅이었다. 타지에서 속절없이 죽을 뻔했던 사람들을 구해준 한국의 영웅.

"일단……. 저희 병원에 입원하신 48명의 환자에 대해서 브리핑을 하겠습니다."

게다가 강혁은 지금 손에 대본을 들고 있는 것도 아닌데, 환자 하나하나에 대해 자세히 설명해주고 있었다. 어디를 어떻게 다쳤고, 어떻게 치료했으며, 지금 상태는 어떻고, 언제쯤 퇴원이 가능할지까지. 이 모습에 감동하지 않으면 그게 더 이상한 일이라 할 수 있었다.

야마모토 대사는 그런 강혁을 보면서 푸근한 미소를 지었다.

'저……. 저분을 통해 한일 관계 회복을 할 수 있지 않을까……?'

그러기 위해 할 수 있는 일이 있다면 뭐든지 할 생각이었다. 정말로 뭐든지.

"류노스케 씨. 좀 어떻습니까?"

강혁은 강행에게 통역을 맡기고 태풍 속에서 구해 온 환자를 향해 질문했다.

"으……."

으레 큰 사고를 당한 사람들이 그러하듯 류노스케 또한 바로 입을 열지 못했다. 당연한 일이었다. 외국에 여행을 왔는데 버스 사고가 난 것부터 큰 충격이었을 테니까. 거기에 설상가상 우산이 배에 틀어박혔고, 악천후로 인해 구조가 늦어지는 바람에 추위와 통증으로 정신까지 잃었다.

"괜찮아요. 병원입니다."

강행은 강혁이 딱히 말하지 않았지만, 위로의 말을 건넸다. 그 덕인지 류노스케는 조금 진정되었다. 다만 눈을 끔뻑이며 주변을 둘러볼 따름이었다.

'가족을…… 찾는군.'

강혁은 차마 그 눈을 마주할 수 없어 고개를 돌렸다. 그곳에는 참담한 얼굴로 서 있는 주한 일본 대사 야마모토가 서 있었다. 몇 개의 명패를 쥐고 있었는데, 전부 강혁도 아는 이름이었다.

'다섯이 와서 셋이 죽었어…….'

그나마 강혁이 아니었다면 다 죽었을 수도 있었다. 그렇지만 살린 사람보다는 그러지 못한 사람이 더 마음에 남는 법이었다. 특히 강혁처럼 직접 현장에 가는 의사들에게는 더욱 그러했다.

"어……."

마침내 입을 연 그에게 야마모토가 다가갔다. 잘 차려입은 검은색 양복 위로 멸균 처리가 된 비닐 가운을 입은 채였다.

"류노스케 님. 저는 주한 일본 대사 야마모토입니다."

원어민이 아닌 강행의 말과 달리 야마모토의 말은 더더욱 류노스케의 귀에 사무쳤다.

"아……. 네."

"몸은 좀 어떠십니까?"

"아직……. 잘 모르겠습니다."

잘 모르는 게 당연한 일이었다. 사고 이후 무려 5일 동안 의식이 없었으니까. 사실 한두 번 강혁이 깨운 적이 있었지만, 아마 기억하지 못할 것이었다. 머리에 이상이 없는지 정도만 확인하고 다시 재웠기 때문이다.

"크게 다치셨습니다. 그건 기억하시나요?"

야마모토는 미리 강혁과 재원에게 설명을 들은 대로 조심스럽게 대화를 이어나갔다. 일본 사람 특유의 조심스러움이 더해져서 그런지 중환자를 대하는 태도에는 모자람이 없어 보였다.

"아……. 네. 우산…… 이……."

류노스케는 자신도 모르게 우측 복부를 내려다보았다. 처참할 정도로 커다란 우산이 함부로 박혀 있던 자리엔 이제 거즈만이 붙어 있을 뿐이었다.

"제거했습니다. 그 때문에……. 신장도 망가지긴 했지만, 현재 기능은 정상이라고 합니다."

야마모토는 이 말을 하면서 잠시 강행을 돌아보았다. 이 말이 맞는지 확인하기 위해서였고, 강행은 고개를 끄덕여주었다.

"그……. 그런데, 제 아내는 어디…… 있습니까?"

류노스케의 말에 야마모토와 강행 모두 올 것이 왔다는 표정이 되었다. 강혁은 말을 알아들은 건 아니었지만, 그의 표정과 어투만으로도 알 것 같았다. 이 환자가 가족의 생사에 관해 물었다는 것을.

"나 잠깐 나가 있을게."

지금까지 숱하게 봐온 장면이었다. 가족을 잃은 사람을 마주하는 건, 어찌 보면 외상 외과 의사에게는 숙명 같은 일이었으니까.

'익숙해지지 않는구만.'

강혁은 양해의 말을 남긴 후 중환자실에서 빠져나왔다. 그의 뒤를 최하림 감독이 따라 나왔다.

"괜찮아요?"

강혁은 등을 톡톡 두드리는 그녀를 돌아보았다. 요 며칠 그나마 격한 출동이 없던 덕에 얼굴이 많이 좋아져 있었다.

"뭐, 그냥. 어색해서 나온 겁니다."

그런 것치고는 안색이 매우 좋지 않았다. 하지만 최하림 감독은 굳이 아는 척하지 않았다.

"네. 커피나 한잔하시겠어요?"

대신 강혁이 좋아하는 아메리카노를 권했다. 아주 늦은 시간이 아니고서야 커피를 마다하지 않는 강혁에게는 딱 시기적절한 말이었다.

"좋죠."

"그럼 가시죠. 이건 제가 살게요."

"저녁에 많이 얻어드시겠다, 뭐 이런 뜻으로 들리는데."

"네. 그러려고요."

강혁은 당당하게 고개를 끄덕이는 최하림 감독을 보며 피식 웃었다. 분명 저렇게까지 옷이 헐렁하지 않았던 것 같은데, 지금은 꼭 남의 옷을 입은 것처럼 품이 넉넉해져 있었다.

"많이 먹긴 해야겠네요."

"네? 아, 뭐……. 따로 돈 들여서 빼는 사람들도 많은데요."

"지금 다이어트 방식이 딱히 건강한 방법이 아닌 건 알고 있죠? 살 빼려면 먹는 걸 줄이는 것보다는 운동을……."

"아, 고만, 고만."

최하림 감독은 지긋지긋하다는 듯한 얼굴로 고개를 흔들었다. 그리곤 눈앞에 선 백강혁을 빤히 바라보았다. 잘생긴 얼굴에 몸까지 좋은데 실력까지 최고인 이 남자는, 일종의 강박증을 앓고 있는 듯이 보였다.

'사람이 아니라 의사'라는 생각이 들 정도로.

"커피나 마셔요. 따로 운동할 시간이 어딨다고."

"나는 하는데요."

"그건……. 교수님이 사람이 아니라서 그래요."

"다들 그런 말을 하네."

강혁은 언젠가 운동하라고 닦달했더니 볼멘소리를 해대던 재원을 떠올리며 너털웃음을 터뜨렸다. 그리곤 최하림 감독이 건네준 커피를 한 모금 들이켰다.

"아, 교수님."

"네. 말씀하시죠."

"이제 슬슬 다큐멘터리 다 완성되어가거든요."

"아."

최하림 감독의 말에 강혁은 다소 복잡한 심경이 되었다. 같은 팀원은 아니었지만, 그렇다고 팀원이 아니라고 하기에는 지나치게 가까운 사이로 몇 달을 지냈다. 현장에 나가 도움을 주고받은 일도 많았다. 특히 이번에는 여러 모로 큰 도움이 되었다. 이제 다 끝이라니 기분이 좀 이상했다. 물론 강혁은 이런 감정을 겉으로 드러내는 사람은 아니었기에 별다른 표정 변화는 없었다.

"그 마지막을……. 어디서 찍어야 하나 고민이 돼서요. 혹시 이번에 일본 가실 거예요?"

최하림 감독은 무덤덤해 보이는 강혁에게 물으며 아까 야마모토 대사가 했던 말을 떠올렸다.

'아직 정식 발표는 없었지만……. 이번 일에 대해 감사의 표시를 하기 위해 총리께서 공식적으로 초청하고 싶다는 뜻을 전하셨습니다. 도쿄로 와주셨으면 좋겠습니다.'

총리의 공식 초청이라. 한 나라의 총리가 공식으로 초청하는 자리에 가는 건 꽤 영광스러운 일이었다. 어쩌면 가문의 영광으로 여길 수 있을 일이었다. 다만 강혁은 그리 탐탁지 않은 듯했다.

"일본 총리를 만나러요? 그거……. 좀 기분 묘하지 않겠습니까? 다른 나라도 아니고 하필 일본에. 지금 정치적인 상황도 별로고."

"뭐……. 그러실 거 같았어요. 야마모토 대사도 그런 말을 하긴 하더라고요."

그는 대표적인 친한파 정치인으로서, 일본에 대한 대한민국 국민의 정서를 잘 이해하고 있었다. 강혁이 지금 같은 시기에는 특히 방일을 꺼릴 거란 예상은 충분히 할 수 있었다.

"그런 말을 감독님한테 해요?"

"저도 일본어 좀 하거든요."

"그건 몰랐네."

"언론 일을 하다보면 뭐 영어, 일본어, 중국어 정도는 기본적으로 하게 되죠. 전 밖으로 워낙 나다니니까."

"뭐, 아무튼. 병원 비워두고 가는 건 좀 그렇습니다. 감사하면 감사 인사나 하면 되지, 뭘 오라 가라야. 저들이 뭐라고."

강혁의 말에 최하림 감독은 커피를 잔뜩 머금고 있다는 것도 잊은 채 웃음을 터뜨렸다. 그 바람에 커피를 바닥에 약간 쏟았다. 강혁은 옆에 놓인 티슈를 바닥에 떨어뜨린 후 발로 닦았다. 워낙에 강혁의 행동이 빨라서 최하림 감독은 대응할 시간조차 없을 지경이었다.

"아직 피가 덜 차셨나. 왜 그래요?"

"아니……. 교수님 말투가 웃겨서요."

"웃기긴……."

"근데 이번 일본행, 제 의견을 좀 말씀드려도 될까요?"

강혁은 발로 막 바닥을 비벼 닦다가 최하림 감독을 바라보았다. 의견이라. 다른 사람이라면 몰라도 최하림 감독이라면 괜찮을 것 같았다.

“네, 뭐. 들어보죠.”

“사실 병원 비우는 것도 그렇지만, 방일 자체가 꺼려지실 거예요…….”

“그거야 그렇죠. 일본이라니 일단 좀 그렇네요.”

최하림 감독은 어쩐지 강혁이 1900년대에 태어났다면 교과서에 실릴 정도로 대단한 독립 운동가가 되지 않았을까 생각했다. 성격도 그렇고, 능력도 그렇고.

최하림 감독은 본론으로 들어가기 전에 야마모토 대사가 귀띔했던 말을 떠올렸다.

“그래서 말인데……. 실질적으로 도움이 될 만한 걸 받으시는 건 어떨까요?”

“실질적으로 도움……? 그런 게 뭐가 있죠?”

일단 떠오르는 건 돈이었다. 생각만 해도 영롱하지 않은가. 하지만 최하림 감독의 의도는, 아니, 야마모토 대사가 준 힌트는 그런 게 아니었다. 좀 더 강혁의 필요와 밀접한 것이었다.

“닥터 헬기.”

“닥터…… 헬기?”

“네. 맥도넬 더글러스사의 MD 902 기종이요.”

“허.”

MD 902. 지금 강혁이 중앙 구조단의 협조를 받아 타고 있는 AW 169보다 훨씬 상위 버전의 헬기였다. 굳이 차로 따지자면 중형과 대형의 차이라고나 할까. 안에 딸린 설비나 안정성까지 따지자면 비교하는 것 자체가 실례일 지경이었다. MD 902는 현존하는 닥터 헬기 중 거의 최고였으니까.

"그걸…… 준다고요?"

"지금 상의 중이라고 합니다."

"며…… 몇 대나?"

강혁의 목소리가 자기도 모르게 부들부들 떨렸다. 닥터 헬기를 받아와도 강혁의 소유가 아니라 중앙 구조단의 것이 되는 것인데도, 강혁은 마치 엄청난 선물을 받게 된 어린아이처럼 기쁨을 감추지 못했다.

'이런 사람이 있는 게……. 우리나라의 행운이겠지.'

최하림 감독은 그런 생각을 하며 말을 이었다.

"한 대죠. 일본 전역에도 60대 정도밖에 없다고 하던데요?"

"아, 하긴. 그건 그렇지."

총 10대도 안 되는 대한민국보다야 훨씬 사정이 낫긴 했지만, 일본도 아주 충분한 양을 보유하고 있는 건 아니었다. 그런데 거기서 한 대를 주겠다고? 이건 두말할 것도 없었다.

"가야겠네요, 도쿄."

"일단 양재원 선생이랑 한유림 과장님한테 맡겨놓고 가니까 정말 큰 사고 없으면 대강 수습 가능하긴 할 거예요. 중앙 구조단에도 말은 해뒀습니다."

강혁이 없는 사이 환자가 발생하고, 또 죽어나갈 수도 있었다. 하지만 그런데도 가야 할 만한 이유가 있었다. 보다 안정적으로 운용 가능한 닥터 헬기가 생긴다면 야간에도 장거리 비행이 가능해질 것이다.

"알겠습니다. 잘 다녀오시죠."

"네. 원장님."

강혁은 애써 떨어지지 않는 발걸음으로 한국대학교 병원을 나섰다. 통역을 맡게 된 강행과 이 모습까지 카메라에 담겠다는 최하림 감독이 함께였다.

'괜찮겠지?'

강혁은 택시에 오르기 전 응급실 쪽을 돌아보았다. 아까 인사를 했던 재원과 장미 그리고 나머지 팀원들이 있는 곳이었다.

"괜찮을 거예요, 교수님. 교수님 제자잖아요."

최하림 감독은 그의 마음을 다 알겠다는 듯 어깨를 툭툭 두드려 주었다.

"기도나 해야겠구만."

강혁은 이렇게 중얼거리며 택시에 올랐다.

"영광입니다, 교수님."

택시 기사는 강혁을 잘 아는지 꾸벅 인사를 한 후, 신나게 액셀을 밟았다. 택시에 탄 모두가 이래서 총알택시, 총알택시 하는구나 생각할 정도로 빨랐다. 지킨 신호보다 안 지킨 신호가 더 많지 않나 싶은 생각이 들 때쯤 택시는 공항에 멈춰섰다.

'다음부터는 조폭을 데려올까.'

장미가 운전하면 훨씬 나을 텐데, 이런 생각을 하고 있으려니 누군가 창문을 똑똑 두드렸다.

"교수님."

고개를 돌려보니, 야마모토 대사가 서 있었다. 대사 신분이니 직접 일본에 가진 않겠지만 배웅을 나온 모양이었다.

'성의가 있는 사람이로구만.'

그러니 본국을 설득해 닥터 헬기를 받아낼 수 있었겠지. 물론 지금 떨어지는 지지율을 끌어올리기 위한 총리의 발악도 한몫하긴 했겠지만, 어쨌든 좋은 게 좋은 거 아니겠는가. 강혁은 모로 가든 중증외상센터만 살리면 되는 사람이었다.

"네, 대사님."

"가시죠. 외교부 장관님께서도 기다리고 계십니다."

"거참. 귀찮다니까."

"외교관 신분으로 통과하시게 될 겁니다. 기다릴 필요가 없죠."

"감사하기 이를 데 없네. 어디 계시죠?"

강혁은 단숨에 태도를 바꾼 채 직원을 따라 공항 안쪽 깊숙한 곳으로 들어갔다. 일반인이 이용하는 출국 심사장을 지나 더 안쪽으로 들어가니 외교관, 대사, 국회의원 등이 통과할 수 있도록 만들어진 출국장이 있었다. 외교부 장관과 보건복지부 최필두 장관이 그곳에 서 있었다.

"아. 백 교수님!"

외교부 장관은 아주 반가워서 죽겠다는 듯한 표정으로 강혁을 향해 손을 흔들었다. 그도 그럴 것이 최근 한국과 일본의 관계가 흔들리는 통에 제일 머리가 아팠던 사람이다.

'그걸 이 사람이…… 해결해준 거나 마찬가지야.'

악천후 속에서 강혁이 100여 명의 일본인 관광객을 구해낸 것이다. 물론 사망자가 10명 넘게 나왔지만, 그 구출 과정을 최하림 감독이 촬영해둔 덕에 그럴 수밖에 없었던 험난한 상황이었다는 것을 전 세계가 알게 되었다.

"아, 네. 누구……?"

상대가 반가워하는 것에 비해 강혁은 민망할 정도로 어색하게 물었다. 머쓱해진 장관은 내민 손은 그대로 둔 채 자기소개를 해야만 했다.

"아, 백 교수님. 저는 외교부 장관 김은임입니다."

김은임. 아직 외교부에 여성 외교관이 거의 없던 시절부터 두각을 드러냈던 인물로 주중 대사관, 주미 대사관 등 굵직한 자리를 거쳐 외교부 장관이 된 인물이었다. 다시 말하면 외교에 있어서 잔뼈가 굵은 사람이라는 뜻이었다. 그런 유능한 사람조차 난관에 부딪힐 수밖에 없었던 이번 한일 관계 수복을 강혁이 해준 것이다.

"아……. 김 장관님. 저희 출국이랑 입국 따로 봐주신다고요?"

"물론입니다. 관광이 아니라 일종의 대사로서 가시는 거니까요. 일본 대사관 측에도 잘 모시라고 일러두었습니다."

"감사합니다."

"아닙니다. 저희가 감사합니다. 이번 일을 통해 국제 사회가 대한민국의 아량과 저력을 확인했습니다."

"뭐……. 그냥 해야 할 일을 했을 뿐입니다."

강혁은 일부러 겸양을 떨기 위함이 아니라, 진심으로 대답했다. 의사라면, 환자가 눈앞에 있으면 치료를 해야 하지 않겠는가. 반드시 해야 할 일이었고, 당연히 해야 할 일었는데 그런 일로 칭찬받는 일 자체가 낯설었다.

"그런 말씀 마시죠. 백 교수님 말고는 아무도 그곳에 가지 못했으니까요."

하지만 김은임 장관은 다시 한번 강혁을 향해 고개를 숙였다.

"네, 뭐. 아무튼, 이제 그냥 들어가면 됩니까?"

"아, 네. 몇 가지 주의사항이 있긴 한데, 그건 가시면서 들으시죠. 이 친구가 동행하며 모실 겁니다."

김은임은 이제 슬슬 귀찮은 기색을 내비치고 있는 강혁을 향해 자신의 비서를 소개했다. 이제 막 4급 공무원이 된 그는 제법 똘똘

한 편이었다.

김은임 장관은 고개를 끄덕이면서 자신 바로 옆에 서 있는 최필두 장관을 바라보았다. 그녀에게 최필두 장관이 해준 말이 있었다.

'백강혁 교수가 일본에 초대받아서 가는 게 꼭 좋은 일만은 아닐 수 있습니다.'

다른 사람의 말이었다면 시샘해서 그렇겠거니 하겠지만, 친한 사람의 말이다보니 그저 웃어넘길 수가 없었다. 왜인지 물으니 돌아온 답이 가관이었다.

'전임 외교부 장관한테는 욕까지 했었어요. 사람 가리는 사람이 아니니 일본 총리도 예외가 될 수는 없을 겁니다.'

전혀 장난같지 않은 최필두 장관의 말을 듣고 나서는 온몸에 소름이 돋는 듯했다. 상상만 해도 끔찍한 일이었다. 게다가 이런 경고를 한 건 최필두 장관뿐이 아니었다. 그래서 김은임 장관은 자신이 가장 아끼고 믿어 의심치 않는 비서를 강혁에게 내주게 되었다.

'부디 잘 막아라…….'

강혁을 향해 최필두 장관이 다가왔다. 아주 복잡 미묘한 표정을 짓고 있었는데, 드러난 감정 중 가장 큰 것은 역시나 고마움이었다. 최근 강혁에 빚을 진 것은 비단 외교부뿐만이 아니었다.

'톰 커크먼이 혹시 여기서 잘못되기라도 했어봐…….'

최필두 장관은 그 상황을 상상하는 것만으로도 숨이 잘 안 쉬어질 지경이었다.

"뭘 봐요?"

강혁은 최필두 장관이 느끼는 고마움 중 절반을 걷어낼 만큼이나 싸가지 없는 눈빛으로 그를 마주보았다. 최필두는 왜 이딴 놈이 이렇게 훌륭한 일을 하는 걸까 하는 생각이 잠시 들었지만, 이내 고개를 흔들며 털어내었다.

“아니, 이번 사고에 대해 정식으로 고맙단 말을 한 적이 없는 거 같아서요.”

“아……. 말로만?”

최필두 장관은 잠시 험험 하고 헛기침을 했다. 나이가 어느 정도 찬 이후로 이런 대우를 받아 본 기억이 없기 때문이었다.

“아뇨, 그건 아니고. 내년도 한국대학교 중증외상센터 활성화 방안에 대해 예산을 논의 중입니다.”

“오.”

“아주 많지는 않을 겁니다. 레임덕에 접어든 데다가……. 요새 경제가 어려워서 중증외상센터에까지 돈을 막 배정할 정도는 아니에요.”

“그래도 아주 고마운 일이네요. 자, 그럼 저는 이만 갑니다. 비행기 시간이 거의 다 되어서.”

강혁은 예산을 이미 받기라도 한 것처럼 허허 웃고는 최필두 장관의 어깨를 두드려주었다.

‘왜 기분이 좋은 거야?’

이상한 건 최필두 장관도 강혁의 행동이 그리 불쾌하지는 않다는 점이었다.

“자, 가자.”

강혁은 그렇게 장관 둘을 뒤로 하고, 출국 심사대를 통과해 비행기까지 직행했다.

“이, 이래도 되는 걸까요?”

불과 얼마 전까지만 해도 대위에 불과했던 강행은 그 대우가 마냥 편하지만은 않은 듯했다. 비행기에 타는 내내 불안한 듯 사방을 두리번거리며 어색하게 걸었다.

"해줄 때 받아, 인마. 언제 이렇게 대우 받아보겠냐."

강혁은 늘 이런 대우를 받아온 사람인 듯 당당하기만 했다. 그리고 그 당당한 태도는 비행기에서도, 하네다 공항에 내리고 나서도 계속되더니 일본 총리와의 만남을 앞둔 자리에서도 변함없었다.

'약간은……. 긴장을 해주면 좋겠는데…….'

너무 당당해 보이는 강혁을 보면서 외교부 비서관은 약간의 불안을 느꼈다. 여기까지 오는 내내 강혁이 보여준 언행을 돌이켜보면 더더욱 불안했다.

'의사…… 맞지?'

이런 생각이 들 정도로 거칠었기 때문이었다. 일단 그를 수행하러 온 듯 보이는 이강행 의사가 욕 먹는 걸 세어보면 거의 100번은 족히 될 듯했다. 물론 그중에는 남이 봐도 울컥할 정도로 답답했던 순간이 몇 번 있긴 했지만, 주변에 사람들이 있으면 참는 게 정상이 아닌가 싶은 생각이 들었다.

'저대로 총리를 만난다…….'

통역이 있으니 큰 일이 생기진 않겠지만 그렇다 해도 걱정이 완전히 해소되진 않았다.

'때리기도 하잖아…….'

비서관은 이강행 의사의 정강이를 몇 번 걷어차는 것을 목격했다.

'목숨을 걸고 막아야겠군.'

그는 굳은 결심과 함께, 강혁에게 지금까지 10번도 넘게 했던 말을 반복했다.

"절대로 폭력적으로 나가서는 안 됩니다. 지금 백 교수님은 대한민국을 대표해서 온 겁니다."

"아, 안다니까? 몇 번을 말하는 거예요? 확 그냥."

"그, 그러니까 방금 같은 그런 행동을 하지 말라고 말씀드리는 겁니다."

"자꾸 긁으니까 그렇지."

"총리한테는 절대로 그러시면 안 됩니다."

"긁지만 않으면 돼요."

"아니……. 긁더라도……."

비서관이 애타는 심정으로 내뱉은 말이 미처 끝나기 전에 누군가 방문을 똑똑 두드렸다. 누구냐고 물어볼 필요도 없이 총리일 터였다.

"이, 일어나시죠."

"아 귀찮게……."

"일어나세요!"

"일어나잖아요."

강혁은 귀찮은 심정이 팍팍 묻어나는 얼굴로 비척비척 몸을 일으켰다.

"안녕하십니까, 한조 총리님."

강혁은 막상 총리가 들어오자 언제 껄렁거리고 있었냐는 듯 능숙하고도 예의 바른 태도로 인사를 건넸다. 이를 본 비서관의 입에서 안도의 한숨이 훅 하고 빠져나왔고, 이후 대화가 몇 마디 오갔다. 만난 지 몇 분이 지났을까, 한조 총리가 재차 입을 열었다.

"참, 백 교수님. 저희가 감사의 표시로 드리는 선물 말인데요."

표정을 굳힌 것을 보니 이게 본론인 듯했다. 강혁 또한 예의상 짓고 있던 미소를 지우고 그를 마주 보았다.

"네, 총리님."

"이번에 백 교수님께서 우리 국민에게 베풀어주신 은혜는 그 가치를 따지기 어려울 정도로 대단합니다. 그래서 내각에서 얘기가 나왔는데……. 공식적으로 명예 시민권과 훈장 정도는 받아주셨으면 합니다. 닥터 헬기는 제가 민간 통해서도 드릴 수 있는 부분이니까요."

명예 시민권이라니. 강혁은 듣기만 해도 머리가 지끈거리는 기분이었다. 게다가 훈장? 무슨 이완용도 아니고, 그걸 왜 강혁이 받는단 말인가. 강혁은 고개를 젓고는 딱 한 마디만 했다.

"이상한 소리 말고, 닥터 헬기."

"그러지 마시고……. 일본 정부의 체면이 걸린 문제입니다. 이미 일부 언론에서도 명예 시민권을 준다고 예상을 하고 있습니다."

"닥터 헬기."

"저희 입장도 좀……."

"닥터 헬기."

"그만, 그만……. 알겠습니다."

강혁의 입에서 '닥터 헬기'란 말이 대략 여덟 번쯤 반복되었을 때 한조 총리가 손을 흔들어댔다. 이른바 백기 투항으로 보이는 행동이었다.

"죄송합니다, 총리님. 저한테는 닥터 헬기가 훨씬 급합니다."

그리곤 이렇게 말하는 강혁의 진중한 눈을 바라보았다. 장난기 가득할 때도 있었고, 악의가 가득할 때도 있었지만 지금은 환자를 살리겠다는 일념 하나로 가득한 눈빛이었다. 그리고 강혁의 진심은 국경을 넘어 한조 총리에게 고스란히 전달되었다.

'이 사람은 정말 다른 욕심이 하나도 없는 사람이로구나.'

조금이라도 욕심이 있었다면 훈장을 마다하지는 않았을 것이다.

연금에 각종 혜택이 어마어마하게 따라오는 훈장이었으니까. 받은 사람의 수 또한 일본 역사를 통틀어 봐서도 손에 꼽을 정도로 적었다. 하지만 강혁의 태도를 보아하니 턱도 없어 보였다.

'어쩐다…….'

한조 총리는 이미 언론 중 일부가 이 정보를 입수했다는 것을 잘 알고 있었다. 만약 실제로 강혁에게 수여되는 것이 훈장이나 명예 시민권이 아닌 닥터 헬기뿐이라는 것이 알려지게 되면 비난과 파장이 거셀 것이다. 지금 레임덕에 빠진 것은 대한민국의 대통령뿐만 아니라 한조 총리 또한 마찬가지였으니까. 하지만 싫다는 사람에게 뭘 더 어쩌겠는가. 오히려 남들 앞에서 거절하는 모습을 보이는 게 더 걱정이었다.

"그럼……."

한조 총리는 어렵게, 어렵게 다시 입을 열었다. 강혁은 바로 닥터 헬기란 단어로 응수하려 했지만, 이번에는 총리의 말이 더 빨랐다. 그만큼 더 다급하다는 뜻이기도 했다.

"닥터 헬기 두 대를 드리죠. 하나는 바로, 하나는 민간 기업 통해서 나중에."

"닥……. 음?"

의외의 제안이었던지라 강혁은 미처 자신의 말을 다 끝맺지도 못했다. 대신 총리의 입만을 뚫어지게 바라보았다. 그사이, 총리는 계속해서 말을 이었다.

"두 대를 드리겠습니다."

"어……. 정말요? 지금 일본에서 쓰고 있는 모델로?"

"네. 지금 저희 정부에서 사용하고 있는 것과 정확히 같은 모델로요. 물론 나머지 하나는 시간이 좀 걸릴 수 있습니다."

"오……."

"대신 명예 시민권은 받아야 합니다. 제 입장도 좀 헤아려주셨으면 합니다."

"흐음."

강혁은 잠시 신음을 흘리곤 의자 등받이에 등을 기대고 생각에 잠겼다. 총리는 넙죽 받아들이지 않는 강혁이 조금 야속했지만, 한편으로는 다행이다 싶기도 했다. 적어도 이번에는 그 지겨운 '닥터 헬기'란 단어가 강혁의 입에서 튀어나오진 않았으니까.

'닥터 헬기 두 대라…….'

현재 대한민국에서 보유하고 있는 것과 비교하자면 아무래도 일본 측이 보유한 것이 훨씬 나았다. 아니, 비교하는 게 좀 미안해질 정도의 차이가 있었다. 크기도, 속력도, 안정성도 모두.

"어떻습니까, 백 교수님?"

고민에 고민을 거듭하고 있는 강혁을 향해 총리가 재차 말을 걸어왔다. 강혁이 제일 싫어하는 행동 중 하나인, '쓸데없이 재촉하기'에 해당하는 행위였지만 강혁은 딱히 적대적인 반응을 보이지 않았다.

"잠시만요. 닥터 헬기 두 대는……. 좀 큰 제안이라서."

"네. 좀 더 고민하셔도 됩니다. 하지만 너무 오래는 안 됩니다."

총리는 아까와는 현저히 달라진 강혁의 반응을 즐기며 시계를 바라보았다. 행사 시작까지 이제 30분도 채 남아 있지 않았다. 총리가 이 방에 머무를 수 있는 시간은 반의반도 안 되었다. 강혁은 찰떡같이 알아들은 표정으로 부리나케 머리를 굴려대기 시작했다.

'두 대 모두 중앙 구조단 측으로 인계되면……. 당장은 인력 부족으로 풀 가동이 어렵겠지만…….'

조종사, 구급 요원 그리고 강혁이 아닌 다른 외상 외과의, 아마도 재원까지 준비가 되면 두 대를 원활하게 운용할 수 있게 된다. 일본 측이 보유하고 있는 모델은 편도 운행 거리가 수백 km를 넘으니 수도권 전역을 담당할 수도 있었다.

'풀 가동이 되면 어지간한 사고 현장은 우리 팀만으로 구조가 가능해져…….'

여기까지 생각이 미치니 저도 모르게 미소가 떠오를 지경이었다. 딱히 닥터 헬기가 늘어난다고 해봐야, 해야 할 일만 늘지 개인적으로는 전혀 보상이 없다는 것을 생각해보면 정말로 이상한 일이라 할 수 있었다. 하지만 지금껏 수개월 동안 강혁과 함께 시간을 보내온 최하림 감독이나 그런 강혁에게 감화되어 굳이 똥 밭을 구르고 있는 강행은 충분히 이해할 수 있었다. 백강혁이라는 인간은 오로지 사람 살리는 일, 그중에서도 자신의 아버지처럼 기회도 얻지 못하고 사망하는 이가 없도록 하는 일에만 매진하고 있는 사람이었으니까.

'그래도…… 명예 시민권은 안 돼.'

만약 눈앞의 총리가 어딘가 다치거나 아파서 죽을 지경에 이르게 된다면 언제라도 최선을 다해 살려낼 사람이었다. 강혁은 의사니까. 그것도 사람 살리는 것만 신경 쓰는 진짜 의사. 그렇다고 역사를 잊은 것 또한 아니었다.

"명예 시민권은 어렵겠습니다."

결국 강혁의 입에서 튀어나온 말은 총리의 기대에 반대되는 말이었다.

"그, 그렇습니까……."

"네, 총리님. 죄송합니다. 하지만 제가 일본의 명예 시민권을 받게 되면 제 증조할아버지를 뵐 낯이 없어집니다."

"증조…… 할아버지?"

"네. 독립운동가셨습니다. 독립운동을 하다가 돌아가셨습니다."

"아."

한조 총리는 더 말을 잇지 못했다. 그냥 대한민국 국민도 아니고, 독립운동가의 후손에게 어떻게 명예 시민권을 강요할 수 있겠는가. 심지어 죽음으로 나라를 지키고자 했던 사람의 후손이었다. 여기서 더 얘기를 꺼내는 것 자체가 결례가 될 것 같았다. 총리는 어두워진 얼굴로 잠자코 있었다. 강혁은 그런 한조에게 부드러운 미소를 지어 보였다. 어딘지 모르게 씁쓸해 보이기도 하는 그런 묘한 미소였다.

"그래서 어렵겠습니다. 닥터 헬기는 한 대만 받아가겠습니다."

"아니, 아니……. 잠깐만요."

한조 총리는 잠시 고개를 저어댔다. 그러자 밖에 행사를 주관하고 있던 사람 하나가 뛰어와 한조에게 급히 말을 걸어왔다.

"각하, 이제 나가보셔야 합니다."

"잠깐, 잠깐만. 아직 얘기가 안 끝났어."

"그럼…… 기다리라고 합니까?"

"그래. 그렇게 하지."

"알겠습니다. 하지만 행사에 온 인원이 많습니다, 너무 시간을 끌면 이상하게 생각할 겁니다."

"알겠네."

한조 총리는 고개를 숙인 채 빠져나가는 직원을 바라보다가 이내 강혁을 돌아보았다. 그러고 나서도 한참을 입을 열지 않았는데, 강혁도 그런 총리를 바라보고만 있을 뿐 굳이 침묵을 깨진 않았다. 과연 저 입에서 무슨 말이 나올까 궁금하기도 했고, 그 말에 어떻게 대응을 해야 하나 고민이 되기도 했기 때문이다.

"그……."

"네."

"닥터 헬기는……."

"한 대도 안 됩니까?"

"아뇨. 두 대…… 드리겠습니다."

"명예 시민권은 못 받겠다고 말씀드렸는데요?"

"네. 괜찮습니다. 저희 일본이 감사와 사죄의 의미로 각각 하나씩 드린다고 생각해주시면 감사하겠습니다."

이건 좀 예상하지 못했던 발언이었다. 한조는 강혁이 고개를 갸웃거리고 있는 사이에 말을 계속해서 이어갔다.

"대신 돌아가신 증조할아버지를 대신하여 우리를 용서해주십시오. 이미 큰 은혜를 베푸셨지만, 한 번 더 부탁드립니다."

"그…… 뭐…… 알겠습니다. 그렇게 하죠."

강혁은 잠시 자신이 대신할 주제가 되나 싶긴 했지만 그렇다고 자기 말고 다른 사람이 생각나진 않았다. 어차피 증조할아버지는 돌아가신 지 오래였으니까.

"그럼 잠시 후 뵙겠습니다."

한조 총리는 그렇게 강혁을 뒤로하고 밖으로 나섰다. 가볍게 닫히는 문소리를 들은 강혁의 심경은 상당히 복잡했다.

'용서라…….'

착잡한 심정이 아예 없는 건 아니었다.

"후우……."

그런 그를 향해 최하림 감독이 말을 걸어왔다. 톡톡 어깨를 두드려주면서였다.

"잘하셨어요. 잘하신 거예요. 닥터 헬기 좋은 거 구하는 게 소원이셨잖아요."

"그건……. 그건 그런데."

"증조할아버지께서도 이해하실 거예요. 다 나라 위한 일인데요."

"그런가……."

강혁은 최대한 좋은 쪽으로 생각하기 위해 애를 썼다. 두 대를 운용하게 되면 얼마나 더 많은 사람을 살릴 수 있을지. 하지만 아무리 강혁이라도 감정을 마음대로 하기는 힘들었다. 강혁의 머리가 복잡해진 것은 당연한 일이었다.

"교수님. 일단 가시죠. 행사 시작에 늦으면 결례가 됩니다."

물론 그의 심정이 어떻든 비서관에게는 해야 할 일이 있었다. 그는 자리에 앉은 채 넋이 나가버린 강혁을 필사적으로 당기고 있었다. 강혁은 평소와는 달리 약간은 힘 빠진 얼굴로 일어섰다.

"그래, 가야지……."

강혁은 이렇게 중얼거리며 터덜터덜 방을 나선 후 행사장으로 걸어갔다. 실내에 마련된 행사장 내부는 사람으로 가득 차 있었다. 그중엔 강혁이 아는 얼굴도 꽤 있었다.

'보호자들……. 환자들까지 왔구나.'

언론들이나 별 상관없는 다른 정치인들이 훨씬 많기는 했지만 강혁이 가장 잘 보이는 자리에는 그날 사고를 당했던 환자들과 보호자들이 앉아 있었다.

'좀 낫네.'

강혁은 누가 의사 아니랄까 봐, 자신이 치료한 환자들을 보고 나자 비로소 기분이 나아졌다.

"와……. 저분도 오셨네요."

강행도 크게 다르지 않았다. 현장에서 자신이 구조했던 환자를 보자마자 들뜬 듯했다.

"아……. 저분도!"

심지어 최하림 감독도 어린애처럼 신났다. 본인의 피를 수혈해주고 강혁에게 수술 받아 살아난 환자를 봤기 때문이다. 환자 또한 그녀를 알아보았는데, 강혁이 굳이 그 사실을 알려준 덕이었다.

'그래. 내가 이 사람들을 살렸어. 그래서…… 받는 선물이야. 그러니 자랑스러워하자.'

강혁은 다른 둘처럼 들뜬 감정을 겉으로 내비치진 않았지만, 속으로는 가장 깊은 기쁨에 빠져 있었다. 덕분에 그는 행사가 진행되는 내내 아주 즐겁게 웃을 수 있었다.

"표정 좋으시네요. 다행입니다."

강혁의 밝은 표정은 비서관이나 일본 언론인들에게만 만족스러운 것은 아니었다. 언론인들이 찍은 사진을 기사로 접한 일본 국민에게도 그러했다. 그중에서도 특히 열광하는 무리가 있었는데, 일본의 중년 여성층이었다.

"어쩜……. 한국은 의사도 이렇게 잘생겼어."

"백 사마……. 마음씨까지 따뜻하고……."

"인성 좋고, 실력까지 좋은 진짜 의사가 대한민국에 있었네."

그중 몇몇은 재원이나 강행이 들었으면 진짜 땅을 치고 통곡할 소리까지 했다. 마음씨라니, 인성이라니. 딱 하루만이라도 함께 지내게 해주고 싶을 지경이었다. 하지만 그의 소원과는 달리 강혁의 사진과 그에 대한 칭찬은 일본 전역을 돌고 있었다. 심지어 강혁의 팬클럽까지 생길 지경이었다. 다른 나라의 연예인도 아니고 일개 의사를 덕질하는 이 기이한 모임은 행보조차 남달랐다.

'일본 내 백강혁 교수 팬클럽 '다이죠부 백 사마'가 대한민국의 중증외상센터 활성화를 위한 모금을 개시했습니다. 목표액은 100억!'

생명에 인색할 때는 지났습니다

웬일로 병원이 아닌 중식당에 모여 앉은 중증외상팀이 화기애애한 시간을 보내고 있었다.

"다이죠부 백 사마……."

강행은 인터넷에 뜬 기사를 보고 한참 웃어댔다. 조용한 편이던 강행이 그야말로 미친 듯 웃고 있었는데, 딱히 시끄럽거나 눈에 띄지는 않았다. 장미, 경원, 지민 모두가 합세해서 웃어대고 있었으니까.

"다이죠부, 다이죠부!"

"나, 원……."

강혁도 처음에는 황당했지만, 지금은 그러려니 하고 있었다. 실제로 저 팬클럽이 하고 있는 모금 운동이 제법 위력을 발휘하고 있다는 이야기를 전해 들었기 때문이었다. 심지어 원래대로라면 외국에서 모금된 후원금의 경우 일정 금액 이상에 대해서는 세금이 부과되어야 했지만, 박성민 의원과 더불어 외교부 김은임 장관, 보건복지부 최필두 장관 등이 힘을 써서 예외 방안을 마련해두기까지 했다.

"이제 슬슬 편집 들어가면 될 거 같습니다."

게다가 오늘은 그냥 식사 자리가 아니었다. 그동안 동고동락했던, 말 그대로 같은 방에서 먹고 자고 했던 동료 최하림 감독이 팀에서 이탈하는 것을 기념하는 자리였다.

"거참. 회식한다, 회식한다 해놓고선 이별하는 날에야 겨우 하게 됐네.”

강혁은 스스로 생각하기에도 어처구니가 없다는 듯, 식탁 위에 잔뜩 놓인 요리를 내려다보았다. 그나마도 멀리 나갈 수 없으니 늘 그렇듯 병원 맞은편 중식당에 모였다.

“하게 된 게 어디에요. 교수님은 진짜 바쁘신데요.”

“그야……. 뭐 그렇긴 한데.”

강혁은 아니라는 말을 하려다 고개를 흔들었다. 어떻게 봐도 최근에는 정말이지 눈코 뜰 새 없이 바쁘긴 했으니까. 심지어 시리아에 있을 때보다도 훨씬 바빴다.

‘전투는 쉬는 날이라도 있지…….’

이놈의 대한민국은 누가 일 중독 국가 아니랄까 봐 365일 24시간 쉬지 않고 돌아갔고, 그와 더불어 사건 사고도 쉬지 않고 발생했다.

“그래도 이렇게까지 음식을 많이 시켜주시다니……. 너무 감사한데요?”

강혁이 잠시 상념에 빠져 있는 사이, 최하림 감독이 식탁 위를 가리키며 빙그레 웃었다. 그녀의 말대로 둥근 식탁 위에는 열 가지도 넘는 요리가 주르륵 놓여 있었다. 중국 음식에 빠지면 서운한 탕수육과, 특별한 날에나 먹던 깐풍기, 유산슬, 팔보채, 자기 돈 주고 사 먹기엔 너무 비싼 새우 요리들까지. 맨날 병원 밥 아니면 차게 식은 도시락으로 끼니를 때우던 지난 몇 달을 생각해보니 마치 생일상이라도 받은 듯한 기분이었다. 최하림 감독은 그러한 기분을 굳이 숨기려 들지 않았다.

“이거 보세요. 여기 맛집이라더니. 진짜 맛있네.”

“다행이네요. 중국 음식 좋아해서.”

“중국 음식 마다하는 사람도 있나요?”

“저기 저놈은 일식 아니면 안 좋아하더라고요.”

강혁도 최하림 감독의 기분에 맞춰서 농담을 던졌다. 그 농담이라는 게 언제나 그러하듯 남을 까는 것이긴 했지만.

“교수님도 일본 싫다면서 일본 가서는 일식 먹었잖아요.”

물론 강행도 이젠 마냥 까이기만 하진 않았다. 나름대로 반격을 하긴 했다.

“그럼 일본 총리가 같이 먹자는데 안 먹냐? 안 그래도 명예 시민권이니 훈장이니 다 거절했는데.”

“그래도 너무 맛있게 드시던데…….”

“뒈져라, 너는 그냥.”

물론 얻어맞기 시작하면 무조건 지는 게임이긴 했지만, 그래도 강행은 이렇게라도 강혁을 놀릴 수 있어서 즐거운 듯했다. 아니, 놀려먹을 수 있을 때까지 더 많이 놀려야겠다고 다짐했다.

“으억, 다이죠부, 다이죠부, 백 사마!”

“미친놈이, 진짜 뒈지려고.”

“으아아.”

강혁에게 붙잡힌 강행은 마치 독립투사처럼 비명을 지르다 화장실로 도망가버렸다. 강혁은 끝까지 강행을 쫓으려다가 우뚝 멈춰서더니 이내 자리에 앉았다. 최하림 감독을 보내는 자리인데 점잖게 자리를 지켜야 한다고 생각해서였다.

‘언제 불려 들어갈지 모르는 몸이니까.’

이전보다는 많이 나아졌다고는 하지만 아직 중증외상센터는 강혁이 없으면 제대로 돌아가지 않았다. 이런 상황에서 병원을 비우는 건, 그 자체로 부담이었다.

‘일본 다녀온 이틀 사이에도……. 벌써 둘이 죽었지.’

강혁이 없다고 해서 중앙 구조단이 쉬는 건 아니었다. 적어도 단장 안중헌과 팀장 김강률은 어마어마한 사명감에 더불어 실력까지 갖추고 있는 인물들이었으니. 하지만 그들이 어렵사리 구출해서 제시간에 데려온 환자 둘 모두 한국대학교 병원 중증외상센터에서 유명을 달리하고야 말았다.

"어휴."

바로 그것이 지금 재원이 조용히 한숨만 쉬고 있는 이유였다. 그래도 강혁의 관리 감독하에 있을 땐 제법 실력이 늘었다고 자부했고, 일본에 가느라 자리를 비울 때는 재원에게 무려 이 센터를 맡기기도 했다. 하지만 막상 강혁이 없는 센터에서 환자를 받아보니, 역시나 역부족이었다.

'저 새끼만 초상집이네.'

강혁은 한국에 돌아와 처음 사망 소식을 전해 들었을 때 눈물을 흘리던 재원과 그런 그의 등을 쓸어주던 장미의 모습을 떠올렸다.

'처치가…… 아주 미흡하진 않았어.'

외상 외과적으로 볼 때 거의 교과서적인 처치였다. 다만 실력이 조금 부족한 것은 있었지만, 그게 환자의 죽음이라는 비극적인 결말이 되어 안타까울 따름이었다. 재원이 그렇게까지 자책할 일은 아니었다. 어차피 다른 누가 봤더라도 그게 백강혁이 아니었다면 결과는 다르지 않았을 테니까.

"야, 왜 너 혼자 죽상이야. 최 감독님 남몰래 막 좋아했어?"

강혁은 일부러 짓궂은 농담과 함께 재원의 목에 팔을 둘렀다. 강혁은 나름 제자의 기분을 풀어주려고 노력했지만, 재원이 느끼는 압박감은 강혁이 의도와 많이 달랐다.

'어린 시절 삥 뜯던 형들 같은데.'

재원은 그런 생각을 하며 고개를 절레절레 저었다.

"마, 말이 되는 소리를 하십쇼."

저도 모르게 장미의 눈치를 살피면서였다. 물론 장미는 전혀 관심이 없었다.

'어휴. 이놈은 왜 이렇게 짠하지.'

강혁은 재원에게 지금까지 장식품처럼 놓여 있던 술을 따라주기로 마음먹었다. 그냥 소주가 아니라 중국 술이었고, 딱 한 잔만 먹어도 절대 진료실에 들어가면 안 될 그런 술이었다. 재원은 자신의 앞에 놓인 잔에 술이 채워지는 것을 멍하니 바라보다가 이내 눈을 동그랗게 뜨며 말했다.

"교, 교수님! 술을 주시면 어떡해요?"

"괜찮아, 괜찮아."

"뭐가 괜찮습니까! 그러다 사고 나면……."

"아니, 이 새끼야. 난 안 마셔. 너만 마시는 거야."

"아."

재원은 어쩐지 강혁의 속내를 알 것 같았다.

'말로는 못하니까, 먹이기라도 하겠다는 건가.'

사실 일본에서 돌아온 이후 강혁이 재원에게 위로를 시도한 건 이번이 처음은 아니었다. 제법 여러 번 시도는 했지만, 그때마다 속을 더 뒤집어놔서 문제였다.

'원래 그럴 줄 알았다는 말을 들었을 땐 진짜…….'

그땐 의사고 나발이고 다 때려치우고 나갈까 하는 생각까지 했다. 속에 든 뜻이야 모르는 바는 아니었지만……. 강혁은 위로에는 영 재능이 없는 인간이었다. 차라리 지금처럼 술이나 주는 게 훨씬 나았다.

"쭉 한번 마셔봐. 나도 이거 꽤 좋아하는 술이라고."

"네."

재원은 강혁이 따라둔 독한 백주를 쭉 들이켰다. 그냥 쓰기만 한 게 아니라 묘한 과일 향이 감돌아서 마시기 힘들지는 않았다.

"캬."

"자식이 술 맛있게 먹을 줄 아네. 자, 이거 하나 먹고 한 잔 더 해."

"네? 이거 더 먹으면……. 꽐라 될 거 같은데요?"

"되면 뭐 어때. 2호한테 업으라고 하면 되지."

"그래도……."

"괜찮아. 나도 일본 가서 이틀 빠졌잖아. 너도 좀 쉬라고. 사람이 쉬는 날도 좀 있어야지."

강혁은 이 말을 하면서도 스스로 씁쓸한 기분이 들었다. 이 중에서 정말 못 쉬고 있는 사람은 다름 아닌 강혁 자신이었으니까. 솔직히 조금 버거울 때도 있는 게 사실이었다. 하지만 아직은 멈출 수 없었다. 이제 겨우 대한민국의 중증외상센터의 나아갈 길이 보이고 있었으니.

"캬."

강혁은 마치 먹방이라도 보는 심정으로 재원에게 술을 따라주었다. 재원은 한 석 잔까지는 뭔가 망설이는 기색을 보였지만, 그 이후로는 자기가 알아서 따라 마시고 있었다. 곧 게슴츠레해진 눈을 하고서 강혁을 향해 입을 열었다.

"교수님……. 저 진짜 잘한 건 맞죠? 교수님 말고는 그 환자…… 살릴 수 없었던 거 맞죠?"

속에 담아두고 있던 이야기였다. 벌써 강혁이 일본을 다녀온 지,

그리고 그 환자가 죽은 지 일주일이 넘었지만 재원의 목소리에 담긴 감정은 생생하기만 했다. 강혁은 뭐라 말을 해야 할까 고민하면서 그의 어깨를 두드렸다. 다행히 재원의 입이 먼저 열렸다.

"진짜……. 배운 대로 했거든요. 근데……. 아, 죄송합니다. 눈에 뭐가 들어갔네."

술에 취한 탓에 목소리가 작지 않았다. 자연히 자리에 있던 모든 이들의 시선이 재원을 향했다. 재원은 민망한지 고개를 가로저었고, 강혁은 계속 그의 어깨를 토닥거렸다.

"둘 중 하나는 내가 했어도 어려웠어."

"정말…… 이죠?"

"그래."

물론 어렵긴 해도 살리긴 했을 것이다. 강혁은 정말 숨만 붙어서 오면 모두 살릴 수 있을 정도였으니까. 하지만 강혁은 더 이상 말하지 않았다. 지금 이 순간을 잘 넘기지 않으면 어쩐지 재원이 다시는 메스를 쥐지 못할 것 같았으니까.

"감사합니다, 교수님……."

다행히 강혁의 바람대로 재원의 얼굴은 한결 밝아졌다. 문제가 있다면 아까 스스로 걱정했던 대로 꽐라가 되어버렸다는 점이었다.

"야, 야? 너 벌써 간 거야?"

강혁은 약간 당황한 얼굴이 되어 재원의 몸을 살살 흔들었다. 하지만 재원은 이미 인사불성이었다.

"아니, 뭔 5G도 아니고, 이렇게 갑자기 가?"

"교수님. 제가 당직실로 데려가겠습니다."

완전히 갔다는 것을 확인한 강행이 손을 들었다. 원래대로라면 강행이 맡는 게 자연스럽겠지만, 강혁은 마다했다.

"너……. 너 체력 후지잖아. 혼자 얘를 어떻게 옮겨."

이 사실은 공공연한 사실로, 이 자리에 있는 모두가 다 알고 있었다. 결국 장미가 나섰다.

"제가 같이 갈게요."

"네가?"

"네. 저 힘세잖아요."

"그야……. 그렇긴 하지."

장미라면 믿고 맡길 만했다. 괜히 조폭이 아니었으니.

'흠……. 그래, 우리 1호……. 안 될 거 같긴 하지만, 한 번쯤 큐피드가 되어줘볼까?'

겸사겸사해서 강혁은 고개를 끄덕였다.

"그래, 그럼 2호랑 조폭이 얘 좀 챙겨. 가는 길에 정신 좀 들면 아이스크림이라도 먹이고……. 도착하면 조폭이 수액도 좀 달아주고."

강혁은 어떻게든 둘 사이에 케미가 있길 바라는 마음으로 재원을 맡겼다. 재원에게 별 마음이 없는 장미로서는 딱히 거절할 일도 아니었다.

"네, 교수님. 그럼 가보겠습니다. 어이구, 꽤 무겁네."

재원이 팔다리는 가늘어도 최근 배가 많이 나와서 무게가 상당했다.

"제, 제가 돕겠습니다."

둘만으로도 부족해 신규 지민도 도와야 했다. 그렇게 재원을 데리고 우르르 빠져나가고, 방 안에는 강혁과 최하림 감독 단둘만 남게 되었다.

"썰렁하네요?"

최하림 감독이 미소를 지으며 말을 걸어왔다. 강혁은 창밖에 뜬 달에 비친 최하림 감독을 마주보며 고개를 끄덕였다.

"그러게요."

"술은 못 하실 테고."

최하림 감독은 잠시 술병을 집어 들었다가 내려놓았다. 상대가 백강혁이라는 사실을 떠올렸기 때문이었다. 대한민국의 중증외상센터라는 무거운 짐으로 어깨가 무거워 보였다. 그리 작지도 않은 어깨가 큰 짐으로 힘겨워 보였다.

"차라도 한잔하실래요?"

"좋죠."

최하림 감독은 다 식어버린 재스민차를 강혁의 잔에 따라주었다. 강혁은 가만히 차를 따라주는 그녀의 옆모습을 바라보았다.

'원래 화장을 했었나?'

그리고 그제야 그녀의 눈에 어설픈 화장 자국이 있다는 것을 깨달았다. 자국이라고 표현할 수밖에 없을 정도로 어설픈 화장이었다.

"뭘 그렇게 보세요?"

"네? 아, 아닙니다."

그렇게 빤히 최하림 감독의 눈을 바라보고 있던 강혁은 흠칫 놀라며 고개를 돌렸다. 그리곤 방금 하림이 따라준 차를 홀짝 마셨다. 기름진 음식의 느끼함이 가시는 기분이었다.

둘은 한동안 차를 홀짝이며 말없이 있었다. 침묵을 먼저 깬 이는 최하림 감독이었다. 꽤 감상에 젖은 듯한 얼굴이었다. 달 때문인지, 재원이 먹다 남긴 술의 향 때문인지는 몰라도 강혁에게는 그렇게 느껴졌다.

"겨우 반년도 안 있었는데……, 되게 오래 있던 거 같아요."

"한 4개월 있으셨죠. 정확히는 112일."

하지만 입에서 튀어나오는 말은 건조하기 짝이 없었다. 다행히 그의 건조한 말투는 오늘 최하림 감독의 감성을 망치기에는 충분하지 않았던 모양이다.

"그러니까요. 그사이에……. 진짜 많은 일이 있었어요. 팔자에도 없던 헬기를 몇 번이나 탔는지……."

"음."

강혁은 뭐라 대꾸를 하려다 생각에 빠진 최하림 감독의 얼굴을 보았다. 강혁 또한 그녀가 오고 난 후 겪었던 수많은 일을 떠올렸다.

'2호가 합류했고, 마약 사범도 살려놨고.'

그것도 무려 21세기 대한민국의 마약왕이라는 타이틀까지 가진 녀석이었다. 그런 놈을 살리다가 팀원들과 형사들까지 큰 위험에 노출이 되기까지 했었다.

'유엔 사무총장도 수술했고.'

톰 커크먼. 역대 유엔 사무총장 중에서도 가장 뛰어난 인물이라고 평가받는 위인. 대한민국에서 죽을 뻔했고, 역시 대한민국에서 살려낸 사람이기도 했다. 지금은 오히려 다치기 전보다 더 활발한 활동을 하고 있었다. 죽다 살아나니 뭔가 좀 달라졌다나 뭐라나. 아무튼, 잘된 일이었다. 덕분에 남미의 아동 실종 및 납치, 인신매매 문제에 대한 국제 사회의 관심이 점점 커져갔다.

'태풍도 겪었지.'

열거한 사건 중 한 가지만 가지고도 영화 한 편 정도는 만들 수 있을 것 같았다. 일일이 떠올리지 않더라도 최하림 감독과 함께 4개월간 겪은 사건 사고는 엄청나게 많았다.

'환타였나?'

어쩌면 그럴 수도 있겠단 생각이 들어 슬며시 미소를 짓고 있으려니, 최하림 감독이 재차 말을 걸어왔다. 착각인지 뭔지는 모르겠지만 아까보다 좀 더 가까이 다가온 기분이었다.

"환자 많이 보신 게, 그렇게 좋으세요?"

"네? 아."

강혁은 이 사람이 뭔가 오해를 했다는 생각을 하며 손을 저었다.

"그렇진 않죠. 그냥 정말 많은 일이 있었단 생각이 들어서요."

"하긴 환자가 많아서 좋을 건 없죠?"

"환자는 없는 게 제일 좋은 겁니다. 이상적으로는."

"이상적?"

"하지만 현실적으로 그럴 수가 없죠. 아무리 조심하라고 해도 어디선가는 사고가 나니까."

강혁은 쓰게 웃으며 밖을 내다보았다. 아무래도 병원 앞 골목이다보니 늦은 시간에는 인적이 뜸한 편이었다. 오가는 사람이 별로 없어서인지, 썰렁한 분위기가 느껴졌다.

'여길 혼자 보낼 수는 없겠는데.'

아무리 대한민국 치안이 좋은 편이라고 하지만 이 밤에 저런 거리를 혼자 걷는 건 위험한 일이었다. 강혁처럼 걸어다니는 인간 흉기라면야 얘기가 많이 달라지겠지만. 최하림 감독은 유능하고 당찬 사람이었지만, 물리적으로 강한 사람은 결코 아니었다.

"일단 슬슬 나가볼까요? 택시 잡으려 해도 병원 로비가 나으실텐데."

강혁은 천천히 몸을 일으켰다. 최하림 감독은 뭔가 좀 아쉬운 듯한 얼굴이었지만 그렇다고 계속 자리에 앉아 있지는 않았다.

"네, 그러죠."

"요건 제가 쏩니다. 영화 잘되면 감독님이 한번 쏘시죠."

"물론이죠. 살게요."

"잘될까는 모르겠지만, 작게라도 사세요."

"네, 교수님."

강혁이 계산을 한 후, 최하림 감독과 병원을 향해 천천히 걸었다. 건널목이 아닌 육교를 건너면서였다. 강혁이 처음 한국대학교 병원에 왔을 때만 해도 없었던 육교였다.

'이걸 1호랑 조폭이 민원 넣어서 만들었다고 했나.'

왕복 8차선 도로이다보니 걸음이 느린 환자 중 사고를 당하는 이가 간혹 있었다. 심지어 갓 퇴원한 환자나 보호자들이 병원을 나서자마자 다치는 경우도 있었다. 그걸 보다 못한 재원과 장미가 민원을 넣었고, 그렇지 않아도 강혁을 무서워하게 된 구청장은 즉시 육교를 만들어주었다.

"와, 오늘 달 엄청 크네요."

그와 어깨를 나란히 하고 걷던 최하림 감독이 달을 가리켰다. 그녀의 말대로 달은 거대하다는 표현이 어울릴 정도였다.

"그렇네요."

다만 강혁은 달에는 별로 관심이 없었기에 그저 무미건조한 음성으로 대답할 따름이었다. 최하림 감독은 그런 강혁을 잠시 바라보다가 이내 말을 이었다.

"교수님, 그거 아세요?"

"네?"

"교수님은 환자가 없어야 좋다고 하셨지만, 환자 보실 때가 제일……. 뭐라고 할까."

들떠 있다? 신났다? 모두 적절하지 않은 표현 같았다. 강혁이 보는 환자들은 모두 죽음을 목전에 둔 환자들이었으니까.

"제일 활발하죠."

정답은 강혁의 입에서 나왔다.

"아, 맞아요. 진짜 신기해요. 어떻게 그 힘든 일을 할 때 제일 활발하실 수 있죠?"

"신기할 것도 없는 일이죠."

강혁은 걸음을 옮기면서 말을 이었다.

"그때가 제일 중요한 순간이니까요. 그 외의 시간에는 일부러 체력을 비축하는 겁니다."

"그래서 지금도 이렇게 조용하신 거예요?"

"뭐……. 그렇다고 볼 수 있죠."

"그렇군요."

최하림 감독은 어쩐지 실망했다는 얼굴로 고개를 끄덕였다. 하지만 강혁은 그녀가 그런 얼굴을 하고 있다는 것을 눈치채지 못했다. 아직 그녀가 가리켰던 달을 바라보고 있었기 때문이다. 최하림 감독은 그런 강혁의 옆얼굴을 바라보며 고개를 저었다.

'역시 이 사람 머릿속에는 사람 살리는 일뿐이구나.'

오죽하면 사람 살리는 데 미쳤다는 말까지 나오겠는가. 처음에는 그게 너무나 멋져 보였고, 지금도 그렇지만……. 아주 약간은 섭섭하기도 했다.

'웃기는 일이지.'

최하림 감독으로서는 난생처음 겪는 일이라 할 수 있었다. 일 외의 다른 일 때문에 힘들어하는 것은.

"다 왔군요."

"아, 네. 감사했습니다. 가편 나오면 연락드릴게요."

하지만 그 힘든 일을 아무렇지도 않은 척하는 데는 능숙한 사람이었다. 덕분에 강혁은 그녀가 어떤 생각을 하고 있는지 끝까지 눈치채지 못했다.

"중증외상센터 활성화에 도움이 되는 방향으로 부탁드립니다."

심지어 택시를 타고 떠나는 순간까지도 이런 무미건조한 인사를 전했다.

"걱정 마세요. 교수님. 최선을 다하겠습니다."

최하림 감독 역시 끝까지 속내를 숨겨야만 했다.

강혁은 잠시 떠나는 택시를 바라보고 있다가 이내 병원 안으로 걸음을 옮겼다.

'당직실에는 1호랑……. 다 있겠지?'

병원 정문을 들어서자마자 기분 좋은 에어컨 바람이 그를 반겨주었다. 이제 더위가 슬금슬금 물러가야 하는 8월 말이었지만 여전히 밤까지 후덥지근했기 때문에 더더욱 반가운 기분이 들었다.

강혁은 일부러 장미가 아닌 강행에게 전화를 걸었다.

"어, 2호."

"네, 교수님."

"뭐 하고 있냐?"

"이제 막 양 선생님 침대에 눕혔습니다. 아이스크림 억지로 먹이긴 했는데……. 어후, 술 진짜 약하시네요."

"다른 사람들은?"

"백장미 선생님이 라인 잡으려고 대기 중입니다."

"그래? 그렇단 말이지."

강혁은 고개를 끄덕이며 잠시 머리를 굴렸다.

"일단 너랑 신규는 중환자실로 와. 자기 전에 환자들 한 번만 더 보자."

"네, 교수님."

저녁 식사까지 마친 늦은 시간에 환자 보는 일은 강행이나 지민에게 자연스러운 것이었다. 수술이나 응급 환자가 없으면 늘 이렇게 해왔으니까.

"백장미 선생은 어떻게 할까요?"

강혁은 그럴 줄 알았다는 듯 씨익 웃고는 준비한 멘트를 꺼냈다.

"내가 얘기 안 했었는데 재원이 그 새끼, 수면 무호흡이 있어."

"네? 아……. 그래서 가끔 껙껙대나……?"

사실은 무호흡이 아니라 가끔 악몽을 꾸는 것일 뿐이지만, 강행은 별 의심 없이 넘어갔다.

"그래. 근데 지금 술 진탕 먹었잖아. 엄청 피곤할 거고."

"아……."

"그러다 돌연사하면 안 되니까, 장미한테 수액만 덜렁 달고 나오지 말고. 그……."

"네, 교수님."

"우리 회진 돌고 갈 때까지 좀 있으라고 해."

"아, 네. 알겠습니다."

강행은 전화를 끊고 장미에게 강혁의 말을 그대로 전해주었다.

"아, 귀찮은데……."

장미는 싫은 기색을 숨기지 않았지만 그렇다고 방을 박차고 나가진 않았다. 양재원은 장미의 가장 오래된 동료였으니까.

"알았어요. 다녀와요."

"네, 금방 끝날 거예요."

강행은 뭐 한 20분 걸리겠거니 하고 당직 방을 빠져나갔다. 하지만 오늘따라 강혁의 걸음걸이는 더럽게 느렸다. 심지어 편의점까지 들렀다.

"목 안 마르냐?"

평소에 안 하던 짓까지 해가면서 시간을 끈 강혁 덕분에 장미는 참으로 무료한 30분을 보내야만 했다.

'아, 왜 안 와…….'

너무 지루해서 주변을 좀 둘러보았더니, 이 당직 방은 언제 봐도 가관이었다. 자리를 깔끔하게 쓰는 인간은 강혁뿐이었는데, 딱히 다른 사람의 자리까지 치워주지는 않기 때문에 그의 자리만 정돈되어 있고 다른 곳은 무척 더러웠다.

'어휴.'

여기저기 널려 있는 쓰레기에, 뭘 그렇게 쏟았는지 안 좋은 냄새까지 났다. 장미의 불쾌감이 최고조에 이를 때쯤, 재원이 눈을 떴다.

"어? 깼어요?"

"어……. 장미 씨?"

로맨틱과는 거리가 먼 상황에서 장미를 마주한 재원은, 순간 이게 무슨 상황인가 머리를 맹렬히 굴렸다.

'당직실에……. 왜 우리 둘만……?'

강혁이 위로차 부어준 백주는 너무 독했다. 아직 술이 덜 깬 재원은 상황을 오해해도 한참 오해했다.

"어이구……. 어쩌다가 우리가……."

"네?"

"걱정 마세요. 저 사실 장미 씨 좋아했어요. 제가 책임질게요."

강혁은 재원에게 시간을 주기 위해 평소 잘 먹지도 않는 아이스크림까지 먹으며 대략 한 시간가량을 보냈다. 다른 때 같았으면 '쉴 수 있을 때 쉬자'라는 그의 좌우명을 지키기 위해 벌써 침대로 다이빙했을 텐데, 오직 재원을 위해 그 시간을 희생한 것이다. 그런데 돌아와 자초지종을 들어보니 재원은 어마무시한 사고를 치고 난 후였다.

"허이구, 이 등신……."

"교수님……. 어쩌죠?"

재원은 방금 강혁에게 뒤통수를 맞았음에도 불구하고 전혀 아픈 기색을 보이지 않았다. 장미에게 차인 마음이 너무 아파서 다른 곳의 통증은 별 타격이 없는 모양이었다.

"어쩌긴 뭘 어째. 뜬금없이 고백했다며."

'안 맞은 게 다행이지.'

"교수님이……. 술 먹여서 그런 거잖아요. 저 원래 안 이러는데."

강혁은 당장 재원의 몸을 두들기려고 움켜쥐었던 주먹을 풀고는 고개를 돌렸다. 두 사람 앞에는 강행과 지민이 서 있었다.

"조폭은 어때?"

"아……. 백장미 선생은 그냥 뭐……."

강행은 방금 마주쳤던 장미를 떠올렸다.

'그거 알아요? 양재원 선생님이 저 좋아한대요! 하하하하하!'

그녀는 그저 이 상황을 웃기게만 받아들이고 있었다. 강행은 그녀의 반응을 곧이곧대로 전하진 않았다. 그건 저기 침울한 얼굴로 침대에 나뒹굴고 있는 재원에게 좀 잔인한 일인 거 같았다.

"네, 뭐. 크게 나쁘진 않은 거 같습니다."

"하긴. 차인 놈이나 마음 아프지 뭐."

"하아."

'어쩌면 잘된 일인지도 몰라.'

이 상황에 연애라니, 대단히 사치스러운 일 아니겠는가. 그저 눈 앞의 환자와 그 환자를 치료하는 강혁의 솜씨를 배우는 데에만 집중해도 모자랄 것 같았다.

며칠 뒤 중증외상팀원들은 병원 옥상에서 거대한 헬기 앞에 서 있었다.

"이게……."

재원은 평소 출동을 나갈 때 탔던 헬기와 외관부터 확 다른 새 헬기를 올려다보았다. 유려하게 빠진 옆선에 단단해 보이는 몸체, 12m에 달하는 프로펠러. 바로 일본에서 주력 닥터 헬기로 쓰고 있는 기종, MD 902였다.

"생각…… 보다는 좀 작네요."

강행은 언젠가 타본 적이 있는 10인승 헬기 AW 169를 떠올리며 중얼거렸다. 그 말에 강혁이 고개를 끄덕였다. 헬기가 착륙할 때부터 그의 얼굴에는 미소가 떠나지 않았다.

"그건 중대형 기종이니까. 이건 그보다 훨씬 날렵한 녀석이라고."

강혁은 마치 자신이 만들기라도 한 것처럼 뿌듯한 얼굴로 헬기를 탕탕 두드렸다.

"이놈은……. 밤에도 안정적이야. 맥도넬 더글라스사의 역작이지."

그리곤 헬기 옆면에 새겨진 모델명을 바라보았다. 그냥 MD 902가 아니라 'Explorer'란 문구가 더 붙어 있었다. 최신 기종이라는 뜻이었다. 이게 두 대나 들어오게 된다니.

"그렇게 좋으세요?"

여전히 미소 짓고 있는 강혁에게 장미가 물었다. 말은 그렇게 하지만 그녀의 얼굴에도 한가득 미소가 걸려 있었다. 맨날 불안해 보이는, 낡은 헬기에 태워 보내다가 누가 봐도 번쩍거리는 새 헬기를 마주하게 되었으니 당연한 일이었다.

"좋지. 정말 좋아."

시리아에서 쓰던 바로 그 헬기였다. 이제 캄캄한 밤에도 환자를 위해 출동할 수 있었다.

"저, 교수님."

잠시 회상에 빠진 강혁을 헬기 안에 타고 있던 인물이 불렀다. 바로 김강률 팀장이었다.

"네. 이제 슬슬 출발하셔야 합니다."

"응? 아, 그래!"

김강률 팀장의 말에 신고 내용을 떠올린 강혁은 기쁨은 잠시 접고 헬기 위로 올라탔다.

"조폭, 2호! 환자 받을 준비 하고 있어. 상황 봐서 업데이트해줄게! 1호, 넌 타!"

"네, 교수님!"

장미와 강행은 중증외상센터를 향해 달렸고, 재원은 헬기 위로 올라탔다.

"자, 그럼 출발합니다!"

기장은 모두가 자리에 앉았다는 걸 확인하자마자 헬기를 띄웠다.

"아니! 그게 언론인으로서 할 얘깁니까?"

홍재훈 교수는 정말이지 황당하다는 표정을 지어 보였다. TV 고려면 그래도 사회 고발 면에서 꽤 잔뼈가 굵은 언론사였다. 근데 일개 의사에게 꼬리를 말고 있다니. 그것도 이렇게 증거까지 일일이 모아다가 줬는데.

“그……. 그래도 백 교수님은 어렵습니다.”

“백 교수님? 아……. 이제 보니까 완전히 쿵짝이 맞아 돌아가시는구만? 김충만이……. 너, 한국대 출신 아니야? 부끄럽지도 않냐?”

“홍 선배님. 그런 문제가 아닙니다.”

“그런 문제가 아니면? 이거 보라고! 이 새끼 이거 밀수야, 밀수!”

홍재훈 교수는 어디서 입수했는지는 몰라도, 강혁이 미국에서 들고 온 인조 혈관 하나를 들고 있었다. 하지만 김충만은 생각이 좀 다른 듯했다. 비록 처음에는 억지로 강혁에게 끌려다녔지만. 그렇게 끌려다니다보니 하나 알게 된 사실이 있었다.

“밀수…… 는 맞죠. 하지만 그걸로 개인의 영달을 추구했나요?”

‘좀 거칠지. 그런데 나쁜 사람은 아니야. 아니, 나쁜 놈인데……. 사명감 하나는 투철해.’

우리나라에서 메이저 언론사의 약점을 잡는 건 엄청난 일이었다. 그걸로 이득을 취하고자 한다면 무엇이든, 얼마든 취할 수 있을 정도다. 하지만 강혁은 오로지 중증외상센터 활성화를 위해 언론사를 이용했을 뿐이다. 그리고 그 활성화는 결국 누군가의 목숨을 구하는 데 목적을 두고 있었고.

‘이걸 팔아 치웠을 리가 없지…….’

김충만의 예상대로 강혁은 원금조차 받지 않고 무상으로 뿌렸다. 이 인조 혈관이 없어 죽는 아이가 없도록 말이다. 하지만 그 호의를 역으로 이용해 홍재훈 교수에게 가져다 바친 인간이 있었다. 그로 인해 꼬투리를 잡히긴 했지만, 그렇다고 해서 그의 숭고한 뜻이 사라지는 것은 아니었다. 물론 이미 백강혁을 미워하기로 작정한 사람 눈에는 그러한 점이 보이지 않았다.

“명예! 개인의 명예를 위해서 이런 짓을 한 거지!”

김충만은 그런 사람과 할 얘기가 없었다. 적어도 TV 고려는 백강혁과 척을 지지 않는다는 게 이사회의 결정이었고, 사회부 부장 김충만의 결정이었다.

‘솔직히 진짜 흠결이 있어도……. 어느 정도는 눈감아줄 용의가 있어.’

중증외상센터 활성화는 위험한 현장에서 사고를 당한 사람들만을 위한 것이 아니다. 정말로 활성화가 된다면 중증외상뿐 아니라 다른 응급 질환의 이송 속도 또한 크게 개선될 것이다. 현대인 사망 원인의 3분의 1을 차지하고 있는 심혈관계 또는 뇌혈관 질환의 생존율까지 가파르게 올라가게 된다. 그 최전선에 있는 사람을 고의적으로 망가뜨린다? 제대로 된 언론인이라면 절대 자랑스러워하지 않을 일이었다.

“선배. 저는 더 할 말 없습니다. 도울 수 없겠습니다.”

“너…….”

“그리고 너라고 하지 마시죠. 동문 모임에서 한두 번 본 사람끼리 너, 너 하는 거……. 그거 시대착오적 발상에서 나오는 행동입니다.”

“이…….”

“자, 손님 가신다. 안내해드려.”

사회부 부장이라는 지위는 꽤 높은 자리였다. 김충만 부장이 말하자 홍재훈 교수는 다른 기자들의 손에 이끌려 나와야만 했다. 손에는 그를 희열에 빠지게 만들었던 서류가 들린 채였다.

“이런 개새끼.”

홍재훈 교수는 완전히 건물 밖으로 빠져나온 후, 욕설을 내뱉었다.

‘백강혁이 이 새끼……. 순진한 척하더니 뒷구멍으로 차곡차곡 연출을 만들어놨다 이거지.’

방금 당한 수모에 대한 분노는 당연하다는 듯 강혁에게로 향했다. 정작 당사자인 강혁은 지금도 환자 살리느라 여념이 없었는데, 손에 잡힐 듯했던 권력을 놓쳐버린 홍재훈 교수는 급기야 이성의 끈까지 놓고 말았다.

‘어디든……. 어디든 가보자.’

홍재훈 교수는 일단 이름을 들어본 언론사에 모두 찾아가기로 작정했다. 어차피 갑자기 기조실장에서 쫓겨난 마당에 시간은 많았다.

“백 교수는 좀…….”

“이게 뭐 걸고넘어질 거리가 될까요?”

“저희는……. 어렵겠습니다.”

하지만 소위 메이저 언론사에서는 TV 고려처럼 강혁과 직접 엮이지 않았는데도 다들 난색을 표했다. 홍재훈 교수는 그 뒤에 박성민 의원이라는 거물이 있다는 걸 알지 못했다.

‘이런 망할 놈.’

하지만 그중에도 미꾸라지는 있었다. 뭐가 됐든 조회 수만 나오면 그만이라고 생각하는 그런 언론사 하나가 홍재훈 교수에게 접근했다.

“교수님, 제보할 거리가 있다고 들었습니다.”

또 다른 언론사에 퇴짜를 맞고 나온 홍재훈 교수는 계단에 앉아 쉬고 있던 참이었다. 연신 흐르는 땀을 닦고 있으려니, 인사를 건넨 사내가 담배까지 건네주었다.

"누구……?"

"네. 저는 천태만상이라는 인터넷 언론지의 김막태라고 합니다."

천태만상의 김막태. 이름만 가지고 상대를 판단하는 게 옳은 일은 아니었지만 어쩐지 신뢰감이 전혀 가지 않는 그런 이름이었다. 하지만 이미 여기저기서 거절당하느라 지친 홍재훈 교수는 그런 걸 따질 기운조차 없었다.

"뭐 보냐?"

그 시각 강혁은 여느 때처럼 중환자실에 있었다.

"아. 월급요."

"월급? 우리 월급날이냐?"

재원은 월급날을 이토록 심드렁하게 묻는 강혁을 올려다보았다. 생긴 거야 금수저 빰치고도 남게 생겼지만 실은 완전 흙수저 아니던가. 근데 이토록 돈에 초연한 모습이라니, 겪을수록 희한한 부분이었다.

"교수님은 어떻게 월급날인지도 몰라요?"

"바빠서 돈 쓸 일도 없는데, 뭐."

"그……. 그건 그렇긴 한데……."

두 사제가 중환자실에 있는 사이 김막태 기자는 홍재훈 교수에게 소개받은 자재부 직원을 만나고 있었다. 그리고 그에게서 중증외상센터로 약품을 납품하는 도매상 및 제약회사 직원들의 연락처를 모조리 받아냈다. 소위 리베이트라고 하는 행위에서 강혁이라고 자유로울 거 같진 않았기 때문이다. 하지만 직원은 그의 기대와 전혀 다른 소리를 했다.

"그……. 백 교수님은 기구상이니 도매상이니 아예 만나질 않는데……. 그거 아마 거기 간호사가 전담하고 있을 겁니다."

김막태는 홍재훈 교수의 이름으로 연락처를 갈취하다시피 한 후, 각 연락처에 있는 인원들의 뒤를 밟았다. 밟고 또 밟고, 엿듣고 또 엿듣고, 정 안 되겠다 싶어서 직접 만나서 묻기도 했지만 그렇게 알게 된 사실은 단 하나였다. 백강혁은 뒷돈을 전혀 요구하지 않는다는 것. 심지어 약물 설명을 위한, 지극히 일반적인 세미나조차 거의 열지 않는다는 것.

'뭐야, 이 인간.'

김막태는 자신이 두 발로 뛰어서 얻어낸 정보였지만 도저히 믿을 수 없었다. 그러나 몇 번을 들여다봐도 백강혁은 깨끗한 사람이었다.

그럼 이제 슬슬 물러날 생각을 해야 할 텐데, 안타깝게도 김막태는 홍재훈 교수가 건네준 자료만 가지고 일단 터뜨리기로 했다. 어찌 되었건 밀수는 불법이었으니까.

'백강혁 교수, 하다 하다 이제는 밀수까지!'

그리고 바로 다음 날. 해당 기사가 인터넷을 통해 일파만파 퍼져나가기 시작했다.

밀수. 대한민국 관세법에서 상당히 중요하게 다루는 범죄, 즉 중범죄였다. 게다가 강혁은 최근 대한민국을 가장 뜨겁게 달구고 있던 인물 중 하나가 아니었던가. 그런 사람이 밀수라니. 당연하게도 여론의 관심이 집중될 수밖에 없었다.

"네, 저희 천태만상 유튜브 채널을 찾아와주신 여러분 감사드립니다."

하지만 이상하리만치 주요 언론사들은 조용했고, 이 일에 대한 정보 공급원은 천태만상이라는 듣도 보도 못한 언론사의 유튜브뿐이었다.

"안녕하십니까, 저는 한국대학교 병원 감염내과 교수 홍재훈입니다."

사람들은 기사 제목과 언론사 이름을 보고 처음엔 긴가민가했지만, 게스트부터 신뢰감을 주는 사람이 나오자 순식간에 관심이 쏠렸다.

"오늘 라이브 시청자 수는…… 네, 10만 명이 넘네요."

천태만상 역사상 최고의 시청자 수였다. 거기에 이유는 알 수 없지만 백강혁을 평소 미워하던 이들이 보내온 후원금까지 더해지자 삼류 기자 김막태는 어질어질할 지경이었다.

"그만큼 이 사안이 중요한데, 언론이 통제된 거라고 볼 수 있겠습니다."

사실 김막태도 좀 놀란 상황이었다. 각 언론에서 조심하고 있다는 건 알았지만, 지금 가장 핫한 인물 백강혁에 대한 이토록 자극적인 소재에도 작은 기사 하나 나오고 있지 않았다.

'정말 정권 쪽으로 뭐가 있나? 아니……. 아무리 뭐가 있어도 이렇게까지는 말이 안 되는데?'

김막태는 잠시 걱정이 됐지만, 이미 주사위는 던져진 참이었다.

"자, 오늘 모신 홍재훈 교수님은 현재 한국대학교 병원 감염내과 교수님이시고요. 전직 기조실장이셨죠?"

"네. 그렇습니다. 덕분에 백강혁 교수의 잘못 중 외부로 알려지지 않은 것들을 속속들이 알고 있습니다."

"먼저 작은 것부터 시작해볼까요?"

"네. 뭐……. 일단 헬기 이착륙 지점 위반이 있겠습니다."

이것은 비단 우리나라뿐만이 아니라, 외국에도 있는 법이었다.

헬기를 아무 제한 없이, 아무 데서나 착륙할 수 있게 했다가는 사고가 나지 않겠는가.

"이착륙 지점 위반이요?"

"네. 헬기가……. 헬기 혹시 가까이에서 보신 적 있으십니까?"

"네. 군 복무 시절 몇 번인가 본 적이 있습니다."

"어떠셨습니까?"

"엄청……. 시끄럽죠."

"소음만 문제던가요?"

"아뇨, 아뇨. 바람도 장난이 아니죠."

헬기와 같은 회전익 기체는 필연적으로 바람을 몰고 올 수밖에 없었다. 가까이 가보지 않은 사람은 가히 상상할 수 없을 정도의 바람이 일었다.

"그렇죠. 그래서 나라에서 다 제한을 걸어놓고 있는 겁니다. 안전하도록."

"아하. 근데 그걸 위반한 거군요."

"네. 환자를 구한답시고, 다른 사람들을 위험에 빠뜨린 거죠."

"이거야 원."

둘은 이렇게 대화를 이어나가면서도 마음 한구석이 켕기는 것을 무시하기 어려웠다.

'사실 법이 잘못된 거지……. 백강혁이 잘못했다고 볼 수는 없지…….'

하지만 둘은 정해진 대로 대화를 이어나갔고, 둘의 대화에 넘어가게 된 사람들도 적지 않았다.

"문제가 심각하군요……."

"그렇죠. 지금까지야 운이 좋았지만, 앞으로도 안전하리란 보장은 없습니다."

- 막가파긴 하더라.
- 나는 처음부터 좀 싫었음.
- 예의가 없잖아, 그 사람.

절대적으로 보면 많지는 않았지만, 이런 생각을 가진 사람들도 있다는 것이 중요했다.

"근데 그렇게 법을 어겼는데……. 지금까지 제재가 전혀 없었습니까?"

김막태 기자는 잠시 위험하네, 어쩌네 하는 얘기를 하다가 재차 질문을 던졌다. 이에 홍재훈 교수는 대답 대신 앞에 놓여 있던 서류를 뒤적거렸다. 어렵게, 정말 어렵게 구한 지로 용지가 끼어 있었다.

"제재가 있었죠. 백강혁 교수가 무시했을 뿐."

"네? 그게 무슨 말이죠?"

"이게……. 국토안전부에서 발행한 벌금 고지서들입니다. 거의 모든 출동에서 백강혁 교수가 법을 위반했기 때문에 굉장히 많습니다."

"그렇네요. 이거 다 합치면 수백은 되겠는데요?"

"지금은 더 많을 겁니다. 연체가 붙었으니까."

"네? 연체요……?"

김막태 기자는 일부러 이 말을 하면서 화면을 바라보았다. 시청자들의 공감을 이끌어내기 위한 행동이었다.

- 벌금도 안 내?

- 깡패네 진짜.

- 와……. 이런 사람이 영웅 취급받고, 우리나라 아직 멀었다.

김막태는 채팅창에 뜬 댓글들을 보며 만족스러운 듯 미소 지으며 입을 열었다.

"벌금을 내지 않았군요?"

"네. 단 한 건도 내지 않았습니다."

"허……."

"이것뿐이라면 제가 여기 나오지도 않았을 겁니다."

"아, 더 큰 건이 있나보군요?"

이미 어제 자로 나간 기사 내용이기도 했다. 바로 밀수. 시청자들 또한 그 자극적인 기사에 낚여 유튜브를 켠 것이기에 기대감이 가득했다. 안티 백강혁은 제발 사실이기를 바라고 있었고, 백강혁을 지지하는 사람들은 제발 거짓이기를 바라고 있었다. 사실 여부는 둘째 치고 밀수 품목이 무엇인지는 아무도 알지 못했다.

"네. 백강혁 교수는 올해 3월 뉴욕에서 열린 국제 외상 외과 학회에 다녀온 바 있습니다."

"그렇군요."

"그곳에서 입국할 때 달러로 약 15,000불에 달하는 물품을 밀수로 들여왔다는 정보를 입수했습니다."

"네? 15,000불이요?"

한화로 하면 2천만 원 좀 안 되는 돈이었다. 달러로 말하니까 훨씬 많아 보였다.

"네. 뭐 국민 생명을 다루고 있다, 뭐 이런 식으로 행동하는 사람이 밀수라니. 이것 참……."

"그게 어떤 품목인지 알 수 있을까요?"

"저도 정확히는 모르겠습니다."

사실 홍재훈 교수는 잘 알고 있었다. 강혁이 밀수한 품목이 인조 혈관이라는 것과 그것을 아무 대가 없이 흉부외과에 넘겨줬다는 사실을 모조리 알고 있었다. 하지만 굳이 모든 것을 자세하게 말할 필요는 없었다. 김막태도 이에 대해 동의한 바였다. 하지만 본인들에게 도움이 될 만한 내용에 대해서는 적극적으로 알렸다.

"다만 우리나라에 들여오기 위해서는 반드시 신고 및 허가가 필요한 물품이라는 것 정도는 알고 있습니다."

죄책감은 없었다. 거짓말은 아니었으니까. 의료 기기는 국내에 들여올 때 무조건 신고를 하고 허가를 받아야 했다.

"그럼……. 좀 위험한 물건일 수도 있겠네요."

"백강혁 교수가 외국 생활을 아주 오래 하지 않았습니까? 그때 뭐 그렇게까지 좋은 사람들만 만난 것 아닌 것으로 보입니다. 이걸 좀 보시죠."

홍재훈 교수는 재원이 강혁의 친구들과 용기 내어 찍은 사진을 한 장 내밀었다. 몰래 가져온 건 아니다. 인스타그램에 떡하니 올라가 있는 사진이었으니까.

"이건……."

그저 오랜만에 만난 친구들이 찍은 사진이었지만, 밀수 얘기를 듣고보니 굉장히 수상해 보였다. 온몸에 문신을 한, 아주 거친 인상의 백인들이 총까지 들고 재원 그리고 강혁과 찍은 셀카였다.

"이들 중 하나와 거래한 것이 아닌가, 뭐 그런 생각이 듭니다. 실제로 이때 다른 팀원들은 브로드웨이에 있었던 것으로 알고 있습니다. 그 이후로는 개인 행동을 한 적이 없었으니, 뭔가를 샀다면

이 타이밍이었을 겁니다."

"그럼……. 혹시……."

김막태는 일부러 말을 끝까지 하지 않았다. 그 뒤에 남은 말은 누군가 대신해줄 것이라 확신하고 있었기 때문이다.

- 마약 아님?

- 맨날 잠도 못 잔다 하고……. 팔뚝에 문신도 있잖아.

- 의사치고는 너무 거칠긴 함.

과연 시청자들은 저들 마음대로 상상의 나래를 펼치고 있었다. 이제 의혹은 상상을 거쳐 확신이 되었고, 곧 날카로운 칼이 되어 찌를 준비를 하고 있었다.

'아무 방비도 못 하고 있겠지.'

홍재훈 교수는 그렇게 굳게 믿었다.

그 시각, 한국대학교 병원 로비에서는 또 다른 인터뷰 준비가 한창이었다. 한유림 교수는 한쪽에서 방송용 메이크업 중인 강일구 교수에게 물었다. 강일구 교수는 제법 긴장한 얼굴이었다. 하지만 눈빛만은 강건했다.

"강일구 교수님, 진짜 괜찮으시겠습니까? 지금까지 쌓인 명성이……."

"해야지. 나 때문에 백 교수가 다치는 걸 두고 볼 순 없어."

"그래도……. 제가 어떻게든 해결해볼 수 있도록……."

"아냐, 아냐. 그렇지 않아도 병원 일로 바쁠 텐데……. 백 교수도 그렇고. 아까도 출동 준비하는 거 같던데?"

"그야……."

한유림 교수는 자기도 모르게 뒤에 있는 엘리베이터를 바라보았다. 조금 전 강혁과 다른 팀원들이 부리나케 타고 올라간 그 엘리베이터였다.

'이 밤에…….'

다음으로 시선이 머무른 곳은 창밖이었다. 이미 사위에 어둠이 내리깔린 후였다. MD 902인가 뭔가 하는 헬기가 들어왔느니 어쩌느니 하더니 바로 야밤에 출동했다. 가까운 현장도 아닌 것 같았다.

'죽지는 않겠지.'

어쩐지 헬기가 떨어져도 백강혁만은 살아남을 것 같았다. 잠시 그 생각을 하고 있으려니, 어느새 화장에 머리 손질까지 마친 강일구 교수가 말했다.

"나는 괜찮아. 의사로서 해야 할 일이라 생각해."

"아……."

한유림 교수는 뭐라 말을 하지 못하고 옆으로 물러섰다. 그러자 옆에서 기다리고 있던 TV 고려의 박상은 기자가 강일구 교수에게 다가갔다.

"교수님, 그럼 준비되셨나요?"

"네."

"시작하기에 앞서 먼저 감사 인사부터 드리겠습니다. 저희에게 인터뷰를 허락해주셔서요."

"백 교수한테 들은 얘기가 있어서 그런 겁니다. 저한테 감사할 필요는 없습니다."

"아, 뭐라고 하던가요?"

"어……."

강일구 교수는 그렇게 말하면서 강혁의 말을 떠올렸다.

'아, 혹시 TV 나가실 일 있으면 TV 고려 좋아요. 호구야, 개네.'

이런 말을 차마 그대로 전할 수는 없었다.

"뭐 그냥 균형 잡힌……. 언론이라고."

"아, 감사하네요. 저희가 추구하는 방향이 바로 그겁니다."

강일구 교수는 멋쩍은 듯 웃기만 했다.

"그럼 곧 시작하겠습니다. 곤란한 질문은 사전에 뺐으니, 너무 긴장하지 마세요."

"네, 알겠습니다."

강혁은 홍재훈 교수가 예상했던 것처럼 헬기로 출동 중이라 그의 공격 따위에 방비할 겨를이 없었다. 무슨 일을 벌이고 있는지 알지도 못했고.

"엄청 깜깜하네……."

별 망설임 없이 헬기에 올라 자리를 잡고 앉은 강혁과는 달리, 재원은 엉덩이를 진득하니 붙이지 못하고 연신 사방을 둘러보았다. 이제 제법 헬기 좀 탔다고 말할 수 있는 정도였지만, 그래도 이렇게 캄캄한 어둠 속은 좀 무서웠다.

그 와중에도 헬기는 쉬지 않고 날아가는 중이었다. 다른 헬기를 타고 가까운 곳으로만 출동을 했던 때에 비하면 굉장히 오랜 시간 비행 중이었다. 이 헬기가 그것을 가능하게 했다.

"어디지? 사고 지점이?"

강혁은 완전히 순항 속도에 접어든 것을 느끼며 김강률을 향해 물었다. 속도만 따지면 예전 것보다 훨씬 빨랐음에도 불구하고, 비교도 할 수 없을 정도로 안정적이었다.

"태안입니다."

"태안……. 머네."

"그래도 이거 타고 가면 금방입니다."

김강률은 아주 만족스럽다는 얼굴로 고개를 끄덕였다.

'이 헬기가 생긴 이후……. 확실히 커버 가능한 범위가 늘었지.'

원래 중앙 구조단에서 보유하고 있던 AW 169도 엄밀히 따지면 그렇게까지 후진 기종은 아니었다. 아니, 다목적 헬기로 각 국가에서 쓰이고 있는 제법 우수한 기종에 해당했다. 하지만 그거 딱 한 기만 가지고는 아무래도 기동 범위에 제한이 있을 수밖에 없었다.

'지방 병원들은 아직도 AW 109…….'

AW 109는 소형으로 분류되는 헬기로, 원래 같으면 항공 촬영이나 극소수 인사의 수송에나 쓰이는 헬기였다. 나라에서 닥터 헬기랍시고 보급한 것이 바로 AW 109였다. 그야말로 안에서는 할 수 있는 게 아무것도 없었다. 그저 이송만 가능할 뿐. 그것마저도 환경과 성능에 따른 제한이 너무 많아서 출동 요청의 절반 가까이 출동하지 못하는 상황이었다.

"원래대로라면 천안 단국대병원에서 출동했어야 했는데."

헬기에 대한 생각에 빠진 강혁에게 김강률 팀장 또한 안타까운 듯 태안에서 가장 가까운 중증외상센터를 언급했다.

"거긴 소형 기종이지."

"지금 출동하는 건 거의 자살 행위죠."

"그래도 그냥 반려만 하진 않았나 보네."

"네. 센터장님이 중앙 구조단 쪽으로 연락을 돌렸습니다. 태안이면 좀 멀기는 해도, 새로 도입된 이 녀석은 올 수 있을 거라 판단했다고 합니다."

"맞는 말이지."

하지만 동시에 아쉬운 일이기도 했다. 애초에 이 기종이 단국대병원에도 있었다면 어떻게 되었을까. 이미 환자는 이송 완료되어 수술에 들어갔을지도 몰랐다.

"자, 슬슬 도착합니다!"

기장이 방송으로 알렸다. 아래를 내려다보니, 누군가 신호를 보내고 있었다. 근처에서 출동한 119 대원인 듯했다. 헬기는 천천히 환자를 향해 하강하기 시작했다.

강혁이 탄 헬기가 태안에 도착했을 때쯤 TV 고려 또한 영상을 송출하기 시작했다.

'[단독 브레이크 뉴스!] 백강혁 교수의 밀수 혐의에 대해, 한국대학교 흉부외과 강일구 교수 인터뷰'

천태만상 쪽이 유튜브라면 이쪽은 아예 정규 방송을 밀어낸, 긴급 편성 인터뷰였다. 게다가 인터뷰 장소 또한 한국대학교 병원 중증외상센터였다. 파급력과 신뢰도 면에서 어마어마한 차이가 있었다.

"네, 강일구 교수님. 최근 백강혁 교수님 관련해서 돌고 있는 밀수 혐의에 대해 전할 말씀이 있으시다고요."

박상은 기자는 아주 조심스러운 태도로 강일구 교수에게 질문했다. 강혁과 척을 지고 있던 1년 전만 하더라도 햇병아리 기자에 불과했던 그녀는, 이제 나름 거물 기자가 되어 있었다. 강혁과 관련한 굵직굵직한 사건들을 독점 보도해왔던 덕이다. 그리고 지금 그녀는 또 다른 기회를 마주하고 있었다.

"네. 백강혁 교수님이 받고 있는 혐의에 대해 제가 아주 자세히 알고 있습니다."

"아, 자세히요?"

"네. 그 얘기를 하려면…… 일단 이걸 먼저 보셨으면 합니다."

강일구 교수는 주섬주섬 작은 종이 박스를 꺼내 인터뷰를 위해 마련된 간이 탁자 위에 올려놓았다.

"이……. 이건 뭔가요?"

영어가 빼곡히 적힌 박스였다. 강일구 교수가 옮기는 모습을 보니 크기에 비해 매우 가벼워 보였다. 안에 든 내용물을 이미 많이 사용해서 그런 듯했다.

"네. 혹시 기억할지 모르겠는데……. 작년 이맘때쯤, 고어 메디컬사에서 더 이상 국내에 인조 혈관 공급을 못 하겠다고 선언한 바 있습니다."

이 사실에 대해서는 박상은 기자 또한 아주 잘 알고 있었다. 작년에 이 내용을 대대적으로 보도한 게 바로 박상은 기자였다. 그녀는 고개를 끄덕이며 답했다.

"네. 그 때문에 소아 환자 중 일부가 생명이 위험해졌다고 들었습니다. 혹시 그 문제는 해결되었나요?"

"아직 정부에서 협상 중입니다. 고어사에서는 가격을 제대로 책정하지 않으면 물건을 못 주겠다는 입장이고요."

이를테면 생명을 볼모 삼아서 돈을 요구하는 상황이었다. 하지만 좀 더 자세히 들여다보면 고어사에도 할 말이 아예 없는 건 아니었다. 우리나라가 애초에 다른 나라에서 팔리는 가격의 반도 안 되는 금액을 불렀으니까. 워낙 희귀한 병을 위해 만들어진 물품이라 수지타산이 안 맞아도 너무 안 맞는 것이었다.

"그럼 그 이후로……. 혹시 목숨을 잃은 소아 환자들이 있나요? 수술만 받으면 되는 아이들이, 재료가 없어서 그렇게 될 수 있다고 들었던 기억이 있습니다."

안 그래도 안다까운 내용인데, 직접 보호자 인터뷰까시 해서 박상은 기자의 기억에 더 확실히 남아 있었다. 이 질문에 강일구 교수는 더없이 단호한 얼굴로 고개를 가로저었다. 탁자 위에 올려놓았던 상자를 톡톡 두드리면서 말했다.

"아닙니다. 단 한 명도 죽지 않았습니다."

"그렇습니까? 혹시 다른 수술법이 개발되었나요?"

"아닙니다."

"그럼……?"

"백강혁 교수님 덕입니다. 그분이 미국에서 이 물품을 들여와서 무상으로 수술이 필요한 병원에 나누어주었습니다."

"아……. 이게 그럼……."

"네. 지금 세간에 떠돌고 있는 밀수품입니다."

TV 앞에서 뉴스를 시청하고 있던 이들은 이 말에 적잖은 충격을 받았다. 어쨌든 밀수를 하긴 했다는 것이었지만, 천태만상 쪽과는 전혀 다른 반응이 되돌아왔다. 밀수 사건 내면에 숨은 동기를 깨달은 것이다.

- 미쳤네. 진짜 사람 살리는 데 미친 의사네.
- 이거 설마 처벌하려나?
- 나라가 해야 할 일 대신 해준 거 아님?
- 벌금이라도 물면 진짜 시위해야 할 거 같은데.

TV 고려의 시청률은 더욱 높아졌고, 강일구 교수 인터뷰는 계속되었다. 동시에 천태만상 채널에서는 급속도로 시청자가 빠져나가기 시작했는데, 김막태 기자와 홍재훈 교수는 계속 방송 중이었기 때문에 이유를 알 수 없었다.

'왜들 이래?'

물론 두 사람의 의문은 오래가지 못했다. 강일구 교수의 인터뷰를 본 시청자들이 천태만상 방송을 종료해버리기 전에 댓글을 남겼기 때문이다.

- 에라이, 인간들아. 그러고 싶냐? 뭐 마약? 진짜…….

- 지금 TV 고려 틀어보세요. 훨씬 자세한 내용 나와요.

- 나는 백강혁 교수 그럴 사람 아니라고 믿고 있었다.

홍미진진하게 천태만상의 방송을 보던 사람들은 이제 그 두 사람을 공격했다. 어느 쪽이 순수한 의도를 가지고 있는지 너무도 명확히 보였기에 당연한 일이었다.

"그럼, 강 교수님. 혹시……. 교수님께서는 이게 밀수품인 걸 알고 수술하신 겁니까?"

"네. 알고 있었습니다."

"그런데도 사용을 하신 건……."

"그러지 않으면 아이가 죽으니까요. 다시 돌아가도 똑같은 선택을 할 겁니다."

"그렇군요……. 참 마음이……."

박상은 기자가 이런 말을 하고 있는데, 갑자기 뒤편이 소란스러워졌다. 엘리베이터가 있는 쪽이었다.

"비켜! 비켜!"

엘리베이터에서 내린 건 헬기를 타고 출동 나갔던 강혁과 중증외상팀이었다. 그는 출혈이 심한 환자를 눕힌 침대를 끌고 달리는 중이었다. 자연히 카메라는 그쪽을 향해 돌아갔다. 강혁이 침대를 놓고 인터뷰 장소로 가까이 다가오는가 싶더니 카메라 따위에는 눈길도 주지 않고, 의자에 앉아 있는 강일구 교수의 어깨를 움켜잡았다.

"교수님! 바로 수술실로!"

"어, 어?"

강일구 교수는 당황스러워하며 외쳤지만 침대에 누운 환자의 모습을 보고 나자 강혁의 대답을 기다릴 필요도 없이 벌떡 일어났다.

'폐가 찔렸어!'

환자의 목에는 이미 기관 절개술이 되어 있었다. 옆에 서 있는 재원은 환자의 목에 박힌 튜브를 통해 숨을 불어넣고 있었다. 동시에 얼굴 쪽을 번 거즈로 꽉 누르고 있었는데, 그럼에도 불구하고 피가 철철 새어 나오고 있었다.

'백 교수는……. 저쪽을 봐야 하겠구나!'

가슴팍의 상처를 보고 자신이 수술실에 들어가야만 하는 상황인 것을 알아차렸다.

"저, 저는 저쪽으로 가보겠습니다!"

강일구 교수도 백강혁 못지않은 열혈 닥터였다. 환자의 상태를 보자 인터뷰고 뭐고 신경 쓸 상황이 아니었다. 강일구 교수는 박상은 기자와 카메라를 남겨둔 채 수술실을 향해 달렸다.

"어……."

박상은 기자는 순식간에 사라져버린 강혁과 강일구 그리고 침대의 뒷모습을 바라보았다. 바닥에 뚝뚝 떨어져 있는 핏자국이 엘리베이터에서부터 수술실 쪽까지 쭉 이어져 있었다. 상황이 얼마나 급박한지 굳이 말로 할 필요도 없었다.

- 미쳤다.
- 참의사들…….
- 천태만상? 미친놈들 아님? 저런 사람한테 마약? 기자도 기잔데 홍재훈이라는 인간이 진짜 웃기는 놈인 듯.
- 그러게, 지도 의사라는 놈이 저런 사람을 음해해? 또라이 많아…….

심지어 박상은 기자 또한 갑작스럽게 끊어진 인터뷰에 대해 아무 말할 필요가 없었다. 그저 카메라로 현 상황을 담은 것만으로도 백강혁의 밀수가 어떤 의미인지, 실은 환자를 살리기 위한 것이었다는 게 전해졌다.

"따라갈까요?"

방송 송출이 계속되고 있는 상황에 당황한 카메라맨이 박상은 기자에게 물었다. 아마 예전 같았으면 묻지도 따지지도 않고 따라갔겠지만 이젠 그녀도 많이 달라져 있었다.

"아뇨. 수술 끝날 때까지 기다리죠."

"네? 생방송 편성 받았는데요?"

"어차피 수술실 들어갈 것도 아니잖아요?"

"들어가기 전에 아주 잠깐이라도……."

"그거 민폐예요. 백 교수님이 저렇게 달려갔다는 건……. 환자 생명이 경각에 달렸단 뜻이에요."

"그……."

"됐어요. 우린 기다립니다."

박상은 기자의 이러한 단호한 말도 모조리 방송을 타고 있었다.

- 개념 기자네.

- 이런 기자들만 있어야지, 김막태? 그 새끼는…….

- 생방송 끊겼는데 박수 치고 싶은 건 처음인 듯?

박상은 기자는 서서히 말라붙어가는 핏자국을 바라보며 강혁을 떠올렸다.

'근데 진짜 무슨 환자길래……. 그렇게 급하게 달려간 거지?'

강혁은 곧장 수술실 안으로 뛰어들고 있었다.

"교수님! 수술 준비됐습니다! 체외 순환기도 준비했습니다!"

그런 그를 향해 강행과 경원이 거의 동시에 외쳤다. 강혁이 환자를 헬기에 태우자마자 요청했던 사항이었는데, 다행히 잘 준비되어 있었다. 강혁은 강일구 교수를 돌아보았다.

"교수님!"

"아, 알았습니다. 제가 이거 하죠."

"감사합니다!"

인터뷰 때문에 양복을 입고 있던 강일구 교수는 넥타이를 풀어 바닥에 내던지고는 와이셔츠를 소매를 걷어 올렸다.

"경원이는 바로 마취 달고! 지금 활력 징후 너무 불안정하니까, 센 건 쓰지 마!"

"네, 교수님!"

"조폭!"

"네, 피도 바로 달겠습니다!

급박한 상황인 만큼 중증외상팀은 강혁이 지시하기도 전에 알아서 척척 움직여주고 있었다. 심지어 강행도 환자의 얼굴부터 가슴,

배까지 이미 베타딘으로 소독을 마친 참이었다. 그사이 재원은 강일구 교수와 함께 밖으로 나가 손을 씻었다.

"일단, 일단 메스!"

하지만 강혁은 아직 출동할 때 그 차림이었다. 수술복에 장갑 하나 덜렁 끼고 있었다. 그 상태에서 메스라니. 그것도 환자가 이렇게까지 부상이 심각한데. 이러다 감염이라도 생기면 어쩌나 하는 걱정이 드는 순간이었다. 하지만 장미는 애써 그런 생각을 뒤로하고 메스를 건네주었다. 강혁이 달라고 할 때는 다 그만한 이유가 있는 법이었으니까.

"네!"

강혁은 장미가 건네준 메스를 잡아다 그대로 얼굴로 가져갔다. 그제야 장미나 강행은 환자의 얼굴을 제대로 볼 수 있었다. 강혁이 꽉 누르고 있던 번 거즈를 치웠기 때문이었다.

"헉."

그 모습은 가히 충격적이라 할 수 있었다. 대체 뭐에 다치면 이렇게 될까 싶은 상황이었다. 아래턱 쪽이 거의 뭉개져 있었다. 강혁이 누르고 있던 부위에서는 피가 퐁퐁 터져 나왔다. 지이익. 강혁은 아무리 봐도 피나는 부위와는 꽤 떨어진 듯한 곳에 메스를 그었다.

"피! 들어가고 있지?"

"네! 교수님. 어……. 근데 활력 징후가 안정적이지는……."

"그럼 팍팍 짜! 이거 이대로 두면 안 돼! 헬기에서는 피가 없어서 못 했다고!"

"네, 네!"

활력 징후는 그야말로 개판. 혈압이 날뛰는 상황에서 피도 모자라는데 혈관 잡겠답시고 절개를 더 하는 건 너무나 큰 모험이었다.

게다가 당시엔 출혈보다도 훨씬 더 급한 게 있었다. 바로 호흡. 아래딕이 박살 난 환자는 발견 당시부터 이미 숨을 껄떡이고 있었는데, 도저히 삽관을 시도할 상황은 아니었다. 그래서 강혁이 보자마자 그은 목, 즉 기관 절개창을 통해 지금도 산소가 들어가고 있었다. 강혁은 호흡이 제대로 이루어지고 있다는 것을 확인한 후, 검지를 방금 그은 절개창 안쪽으로 집어넣었다. 그러자 미끈거리는, 그러면서도 통통한 무언가가 손에 걸렸다.

'안면 동맥…….'

애초에 어디서 피가 나는지 정도는 알고 있었다. 다만 다친 부위에서는 찾기가 불가능했을 뿐이었다. 동맥은 끊어지는 동시에 그 자체가 가지고 있는 탄력 때문에 훅 안으로 숨어버리는 성질을 가지고 있기 때문이다.

"실!"

"네!"

강혁은 받아든 실을 이용해 한 손 타이로 안면 동맥을 묶어버렸다. 묶는 와중에도 뭔가 계산하고 있는 게 있는지 최대한 잘린 쪽에 가깝게 해서 묶어버렸다.

"혈압! 혈압 어때?"

강혁은 안면 동맥을 묶고, 출혈이 사라진 것을 확인한 후 경원 쪽을 돌아보았다. 계속 활력 징후를 모니터하고 있던 경원은 당연하게도 망설임이라고는 찾아보기 어려웠다.

"80에 60! 아까랑 크게 달라진 점 없습니다!"

"오케이. 그럼 일단 여기 젖은 거즈로 덮어둬."

"네, 교수님!"

"그리고 베타딘."

"네? 소독을 또……?"

"턱뼈 완전히 나갔잖아. 재건해야지."

"재건……. 아, 네."

두경부 암센터가 어마어마하게 활성화된 곳에서는 안면부 손상에 대한 재건 또한 활발하게 이루어지고 있었다. 하지만 이 정도의 부상을? 적어도 장미는 단 한 번도 본 기억이 없었다.

'아니……. 이건 불가능할 거 같은데…….'

대체 아래턱이 이렇게 박살 난 사람을 뭐로 치료한단 말인가. 하지만 강혁은 그저 베타딘을 받아 환자의 다리를 닦고 있을 따름이었다. 더 정확히 표현하자면 환자의 좌측 종아리였다.

'일단……. 믿고 따라가야지, 뭐. 별수 있나.'

여느 때처럼 흔들림 없는 강혁을 보면서 장미는 저도 모르게 고개를 끄덕였다. 비록 단 한 번도 못 들어본, 그야말로 난도 극악의 수술이 될 테지만. 집도의가 백강혁이지 않은가.

"어. 저기 들어오네. 오면 바로 체외 순환기부터 돌리라고 해."

"네. 교수님."

"그럼 난 손 닦고 온다. 여기도 드랩 잘하라고 하고."

"네."

강혁은 방금 자신이 닦은 종아리 쪽을 가리킨 후 즉시 밖으로 향했다.

"강 교수님, 부탁합니다."

강일구 교수에게 체외 순환기를 다시 한번 부탁하면서였다. 강일구 교수는 거의 강박 증세로까지 보이는 그를 보면서 쓴웃음을 지어 보였다.

'나도 저 친구에게는 부족하게 보인다 이건가.'

비뚤어진 사람이라면 상당히 자존심이 상할 수도 있는 상황이었다. 하지만 강일구 교수는 본인이 실력자이니만큼, 강혁이 얼마나 대단한 사람인지 아주 잘 알고 있었다. 본인은 죽었다 깨어나도 따라갈 수 없다는 것까지도. 해서 자존심 상하는 대신 그저 최선을 다해 강혁의 불안을 해소시키는 데 집중했다.

"일단 메스."

"여기 있습니다."

"좋아. 여기…… 음."

강일구 교수는 장미가 건네준 메스로 가슴골을 따라 그으려다가, 재원을 힐끔 바라보았다. 말이 있기도 전에 딱 절개할 부위를 벌려주고 있었다. 흉부외과 의사도 아니면서 그 정확함과 신속함은 이루 말할 수가 없을 지경이었다. 메스를 그었다. 동시에 재원과 강행은 갈라진 살을 좌우로 쫙 당겼다. 그러자 좌측으로 반쯤 뭉개진 갈비뼈가 눈에 들어왔다. 가슴뼈 근처가 벌써 이럴 정도라면 외측은 도대체 어느 정도일까. 감이 잡히지 않을 지경이었다. 재원은 그런 강일구 교수의 마음을 다 알기라도 한다는 듯 입을 열었다.

"갈비뼈 조각은 헬기에서 제거했습니다. 다만 그 사이로 얼핏 보이는 심장 상태가 그리 좋지는 않았습니다. 아마 타박상 또는 부종이 있을 가능성이 있습니다."

"그래서 체외 순환기부터 달라고 한 거구만."

심장은 다른 장기들과는 달리 타박상만 입어도 큰 이상을 보일 수 있었다. 쉬지 않고 뛰어야 하는 장기이기에 그러했다.

"네."

"그럼 빨리해야지. 톱."

"여기 있습니다."

장미는 아까부터 준비하고 있던 커팅 소우(절단 톱)를 건네주었다. 강일구 교수는 흉부외과 의사답게 아주 능숙한 솜씨로 가슴뼈를 갈랐다. 그 모습에 재원이나 강행은 그리 놀라지 않았다. 오히려 놀란 건 강일구 교수였다.

'이 둘은 뭔데…… 이렇게 보조를 잘하지?'

톱을 건네주면 당장이라도 직접 가를 수 있을 것처럼 능숙해 보였다. 그런 실력이 없다면 이렇게까지 완벽하게 보조할 수 없었으니까.

"어…… 교수님! 심장 박동 수 떨어집니다!"

그때 경원이 다급하게 외쳤다. 이제 막 가슴뼈를 좌우로 벌려 심장을 마주하게 된 참이었다.

"혈압……, 혈압 안 잡힙니다!"

잠시 어, 어 하는데 심장이 뻗어버렸다. 다친 상황에서 무리를 시켰으니 어찌 보면 당연한 일이었다. 그때, 재원이 멈춰가던 심장을 손으로 콱 잡더니 쥐어짜기 시작했다.

"일단 체외 순환기 연결해주십쇼! 그때까진 제가 심장 짜겠습니다!"

재원이 손을 움켜쥘 때마다 심장에서 피가 훅 하고 흘러나왔다. 강일구 교수는 잠시 그 모습을 넋 놓고 바라보았다. 아무리 흉부외과 교수로 평생을 살아온 그였지만. 이런 광경은 그렇게 흔히 볼 수 있는 게 아니었다. 흉부외과 의사도 아닌 외과 의사가 이런 모습을 보여줄 줄이야. 그것도 한 치의 망설임도 없이, 더없이 완벽하게.

'언제……. 이렇게 키운 거지?'

강일구 교수는 자기도 모르게 오소소 소름이 돋는 걸 느꼈다. 그 사이에도 재원은 심장을 짜내고 있었다. 다른 사람이 봤을 땐 거의 강혁이 짜는 것과 비슷한 실력이었지만, 정작 본인은 바로 깨달았다.

'난……, 교수님처럼 오래는 못 해!'

이 시간이 길어지면 심장은 천천히 망가지게 되어 있다. 심장을 짜는 시간이 길어질수록 환자의 사망 확률 또한 높아진다. 강혁은 그 상황에 맞춰 손의 위치를 옮겨가며 심장이 최대한 망가지지 않게 할 수 있는 괴물이었지만, 재원은 그 정도까지는 힘들었다.

재원은 잠시 멍해진 강일구 교수를 재촉했다.

"교수님!"

"아! 미안하네!"

다행히 강일구 교수는 베테랑답게 즉각 자신이 해야 할 일을 하기 시작했다. 눈 깜짝할 새에 대동맥과 폐동맥 쪽으로 굵직한 카테터가 이어졌다. 재원이 심장을 맡는 사이 강일구 교수의 보조는 전적으로 강행이 맡았다.

'이 친구는 여기 온 지 몇 달 안 되지 않았나?'

강일구 교수는 두 보조의의 실력에 감탄하고 있다가 이내 정신을 차리고 체외 순환기 쪽을 돌아보았다. 흉부외과 의료기사가 고개를 끄덕였다. 기기는 준비됐으니 신호만 보내면 되는 상황이었다.

'됐지?'

강일구 교수는 다시 한번 자신이 연결한 카테터를 확인했다. 지금까지 수백 번도 더 해온 일이었지만, 이때만큼은 떨렸다. 실수라도 하면 환자가 죽으니까.

"돌려!"

"네!"

강일구 교수의 말에 따라 기사가 기기를 돌렸다. 피는 연결된 카테터를 따라 빠르게 돌았고, 기기에서 산소를 공급받은 후 재차 몸으로 흘러들어갔다.

"휴."

재원은 자신이 쥐고 있던 심장에 피가 잘 들어가는 것을 확인한 후에야 손을 떼어냈다.

'하아.'

그리고 그제야 자신이 무슨 짓을 한 건지 깨달을 수 있었다. 지금껏 강혁만 보느라 자신이 어디까지 왔는지는 보이지 않았었다. 늘 그렇듯 강혁은 까마득히 앞에 가 있었으니까. 하지만 비로소 재원은 알 수 있었다. 강혁 밑에서 보낸 지난 시간이, 그리고 앞으로 보낼 시간이 절대 헛되지 않을 거란 걸.

"잘했어. 덕분에 환자 살았어."

강일구 교수 또한 재원에게 칭찬을 아끼지 않았다.

"아닙니다, 교수님. 교수님께서 빨리 이거 연결해주셨기에 망정이지……."

잠시 긴장이 풀린 듯 훈훈한 말이 오갔다. 그때 수술실 문이 열리고, 손에서 물을 뚝뚝 떨어뜨리며 강혁이 들어왔다. 그 순간 거짓말처럼 수술실 공기가 바뀌었다.

'아, 이제 시작이지.'

모두의 머릿속에 이 생각이 스쳤다. 잔뜩 굳은 강혁의 얼굴은 수술실 안에 있는 사람들의 마음을 다잡을 수 있도록 해주었다.

"수건."

"네."

강혁은 종이 타월을 이용해 빠르게, 하지만 꼼꼼히 물기를 닦아내며 환자와 체외 순환기 쪽을 돌아보았다.

'10분도 안 걸려서 연결됐어.'

강혁은 과연 강일구 교수를 잡아 오길 잘했단 생각을 하며 장미가 건넨 가운을 걸쳤다.

"한시름 놨네요."

강혁은 강일구 교수를 향해 말했다. 그때까지 약간 불안한 표정이었던 강일구 교수는 미소로 화답했다.

"그러니까요. 휴……. 이거 미리 준비 안 되어 있었으면 큰일 날 뻔했습니다."

강일구 교수는 뒤편에 놓인 체외 순환기와 영문도 모르고 외상외과 수술실에 끌려와 있던 기사를 가리켰다.

"아닙니다. 교수님 없었으면……."

그랬다면 동맥 출혈은 그대로 둔 채 체외 순환기를 연결했을 거고, 피를 쏟아낸다는 표현도 부족할 정도의 출혈이 있었을 것이다.

"아무튼, 저는 그럼 폐를 보면 됩니까?"

"네. 그리고 심장 쪽도 한번 점검해주시죠. 헬기에서는 워낙 급해서 대강만 봤습니다."

"물론입니다."

강혁은 잠시 고민하다가 강행을 지목했다.

"네가 도와드려. 1호는 나랑 같이 일단 다리로 가자."

"네? 다리요? 다리는 괜찮은데."

환자는 밀물 때 개펄에 있다가 발이 걸려 물에 빠져 죽을 뻔했다. 근처에서 술 먹고 있던 어민이 그를 발견하고 구출하기 위해 배를 띄웠는데, 정말 운 나쁘게도 그 배에 상체를 치이고 말았다.

'지독히 운도 없지.'

강혁은 재빨리 환자의 다리 쪽으로 이동하며 아까 현장에서 들은 사고 내용을 떠올렸다. 즉시 출동한 119 요원은 당황한 어민과 함께 환자를 배 위로 끌어올렸고, 그때 흐른 피 때문에 배는 온통 피바다가 되어 있었다.

"여, 여긴 왜 닦으신 거예요?"

조금 전까지만 해도 장갑 낀 손으로 심장을 짜던, 그야말로 우수한 외과의 포스를 보여주던 재원이 얼빠진 얼굴로 물었다. 정말 다리를 소독했는지 짐작조차 되지 않았기 때문이다. 강혁 또한 그럴 줄 알았다는 듯한 표정이었다.

"일단 이렇게 그을 거니까, 당겨."

"어?"

"당기라고."

"네? 네. 아니 근데 여길 왜……."

"아, 보면 알아. 턱 만들어줘야 할 거 아냐."

"네?"

턱을 만들다니. 무슨 창조주도 아니고, 다리에서 턱을 어떻게 만든단 말인가. 하지만 재원이 망설이는 사이 강혁은 벌써 메스를 긋고 있었다.

"어어, 피."

재원은 거의 본능적으로 석션과 거즈를 들고 피를 흡수하고, 또 닦아냈다. 도대체 여길 왜 째는 건지 몰랐지만, 일단 피가 흐르면 닦아서 집도의의 시야를 확보해줘야 한다는 건 확실히 알고 있었다.

"그래, 거기. 거긴 지져."

"네."

강혁은 재원의 보조가 마음에 드는지 연신 고개를 끄덕여가며 메스를 휘둘렀다. 어찌나 속도가 빠른지 재원은 이 사람이 다리를 베려는 건가 하는 생각이 들 지경이었다.

"좋아. 당겨."

"네."

재원은 어디를 어떻게 절개한 건지 봐야겠다는 생각을 하며 기구를 절개면에 걸어당겼다. 그러자 종아리의 뼈 두 개 중 외측에 있는 뼈가 거의 완벽하게 박리되어 있었다. 중간중간 통통 튀는 혈관 다발도 보였는데, 아마도 뼈로 들어가는 혈관을 찾아 놓은 듯했다.

'이 사람은 괴물인가.'

"뭐 해. 당기고만 있을 거야?"

"아, 아닙니다. 그…… 제가 뭘……."

"물 들어. 뼈 자를 거야. 턱 만들어야지."

"아, 네."

재원은 엉겁결에 장미가 건네준 주사기를 집어 들었다. 장미는 강혁의 입에서 '턱 만들어준다'는 말이 나왔을 때부터 어딘지는 몰라도 뼈를 자르긴 할 거라고 확신했다. 그래서 물이 든 주사기는 물론, 커팅 소우까지 준비해두었던 것이다.

강혁은 그렇게 건네받은 톱의 페달을 밟아보고는 고개를 끄덕였다. 딱 강혁이 원하는 속도로 돌고 있었다.

"물 잘 뿌려. 이식할 거라 뼈 타면 골 아프다."

"네, 네."

강혁은 천천히 종아리뼈를 향해 톱을 가져갔다. 따로 마킹을 해둔 것도 없었지만 이미 절개를 넣을 때부터 어디를, 얼마나, 어떻게 가르려는지 다 계획하고 있었던 것 같았다. 거기까지 생각이 미치자 재원은 다시 한번 아득한 기분을 느꼈다.

'진짜……. 괴물이구나.'

뛰어난 집도의라는 건 이미 잘 알고 있었고, 간혹 기적과도 같은 의술을 펼치는 걸 봐왔지만, 그의 수술 실력은 볼 때마다 충격적이었다.

강혁은 재원이 놀라거나 말거나 톱으로 종아리뼈를 갈라나가기 시작했다. 가장 약한 부위를 가르고 들어갔기 때문에 날이 튀는 일은 없었다.

"자, 이제 여기."

"주, 중앙이요?"

"그래. 정신 똑바로 차려."

"네."

강혁은 그렇게 위쪽을 절단하고는 조금 아래로 내려와 절골을 계속했다. 그렇게 잘린 뼛조각은 무려 세 개였다. 각각 하나의 혈관 다발을 달고 있었는데, 가운데 뼈가 제일 짧았다.

"흐음."

강혁은 거침없이 떼어 온 종아리뼈 세 조각을 턱으로 가져가 대어주었다. 그러자 신기하게도 딱딱 부러진 부위를 보강하는 듯한 모양이 되었다.

'미친…….'

재원은 그저 턱뼈 모양으로 자르느라 종아리뼈를 3등분을 했다고 생각했는데, 부러진 턱뼈의 원래 모양까지 고려했다는 것을 깨닫고 다시 한번 놀랐다. 동시에 평생 갈고닦아도 이렇게는 못 되겠단 생각도 들었다.

'이건……. 이건 배울 수 있는 게 아닌 거 같은데.'

"뭘 봐? 나 드릴 들었잖아."

그사이 강혁은 너무도 당연하다는 듯 드릴을 집어 들고 재원을 바라보고 있었다. 재원에게는 기적 같은 일이었지만, 강혁에게는 일상이었다.

"아, 아. 네."

재원은 재빨리 수술대 위에서 주사기를 집어 들었다. 생리 식염수가 가득 차 있는 주사기였다.

"여기, 여기, 여기, 여기. 이렇게 네 군데 우선 뚫을 거야."

"네."

"조폭. 너는 뼈 안 흔들리게 꽉 잡아줘. 흔들리면 안 돼."

"아……. 네."

부러진 뼈에 나사가 들어갈 홈을 파는 작업이었다. 위치가 흔들리면 말짱 꽝이었다. 장미가 뼈를 잡은 것을 확인한 강혁은 발판을 밟아 드릴을 돌렸다. 드릴 팁은 평소에 비하면 엄청나게 얇았다. 딱 나사가 겨우 들어갈 정도의 작은 구멍을 파야 했기 때문이다. 아주 섬세하고 미세한 조절이 필요했다. 특히 지금 강혁처럼 반드시 자신이 고른 곳을 뚫어야 한다면 더더욱 그러했다.

'이대로 두면 원래 있던 턱뼈는 죽어.'

뼈만 부러진 게 아니라, 뼈로 들어가는 혈관들까지 죄 망가진 상황이었다. 이걸 극복하려면 종아리에서 떼어온 뼈의 갈라진 부위로 어느 정도 영양이 들어가야만 했다. 그러자면 모든 구멍을 한 치의 오차도 없이 딱 강혁이 생각한 곳에 뚫어야만 했다.

'반드시……. 딱 여기여야 해.'

"후우."

심호흡과 함께 강혁은 몸을 단단하게 고정시켰다. 그저 그 막강한 근육에 힘을 주기만 한 것은 아니었다. 두 다리와 허리, 팔꿈치 등에 힘을 주어야 가장 중요한 어깨가 안정적으로 고정되는 효과를 볼 수 있었다. 마술 같은 수술을 보여주는 강혁이었지만, 중요한 술기를 앞두었을 때 그가 체크하는 건 '기본'이었다.

"됐어. 이제 들어간다. 물 잘 뿌려. 여기 타면……. 알지?"

"골 때리겠죠?"

"단어 하고는."

"아무튼, 걱정 마십쇼."

"그래."

강혁은 저도 모르게 자신과 비슷하게 몸을 고정한 재원을 보며 흡족한 미소를 지어 보였다. 그리곤 다시 드릴을 돌렸고, 단단하기 그지없어 보이는 종아리뼈에 구멍을 뚫었다.

"다음."

그렇게 제대로 구멍을 뚫은 강혁은 곧장 다음 위치로 손을 옮겼다. 몸과 어깨, 팔꿈치, 손목은 그대로 고정한 채 딱 손만 움직였다. 재원의 눈에는 강혁이 마치 하나의 기계처럼 보였다. 강혁이 드릴을 돌리는 동안 재원이 맡은 것이 비록 고작 물뿌리개 정도의 역할이었지만 그간의 경험을 통해 이게 얼마나 중요한 의미인지 잘 알고 있었다. 강혁이 그토록 강조하는 기본에 이 물 뿌리는 행위도 들어가 있었다. 이 기본을 제대로 하지 않으면 구멍을 제대로 뚫는 것에도 물론 지장이 있지만, 그 이후에도 문제였다. 뼈의 화상은 치명적인 감염원이 되어 회복 중 감염으로까지 이어질 수 있었다.

"휴. 됐어. 플레이트 줘봐."

"네. 교수님."

강혁은 퍽 만족스러운 얼굴이었다. 딱 원하던 부위에, 원하던 크기만큼의 구멍을 뚫었다. 재원이 부지런히 움직인 덕에 구멍의 상태 또한 괜찮았다.

"좋아. 딱 맞지?"

강혁은 자신이 뚫어놓은 구멍들이 연결될 방향으로 플레이트를 늘어놓은 채 두 사람을 보며 말했다. 재원이나 장미의 눈에는 흠은 커녕 완벽하게만 보였다.

"네. 딱 맞습니다."

"그래……. 그럼 나사 줘."

"네, 교수님."

강혁은 플레이트를 부러진 턱뼈와 새로 들고 온 종아리 뼛조각이 연결될 부분에 고정시켰다. 그리곤 나사를 돌려 박기 시작했다. 강혁의 강력한 팔뚝은 별 힘도 들이지 않고 모든 나사를 딱딱 박아 넣을 수 있었다. 그렇게 네 개의 나사를 이용해 두 개의 플레이트를 고정한 후 재원과 장미를 돌아보았다. 둘은 여전히 플레이트, 즉 부러진 턱뼈와 종아리뼈만 넋 놓고 바라보고 있었다.

"어떠냐?"

"와……."

"이렇게 하면……."

"진짜 나중에 뭐 씹을 수도 있겠는데요?"

물론 아주 단단한 음식은 무리일 것이다. 사람의 저작 운동이라는 건 생각보다 어마어마한 힘이 필요한 운동이었다. 턱뼈가 완전히 부서진 만큼 이전처럼 완벽한 저작 운동은 힘들 것이다. 하지만 그나마 이 수술로 뭔가 씹을 수 있게 되리라 기대할 수 있었다. 강혁이 만들어준 뼈가 단단하게 고정되고, 자리를 잘 잡는다는 전제하에 빵이나 밥 또는 부드러운 고기나 삶은 달걀 같은 것 정도는 가능해 보였다.

"다시 드릴. 나머지도 다 고정한다."

"네."

강혁은 계속 드릴로 구멍을 뚫고, 나사를 돌려 끼웠다. 그동안 그가 보인 변화는 그저 고정된 몸체를 살짝 튼 정도뿐이었다. 이 지루하고도 어려운 작업을 총 8번 더 하고 나니 비로소 강혁이 처음 종아리에 메스를 댈 때 상상했던 턱의 모양을 재원과 장미도 볼 수 있었다.

"이럴…… 수가 있나."

세 조각이 나 있던, 심지어 어떤 부위는 잘게 쪼개져 있던 턱뼈가 다시 만들어져 고정되어 있었다.

"허……."

그리고 그 모습은 강일구 교수에게도 충격이었다.

'내가 맡은 수술도 쉬운 건 아니었어……. 그런데…….'

강일구 교수는 이제 막 좌측 측방의 무너진 갈비뼈 조각들을 하나의 흉곽처럼 프레임만이라도 유지할 수 있도록 철사를 이용해 재건해준 참이었다. 갈비뼈라는 게 그저 그 안에 있는 장기를 보호하는 역할만 하는 건 아니었기 때문이다. 갈비뼈로 흉곽이 유지되지 않으면, 우리는 숨을 쉴 수 없었다. 흉강에 음압을 아무리 만들어봐야 갈비뼈가 함몰될 뿐, 폐가 팽창하진 못할 테니까. 지금 강일구 교수가 해낸 수술 또한 어마어마한 난도를 자랑하는 것이었다. 체외 순환기를 돌리지 않았다면, 그래서 폐의 움직임을 최소화하지 않았다면 불가능했을 일이다. 하지만 강혁의 수술과 비교하니 어린애 장난 수준으로만 느껴질 지경이었다.

'이 사람은 수술이 아니라 마법을 부려놨구나…….'

하지만 강혁에게는 이제 겨우 반 정도 왔을 뿐이었다.

"일단……. 반쯤 됐고."

강혁은 그렇게 중얼거리고 난 후, 다른 이들이 손을 닦으러 간

사이 묶어두었던 안면 동맥을 밖으로 빼내었다. 다급했던 와중에도 아무렇게나 묶어두지 않은 덕에 동맥의 형태 자체는 온전히 남아 있었다.

"그건……. 그걸 피딩 베슬(Feeding vessel: 공급 혈관)로 쓰시려고……."

이제 재원은 아예 경악스럽다는 얼굴을 하고 있었다. 헬기를 타고 여기까지 오던 내내 틀어막고 있던 것이 바로 저 혈관이었으니까. 지금까지 재원은 어떻게 하면 저 혈관을 지지거나 묶어서 출혈을 막을 수 있을까만 생각하고 있었는데, 그의 스승 강혁은 수술하기 전부터 저 혈관을 최대한 살릴 생각을 했던 것이다. 심지어 새로운 턱이 된 종아리뼈를 먹여 살리는 혈관으로 쓸 계획까지 했다.

'이게 그냥 경험으로 되는 건가?'

웬만한 실력이어야 '아 나도 언젠가는 저렇게 되겠구나' 할 텐데, 이건 너무 아득하니 엄두도 안 날 지경이었다. 그때, 강혁이 입을 열었다.

"야, 좀 도와줘. 너 없으면 수술 끝까지 못 해."

"아, 네. 네 교수님."

딱 시기적절할 때 훅 치고 들어오는 강혁만의 격려였다. 누가 들으면 저게 무슨 칭찬이야 싶겠지만, 재원에게는 그렇지 않았다. 이렇게 대단한 사람한테 의지가 되고 있다니 그것만으로도 가치 있는 존재가 된 듯했다.

"미세 봉합 기구."

"네. 교수님."

"이거 연결하고, 절개 부위랑 상처 부위 닫고 나가자."

"네."

"지금 몇 시지?"

"12시 다 되어 갑니다."

경원이 바로 답했다. 마취된 시간과 수술 시간이 환자 몸 상태에 끼치는 영향이 워낙 중요하기에 계속 주시하고 있던 덕이다. 강혁은 이미 늦어도 한참 늦어버린 시간을 듣고는 고개를 끄덕였다.

"속도 내자. 1시. 1시까지는 나가자고."

12시가 훌쩍 넘은 시간에도 인터넷 커뮤니티는 활발하게 돌아가는 중이었다. 아니, 오히려대낮보다도 더 뜨거운 반응이었다. 김막태가 던진 떡밥도 싱싱했는데, 강일구 교수가 TV 고려와 함께 던진 건 그냥 떡밥 수준이 아니었기 때문이다.

- 막판 장면 계속 돌려 보고 있는 사람 손.

- 1111

- 2222

밀수범 백강혁이 어둠 속에서 나타나 강일구 교수를 납치해갔던 장면은 화제라는 말도 부족할 지경이었다. 뚝뚝 떨어지던 피에 불안하게 울리던 모니터의 전자음, 상황을 대변하는 듯 어둡고 다급해 보이던 의료진의 얼굴, 곧이어 드르륵 소리를 내며 사라져버린 침대.

그 침대에 실려 있던 환자는 아직도 수술실에 있었는데, 박상은 기자 덕에 시청자들도 이 사실을 알 수 있었다.

인터뷰가 종료된 이후 계속 TV 고려 정규 방송을 중단할 수 없다는 방송국 판단으로 지금은 유튜브 채널 라이브만 송출 중이었다. 심지어 소리도 없이 불 꺼진 복도만 비춘 지 벌써 몇 시간 째인데도 시청자 수는 1만 명을 족히 넘어가고 있었다.

"기자님, 이제 그만 철수하시죠. 이거 뭐……. 언제 나올지 기약도 없고……."

"곧 나올 겁니다."

박상은 기자는 수술실에서 중환자실로 향하는 복도에 앉아 있었다. 어떤 확신을 가진 얼굴을 하고 있었는데, 카메라맨 눈에는 어처구니없게 보일 뿐이었다.

'아니……. 무슨 텔레파시가 통하냐고…….'

지금 이렇게 한심한 영상을 수 시간째 송출하고 있는 자신이 한심하게 느껴졌다. 하지만 박상은 기자도 아무 생각 없이 죽치고 있는 건 아니었다. 그녀에게는 합리적인 근거가 있었다.

'백강혁 교수님 평균 수술 시간은 다섯 시간이 안 돼.'

생각해보면 진짜 어이가 없는 일이라 할 수 있었다. 팔다리가 잘리고, 심장이 터지고, 폐가 망가지고, 얼굴이 뭉개지는 환자들만 골라서 보는 사람 아니었던가. 그런데 수술 시간이 그렇게 짧다니.

'그래서……. 생존율이 높다는 얘기가 있던데.'

박상은 기자는 강혁과 악연이라고 해도 좋을 만큼 밀접하게 엮인 언론인이었다. 그 때문에 강혁에 대해 이런저런 정보를 알아본 바 있었다.

'국제 학회에서는 거의 신으로 추앙받고 있어.'

현 학회장은 실제 강혁의 수술을 참관했던 경험이 있어서인지, 거의 신봉자였다. 그가 보내온 서면 인터뷰에, 강혁은 남들이 상상조차 할 수 없을 만큼 손이 빠르다고 했다. 그리고 남들이 보지 못하는 것을 보고, 또 아직 안 보이는 것을 볼 때도 있다고 했다.

'곧 나올 거야.'

- 슬슬 졸리긴 하네.

- 내일 아침에 나오는 거 아님?

- 출근해야 하는데…….

밤이 점점 깊어갈수록 댓글들도 뜸해지기 시작했다. 시청자 수가 그대로인 걸 보면 방송을 틀어놓고 잠든 모양이었다. 박상은 기자도 잠깐만 눈을 붙이는 게 좋을까 하고 있으려는데 중환자실 측에서 소란이 있었다. 난데없이 중환자실 문이 열렸다.

'뭐야?'

의문이 가득한 표정의 박상은 기자의 눈에 인턴 한 명이 침대를 끌고 지나가는 게 보였다.

- 뭐임?

- 귀신?

- 왜 빈 게 지나가, 무섭게.

박상은 기자는 꽤 오랫동안 백강혁을 취재해온 사람답게 곧 어떤 의미인지 깨달았다.

"소리, 소리 켜요."

반쯤 졸고 있던 카메라맨을 흔들어 깨웠다.

"어어."

그 바람에 삼각대에 카메라를 고정해놓고 졸던 카메라맨은 흠칫 놀라면서 일어나야만 했다.

"왜, 왜 그럽니까?"

카메라맨은 일단 시키는 대로 소리를 켜면서 물었다. 박상은 기자는 대답 대신 수술실 쪽을 가리켰다. 빈 침대가 이제 막 수술실 안쪽으로 들어가고 있었다.

"응?"

"수술 끝났어요. 그래서 중환자실 침대가 들어간 겁니다."

"지, 지금 몇 시지?"

"아직 1시 안 됐어요."

"수술 들어간 게……. 9시 아닙니까?"

"네."

"뭔 수술이 네 시간 만에 끝나요?"

"그러니까 사람들이 백강혁, 백강혁 하는 거 아니겠습니까."

박상은 기자는 자기가 수술한 것도 아니면서 괜히 뿌듯해했다.

- 오오, 수술 끝났다!

- 미친. 벌써? 난 밤샐 각오하고 있었는데.

- 누구 생중계 달릴 사람 없냐!

커뮤니티들 또한 금세 달아올랐다.

"네, 지금 수술을 마친 백강혁 교수님이 나오고 계십니다. 시청자 여러분 많이 기다리셨겠지만, 인터뷰는 조금 더 기다렸다가 시도해 보겠습니다. 일단 중환자실로…… 들어가시고 뵙도록 하겠습니다."

박상은 기자는 지금 막 환자를 데리고 자신을 지나쳐가는 강혁을 바라보면서 외쳤다. 강혁은 잠깐 그녀와 눈을 마주쳤다가, 이내 앞을 돌아보았다.

‘많이 변했네.’

제법이란 생각이 들 정도였다. 하지만 지금은 환자를 최대한 빨리, 안전하게 중환자실로 이송하는 것이 중요했다. 강일구 교수를 도와 수술을 마친 강행이 중환자실 입구를 열었다. 강일구 교수는 침대가 아니라 환자에게 연결된 체외막 산소 공급 장치, 일명 에크모를 끌며 걷고 있었다. 체외 순환기는 수술실에서 단기간 사용하기엔 적합하지만, 계속 사용하려면 아무래도 에크모가 더 낫겠다고 판단했기 때문이었다.

그렇게 환자는 곧 중환자실 안쪽으로 이동했다. 수술실로 향할 때와 거의 비슷할 정도로 빠른 속도였다.

- 수술이 잘 안 됐나?
- 뭔 수술 끝난 사람을 저렇게 급히 옮김?
- 주렁주렁 매달린 건 뭐임?

워낙 순식간에 사라진 탓에 댓글과 채팅 창에는 의문으로 가득했다. 그사이 유튜브 라이브 시청자는 5만 명 가까이 늘었는데, 시청자들이 각 커뮤니티에 수술이 끝난 사실을 부리나케 알린 덕이었다.

그 시각, 강혁은 무사히 중환자실로 들어온 환자를 앞에 두고 처방을 내리는 중이었다.

“일단 에크모 3일은 유지한다고 생각하자고.”

강일구 교수는 그의 말에 묵묵히 고개를 끄덕였다. 강혁은 엄청난 실력자인데도 수술하는 내내, 그리고 수술실을 나와서도 강일구 교수의 의견을 귀담아듣고 존중했다. 인성이니 뭐니 말이 많긴 하지만, 의학적인 부분에서만큼은 환자를 최우선으로 생각하는 의사였다. 문득 강일구 교수는 인터뷰하기를 잘했다고 생각했다.

'뭐 얼마나 도움이 될지는 모르겠지만……. 백지장도 나누어 들면 낫다고, 내가 같이 나누면 좀 낫겠지.'

법정에 가야 한다면 갈 생각까지 하고 있었다.

"항생제 신경 써서 잘 쓰고. 일단 세 개 쓰고, 감염내과에 협진 내. 턱이……. 구강까지 터졌던 상처라 되게 지저분할 거야. 저기 감염 생기면 알지?"

"네. 오전에 바로 볼 수 있도록 요청하겠습니다."

"조폭은 간호사들 잘 교육하고. 상처를 잘 봐야 해. 색, 모양, 냄새까지."

"네. 교수님."

"일단 처방은 이렇게 하고……. 이상 소견 있으면 바로 콜해. 누구 거칠 필요 없고, 바로 나한테."

"네."

"그리고……."

"아, 교수님."

거침없이 지시를 내리고 있던 강혁을 경원이 멈춰세웠다. 경원이라면 말을 끊은 이유가 있을 거란 생각에, 강혁은 말을 멈추고 가만히 경원을 바라보았다.

"보호자들…… 왔다고 합니다."

"아……. 1호, 준비해."

"네."

이만하면 환자 처방은 정리가 된 셈이었다. 이제부터 해야 할 일 중 가장 중요한 것은 역설적이게도 기다리는 일이었다. 때론 의사보다 시간이 많은 것을 해결해줄 때도 있었으니까. 특히 심장이 제 기능을 찾기 위해선 다른 어떤 약보다 시간이 필요했다. 그래서 강혁은 별 망설임 없이 재원과 함께 보호자 대기실로 가기 위해 중환자실 문을 나섰다.

"잠깐, 잠깐. 나도 가도 됩니까?"

그런 강혁의 뒤로 강일구 교수가 따라붙었다. 강혁은 의문 어린 눈빛으로 그를 돌아보았다.

"교수님이요? 아, 심장 설명하시게요? 당연하죠."

"아니, 그것도 있는데."

"그럼 뭐요?"

"아까 보니까 TV 고려 기자가 아직도 기다리고 있어서. 거기 말하는 데 나도 거들까 해서요."

"아……. 뭐 그러시죠. 같이 갑시다, 교수님. 같이 설명해주시면 저야 감사하죠."

강일구 교수가 수술 전 무엇을 하고 있었는지 모르는 강혁은 그저 수술에 대해 설명하겠다는 뜻으로 받아들이고 흔쾌히 함께 나섰다.

"어, 어떻게……. 어떻게 됐습니까?"

강혁은 펑퍼짐한 바지와 웃옷 차림의, 뽀글뽀글 파마 머리를 한 중년 여성 앞에 서 있었다.

'중년이라고 하기엔 나이가 좀 많은가.'

고된 바깥 일로 인해 주름이 자글자글한 여성의 얼굴은 새카맣게 타 있었다.

'아까 환자 나이가……. 스무 살이었나.'

강혁은 환자 이름이 잘 기억나지 않았다. 아니, 확인도 하지 않았던 것 같다. 사람을 살리는 일에 이름은 그리 중요치 않았으니까.

"우, 우리 아들 어떻게 되었느냐고요……."

옅은 바다 내음이 나는 여인은 말없이 서 있는 강혁을 향해 다시 한번 물었다. 잔뜩 찡그린, 온갖 걱정과 부정적인 감정이 가득한 얼굴이었다. 언제 봐도 마주하기 힘든 그런 얼굴. 강혁은 뭐라도 말해주고 싶단 생각이 들었지만, 애써 뒤로 물러섰다.

'아들이 대학생이라고 했지.'

공부 잘해서 서울로 대학 간, 어머니의 자랑이라고 했다. 친구들과 함께 고향 태안에 놀러왔고, 펄에서 놀다가 그만 사고를 당한 것이다. 그런 보호자 앞에서 대체 무슨 말을 해야 할까. 강혁은 아득해지는 기분이었다.

"저, 어머니. 저는 한국대학교 병원 중증외상센터 소속 외과 전문의 양재원입니다."

그때 재원이 용기를 내어 앞으로 나섰다.

"아, 네……. 그……. 우리……. 우리 승문이는……."

보호자는 묵묵부답인 강혁 대신, 친절하게 인사하는 재원을 향해 완전히 몸을 틀었다.

"어머니."

재원은 그런 보호자의 손을 꽉 붙잡았다. 지나치다 싶을 정도로 세게. 약간은 아플 정도로.

"한승문 씨 수술은 잘 끝났습니다."

그리곤 또박또박 천천히 말을 이었다. 단어 하나하나에 힘을 주면서, 도저히 못 알아듣는 일이 없도록.

"아……."

그 얘기를 들은 어머니는 긴장이 풀렸는지 옆으로 주저앉았다. 강혁이 붙잡아주지 않았다면 아마 고꾸라졌을 것이다. 재원은 강혁이 보호자를 붙잡고 있는 것을 확인하고는, 계속해서 말을 이어나갔다. 아까 붙잡았던 손은 여전히 놓지 않은 채였다.

"다만 아까 보셔서 알겠지만, 부상의 정도가 너무 심각했어요. 기억하십니까?"

재원의 말에 어머니의 눈빛이 아득해졌다. 배 위에서 봤던 아들의 모습이 떠올랐기 때문이다. 익사의 갈림길에 선 상태에서 배에 치이는 바람에 배 위로 끌어올려졌을 때부터 헬기에 옮겨질 때까지 내내 의식은 없었다. 어디에서 시작된 것인지 모를 피 때문에 얼굴은 알아보기도 어려웠다.

"네……. 네……."

생각만으로도 너무 괴로운 듯, 어머니는 이제 차마 눈을 뜨지 못했다. 재원은 그녀가 그 회상에 매몰되지 않도록 다시 한번 손을 꽉 붙잡았다. 그리곤 따스함과 통증 사이에서 눈을 뜬 어머니를 향해 입을 열었다.

"일차적으로 안면부에 충돌이 있고, 그 후 가슴에 충격이 있었던 것으로 보입니다. 좌측 폐와 심장에 손상이 있었으나, 그건 여기 계신 흉부외과 강일구 교수님께서 수술을 아주 성공적으로 해주셨어요."

"아, 아이구……."

"이따 더 자세히 설명해주실 겁니다."

"가, 감사합니다……."

다음은 안면부 부상에 관해 설명할 차례였다. 설명하려면 재원도 당시를 떠올려야 했는데, 의사로서도 제법 괴로운 광경이었다.

'아래턱이…….'

그나마 수술장으로 들어갈 땐, 강혁이 안면 동맥 부위를 눌러서 좀 덜했지만 처음 발견했을 땐 솔직히 이미 죽은 줄 알았었다. 아래턱이 비정상적일 정도로 축 늘어진 채, 피가 마구 뿜어져 나오고 있었으니까. 게다가 그 턱은 제멋대로 덜렁거리기까지 했다.

'끔찍했지.'

그 모습에 비하면 지금은 어떠한가. 비록 원래의 얼굴 그대로 돌아오기는 어렵겠지만, 적어도 기능적인 면에서는 감히 상상할 수 없을 정도로 재건된 상황이었다. 여기까지 생각이 미친 재원은 애써 가슴을 폈다.

"안면부는 아래턱이 부러지면서 크게는 세 조각이 났습니다. 그 외 자잘한 복합 골절이 있는데, 그 부위는 도저히 살릴 수 없어서 제거했습니다."

"아래턱이요……?"

보호자는 감히 상상이 가지 않는다는 얼굴을 하고 있었다. 아마 당연한 일이겠지. 숙달된 외상 외과의들도 실제로 본 경우가 아니라면 잘 모를 것이다. 재원은 굳이 그런 얘기를 덧붙이지 않고 그저 치료에 대해서만 언급하기로 했다.

"네. 저작, 즉 씹는 운동을 못 하게 될 정도로 손상이 심했습니다. 하지만 여기 백강혁 교수님께서 종아리뼈를 이용해 재건 수술을 했고, 추후 경과를 봐야겠지만 아마 상당한 수준으로 회복될 것으로 예상됩니다."

"감사……. 감사합니다. 그런데……."

보호자는 아주 조심스러운 눈빛으로 재원을 바라보았다.

"혹시……. 종아리뼈라는 게……. 그럼 우리 애 못 걷는 건가요?"

강혁은 평생 뻘과 들판에서 가정을 일궈왔을 보호자를 위해 앞으로 나섰다. 재원은 그런 강혁을 말리려다가 말았다. 강혁의 눈을 보니, 평소와는 달라서 사고를 칠 것 같지는 않았기 때문이다. 다행히 강혁은 친절하고 부드러운 목소리로 말했다.

"아닙니다. 걸을 수 있어요. 종아리에 뼈가 두 개 있거든요."

물론 다른 의사들처럼 마냥 점잖게 설명만 늘어놓지는 않았다. 강혁은 아예 한쪽 무릎을 꿇은 채, 보호자의 종아리가 보이게끔 펑퍼짐한 바지 한쪽을 걷었다.

"여기 이 단단한 뼈가 정강이뼈예요. 이건 그대로 있습니다."

"아……. 뼈가 두…… 개예요?"

"네. 여기 외측으로……. 보면 여기. 이걸로 재건한 겁니다. 전력질주는 못 해도 걷는 데는 지장 없습니다."

"그……. 그렇군요……. 뛰지는……. 못 하는구나……. 내 새끼……."

보호자는 끝내 울음을 참지 못했다. 강혁은 당황스러운 표정으로 재원을 바라보았고, 재원은 푸근한 미소를 지은 채, 보호자의 등을 토닥여주기만 했다. 세상엔 부정적인 울음만 있는 건 아니었다. 이럴 땐 오히려 한 번 울음을 터뜨려주는 것이 더 나을 수 있었다. 적절할 때 터뜨리지 못한 슬픔은 나중에 더 큰 독이 되어 찾아오기 마련이었으니까.

"저……. 교수님."

그렇게 한참 보호자에 대한 설명과 위로를 마친 후, 중환자실로 돌아가려는 강혁을 누군가 붙잡았다. 뒤를 돌아보니 박상은 기자였다.

"아, 맞아."

그제야 강혁은 아까 박상은 기자를 봤었다는 것을 기억해낼 수 있었다.

"혹시 짧게라도 인터뷰 가능하십니까?"

어느덧 시각은 1시 반. 사실 인터뷰를 요청하기엔 너무 늦은 시간이라 할 수 있었다. 하지만 강혁은 잠깐 고민하더니 흔쾌히 수락했다. 아까부터 지금까지 박상은 기자가 보여준 매너 있는 모습이 퍽 마음에 들었기 때문이었다. 게다가 TV 고려가 약속을 지킨 덕에 유지상 사건 당시 다쳤던 두 경찰도 생활비나 치료비 걱정 없이 지내고 있었다.

"그러죠. 근데 뭔 인터뷰지?"

강혁은 정말 뭔지 모르겠다는 얼굴을 하고 있었다. 도리어 박상은 기자나 카메라맨이 더 얼빠진 얼굴이 되었다. 전국을 떠들썩하게 만들고 있는 장본인이 이런 반응이라니. 하지만 이게 또 강혁다운 반응이기도 했다.

"아……. 그 천태만상의 김막태 기자와 홍재훈 교수가 백강혁 교수님에 대한 의혹을 제기했었습니다. 혹시 모르고 계셨나요?"

"홍재훈? 아, 그 전 기조실장? 그 사람이 뭘?"

"그……. 교수님이 미국에서 밀수품을 들여왔다는 의혹을 제기했습니다."

"아, 아아아."

강혁은 MD 902가 본격적으로 뜨기 시작한 날부터 완전히 환자 보는 데만 몰두하고 있던 참이었다. 심지어 재원도 마찬가지였던지라 눈을 동그랗게 뜨고 있었다. 하지만 강혁은 그저 혀를 쯧 하고 찰 뿐이었다.

"걸렸나?"

의혹을 확인시켜주는 듯한 말을 하면서.

"아, 아니……. 걸렸다뇨. 교수님……. 어휘가 좀……."

"아니, 뭐. 밀수를 한 건 사실이거든. 신고하면 세관 통과하는 데 시간이 좀 걸리거나, 아예 통과가 안 될 수도 있는 물건이라."

아마 강일구 교수의 사전 인터뷰가 없었더라면 강혁이 밀수한 물품이 무엇인지에 대해 멋대로 떠들기 좋은 발언이었다.

"그러니까, 그 인조 혈관 말이죠?"

박상은 기자는 이 문장만 뚝 떼서 보도할 만한 기자들을 여럿 알고 있었기 때문에 그러한 사태를 미리 방지하고자 재빨리 질문을 덧붙였다.

"아, 그렇지. 고어사의 인조 혈관."

덕분에 강혁의 입에서 밀수품의 정확한 명칭이 나올 수 있었다. 박상은 기자는 안도의 한숨을 쉬면서 다음 질문으로 넘어갔다. 시청자들도 궁금해하는 질문이겠지만, 무엇보다 박상은 기자가 제일 궁금해했던 질문이기도 했다.

"그런데 그 물품을 밀수까지 해서 들여온 이유가 대체 뭔가요? 교수님이 이 인조 혈관을 쓸 일은 거의 없다고 들었습니다. 소아 환자들에게 주로 쓰는 것으로 알고 있는데요."

밀수는 예로부터 중범죄로 여겨진 만큼, 적발되면 3년 이상의 징역에 처해질 수도 있었다. 그런데 밀수까지 해서 가져온 물품이 의료용품인 데다가, 딱히 자신이 쓰지도 않는 것이라니 대체 왜 그랬는지 의문이 드는 것은 당연했다. 하지만 강혁은 뭘 그런 걸 궁금해하냐는 듯한 표정이었다.

"애들은 생명 아닌가? 살려야 할 거 아냐. 그 인조 혈관 없어서 죽을지 모르는 애들이 우리나라에 수십 명인데."

"아……."

그러니까 결국, 강혁은 자신의 명성이나 명예, 심지어 징역보다도 모르는 이들의 생명이 더 중하다고 판단한 것이다. 박상은 기자는 강혁의 표정이나 말투에서 진심을 느낄 수 있었기에 한동안 말을 잇지 못했다. 시청자들 또한 한동안 키보드를 못 칠 정도로 강혁의 진심에 압도되고 말았다.

"이거야, 원."

박성민 의원은 간밤에 TV 고려 단독으로 생중계된 '백강혁 교수, 충격의 인터뷰!' 편집본을 다 보고 나서야 입을 열었다. 그것도 대략 세 번 정도의 한숨을 쉬고 난 후에서야 말 비슷한 것을 꺼낼 수 있었다. 그만큼 받은 충격이 컸다.

"이거……. 이거 어쩌지?"

박성민 의원은 일단 변호사 자격증을 가진 사람이었다. 실제로 일반인들에게도 잘 알려진 대형 로펌에서 일한 적도 있었다. 자연스럽게 그의 머릿속에는 '징역 3년'으로 가득 찼다.

"여론은 아주 좋습니다, 의원님."

그런 박성민 의원에게 비서가 포털 사이트 뉴스 화면이 떠 있는 태블릿 피시를 내밀었다. 사회부 랭킹 1위 기사의 댓글이었다.

- 이런 게 의사다. 백강혁 교수님 건들기만 해봐, 아주. 가만 안 있어.

베스트 댓글부터 해서 밑으로 쭉 이런 댓글들만 줄이어 있었다.

"이건……. 이건 다행이지만……. 뜻이 아무리 좋아도 이건 위법이라고."

"하지만 위원님. 법대로 다 되지 않는다는 건 잘 알고 계시지 않습니까? 아무리 사법계라도 여론을 완전히 무시할 수는 없습니다. 게다가, 이 건에 대해서는 건강보험공단도 귀책 사유가 있다고 의협에서 성명을 낸 적도 있습니다."

"일단……. 일단 가만히 있어봐. 어찌 됐건 백 교수는 안고 가야 할 사람이야……. 이거, 충격을 최소화할 방안이……."

이제라도 꼬리를 잘라야 하나 생각까지 들었다. 하지만 그러기엔 이미 함께 헤쳐 나온 길이 너무 길었고, 백강혁은 너무 아까운 사람이었다. 실제로 대중에게 사랑받는 의사였고, 그만한 자격이 있었다. 그런 사람과 같이 일하는 건 앞으로 있을 대선에 도움이 되었으면 됐지, 손해는 결코 없을 것이다.

'하지만 이건 작은 스캔들은 아니야.'

여론이야 어떻게 생각할지 모르겠지만. 백강혁 교수의 적들은 이 일을 기회라고 생각하겠지.

'우선 심평원 쪽이랑……. 건보 공단. 그리고 일부 의사들……. 허이구.'

당장 머릿속에 떠오르는 사람들만 해도 적지 않았다. 그들 눈에 강혁은 보험료를 깎아 먹는 눈엣가시 같은 존재일 뿐이었다. 아무리 강혁이 자신을 희생해서 다른 사람의 생명을 살리고 있다 해도 마찬가지였다. 생각보다 다른 사람의 생명보다 자신의 이익을 훨씬 중요하게 생각하는 사람이 많았으니까.

강혁은 마음을 가다듬으며 변호인단 앞에 앉아 있었다. 제대로 돈을 줬다면 이미 후원 계좌고 뭐고 다 털렸을 유명 변호사들이었는데, 박성민 의원 덕에 아주 저렴하게 변호인단을 꾸릴 수 있었다.

'아무튼, 참으라 이거지?'

원래 성격 같으면 역정을 내고도 남았겠지만 중증외상센터 활성화라는 단서가 붙고 나니, 막 화내기는 어려웠다.

"울라고요? 카메라 앞에서?"

변호인단은 이미 사건의 법리적인 해석을 끝낸 마당이었다. 어떻게 해도 밀수를 없던 일로 할 수는 없었다. 본인이 인정했고, 강일구란 양반은 돕겠답시고 그 증거 물품까지 들고 나왔었으니까. 하지만 그로 인해 얻은 것이 하나 있었다. 여론. 그렇다면 밀수를 뒤집는 데 힘을 쏟기보다는 여론을 최대한 활용하는 방향으로 사건을 풀자는 것이 이 드림팀의 의견이었다.

"네. 우셔야 합니다."

변호인 중 하나가 강혁의 마음 속 '식빵'을 읽어냈다. 그리곤 손을 황급히 내저었다.

"어어. 욕하면 진짜 큰일 나요. 늘 카메라 앞에 있다고 생각하셔야 합니다."

"으……."

강혁은 속이 턱턱 막히는 듯한 심정으로 재원을 돌아보았다. 하지만 졸지에 공범이 되어버린 재원의 얼굴은 냉담하기만 했다.

'울어.'

심지어 표정과 눈빛만으로 이런 뜻이 전달되는 기분이었다. 그 옆의 장미나 경원, 강행, 지민의 표정도 크게 다르지 않았다. 다들 얼굴로 울라는 말을 하고 있었다. 밀수는 범죄였으니까. 그걸 없던 일로 하기 위해선 뭐든지 해야 한다는 생각을 하고 있었으니까.

"하……."

결국 강혁은 모두 앞에 무릎을 꿇고야 말았다.

'모든 건……. 중증외상센터를 위해서다…….'

강혁은 곧 강일구 교수를 따라 외래 병동으로 향했다. 마침 수술받은 아이가 진료를 받으러 오는 날이었기 때문이다.

"교수님, 파이팅입니다."

언젠가부터 거의 개인 방송급으로 붙어 다니고 있는 박상은 기자와 함께였다. 지난 일들이야 어찌 되었건 지금은 큰 도움이 되어주고 있었다.

강혁은 짙은 한숨과 함께 외래 진료실 안으로 들어섰다.

"아, 교수님!"

안에는 아이와 아이 부모가 함께 있었다. 직접 수술을 해준 이는 강일구 교수였지만, 그 수술을 하게 해준 사람은 백강혁이었다. 그 사실을 전해 들은 부모에게는 강일구 교수뿐 아니라 강혁 또한 생명의 은인이었다.

"아이구, 어머님, 아버님."

그리고 강혁은 딱 진료실에 들어가는 순간 내적 갈등을 끝내고, 울 준비까지 마친 상태였다.

"아이를……. 좀 봐도 되겠습니까?"

강혁은 진료실에 들어서기 전이 도저히 떠오르지 않을 정도로 다른 모습이었다. 목소리가 바르르 떨리는 것이 이미 울고 있나 싶을 지경이었다.

"아……. 이 친구가……. 아이가 참 예쁘네요."

예쁘다니. 재원은 지난 1년간 강혁을 따라다니면서 강혁의 입에서 정말이지 단 한 번도 들어보지 못한 단어였다. 그걸 TV 앞이라고 내뱉을 줄이야.

'언제는 울지 못하겠다고 해놓고는…….'

심지어 울음을 주문했던 변호인들조차 입을 다물지 못하고 있었다.

'못 하겠다더니, 더하시네.'

강혁을 아는 이들이 모두 경악하고 있는 가운데, 강혁은 계속해서 말을 이었다.

"이렇게 이쁜 아이를……. 더 못 보았을 수도 있다고 생각을 하니까……."

주문했던 눈물을 뚝뚝 흘리면서였다. 효과는 직빵이었다.

- 야, 시발 법 바꾸자! 이건 착한 밀수 아니냐?
- 나 백 교수님 우는 거 처음 보는데……. 나도 눈물 남.
- 나라에서 수입해왔어야지! 표창장 줘야 하는 거 아님?

"여기가……. 수술한 자국이군요……."

강혁은 계속 눈물을 흘리면서 말을 잇는 중이었다. 마침 아이의 작은 가슴에 난 흉터를 매만지고 있던 참이었기 때문에 그 눈물은 더욱 진정성 있어 보였다.

"제발……. 이제 그만……."

물론 바로 여기 들어오기 전까지의 반응을 알고 있는 이들에게는 너무 힘겨운 광경일 따름이었다. 특히 오늘도, 어제도 강혁에게 구박을 받아야만 했던 재원에게는 더욱 그러했다.

"괜찮아요? 선배?"

언젠가 강혁에게 정강이를 차인 적이 있는 강행이 그를 위로했다. 장미는 그런 둘을 보면서 '아, 이게 바로 동병상련이라는 거로군' 하는 생각이 들었다.

그들과 약간 멀리 떨어져 있는, 박성민 의원이 꾸려준 변호인단들의 반응은 많이 달랐다.

'잘하는데? 이만하면 뭐……. 오히려 전세 역전도 가능하겠어.'

변호인단들은 끊임없이 연기하고 있는 강혁을 보며 흐뭇하게 웃었다.

"그래도 다행입니다……. 이렇게 수술이라도 하게 되었으니까요. 제가 위험을 감수했던……. 보람이……. 있습니다……."

그 와중에도 강혁은 꼭 하라고 했던 말들을 빠짐없이 나열하고 있었다. 그냥 국어책 읽듯이 하는 게 아니라, 정말 감정을 꾹꾹 눌러 담아서였다.

- 촛불 들어야 하는 거 아닙니까?
- 이런 사람 잡혀가면 이게 나라냐?
- 사법부 똑똑히 들어라! 국민이 보고 있다!
- 언론 이 새끼들도 문제임. 천태만상 같은 쓰레기 같은 언론사는 부숴야 함.

인터넷 커뮤니티 내에서만 떠들썩한 게 아니었다.

'강남구 경찰서, 백강혁 교수 밀수 혐의에 대해 조사 착수'

몇몇 범죄는 피해자가 고소를 해야 수사가 진행되었지만 밀수는 조금 달랐다. 밀수했다는 정황만 있으면 수사를 진행할 수 있었다. 당연히 강혁에 대한 수사도 천천히 진행되기 시작했고, 이에 대한 여론의 대응은 즉각적이었다.

"강남 경찰서는 들어라! 진짜 범죄자는 놔두고 백강혁 교수를 핍박하는 이유가 대체 뭐냐!"

일단 강남 경찰서 앞은 수천의 시민들로 가득 채워졌다. 그들은 모두 각양각색의 피켓을 들고 있었는데, 내용은 모두 강혁에 대한 탄원 및 강남 경찰서에 대한 협박이었다. 그렇지 않아도 얼마 전 마약 수사 관련해서 사고 거하게 쳤던 강남 경찰서였던지라 곤란하기가 이루 말할 수 없었다.

"그……. 형식적으로……. 형식적인 소환입니다. 네."

강혁 앞에 선 형사도 쩔쩔매고 있었다. 병원 근처에 몰려든 강혁 지지자들의 눈길이 온통 형사들을 향하고 있었다.

'이건 순순히 따라가라 이거지.'

강혁은 바로 얼마 전에 변호인단에게 들었던 조언을 떠올렸다. 생각 같아서는 지금 당장 형사를 때려눕히고 싶었지만 참았다. 박성민 의원에게도 전화가 오고, 최조은 원장은 거의 빌 듯이 부탁했다.

'백 교수님, 지금 성질대로 하면 앞으로 사람 못 살려요!'

심지어 안중헌 단장과 김강률 팀장까지 찾아왔었다. 지금도 안중헌 단장은 저쪽에 서 있었다. 아주 간절한 표정으로 손을 재빠르게 놀려대면서.

'얌전히 가라, 이거지.'

강혁은 천천히 몸을 일으켰다. 그러자 바로 옆에 있던 재원이 푹 한숨을 쉬며 그의 손을 잡았다.

"다녀오시죠, 교수님……."

원래대로라면 재원도 공범으로 소환되어야 했겠지만, 강혁은 적어도 한 입으로 두말하는 사람은 아니었다. 절대 제자에게 불똥이 튀도록 두지 않았다. 그런데도 재원의 표정이 어두운 이유는 강혁이 그에게 맡긴 일 때문이었다.

"나 다녀오는 동안 환자 똑바로 보고 있어. 알았어?"

"네……."

"여차하면 한유림 교수님도 도와준다고 했으니까 일단 너무 걱정 말고."

"하……. 한유림……."

"왜 사람 이름 앞에 한숨을 붙여?"

"아뇨. 아닙니다. 네, 잘 다녀오십쇼."

"그래. 그나마……. 옛날보다는 실력이 늘어서 다행이네."

강혁은 그 말을 끝으로 형사들의 뒤를 따라 병원을 나섰다.

"백강혁 교수님! 걱정 마세요! 구명 운동 중입니다!"

"경찰에서 강압 수사 있으면 바로 말씀하십쇼!"

그와 동시에 사방에서 고함이 들려왔다. 어찌나 날이 서 있고, 살벌한지 강혁은 바로 옆에 서 있는 형사들의 몸이 움츠러드는 것을 눈으로 본 듯했다.

"백 사마! 다이죠부데쓰!"

심지어 바다 건너 일본에서까지 강혁의 팬클럽들이 와 있었다. 덕분에 형사들은 마치 도망치듯 차에 올라타야 했다. 중간에 낀 강혁을 최대한 배려하면서.

"부, 불편하진 않으시죠……?"

형사들이라고 해서 눈이나 귀가 없는 게 아니었다. 자기 눈앞에 있는 강혁이 진짜 범죄자가 아니라는 것쯤은 다들 알고 있었다.

"네, 뭐."

"네. 뭐든 불편하시면 말씀주십쇼. 박철순 반장님이 제 5년 선배님입니다."

심지어 경찰은 강혁에게 결정적인 빚을 진 경험도 있었다. 목숨을 잃을 뻔한 동료를 살려준 데다가, 그들이 목숨을 걸고 잡은 용의자의 입까지 열어주었으니.

"교수님께서는 아무 말씀 하지 마시고, 그냥 가만히 계시면 됩니다. 대화는 저희가 하겠습니다."

게다가 박성민 의원이 준비해준 변호인단은 여러모로 우수했다. 인맥도 좋았고, 강남 경찰서 서장이 손수 탄 커피를 받아 마실 정도로 친분이 있었다. 이쯤 되면 인맥이 곧 권력이라고 해도 좋을 지경이었다.

'진짜 별거 없는 소환이로구만…….'

처음 올 때부터 별거 없을 거라더니, 지극히 형식적인 대화만이 오갔을 뿐이었다.

'저희는 일단 검찰로 사건을 넘길 수밖에 없고, 기소는 될 겁니다……. 밀수는 법으로 명시된 죄라서요.'

'하지만 검찰 쪽 분위기도 저희와 비슷할 겁니다. 일단 구형 자체가 대단히 조심스러울 거예요.'

그래도 조용히 경찰서에서 서너 시간을 보낸 덕에 모두의 예상대로 별거 아닌 일이 될 가능성이 커졌다.

"피고, 변론하시겠습니까?"

"네, 존경하는 재판장님."

"일어나십시오."

"감사합니다."

강혁은 입이 닳도록 연습했던 멘트와 함께 천천히 자리에서 일어나 살짝 앞으로 나갔다. 그러곤 고개를 45도로 틀어 프레스 석에 있는 기자들이 볼 수 있도록 했다.

"안녕하십니까, 저는 백강혁입니다. 한국대학교 병원의 중증외상센터장이자, 이 중증외상센터의 활성화를 위해, 그리고 국민 여러분의 생명을 살리기 위해 목숨을 건 사람입니다."

웅성대는 소리가 이곳저곳에서 들려왔다. 주로 사전에 연락을 받지 못한 일반인들의 반응이었다. 보통 이쯤 되면 판사가 나서서 강혁을 제지해야 맞겠지만, 지금은 그냥 보고만 있었다.

'백강혁 교수님…….'

그 또한 사고로 가까운 이를 잃어본 아픔이 있는 사람이었기 때문이었다. 만약 그때 지금처럼 닥터 헬기가 있었다면 어떻게 되었을까. 맨 처음 동생을 봤던 의사가 강혁이었다면 어땠을까.

"사람을 살리는 일은 그 무엇보다 중요합니다. 그 어떠한 것도 생명 위에 있어서는 안 됩니다."

판사의 묵인과 잦아든 소란 사이로 강혁의 목소리가 천천히 퍼져나갔다. 숱하게 연습했던 만큼 발음은 또박또박했으며, 어조는 진중했다. 얼굴엔 옅은 미소가 띄워져 있었는데 전체적으로는 어두운 표정을 짓고 있었기 때문에 어딘지 모르게 슬퍼 보였다.

"존경하는 시민 여러분. 지금은 어떠합니까? 정말 생명이 최우선시되고 있습니까? 우리나라, 대한민국은 이제 개발도상국을 벗어

나 선진국에 진입하고 있습니다. 아니, 어떻게 보면 이미 선진국이라고 할 수 있죠."

'칠성그룹과 같은 초거대 기업을 보유한 나라가 어떻게 개발도상국이냐.'

그냥 이름 없는 시민의 말이 아니었다. WTO, 즉 세계 무역 기구에서 나온 말이었다.

"하지만 여러 부분에서 아직 많이 미흡합니다. 특히 생명과 관련한 부분에서 그러합니다. 언제까지 살 수 있는 환자들이 죽어나가야 합니까? 언제까지 치료받을 수 있는 환자들이 고통받아야 합니까? 제 밑에는 두 제자가 있습니다. 하루에도 몇 번씩, 사람답게 살고 싶으면 다른 스승을 찾아보라는 말이 턱 밑까지 차오릅니다. 왜? 지금처럼 가다간, 저처럼 될 테니까요. 병원에서는 적자나 내는 천덕꾸러기에, 밖에서는 건보 재정 좀 먹는 놈이요."

하지만 진짜 큰 문제는 그런 게 아니었다. 환자의 죽음으로 대가를 치러야만 했기 때문이다.

"돈 때문에 사람이 죽는다는 말, 무섭지 않습니까? 아니, 우습지 않습니까? 앞에서는 사람 목숨이 천금보다 귀하다고 말하면서, 뒤로는 다른 게 더 중요하니 양보하라고 합니다."

없는 말을 지어내는 게 아니었다. 강혁이 제안한 1조가 조금 넘는 예산안을 처음 받아 든 박성민 의원이 했던 말이었다. 그리고 강혁에게 동조한 박성민 의원이 동료 의원들에게 해당 정책안을 가져갔을 때 들은 말이었고, 강혁 전에 있었던 중증외상 외과 전문의들이 평생 듣던 말이었다.

"이번 고어사의 인조 혈관만 해도 그렇습니다. 제가 고어사를 두둔하는 것처럼 들릴 수 있어 조심스럽지만, 저는 고어사가 이 인조 혈관을 만들어준 것 자체에 그저 감사합니다."

고어사의 인조 혈관은 소아 환자의 치료에 쓰이는 것인 만큼 전 세계적으로 봐도 수요가 많지 않았다. 하지만 고어사에서는 막대한 돈을 들여 인조 혈관을 개발해내었고, 그전까지는 무슨 수를 써도 죽을 수밖에 없던 환자들이 살 수 있게 되었다.

"그래서 그들이 다소 비싼 값을 요구한다고 해도 살 용의가 있습니다. 근데 우리는 어땠습니까? 다른 나라의 절반도 안 되는 가격으로 넘기라고 으름장을 놓다가, 그들이 철수하겠다고 하니 손가락질했습니다. 다른 제품이라면 그럴 수 있는 일입니다. 하지만 그렇게 분쟁이 일어난 사이, 어떤 일이 벌어졌습니까?"

아무 죄 없는 아이들이 죽음을 목전에 두게 되었다. 부모들은 수술만 받으면 살 수 있을 거라 믿었던 아이가 순식간에 시한부 인생으로 변하는 것을 보게 되었다. 이 모든 비극이 고작 돈 때문이라니. 우습지 않은가.

"그래서 어떤 부모님은 직접 미국으로, 일본으로 가서 이것을 사오다 걸렸습니다. 일반인이 그런 물품을 구하는 거 자체가 불가능하니, 어떤 식으로든 관계 국가에 걸릴 수밖에 없지요. 범죄자가 된 겁니다. 생명을 살리려다가."

사실 쓸데없는 곳에 낭비되는 세금이 얼마나 많은가. 말로만 혈세, 혈세 하면서 정작 쓸 때는 남의 돈처럼 펑펑 날려버리는 경우가 태반이었다. 그중 일부, 정말 일부만 이쪽으로 돌려준다면 더 많은 사람이 살 수 있었다.

"정치인 여러분. 여러분께서 예산 집행을 할 때, 어쩌면 이 예산이 생명을 살리는 데 쓰일 수도 있었다는 생각을 해주시기 바랍니다. 그럼 그 일도 더 가치 있게 될 테고, 그렇지 않았다면 정말 생명을 살리는 데 쓰일 수 있을 겁니다. 국민의 세금은 남의 돈이 아니라, 우리 돈입니다. 제 변론은 이것으로 끝입니다. 감사합니다."

강혁은 거기까지 말한 후, 잠시 심호흡을 하고는 고개를 꾸벅 숙였다. 그 누구도 입을 열지 않았다. 모두 방금 강혁에게 들었던 말을 곰곰이 생각하고 있었기 때문이었다.

'그래……. 생명에 인색할 시대는 지나긴 했지…….'

심지어 강혁과 함께 대본을 짜고 숱하게 연습을 진행해왔던 변호인단들조차 생각에 잠겨 있었다. 특히 어떤 예산을 집행할 때 그 예산이 어쩌면 생명을 살리는 데 쓰일 수도 있었단 생각을 하라는 말은 쉬이 떨쳐 내지지 않았다.

'예정에 없던 말인데, 우리가 만들어준 말보다 훨씬 좋은 말이네.'

그 고요를 뚫고, 아주 멀리서 이상한 소리가 들려 왔다. 익숙지 않은 사람은 무슨 소린지 몰랐겠지만, 강혁은 알 수 있었다.

'헬기?'

이건 헬기 소리였다.

'뭐지? 미쳤나?'

뻔히 재판 중인 걸 알면서 헬기를 끌고 와? 무슨 쿠데타라도 일으킬 작정인가 하는 생각이 들려는 찰나, 판사가 입을 열었다. 드라마나 영화에서처럼 망치를 두드리거나 하지는 않았다.

"검사 측, 더 할 말은 없습니까?"

판사는 잠시 그렇게 가만히 있다가 검사 쪽으로 고개를 돌렸다.

"없습니다."

미리 말을 맞춘 것도 있었지만 정말로 더 할 말이 없어진 참이었다. 강혁의 변론은 변론이 아니라 정당한 항변 같았으니까.

"구형에도 변함은 없습니까?"

검사 측에서는 일단 징역 3개월을 구형한 바 있었다. 밀수를 저질렀는데 무죄를 '구형'할 수는 없지 않은가. 명색이 검찰인데.

"네."

"그럼……. 판결하겠습니다."

판사는 이미 이 재판을 맡았을 때부터 결정하고 있던 참이었다. 검사 측에서 뭘 구형하든 집행 유예를 주기로. 하지만 이젠 생각이 조금 바뀌어 있었다.

"피고 백강혁은 관세법 제234조 및 제241조를 위반한 혐의에 대해 기소되었으나, 밀수한 물품이 의료 물품이며, 본인이 사용하지 않고 전부 환자 치료에 사용한 점 등을 미루어 볼 때 관세법 제234조 중 어떤 항목에도 저촉되지 않음을 확인하였다. 오히려 공공성에 그 목적이 있음 또한 확인하였다. 이에 본 법정은……."

판결을 내리려는 순간, 누군가 문을 벌컥 열었다. 주황색 옷을 입은 구급 요원이었다.

"백 교수님!"

어떤 미친놈인가 뒤를 돌아보니 안중헌 단장이었다.

"뭡니까? 소란을 피우면 구금될 수 있습니다!"

판사가 소리쳤지만, 안중헌 단장의 입을 막진 못했다.

"서해대교 버스 추돌 사고입니다! 양재원 선생님이 현장에 갔고, 근처 인하대병원으로 환자를 옮기고 있지만 역부족입니다! 빨리 가셔야 합니다!"

그리고 그 말을 들은 판사는 어쩔 수 없다는 듯, 쓴웃음을 짓고는 아까 하고자 했던 말을 마무리했다.

"무죄를 선언합니다. 백 교수님, 어서 가보시죠."

"일단, 일단 위로 올라오시죠. 교수님."

정신을 차리고보니 안중헌 단장은 이미 법원 정원을 헤집어놓은 헬기 위로 올라탄 후였다.

"이런 미친."

강혁은 자신도 막 나가는 편이라고 생각했지만, 안중헌 단장은 정말로 미친놈이로구나 하는 생각을 하며 그의 팔을 잡았다.

'법원을 쑥대밭으로 만들다니……. 내일의 주인공은 나 아니면 이놈이겠는데?'

딱히 문제가 생길 것 같지는 않았다. 강혁은 무죄 판결을 받은 이후였고, 지금은 환자를 살리러 가는 길이었으니까. 그렇다고 해서 법원 정원을 이렇게 만들어놔도 되는 건지는 조금 고민이 되었다. 그런 걱정과는 상관없이 헬기는 강혁을 태우자마자 급하게 위로 날아올랐다. 그 바람에 뒤쫓아오던 기자들과 주차장에 얌전히 주차되어 있던 자동차들은 엄청난 양의 흙먼지를 뒤집어썼다.

안중헌 단장은 너무도 태연한 얼굴로 말을 이었다.

"아. 아까 밑이 바다냐고 하셨었죠?"

그 말에 강혁은 조금 전까지 그의 머릿속을 어지럽히고 있었던 잡다한 생각들을 싹 치워버렸다.

"아, 그래. 바다야?"

"아뇨. 아닙니다. 다행히……. 아니, 이게 다행인지는 모르겠는데. 지금은 썰물이라 펄입니다."

"펄……. 갯벌에 떨어졌다, 이거지?"

"네."

"바다보다는 나은데……."

갯벌도 안 좋기로만 따지면 결코 뒤지지 않는 현장이었다. 구조를 위한 차량이 들어갈 수 없었기 때문이다. 괜히 들어갔다가 오히려 구조 요청자만 늘리는 수도 있었고, 실제로 그러다 순직한 소방대원들도 있었다.

'갯벌도 결국……. 시간이 지나면 바다가 된다 이거지…….'

그제야 강혁은 서해대교라는, 근처에 큰 대학 병원이 두 개가 있는 지점에서 일어난 사고에 왜 헬기가 떴는지 이해할 수 있었다.

"그럼 나는 갯벌팀인가?"

강혁의 말에 안중헌 단장은 바로 고개를 끄덕였다.

"네."

"1호는 그럼 대교에 있어?"

"아……. 네. 지금 분류하면서 응급 처치 중일 겁니다."

"2호는?"

"그……. 누구더라."

안중헌 단장은 분명 되게 높은 사람인데 맨날 강혁에게 당하기만 하던 교수를 떠올렸다.

"아, 아 맞아. 한유림 교수님하고 응급 수술 들어갔습니다."

"수술을 들어가?"

"네. 이거 말고 다른 헬기도 떴거든요. 양재원 선생님이 응급 처치를 기가 막히게 해주셔서, 아마 환자는 살 거 같습니다."

'닥터 헬기가 한 사고에 두 대가 뜨고, 그 와중에 1호가 사람을 살렸다 이거지.'

처음 강혁이 한국대학교 병원 중증외상센터로 왔을 때를 생각해보면 정말이지 말도 안 되는 일이 벌어진 것이다. 그땐 일단 닥터 헬기 하나 띄우는 것도 어려운 일이었다. 게다가 창의력을 발휘해 기상천외한 방법으로 환자를 죽이지만 않으면 다행이었던 제자가 사람을 살리다니.

강혁이 잠시 감회에 젖어 있는 동안 헬기는 끊임없이 날아갔다. 강혁 일행은 금세 바닷바람이 불어오는 서해에 도달할 수 있었다.

"저기, 저기가 바로 사고 현장입니다!"

안중헌 단장은 위태롭다는 생각이 들 정도로 문가에 바짝 붙은 채 아래쪽을 가리켰다. 그가 아까 말해주었던 대로 버스 한 대가 대교 위에 나뒹굴고 있었다. 미처 교통 통제에 들어가지는 못했는지, 대교 초입부터 차들이 빽빽하게 서 있었다.

"다른 한 대는?"

"저기……. 저기로."

"아."

강혁은 안중헌 단장의 손가락이 가리키는 곳으로 시선을 옮겼다. 그러자 서해대교 난간을 뚫고 바닥으로 처박힌 버스 한 대가 눈에 들어왔다. 그나마 다행인 점은 버스가 세로로 꽂힌 게 아니라 옆으로 누워 있다는 것이었다. 만약 세로로 꽂혔다면 추락 당시의 충격만으로도 승객 여럿이 죽었을 것이다.

'게다가 갯벌은……. 일반적인 땅보다는 부드러워.'

너무 부드러워서 구조 차량이 못 들어간다는 것이 큰 단점이기는 했지만, 뭐가 어찌 되었건 위에서 떨어지는 처지에서는 부드러운 게 딱딱한 것보다는 백배, 천배 나았다.

"교수님, 일단 이거 허리에 차시죠."

안중헌 단장은 자신을 따라 한참 동안 밑을 내려다보고 있던 강혁에게 허리 벨트 같은 것을 건네주었다. 강혁은 뭐냐고 묻는 대신 일단 허리에 찼다.

"발 빠지는 거 대비하는 용인가?"

이미 용도를 알고 있었기 때문이었다.

"네. 이것도 착용하시죠."

안중헌 단장은 고개를 끄덕이면서 장화를 건네주었다. 그리곤 기장을 향해 신호를 보냈다.

"오케이. 여기서 대기하고 있을게. 어지간하면 서둘러줘."

기장은 오케이 사인을 보내긴 했지만, 표정이 아주 밝지만은 못했다. 헬기가 떠 있는 곳이 바닷가였기 때문이다.

"아무리 이게 좋은 기종이라도, 계속 바닷바람 맞으면서 한 자리에 버티는 거……. 쉽지는 않아."

"알겠습니다."

안중헌 단장 또한 기장의 말에 십분 공감하는 바였다. 지금도 세차게 불어오는 바람에 기체가 조금씩 흔들리고 있었다. 어디 착륙해서 서 있는 것도 아니고 하늘 위에서 버티고 서 있는 건 생각만 해도 어려운 일이었다.

"자, 그럼 서두르자고."

"어, 교수님! 먼저 가시……. 야, 야. 다들 따라가!"

어느새 준비를 마친 강혁이 훌쩍 헬기에서 뛰어내렸다. 여느 때처럼 완벽함을 넘어 아름다워 보이는 활강이었다.

"후……."

강혁은 새카만 장화를 신고 갯벌에 내려선 후 버스를 돌아보았다. 아직 그 누구도 구조에 나서지 못한 탓에 안쪽은 아비규환이었다.

"여, 여기……!"

더구나 버스 밖에도 몇몇 사람들이 튕겨나가 있었다. 강혁은 그를 부른 사람에게 냅다 달려가는 대신 찬찬히 밖에 있는 사람들부터 돌아보았다.

'위팔뼈 골절, 복부 타박상, 저 사람은……. 운이 좋았네. 찰과상 정도. 흠.'

버스 밖으로 튕겨져 나온 사람들은 모두 8명이었다. 그중 강혁이 내려서자마자 소리친 사람을 포함한 4명은 목숨에 지장이 있을 정도의 부상은 없었다.

'둘은 이미 사망…….'

한 명은 구조만 좀 더 빨랐으면 살 수도 있었을 사람이었다. 얼굴이 갯벌에 파묻히는 바람에 숨을 못 쉬어서 죽게 된 것이었으니.

'다른 하나는……. 아쉽지만…….'

유리창을 깨고 나오면서 머리가 깨진 듯했다. 피가 지금도 철철 흘러내리고 있었는데, 살리기는 쉽지 않아 보였다.

'그럼 우선 봐야 할 사람은 저 사람이겠어.'

물론 버스 안에도 환자들이 더 있긴 하겠지만 일단 눈앞에 살릴 수 있는 사람이 있다면 거기에 집중해야 했다. 강혁은 헬기에 고정해둔 덕에 살짝 뜬 몸을 이용해 빠르게 환자에게로 이동하기 시작했다.

"야, 야! 어디가!"

강혁이 자신을 버리고 다른 곳으로 간다고 판단한 환자가 절규했다. 탓할 일은 아니었다. 부상의 정도를 떠나 심각한 사고를 당한 직후였으니. 그사이 안중헌 단장을 비롯한 다른 대원들 또한 펄 위에 올라섰다.

"저기 위팔뼈 골절 환자, 그 우측으로 3m 지점에 사망자, 다시 우측으로 1m 지점에 복부 타박상 환자하고 찰과상 환자, 그 옆으로 사망자, 다시 우측으로 3m 지점에 블랙!"

강혁은 여전히 시선은 아까 구하기로 마음먹었던 환자를 향한 채 이렇게 외쳤다. 그러자 안중헌 단장은 그의 지시에 따라 팀원들을 분산시켰다.

"거기 고정만 해서 위로 올려보내! 사망자는 일단 그대로 두고! 블랙은……."

물론 그 과정이 그렇게 쉬운 일은 아니었다. 죽은 사람을 포기하는 거야 어쩔 수 없는 일이라 칠 수 있겠지만, 분명 아직 살아 있는 사람까지 포기하는 건 어지간한 정신으로 할 수 있는 일은 아니었다.

"블랙도 그냥 둬!"

강혁 또한 그러한 사실을 아주 잘 알고 있었다. 그래서 결정은 자신이 내리기로 작정했다. 강혁이라고 마음의 상처가 남지 않는 것은 아니었지만. 어찌 되었건 그 상처를 제일 잘 견딜 수 있는 사람이기는 했다.

"아, 네. 블랙도…… 그냥 두고, 일단 복부 타박상 환자, 찰과상 환자 위로 올려!"

"안중헌 단장도 멍하니 있지 말고 이리로 좀 와서 나 도와줘!"

"복부 자상입니까?"

안중헌 단장 또한 반쯤 공중에 뜬 채로 장화 신은 발을 파닥거리며 강혁에게 달려갔다. 아무래도 늘 훈련을 쉬지 않는 인간이라 그런지 속도는 대단히 빨랐다.

"어! 유리가 박혔어!"

강혁은 그런 중헌에게 고개를 돌리는 대신 환자의 상처에 집중했다.

"크, 크으윽."

환자는 강혁이 상처 난 곳을 누르는 바람에 발생한 통증에 눈을 떴다. 다른 사람 같았으면 조금은 미안한 기색을 보였을 테지만. 뼛속까지 의사인 강혁은 그러지 않았다.

"됐어! 통증에는 반응이 있어!"

환자는 아주 당황스러웠지만, 뭐라 말할 겨를은 없었다. 강혁이 계속해서 다소 우악스러운 방법의 진찰을 이어나갔기 때문이다.

'출혈량은……. 그나마 아주 많지는 않아.'

물론 주변이 갯벌이기 때문에 정확한 출혈량을 파악하는 건 어려웠다. 피가 흘러나오는 족족 펄로 스며들었기 때문이다. 하지만 강혁에게는 다른 방법도 얼마든지 있었다.

'기껏해야 아직 1L도 안 빠져나갔어.'

다른 의사들은 불가능하겠지만. 강혁은 피의 색만 봐도 대강의 산소 포화도를 알 수 있었다.

"자, 환자분! 이름이 뭡니까!"

강혁은 계속해서 일정 강도 이상의 통증을 주고 있었기 때문에 환자는 의식을 놓으려야 놓을 수 없는 상황이었다. 그러던 찰나에 통증 대신 질문이 들어오니, 환자 입장에서는 반갑기까지 했다.

"김혁수! 김혁수!"

"좋아요. 김혁수 님! 여기가 어디죠?"

강혁은 질문을 던지는 동시에, 어느새 다가온 안중헌 단장에게 지혈 밴드와 타코콤 등의 지혈제를 받아 들었다. 환자는 자세도 엉거주춤한 데다가 시선을 돌릴 정신도 없었기 때문에 그저 강혁의 질문에만 집중하고 있었다.

"여기……. 여기 공항 가는 길이었는데……."

게다가 사고 직후 잠시 정신을 잃었기 때문에 어리둥절하기까지 했다. 강혁은 이 짧은 대답에서 많은 정보를 얻었다.

'두부 외상이 딱히 있어 보이진 않았는데……. 의식을 잃었던 모양이군.'

의식을 잃을 정도의 충격이 있었다면 반드시 머리를 확인해봐야 했다. 지금은 괜찮아 보여도, 후에 문제를 일으킬 가능성이 있었다.

'뇌수막하 출혈 같은 건 얼마든지 있을 수 있지. 잘 봐야겠어.'

강혁은 그렇게 마음먹으며 복부에 틀어박혀 있던 작은 유리 조각들을 뽑아내었다.

"으, 으악."

"좀 따끔해요."

"으. 으아아!"

강혁은 자신이 뽑아내면서도 이게 단순히 따끔한 수준에 그치지 않는다는 건 아주 잘 알고 있었다. 하지만 그렇다고 해서 지금 당장 제거할 수 있는 유리 조각을 계속 몸 안에 두는 건 너무 위험한 선택이었다. 안에서 깨지기라도 하면 진짜 최악의 상황을 맛보게 될 수도 있다.

"안중헌 단장, 그거 부어."

"아, 네."

"끄아아악!"

물론 강혁은 단순히 유리 조각을 뽑아내는 데 그치지 않았다. 안중헌 단장을 시켜 베타딘을 상처에 들이부었다. 거의 상처 난 데 소금 뿌리는 수준이라, 비명이 사방으로 울려 퍼졌다.

"잘했어."

듣기만 해도 끔찍스러운 비명이었지만 강혁은 눈 하나 깜빡하지 않고 소독된 상처에 타코콤을 쑤셔 박았다. 다행히 혈관이 다친 것은 아니라 타코콤만으로도 피는 멈추는 듯했다.

"이건……. 이건 어떻게 할까요?"

안중헌 단장은 그렇게 4개가량의 유리 조각을 제거한 후, 환자의 배에 남아 있는 가장 큰 유리 조각을 가리켰다. 조각이라는 말이 안 어울릴 정도로 거대한 녀석이었다. 강혁은 안중헌 단장의 손을 유리 조각에서 멀리 치우며 고개를 저어댔다.

"이건 지금 뽑으면 환자 죽어."

박힌 채로 깨져도 죽는 건 마찬가지겠지만, 일단 환자를 이송하는 동안 깨질 가능성은 낮았다. 환자가 타고 갈 헬기는 안정성이라면 세상에서 둘째가라고 해도 서러울 정도로 우수한 MD 902 기종이었다.

"이대로 수술방으로 가야 해."

"그럼……."

"일단 다른 환자들부터 헬기로 이송해서 다리 위로 옮기고……. 지금 우리 병원으로 간 헬기는 어디 있지?"

"AW 169 말씀입니까?"

"어, 그거."

"아마 연료 때문에 기지로 복귀했을 겁니다."

"음."

강혁은 중헌의 말에 화를 내는 대신 침음했다. 이건 딱히 누구의 잘못이라기보다는 그저 헬기 자체의 한계였으니까.

"그럼 인하대병원하고, 또 갈 병원 쪽으로 문의를 좀 해보지?"

"구급차 말고……. 헬기 말씀입니까?"

"응. 거기 지금 보유하고 있는 게 있나?"

"병원 자체 보유는 없습니다. 인천 쪽 소방서가 보유한 헬기는

AW 109뿐이고요."

'그래도 지금은……. 그거라도 있으면 좋겠군.'

강혁은 대원들이 헬기로 이송하기 위해 들것에 고정하고 있는 환자들을 돌아보았다. 죽은 사람들을 제외하면 간략한 처치만으로도 목숨에는 지장이 없을 경상자들이었다.

"지금 저 환자들은 일단 대교 위로만 옮기고, 각 병원으로 이송하는 건 AW 109를 사용하면 어때?"

"아……. 이 환자는 우리 헬기로 가고요?"

"그래야지. 그리고 AW 169도 준비되는 대로 다시 오라고 하고. 우리 아직 버스 안은 뒤져보지도 못했는데."

"알겠습니다. 근데……."

안중헌 단장은 안타깝다는 얼굴로 시계를 내려다보았다. 가타부타 말은 없었지만, 강혁은 그 이유를 알 것 같았다. 저 멀리 밀려났던 바다가 슬금슬금 돌아오려 하고 있었으니까.

"이런 망할. 우리 시간 얼마나 있지?"

강혁의 말에 안중헌 단장이 신음하듯 답을 내뱉었다.

"대략 세 시간……? 완전히 물이 들어오려면 더 시간이 걸리겠지만. 아시다시피……."

"조금만 물이 들어와도 구조는 어렵지."

오히려 완전히 물이 차면 더 나을 수도 있었다. 보트라도 띄우면 되니까. 하지만 애매하게 물이 차오르는 상황에서 구조 활동은 불가능했다.

'세 시간이라……. 세 시간…….'

강혁은 같은 단어를 머릿속으로 되뇌면서 안중헌 단장과 버스 그리고 눈앞의 환자를 번갈아 바라보았다.

'이 미친놈이 이 사람 하나 살리자고 법원까지 헬기 타고 온 건 아니지.'

그렇다면 더 많은 사람을 살려야 한다는 뜻이었다. 그러자면 MD 902는 계속 여기 있어야만 했다. 그래야 구조 작업이 계속될 수 있을 테니.

'1호가 대교 위에 있댔지…….'

강혁은 문득 대교 쪽을 바라보았다. 완전히 박살 난 난간이 눈에 들어왔다. 당연히 재원이나 다른 대원들은 보이지도 않았지만 한창 환자들을 살리기 위해 동분서주 뛰고 있으리라는 건 알 수 있었다.

"안중헌 단장."

마침내 결론을 내린 강혁이 입을 열었다. 내내 강혁의 입이 열리기만을 기다렸던 그는 급히 고개를 끄덕였다.

"네, 교수님."

"일단 이 환자, 위로 데리고 가지."

"아……. 네."

그리곤 어쩐지 실망한 듯한 표정을 지어 보였다. 강혁이 뭔가 다른 결정을 내릴 거라 기대를 했기 때문이었다. 하지만 강혁의 말이 계속되자 점점 표정이 바뀌어만 갔다.

"그리고 1호도 헬기로 불러들여."

"네?"

"이 환자, 헬기에서 수술할 거야. 그동안…… 버스 내부 계속 수색해. 다른 환자들 대교로 옮기는 건 가능하지?"

"음……."

안중헌 단장은 잠시 헬기 쪽을 바라보았다. 대교로 이동하려면 헬기를 약간은 움직여야만 했다. 걱정하는 듯한 모습을 본 강혁이 그의 어깨를 두드려주었다.

“괜찮아. 그 정도는. 단장도 알잖아? 저 헬기는 그렇게까지 안 흔들려.”

“그……. 알겠습니다. 근데 기장이 동의할지는 모르겠습니다.”

안중헌 단장은 아까 라펠 타기 전에 기장이 했던 말을 떠올렸다. 어지간하면 빨리 끝내라고 했었는데, 이젠 안에서 수술하는 동시에 버스 안의 환자들을 구조해야 하는 상황이었다. 날은 점점 더 어둑해지는 데다가 바람 또한 점점 더 거세지고 있었다.

“동의는 무슨. 누군 저기서 수술하고 싶어서 하나? 일단 올리자고.”

물론 강혁은 고민하지 않았다. 환자의 생명을 살리기 위해서라면 다른 이들의 불편 정도는 얼마든지 침해할 각오가 되어 있었기 때문이다.

“여기서……. 수술을 하시겠다?”

당연하게도 기장의 반발이 있긴 있었다.

“하아…….”

하지만 기장 또한 강혁의 사명감에 동조하고 있는 사람이었다. 바다 경치 보려고 머무는 것도 아니고, 사람 최대한 많이 살려보겠다는 사람의 말인데 어찌 거부할 수 있겠는가.

“알겠……습니다. 그래도 위험해지면 제 말 듣는 겁니다?”

“알았어요, 알았어. 내가 언제 이런 거로 고집부리나.”

“와……. 진짜 맨날……!”

“아무튼, 잘 버텨주세요. 흔들리면 안 됩니다.”

“어휴.”

기장은 지켜지지 않을 게 뻔한 강혁의 약속을 위안 삼으며 헬기를 고정시켰다. 그사이 밖에 있던 환자들은 이미 모조리 대교 위로 옮겨진 후라, 그나마 당분간 왔다 갔다 할 일이 없다는 것이 다행이었다.

"그러니까……. 여기서 수술을 하시겠다 이거죠?"

영문도 모르고 헬기로 올라온 재원이 황당하다는 표정을 지어 보였다. 환자와 강혁을 번갈아 보면서였다.

"어. 여기서. 밑에서 구조해야 할 거 아냐. 지금 동시에 가능한 헬기가 이것뿐이라고."

"그……. 근데 배가……. 배에 너무 큰 게……. 박혔잖아요?"

"피는 인하대병원에서 배달 오기로 했어."

"아니……."

세상에 피만 있으면 수술이 되는 건가. 그런 세상이었으면 죽을 사람이 없겠지.

"뭐 새꺄. 지금 내릴래?"

하지만 재원은 지금 당장 이 수술에 참여하지 않으면 헬기에서 내려야 할 판이었다.

'라펠을……. 타게 해줄까?'

아마 아닐 터였다. 그냥 밀 것이 분명했다.

'그럼 나도 구조 요청자가 되겠군…….'

세상에 그럴 수는 없는 일이었다.

"아뇨, 아닙니다……."

"그럼 여기로 바짝 붙어서 서."

"네, 네."

재원은 다 죽어가는 얼굴로 헬기에 마련된 수술대 옆으로 가서 섰다. 다른 헬기 같았으면 쭈그려 앉아서 수술했어야 했을 텐데, 지금은 그나마 수술대 옆에 설 수 있으니 다행이었다.

"김혁수 님."

"네, 네……."

강혁은 재원이 자리 잡는 사이 환자를 돌아보았다. 환자는 어쨌든 구조되었다는 생각에 아까보단 표정이 좋아 보였다. 지금 자신의 배에 언제든 깨지면 사망에 이르게 할 수 있는 폭탄이 박혀 있고, 그 폭탄 제거 수술을 헬기 위에서 할 거라는 건 상상도 못 하고 있었다.

"여기서 바로 수술을 할 겁니다."

"네?"

"헬기에서 한다는 겁니다."

"아니, 아니……."

"자, 그럼 주무시고……."

"야!"

"약 들어갑니다."

아무리 시설이 좋다고는 해도 헬기는 헬기였다. 응급 수술이 가능했지만 진짜 수술방과는 시설이나 방식 등 여러 가지 차이가 있었다. 일단 마취제 주입 방식이 달랐다.

"이거 손으로 넣는 건 또 오랜만이네."

마취과 의사가 아니라면 약을 직접 재서 넣는 행위 자체가 낯설겠지만, 강혁의 얼굴엔 당황스러움보다는 그리움 비슷한 표정이 떠올랐다.

"오랜만…… 이요?"

재원 역시 마취 방식에 당황스러워하던 중, 강혁의 말을 듣고 이

해가 안 되는 듯한 표정으로 물었다.

"아, 얘기 안 했나? 저기 시리아 가면 이런 일이 꽤 있어. 아무래도 교통사고랑 전투 부상은 많이 다르거든."

군의관으로 3년을 복무했지만 전투 부상을 단 한 번도 접해보지 못한 재원으로서는 쉽게 상상할 수 없는 일이었다. 하지만 아예 이해 못할 일은 아니었다. 교통사고와는 달리 전투 부상은 상대가 살의를 가지고 벌인 일의 결과였다. 부상의 정도가 훨씬 심할 수밖에 없었다.

"그러니까……."

"너무 걱정하지 말라고. 헬기에서 수술 끝까지 해본 경험이 없는 건 아냐. 많은 것도 아니긴 하지만."

"여기서 정말 끝을 보시려고요?"

"저 밑에 봐라. 저거 금방 되겠냐?"

강혁은 이제 완전히 잠들어버린 환자의 입에 자연스럽게 튜브를 넣고는 헬기 아래쪽을 가리켰다. 헬기는 대교 근처에서 맴도는 위험을 도저히 감수할 수 없다는 기장의 판단으로 좀 더 고도를 높인 상황이었다. 덕분에 밑에서 구조 작업 중인 안중헌 단장과 대원들의 모습이 마치 인형처럼 보였다.

"쉽지…… 는 않겠죠."

옆으로 뒹굴어 다행이라고 생각했던 버스는 차체의 3분의 1 정도가 갯벌 안쪽에 파묻혀 있었다. 안에 있는 환자들을 안전하게 빼내는 것은 상상만 해도 어려운 일이었다.

"일단 저기는 저기 대로 두고, 넌 수술에 집중해. 대원 아니잖아? 의사지."

"아, 네. 교수님. 알겠습니다."

의사에게는 의사의 일이 있고 대원에게는 대원의 일이 있는 법이었다. 아무리 우수한 의사라 해도 저 밑에 있는 대원 중 누구 하나와도 대체할 수는 없다는 얘기였다. 재원은 환자에게로 다시 고개를 돌렸다.

'허이구.'

밑도 갑갑해 보이긴 했지만 여기도 그리 쉬운 편은 아니었다. 환자의 배에 박힌 유리 조각은 무척 날카로울뿐만 아니라 굉장히 위태로워 보였다. 이미 금이 가 있는 상태였기 때문이다.

"우리 전원은 충분하려나? 이거 기계 돌려도 됩니까?"

강혁은 인공호흡기 및 간이 마취 기기를 켜며 기장을 돌아보았다. 간이 기기라고는 해도 전력 소모량은 만만치 않은 녀석들이었다. 의료용 장비들은 대개 가정용 220V가 아니라 훨씬 더 높은 전압을 필요로 했기 때문이다.

"음."

기장은 잠시 내부 상태를 확인하더니 이내 고개를 끄덕였다.

"네, 충분합니다. 연료보다 배터리가 더 넉넉합니다. 이거 관리를 진짜 완벽하게 하고 있어서요. 단장님 지시로."

"아하. 그거 다행이구만."

사람 살리는 데 있어 필수적인 닥터 헬기를 최선을 다해 관리하는 건 어찌 보면 당연한 일이라 할 수 있었다. 하지만 강혁의 경험상 당연한 일을 정말로 당연하게 해주는 사람은 극히 드물었다. 그런 의미에서 대한민국에 안중헌 같은 사람이 있고, 그 사람이 중앙구조단장이라는 역할을 해주고 있다는 건 크나큰 행운이라 할 수 있었다.

강혁은 그런 생각을 하면서 마취 기기를 연결했다. 그사이 재원은 큼지막한 가위를 가지고 환자의 옷가지를 잘라냈다. 가위질을 할 때마다 옷에 묻어 있던 진흙이 덩어리째 툭툭 떨어졌지만, 아직 몸에 묻어 있는 진흙의 양은 어마어마했다.

"이거……. 이거 어떻게 닦죠?"

"어떻게 닦긴, 물 부어야지. 이게 그냥 흙도 아니고 갯벌이잖아. 면역력 약한 사람들은 가벼운 상처에만 들어가도 죽어, 인마."

둘은 쉴새 없이 툭탁거리면서도 손을 쉬지 않았다. 헬기 내에 비축된, 실로 어마어마한 양의 증류수를 이용해 환자의 상처 부위는 물론 혹시라도 절개할 것 같은 곳 전부를 닦아내는 중이었다.

"금방 하잖아, 하니까."

"그건 제가 이제 하도 숙달돼서 그런 거죠."

"시끄러워. 일단 이걸로 손이나 닦아. 셀프 가우닝 하고."

"아, 네."

재원은 투덜거리다가도 강혁이 건네준 휴대용 세척 솔을 받아들고 금세 입을 다물었다. 베타딘과는 달리 옅은 분홍빛을 띠고 있는, 히비탄 용액을 이용해 손을 슥슥 문질러 닦았다. 베타딘에 비하면 필요 소독 시간이 짧으면서도 쉽게 마르는 성질을 가지고 있어, 이런 식으로 설비가 부족한 곳에서 사용하기 적합했다. 다만 순해 보이는 색에 비해 독성이 강해 점막에 닿지 않도록 주의를 기울여야 했다. 간혹 눈에 들어갈 경우 실명까지는 아니더라도 시력 저하를 일으킬 위험이 있는 약이었다.

"빨리 좀 닦아라. 환자 소독은 나만 하니?"

"아니……. 이게 비벼야 마르는데 저는 아직……."

열심히 박박 문질러 닦던 재원은 강혁을 바라보며 볼멘소리를 했다. 그의 스승이자 괴물인 강혁은 초인적인 속도로 손을 문질러 닦고는 이미 셀프 가우닝까지 마치고, 장갑까지 낀 채 환자를 닦는 중이었다. 베타딘은 못 찾았는지, 환자의 배도 히비탄으로 닦고 있었다.

"뭘 얼마나 천천히 비비길래 그게 아직도 안 말라?"

"아니……. 교수님처럼 손도 안 보이게 비비는 게 이상한 거긴 하거든요……."

재원은 고개를 절레절레 저으며 손 소독을 마저 했다. 그동안 강혁은 옅은 분홍빛이 감도는 히비탄으로 환자의 복부와 흉부까지 말끔히 닦아낸 후, 다 쓴 솔은 헬기 구석에 비치된 폐기물 통에 던져 넣어버렸다. 그리곤 자신에게는 선명하게 보이는, 그러나 남들은 보기 힘든 희미한 경계선을 가리켰다. 소독된 부위와 그렇지 않은 부위가 구분된 선이었다.

"여기 넘어가서는 만지지 마. 딱 여기까지만 소독된 거야."

"벌써 말랐는데, 그게 보이세요?"

"나는 보여. 그러니까 그냥 내 말 들어. 사고 치지 말고."

"네……. 아무튼, 이 안쪽으로 드랩 치면 된다 이거죠?"

"그래."

"네."

간이 수술실에서는 드랩도 간이로 할 수밖에 없었다. 평소처럼 머리부터 발끝까지 덮는 드랩을 치기엔 공간이 부족해서 어쩔 수 없는 일이었다. 그래서 딱 수술 부위 근처, 강혁이나 재원의 몸이 닿을 수 있는 부분까지만 드랩을 쳤다.

"후."

마침내 준비를 마친 강혁은 옅은 한숨을 쉬었다. 이제 겨우 준비만 했을 뿐인데 벌써 20분가량이 지나 있었고. 어느덧 해도 많이 저물어 있었다. 붉은 서해의 낙조를 보며 감탄은커녕 한숨만 튀어 나왔다.

"일단 이거부터 뽑아야 하지 않을까요?"

재원은 그런 강혁을 보며 유리를 가리켰다. 기분 탓인지 뭔지는 몰라도 아까보다 금이 더 진해진 것처럼 보였다.

"냅다 뽑다가 그냥 깨진다, 이거. 버스 유리창이 뭐 이렇게 약해."

강혁은 유리창을 쥐고 흔드는 대신 고개만 흔들어댔다. 그의 완력이라면 충분히 억지로 빼낼 수도 있을 테지만 그러다가 부러지기라도 하면 재앙이었다.

"그럼……."

"절개 늘려야지."

"여기서 더요?"

"어쩌겠냐."

강혁은 그리 말하면서 메스를 집어 들었다. 이미 복부에 30cm 가까운 상처가 난 상황인지라 강혁도 더 긋기가 망설여졌다. 하지만 환자를 위해 필요한 일이었다. 강혁은 메스를 쥐고 거침없이 죽 하고 그어나갔다. 재원도 보조에 최선을 다했다.

"그래, 거기. 그렇게 당기고."

"여기도요?"

"아니. 거긴 유리 들어갔잖아. 그래, 그렇게."

"그나마……. 유리가 워낙 세게 틀어박혀서 그런가 출혈이 많지는 않네요."

"그래도 혹시 몰라. 저거 하나는 풀로 틀어놔야 해."

재원의 말에 강혁은 아까 달아두었던 혈액 주머니를 바라보았다.

의도대로 환자의 혈관을 통해 혈액이 흘러들어가고 있었다.

"자……. 이제 거기 좀 당겨봐. 어디까지 박혔어, 이거?"

"네."

어느새 절개는 10cm가량 더 길어져 있었다. 재원은 절개된 단면 양쪽에 기구를 걸어 쭉 당겼다. 물론 박혀 있는 유리 조각이 움직이지 않을 정도로만 당겼다.

"어디……."

강혁은 조심스럽게 드러난 환자의 상처 부위를 들여다보았다. 아무래도 헬기 안이었기 때문에 수술실만큼은 밝지 않았다. 머리에 쓴 헤드라이트가 아니었다면 수술은 훨씬 어려웠을 터였다.

'이런 망할.'

예상과는 달리 안에 박힌 유리 조각은 이미 한 번 부러져 있었다. 바깥쪽 유리가 단단하게 고정될 수 있던 건, 유리 앞부분이 간에 박혀 있었기 때문이다.

'간이 단단하니까……. 거기서 한 번 부러졌어.'

그리고 안쪽 깊은 곳에 있는 조각은 옆으로 튀어 들어가면서 위에 박혀 있었다. 바깥쪽과는 달리 그 유리 조각은 위가 운동할 때마다 조금씩 움직이고 있었는데, 틈새를 통해 위 안쪽 내용물을 확인할 수 있을 정도였다. 안쪽은 위산과 음식물로 어느 정도 들어차 있는 상황이었다. 저게 밖으로 흘러나온다면 어떻게 될까.

'수술방으로 가야 해. 여기서는 도저히 무리야.'

하지만 이 헬기가 떠나버리면 지금 버스에서 구조되고 있는 환자들은 어쩐단 말인가. 결국 위가 터지지 않도록 조심하면서 수술을 마무리할 수밖에 없었다.

"실 줘봐."

"네?"

재원은 대뜸 실부터 달라는 강혁의 말에 반문했다.

"뭐."

"아뇨. 여기 있습니다."

뭐가 뭔지는 몰라도 강혁이 달라고 하면 주는 게 맞다는 생각에 곧장 실을 건네주었다. 강혁은 그렇게 건네받은 봉합 기구를 이용해 유리가 박혀 들어간 위벽에 바늘을 찔러넣었다. 바늘 끝이 유리 조각 표면을 긁는 소리가 들렸다. 강혁은 아랑곳없이 위벽을 기워 나갔다. 재원으로서는 이해가 잘 안 되는 일이었다. 유리 조각이 박힌 상태라 완전히 봉합되는 것도 아니고, 그저 절개 면을 따라 실을 지그재그로 꼬아넣고 있을 뿐이었다.

"음?"

"잘 보고 배워둬. 교과서에는 안 나오는 방법이니까."

하지만 강혁은 망설임이 없었다. 재원으로서는 약간의 기대감마저 들었다. 기대감을 품는 거 외에는 할 수 있는 일이 없었다.

'뭐 하시는 겨…….'

강혁은 마침내 완전히 상처 난 단면을 완벽하게 둘러치고 나서야 안도의 한숨과 함께 봉합 기구를 내려놓았다.

"야, 이제 잡아."

"뭘…… 요?"

"유리, 새꺄. 정신 놓을래? 내려보내, 지금?"

"아, 아뇨. 살려주세요."

"뭘 살려줘. 죽진 않을걸?"

강혁은 슬쩍 아래를 내려다본 후 넋두리처럼 중얼거렸다.

"잡을게요. 지금 당장."

"그럼 잡아."

"네, 네."

강혁은 재원이 유리를 두 손으로 단단하게 잡은 것을 확인하고는 방금 자신이 만든 봉합사 그물 쪽으로 시선을 돌렸다.

"천천히 당겨. 그리고 내가 지금까지 만든 실이 어떻게 움직이는지 잘 봐."

"실을요……?"

"그래. 잘 보라고."

"네."

재원은 여전히 뭔지 모르겠다는 듯한 얼굴이었지만 곧 집중하고 천천히 유리 조각을 뽑아내기 시작했다. 유리 조각은 한 번 깨진 것이긴 했지만 상당히 두꺼운 편이었다.

"오."

그렇게 안정적으로 유리 조각이 빠져나가는 동시에 강혁은 실을 조금씩 조여서 유리가 딱 빠져나간 것만큼 공백을 줄여나갔다. 그제야 재원은 탄복했다는 얼굴이 되어 강혁을 돌아보았다.

"이렇게 하면 아무것도 안 나오겠네요?"

"그래. 혈관이나 심장에서 쓸 수 있는 기법이야. 뭐가 자꾸 박히거든. 사고 환자들을 볼 때면."

"아……. 그렇구나. 와……. 이게 그냥 이렇게 되네."

재원은 대체 저걸 어떻게 뽑나 하고 골몰했던 것이 민망하게 느껴질 만큼이나 수월하게 나온 유리 조각을 바라보았다. 새어 나온 위액은 유리 조각에 묻어 있던 방울 정도뿐이었다. 위벽에 난 상처는 실이 당겨지자 끈으로 조인 것처럼 묶여버렸다. 물론 계속 이대로 둘 수는 없었지만, 임시방편으로는 굉장히 훌륭했다.

"아직도 멀긴 멀었지?"

"그, 그렇네요……."

"운 좋은 줄 알라고. 나 같은 천재 밑에서 배운다는 게, 진짜 이게……. 원래 같으면 돈 싸들고 와서 빌어도 가르쳐줄까 말까인데."

"아, 네……."

"흐흠, 흠."

둘의 대화를 조용히 듣고 있던 기장이 헛기침과 함께 끼어들었다.

"왜요?"

강혁은 지금 막 아주 순조롭게 1차 유리 조각 제거를 한 참 이었기 때문에 그로서는 제법 퉁명스럽지 않은 얼굴로 기장을 돌아보았다. 그래 봐야 기장으로서는 무섭게만 느껴지긴 했지만. 그렇다고 해야 할 일을 하지 않는 사람은 아니었다.

"버스에서 환자 2명이 구조되어서……. 대교로 옮겨야 합니다. 잠시 흔들릴 수 있는데, 괜찮습니까?"

"아."

강혁은 그의 말에 재차 환자의 상처를 확인했다. 피가 조금씩 새어 나오고는 있지만 어디 하나 터진 곳은 없었다. 더불어 방금 유리 조각을 제거한 위도 깨끗했다.

"네, 뭐. 잠시뿐이라면 괜찮습니다. 그동안 일단 복강 세척이나 하고 있죠, 뭐."

"알겠습니다."

헬기는 안중헌 단장을 비롯한 여러 대원이 매달아둔 들것들을 헬기 본체까지 끌어올린 후, 천천히 대교 쪽으로 이동하여 내려놓았다. 아직 대교 쪽 환자 수습도 완전히 끝난 상황은 아니었던지라 무척 혼란스러운 상황이었지만, 그만큼 많은 구조 대원이 보충된

뒤라 환자 이동은 신속하게 이루어질 수 있었다.

"자, 이제 다시 수술하셔도 됩니다."

"시간이 얼마나 있죠?"

강혁은 냅다 메스를 집어 드는 대신 중요한 질문을 던졌다. 아무리 수술을 빠르게 진행한다 해도, 이미 한 시간이나 흘러 있었다. 헬기가 공중에서 무한정 시간을 보낼 수는 없는 노릇이었다. 기지로 복귀하거나, 제대로 된 이착륙장에 착륙할 수 있도록 최소한의 연료는 남겨야 했다.

"최대로 버틸 수 있는 건……. 두 시간? 그런데 바람이 점점 더 강해지고 있어서 줄어들 가능성이 큽니다."

"두 시간이라."

강혁은 다시 한번 환자의 상처를 바라보다가 이내 고개를 끄덕였다.

"서둘러보죠."

"네, 교수님. 정 안 되면 그냥 병원으로 향하겠습니다."

어쩔 수 없는 일일 터였다. 환자 더 살리자고 구조 대원들과 기장 그리고 강혁과 재원의 목숨을 위태롭게 할 수는 없는 일이었으니까. 강혁은 마지못해 고개를 다시 한번 끄덕였다.

"네. 1호. 실 줘봐."

그리곤 재원에게서 실을 받아다가 아까 건드렸던 위를 제대로 봉합하기 시작했다. 아마 한동안은 입으로 식사하는 게 어렵겠지만 이렇게까지 깔끔한 상처라면 영원히 못 먹게 될 가능성은 제로에 가까웠다.

"너는 여기 근처에 자잘한 상처 다 정리해. 조각 있으면 그것도 싹 제거하고."

"아, 네."

시간도 없는데, 봉합하는 데 재원을 보조로 쓸 수는 없는 노릇이었다. 강혁은 홀로 위 봉합에 돌입했고, 재원은 강혁이 시킨 사항을 최선을 다해 이행하기 시작했다.

피 나는 곳은 지혈하고, 작은 유리 조각은 에디슨 포셉으로 제거했다. 무척 성가시고 귀찮은 작업이었지만 건너뛰어서는 안 될 일이기도 했다. 유리가 몸 안에 남으면 염증 반응을 일으키기 쉬웠다. 더 골치 아픈 건 아주 작은 알갱이로 부서질 가능성이 높다는 건데, 그중 몇 개가 혈관을 타고 돌면 색전이 생길 가능성 또한 염두에 두어야 했다.

"잘하고 있냐?"

그렇게 한 5분쯤 지났을 때 강혁이 이렇게 물어왔다. 재원으로서는 당황스러울 수밖에 없었다.

"벌써 다 꿰맸어요?"

"아까 둘러칠 때부터 봉합 염두에 두고 한 거야. 어려울 게 없지."

"허……."

"조각들 여기 이렇게 많은데 그대로 두고 앉았네."

강혁은 쯧쯧 하는 소리와 함께 그의 눈에만 보일 정도로 작은 조각들을 슥슥 제거해나갔다. 애초에 재원 혼자서도 충분했던 작업인 만큼, 강혁의 손이 더해진 뒤로는 순식간에 마무리되었다. 물론 수술 자체는 아직 본론으로 들어가지도 못한 상황이었다. 두 사제 모두 간에 떡하니 틀어박혀 있는 유리 조각을 바라보았다.

"이걸……. 위처럼 깔끔하게 처리하는 건 어렵겠죠?"

"어렵지. 아니, 불가능하지."

"그럼……."

"간을 좀 잘라야지 뭐. 어쩔 수가 없어."

"근데……. 그렇게 자르면 남는 게 없을 거 같은데요?"

간은 우리 몸의 여러 장기 중 재생이 가능한 대표적인 장기이다. 하지만 지금 이 환자의 간은 재원이 보기에 20% 정도만 남길 수 있을 것 같았다. 그렇게 되면 이 환자에게는 이걸로 수술을 끝내는 것이 아니라, 간 이식이 필요할 것이다.

"남길 수 있는 만큼 남겨야지. 전기칼이나 줘봐. 너는 배 계속 당기고."

재원은 한쪽 손으로는 배를 걸어당기고, 다른 한 손으로는 핀셋을 집어 들었다. 그리고 그 핀셋으로는 강혁의 절제가 수월하도록 복강 내 조직을 잡아당겨 주었다. 제법 숙달된 보조의의 도움 덕에 강혁은 빠르게 절제를 이어나갈 수 있었다.

'이제 거의 끝…….'

절제는 그야말로 막바지를 향해 달리고 있었다. 밖에서 볼 때는 별로 그렇게 보이진 않겠지만, 안에서 보면 제대로 볼 수 있었다. 멀쩡한 부위의 간과 그렇지 못한 나머지 간들이 완전히 분리되어 있는 것을.

"그럼 본격적으로 건드리기 전에 혈관을 묶어야지. 어차피 나갈 간 아냐?"

"아……. 네. 그럼 타이 하겠습니다."

"잘 묶어봐. 제대로 하는지 한번 보자."

"네."

예전 같았으면 어마어마한 압박감에 시달렸겠지만. 재원은 퍽 자신감 넘치는 얼굴로 켈리와 실크 봉합사를 집어 들었다. 그리곤 슥

슥 간동맥의 분지를 잡아다가 툭툭 묶어내기 시작했다. 정말이지 한 치의 망설임도 느껴지지 않는 상황이었다. 비단 재원의 머릿속에서만 그런 게 아니라 강혁이 보기에도 그러했다.

'진짜 많이 늘었어. 이제는 하라고 하면 어떻게 하는지는…… 대강 알고 있구만.'

집도의가 배워야 할 것은 수도 없이 많지만 그걸 딱 두 가지 분류로 나누라고 한다면 다음과 같이 나눌 수 있을 터였다. 바로 'How to do'와 'What to do.' 번역하자면 어떻게 할지와 무엇을 할지인 셈인데 흔히 어떻게 할지가 더 어려울 것 같겠지만 실은 무엇을 할지 결정하는 것이 가장 어려운 일이었다. 가령 아까 강혁이 위에서 유리 조각을 뽑기 전에 행했던 주머니 형태의 봉합이 그러하지 않던가. 딱 한 번이라도 본 사람이라면 흉내 내기가 그렇게까지 어려운 술기는 아니었다. 그냥 몰라서 못 할 뿐.

강혁은 앞으로 더 열심히 굴려야겠다는 생각을 하며 재원이 타이 해 둔 혈관들을 툭툭 잘라나갔다. 동맥, 정맥 그리고 담관까지. 재원의 타이는 실로 완벽했기에 단면에서 무언가 흘러나오는 일 따위는 없었다.

"좋아. 잘했어. 이제 손 빼 봐."

"네."

"피부 위쪽에서 유리 당겨. 슬금슬금 흔들어도 되니까. 부러뜨리지만 말고."

"넵."

"어차피 내가 여기서 도와주긴 할 거니까. 진짜 슬금슬금 흔들라고."

"네."

재원은 연신 고개를 끄덕이면서 뱃가죽 위에 틀어박힌 유리 조각을 덥석 잡았다. 제법 두꺼운 유리 조각이라고는 해도 이미 한 번 깨진 것이었기에 무척 날카로웠다.

"천천히. 천천히 당겨. 걸린 거 같은 곳은 내가 여기서 처리하면 되니까."

강혁이 잡고 아래로 잡아당길 때마다 간 조각들이 떨어져 내려오고 있었다.

"으이크."

그와 동시에 재원은 유리 조각을 위로 잡아당기는 중이었다. 재원도 마침내 유리 조각 본체를 뱃가죽에서 뽑아낼 수 있었다.

그렇게 배 속을 정리하고 이제 뱃가죽을 막 닫으려고 하려는 찰나, 아래쪽에서 외침이 들려왔다. 안중헌 단장이었다.

"교수님! 여기 한 번만 봐주십쇼!"

"뭐지?"

강혁은 벽 쪽에 걸어둔 헤드폰을 통해 들려온 안중헌 단장의 목소리에 귀를 기울였다.

"교수님! 방금 구조한 환자 상태가 심상치 않습니다! 가능하시면 내려와 주십시오!"

"야, 네가 혼자 닫을 수 있지?"

"네."

강혁의 말에 재원은 별 망설임도 없이 고개를 끄덕였다. 아까 안중헌 단장의 무전을 들었을 때부터 이미 마음의 준비를 하고 있었기 때문이다. 오히려 같이 가자고 하지 않는 게 다행이란 생각이 들 지경이었다.

"오케이. 그럼 다녀온다. 후딱 닫아."

"네, 교수님. 다녀오십쇼."

강혁은 재원의 인사를 뒤로하고 라펠을 잡아 아래로 향했다.

'저 양반은 정말……. 대단한 양반이야.'

기장은 아까 자신이 얘기했던 두 시간에 훨씬 못 미치는, 불과 한 시간 만에 나머지 수술을 끝낸 강혁을 내려다보았다. 이것만 해도 충분히 대단한데, 지금은 라펠 강하 중이었다.

'이거 친구들한테 말하면 믿으려나.'

이제는 믿을 수도 있었다. 허구한 날 같은 소리를 반복하고 있었으니까. 기장이 그런 생각을 하는 사이, 강혁은 이미 갯벌에 내려섰다.

"어디지?"

처음 갯벌에 왔을 때와는 달리 무척 어두웠다. 심지어 물이 어느 정도 들어차고 있는 듯, 파도 소리도 상당히 가까워져 있었다. 시간이 거의 남지 않았다는 것을 의미했다.

"여깁니다!"

어느새 형광봉을 꺼내 들고 있던 안중헌 단장이 손을 흔들었다. 강혁은 지체 없이 그쪽을 향해 달렸다. 다행히 아직 갯벌까지 물이 차지는 않아서 속도 내는 게 어렵지는 않았다.

"어떤데?"

강혁은 뒤에 메고 있던 배낭에서 헤드라이트를 꺼내 착용하면서 물었다. 안중헌 단장은 이미 헤드라이트를 착용하고 있었기 때문에 그저 시선을 환자에게 돌리기만 해도 시야를 확보할 수 있었다.

"여기……. 좀 보십쇼. 완전히 끼어 있어서 할 수 없이 잘랐습니다."

"잘라? 뭘 잘라? 아……."

강혁은 환자의 우측 가슴과 명치 부근에 틀어박힌 쇠 막대 비슷한 것을 확인하자마자 탄식을 내뱉었다.

"이거……. 혹시……."

"캐리어 끄는 손잡이입니다. 그게 부러지면서 박힌 모양인데……. 뺄 수는 없어서 일단 잘랐습니다."

"잘했어. 근데 왜 좌석에 캐리어가 올라가 있지?"

"이거 기내용입니다."

기내용 캐리어. 들고 다닐 수 있도록 가볍게 만들어야 했고, 동시에 내구성은 튼튼해야 했다. 그래야 기내에 주로 들고 타는 노트북 같은 물품을 안전하게 보호할 수 있으니까. 그만큼 사용되는 소재가 제한적이었다.

"이런 제기랄. 그럼 알루미늄인가, 설마?"

"어……. 그것까지는 저도 잘……."

"잘라낸 가방은 어딨어?"

"두고 나오긴 했는데……. 가지고 나오는 게 어렵진 않습니다."

"그럼 누구 시켜서 들고 나와봐. 제조사 확인해서 이거 알루미늄인지부터 확인해야 해."

"네. 알겠습니다."

알루미늄이라면 상당히 안 좋은 상황이었다. 그냥 피부에 접촉하는 수준이라면 전혀 문제없지만, 그게 몸 안에 박혔다면 끊임없이 독성을 내뿜게 된다. 안중헌 단장의 지시에 따라 한 대원이 다급하게 버스를 향해 달렸다. 그사이 강혁은 환자를 계속 살폈다.

"환자분! 제 목소리 들립니까!"

안타깝게도 의식이 없었다.

“처음 발견했을 때부터 의식은 명료하지 않았습니다. 다행히 숨은 자발적으로 쉬고 있기는 한데……. 이것 때문에…….”

안중헌 단장은 간이로 달아둔 산소 포화도 기기를 보면서 말을 이었다. 손가락에는 고정이 잘 안 되었는지, 환자의 귀에 연결되어 있었다.

‘좋은 선택이지.’

귀는 손가락과 같은 말단 조직이라고 봐도 무방했다.

“일단 잘했어. 뭐……. 삽관보다는 아무래도 절개가 좋을 거 같거든. 안 건드린 게 잘한 거야. 환자 의식 날아간 건 통증 때문이기도 하겠지만, 아마 뇌진탕이 온 거 같아.”

“뇌진탕이요?”

“가슴을 봐. 안전띠 자국이 없지.”

나라에서 안전띠 매는 걸 강조하는 건 이유가 있었다. 이런 사고에서 안전띠 착용 여부가 생사를 가르기 때문이다.

“아, 그럼…….”

“충돌 당시 머리가 많이 흔들렸을 거야. 게다가 캐리어 틀어박혔으면 더 그랬겠지. 경추 손상이 어떤 식으로든 있었을 거라고 봐야 해.”

“다행…… 이군요. 건들지 않은 게.”

“그렇지. 그러니까 일단 들것에 최대한 단단히 고정해야 해. 환자 혈액형은 알고 있나?”

강혁의 말에 중헌은 고개를 저었다.

“아뇨. 주민등록증에 표기가 안 되어 있습니다.”

“이런 망할.”

주민등록증에 혈액형 표기하도록 하는 캠페인 좀 해달라고 하는

데 진행이 전혀 안 되고 있었다. 안전 불감증, 안전 불감증 떠들고는 있지만 실제로 바뀐 건 많지 않았으니까.

"일단 간이로 검사하자고."

그렇다고 해서 수혈을 포기할 수는 없는 노릇이었다. 쇠가 박힌 곳에서 피가 계속 흘러나오고 있었고, 환자의 입술은 창백했으며 맥박은 약했으니까.

"네. 아. 벌써 뽑으셨네요?"

"어. 이거 그대로 라인으로 사용하면 돼."

"네, 교수님."

"들것 가져왔습니다. 바로 고정해서 끌어올리겠습니다."

"응. 제조사는?"

"아직……. 아, 저기 옵니다."

"오케이. 그럼 좀 올려줘. 할 수 있겠지?"

"물론입니다."

강혁은 굳이 어디를 어떻게 주의해야 한다는 말을 하지 않았다. 안중헌 단장이라면 믿고 맡길 수 있었으니까.

"교수님, 제조사 확인됐습니다!"

그사이 가방을 가지러 갔던 대원이 톱으로 잘려 나간 쇠 막대가 고정된 캐리어를 들고 나타났다.

"모델명도 있나?"

"여기 적혀 있습니다."

"그럼, 거기 전화해서 알려줘요. 막히면 나 바꿔주고."

"네, 교수님."

"위에서 봅시다."

"네!"

강혁은 그렇게 지시 사항을 남기고 위쪽을 향해 엄지를 들어 올렸다. 그러자 계속 아래쪽을 살피고 있던 대원이 강혁에게 고정되어 있던 로프를 끌어 올려주었다. 힘으로 당긴 건 당연히 아니었다. 세계에서 가장 좋은 닥터 헬기인 만큼, 거의 모든 것이 전자동화되어 있었다. 강혁은 그렇게 헬기 위로 올라가면서 아직 고정 작업이 한창인 환자를 내려다보았다. 예상했던 대로 경추부터 머리까지 완전히 고정되도록 스플린트를 달았고, 그와 동시에 숨길이 막히지 않도록 구강 기도 관을 삽관해둔 상태였다.

'구역감을 호소하지 않아…….'

누군가는 그냥 그런가 보다 하고 넘어갈 수도 있는 상황이었지만, 강혁은 그럴 수가 없었다.

'구역 반사 소실……. 의식 저하 정도가 아주 심각해.'

지금 눈에 보이는 가슴 그리고 명치 외에 머리 쪽에도 또 다른 손상이 있을 가능성이 높았다.

'단순 뇌진탕이길 바라야겠는데…….'

강혁은 눈으로나마 끊임없이 환자 상태를 확인하며 헬기 위에 올라섰다. 그사이 재원은 환자의 복부 봉합을 완전히 마친 상황이었다. 봉합에만 그치지 않고 그 환자를 수술대에서 내려 바닥에 있던 들것에 고정해두기까지 했다.

"오."

"잘했죠?"

하지만 재원의 깐죽거리는 말에 강혁은 막 튀어나가려고 했던 칭찬을 꿀꺽 삼켰다.

"마취는 어떻게 깨운 거야?"

"전에 경원이한테 배우라고 하셨었잖아요. 언제 어떻게 쓸지 모른다고."

"그걸 벌써 이렇게 실전에 쓴다고?"

"요새 저 혼자 집도하는 수술에서는 그냥 제가 깨울 때도 많아요."

"흠."

괄목상대라더니, 맨날 두고 보는 녀석에게 이런 변화를 느낄 줄은 몰랐던 강혁인지라 무척 당황스러울 수밖에 없었다.

"대단하죠? 수제자답죠?"

재원은 그런 강혁을 향해 점점 더 깐죽거렸고, 강혁으로서는 필사적으로 뒤통수 한 대 때릴 명분을 찾았지만 그게 쉽지가 않았다.

'오 신이시여. 제발 제게 기회를.'

맨날 환자 고치는 의사가 이런 기도를 한다는 게 어처구니없기는 했지만 강혁은 정말로 간절했고, 곧 응답을 받았다.

"환자 올라왔습니다!"

때릴 기회는 얻지 못했지만 그나마 저 깐죽거림을 피할 수는 있었다.

"1호! 집중해! 이 환자가 더 어려워!"

"아까보다도 더요?"

"그래! 그리고 기장!"

"네!"

"이제 병원으로 갑시다. 전속력으로! 여기서는 절대 못 살려!"

강혁과 재원 그리고 안중헌 단장이 환자를 수술대 위에 올려놓자마자 헬기가 기체를 돌려 병원으로 향하기 시작했다. 거센 바닷바람에 맞서느라 이미 상당량의 연료를 소모한 상황이긴 했지만, 그럼에도 속도를 줄이진 않았다. 이미 기장은 기지로 복귀하겠다는 생각을 버렸기 때문이다.

'그나마 다행이지. 지금 가는 곳이 한국대학교 병원이라…….'

한국대학교 병원에는 다른 병원이나 기관들과는 달리 제대로 된 이착륙장이 구비되어 있었다. 여차하면 헬기를 고정하고 주유도 할 수 있었으며, 간단한 정비까지 가능한 수준이었다.

'거기서 기름 넣고……. 정비하고 기지로 가야겠어.'

기장은 그런 생각을 하며 속도를 점점 더 높였다. 뒤에서 들려오는 소리가 심상치 않았다.

"칼! 칼 줘!"

"산소 풀로 틀까요?"

"그걸 말이라고 하냐! 아직도 안 틀었어?"

아무래도 환자 상태가 별로인 모양이었다. 백강혁이 저토록 야단법석을 피워 대는 것을 보면.

"거즈. 거즈로 지혈해!"

"네, 네!"

그나마 소란이 잦아든 것은 그로부터 20여 초 후였다. 강혁은 갑자기 산소 포화도가 곤두박질치기 시작한 환자의 코에 산소를 틀어준 후, 급히 기관 절개를 한 참이었다. 다행인지 불행인지 환자의 혈압은 그리 높지 않아서 피가 많이 나지 않았다. 덕분에 절개창을 빠르게 낼 수 있었고, 제때 튜브를 넣을 수 있었다. 그래봐야 산소 포화도가 눈에 띄게 돌아오진 않고 있었지만.

'이건……. 기도만의 문제가 아니겠지.'

위쪽 기도가 좁아지고 있는 것도 분명한 사실이었다.

'그건 아마도 성대의 폐쇄……. 10번 신경의 손상일까? 가능성이 있지. 폐 쪽이 다쳤으니까.'

하지만 주요 병변은 우측 가슴에 심대한 상처인 듯했다. 그 안에서 대체 무슨 일이 벌어졌을까. 아직 못 봤지만 분명 끔찍한 상황이겠지.

“일단 산소 풀로 주면서 버텨야 해. 병원에 연락해서 체외 순환기 준비하라고 하고. 강일구 교수님 혹시 계시면 준비해달라고 하고.”

강혁은 고개를 절레절레 저으며 안중헌 단장에게 요청했다. 원래 병원에 연락하는 것은 재원의 몫이었지만, 그는 지금 강혁이 꽂은 튜브를 목에 고정하느라 바빴다.

“네, 교수님.”

안중헌 단장이 전화를 걸고 있는 동안, 아까 강혁에게 캐리어 제조사에 대해 알아보라는 부탁을 받았던 요원이 다가왔다.

“아까 말씀하셨던 거 말입니다.”

“아, 뭐래요?”

“알루미늄 강을 사용한다고 합니다. 가볍고 튼튼하다고요.”

“이런 제기랄.”

비행기 관련한 것들은 이게 문제였다. 가볍고 튼튼할 것. 그 때문에 알루미늄을 주로 쓰는데, 이놈의 알루미늄이 특정 상황에서는 독성 물질이 될 수 있었다. 몸에 꽂힌다거나, 고열에 의해 기화된다거나. 지금 이 환자의 몸에 꽂힌 알루미늄 막대도 치명적인 독성 물질이며, 주어진 시간이 얼마 없다는 뜻이기도 했다.

“우리 병원까지 얼마나 남았지? 이거 폐에 꽂혀 있으면 안 되는데.”

폐는 정말 연약한 장기였다. 스스로 몸을 팽창할 근육도 없어서, 흉강의 음압에 의해 부풀었다가 수축하는 과정을 반복할 따름이었다. 그런 폐에 알루미늄과 같이 무식한 금속이 박힌 상황이다.

"20분……. 정도 남았습니다."

"전속력인가요?"

"네. 복귀 안 할 각오로 날아가고 있습니다."

"이런."

복귀 안 할 각오라는 말을 들은 강혁은 고개를 가로저었다. 그런데도 20분이라니.

"교수님, 어쩌죠? 환자 호흡이 점점 흐트러집니다."

바로 그때 재원이 다급하게 외쳤다. 고개를 돌려 보니 과연 환자의 호흡이 엉망이 되어 있었다. 용케 산소 포화도는 유지하고 있었지만, 갈비뼈 사이의 근육들이 안으로 들어갔다 나오기를 반복하는 중이었다. 겨우겨우 버티고 있다는 뜻이었고, 저 근육들이 지치는 순간 잘못될 수 있었다.

'어쩐다.'

강혁은 환자의 가슴과 시커먼 창밖을 번갈아 바라보았다.

'어쩔 수…… 없지.'

강혁이 보기에 이 환자에게 20분은 너무 긴 시간이었다. 도저히 버틸 수 있을 것 같지 않았다.

'이렇게까지 수고를 했는데…….'

강혁은 미처 헬기에 타지 못하고 다른 소형 소방 헬기를 기다리고 있는 대원들을 떠올렸다. 그리고 이 헬기에 탄, 장화가 펄에 잔뜩 젖은 채 숨을 헐떡이고 있는 안중헌 단장과 다른 대원들을 돌아보았다. 마지막으로 시선이 머문 건 역시나 재원이었다.

'이 자식도 고생했고…….'

그런데 기껏 구해낸 환자를 이송하는 게 아니라 운구를 하게 할 수는 없었다. 물론 칼을 댄다고 해서 반드시 살아날 것 같지도 않았지만, 삶과 죽음의 경계에 있는 환자라면 뭐라도 해줘야 한다는 것이 강혁의 판단이었다.

"칼."

"네?"

강혁의 말에 재원이 토끼 눈을 하고 물었다. 설마하니 여기서 또 칼을 달라고 할 줄은 몰랐으니까.

"칼 달라고. 이 환자 20분 못 버텨."

"그……."

"그 뭐."

"아뇨. 그럴 것 같습니다. 네. 그럼 일단 소독부터 하겠습니다. 5분은 버티겠죠."

"흠."

5분이라. 천금 같은 시간이긴 했지만, 감염의 위험을 줄일 수 있다면 충분히 가치 있다는 생각이 들었다.

"그럼 그냥 들이붓고 닦지. 딱 우측 가슴만. 배는 못 건드려, 지금은."

"네."

배에 꽂혀 있는 알루미늄 막대도 당연히 문제를 일으키게 될 터였다.

'배는……. 폐보다는 버틸 수 있을 거야.'

아무튼, 강혁은 지금 당장 급한 부위에만 집중하기로 마음먹었다. 재원 또한 마찬가지였고, 두 사제는 곧 우측 가슴에 베타딘을 들이붓고 거즈로 박박 문질러 닦기 시작했다.

"제가 도울 건 없나요?"

뭐라도 하지 않으면 초조해지는 안중헌 단장이 불안한 얼굴로 물었다. 강혁은 잠깐 손 닦으라고 할까 말까를 고민하다가 이내 다른 말을 꺼냈다. 안중헌 단장은 구급 대원이지 않은가. 수술 말고 다른 일에 힘써야 할 사람이었다.

"아니, 일단 병원에 전화해서 체외 순환기 수배하라니까."

"수배는 됐습니다. 강일구 교수님도 오신다고 했고요."

"그럼 환자 인적 사항 파악해서 미리 접수해놔. 그것도 일이더라."

"아, 네. 교수님."

"좋아. 그럼……. 이제 칼."

강혁은 그사이 박박 닦인 가슴을 보고는 손을 내밀었다. 재원은 신속하게 메스에 10번 블레이드를 끼워 강혁에게 건네주었다. 다른 한 손으로는 아마도 강혁이 쨀 거라고 판단되는 지점을 당기고 있었다. 강혁은 칭찬 대신 재원이 딱 예상했던 곳에 칼을 대었다. 쉴 새 없이 헐떡이던 갈비뼈 사이 근육이었다. 갈비뼈의 진행 방향과 정확히 평행하게 들어갔는데, 알루미늄 막대가 박힌 곳으로부터 약 3cm가량 밑이었다.

"당겨. 옳지."

강혁은 그렇게 순식간에 절개를 마친 후, 재원의 도움을 받아 안쪽을 들여다보았다. 그리곤 고개를 다시 한번 절레절레 흔들었다.

"이런 젠장."

어느 정도 예상했지만, 알루미늄 막대는 정말이지 무식하게도 폐를 푹 하고 꿰뚫고 있었다.

'좌측 상엽……. 음.'

환자의 호흡이 안 좋아지고 있던 이유가 바로 눈앞에 놓여 있었다. 꽂힌 채 그대로 있었다면 그나마 좀 나았을 텐데, 폐는 숨을 쉴 때마다 움직이는 장기였다. 움직일 때마다 점점 더 찢어지고, 박힌 부분이 헐거워진 듯했다.

'공기가 새고 있어.'

그 때문에 우측 폐는 사정없이 쪼그라들어 있었다. 공기가 들어와봐야 밖으로 줄줄 새고 있으니 팽창하지 못하고 쪼그라들 수밖에 없었다. 이렇게 되면 우측 폐는 지금 거의 기능을 못하고 있고, 좌측 폐도 호흡을 방해받았을 것이다.

"호흡 어때?"

"아……. 약간 돌아옵니다."

"그건 다행이네."

그나마 강혁이 절개를 통해 좌측 흉강을 열어버리자, 적어도 좌측 폐가 딸려오는 현상은 어느 정도 호전된 상황이었다. 물론 그렇다고 해서 안심할 수는 없었다. 닫혀 있어야 할 흉강이 열려 있는 상황이라 언제 심각한 문제가 발생할지 몰랐다. 게다가 모든 것이 세팅된 수술방이라면 또 몰라도, 간이 수술방에 불과한 헬기에서는 처치가 불가능할 수도 있었다.

"어우."

"속도…… 좀 줄일까요?"

강혁의 탄식을 들은 기장이 이렇게 물었다. 하지만 강혁은 고집스럽게 고개를 저었다.

"아니, 그냥 그대로. 어차피 여기서 마무리는 못 해. 응급 처치뿐이야."

"그래도……. 이렇게 흔들리는데……."

"더한 상황에서도 해봤어. 아무것도 아냐."

"아까 수술 하나 했잖아요. 체력이 되겠습니까?"

"괜찮아, 나는. 1호는 어때."

강혁은 재원을 바라보았다. 재원의 솔직한 심정으로는 이제 좀 지친 듯했다. 강혁도 없이 혼자 서해대교로 갔었던 그는 대체 몇 명의 환자를 봤고, 몇 번의 응급 처치를 했는지 기억도 안 날 지경이었다.

'하지만……. 여기서 안 된다고 하면 후레자식 되겠지.'

강혁과 대원들의 눈에 기대감이 잔뜩 서려 있는 것을 본 재원은 마지못해 고개를 끄덕였다.

"네. 할 수 있습니다."

"좋아. 왼손으로 절개면 위로 당겨. 오른손으로는 내 봉합 보조하고."

"벌써 봉합을 해요?"

"너 아까 배운 거 벌써 까먹었냐?"

"네……?"

"아까 위에서 조각 뺄 때 했던 거. 그거 이번에도 할 거야."

"아……. 하지만 이건 폐잖아요! 그러다 찢어지기라도 하면……."

위는 우리 몸의 장기 중에 거의 제일 질긴 놈이었다. 딱딱한 음식도 부숴버리는 놈이지만, 그에 비해 폐는 연약하기 짝이 없으니 재원의 말에도 일리가 있었다. 물론 강혁은 받아들이지 않았지만.

"난 돼. 보조나 잘해."

강혁은 그렇게 말한 후 곧장 봉합 기구를 집어 들었다. 그리곤 아주 천천히 알루미늄 막대 주변으로 뚫려 있는 폐의 피막과 폐 조직을 한꺼번에 봉합해나가기 시작했다.

"후."

한숨이 절로 나올 수밖에 없는 그런 술기였다. 피막은 종이보다도 더 얇은 조직이었다. 그게 찢어지지 않게 하면서 동시에 장력을 견딜 만큼의 폐 조직을 함께 당겨오는 것. 다른 사람 같았으면 포기가 아니라 아예 생각도 못할 만한 그런 술기였다. 게다가 이곳은 헬기 안이었다. 육군 준위 출신의 야간 비행에 익숙한 기장의 조종 실력 덕에 눈에 띄게 흔들리지는 않았지만, 진동이 일상처럼 있는 곳이었다.

"집중, 집중해."

"네."

강혁은 재원에게 하는 말인지, 아니면 자신에게 하는 말인지 모를 말을 되뇌면서 봉합을 이어나갔다.

"휴."

그러지 않으려 해도 한숨이 자꾸만 새어 나왔다. 헬기 위에서 알루미늄 막대에 손상당한 폐를 빙 에둘러 꿰매는 작업을 하고 있으니, 한숨이 나올 수밖에 없었다.

'이걸……. 이걸 진짜 하네.'

물론 옆에서 보기엔 그저 강혁이 대단해 보일 따름이었다. 바늘이 정확히 피막을 한 번 뚫고, 그 밑에 있는 폐를 아주 일정한 두께로 뜨는 것 자체가 놀라웠다. 그리고 그렇게 들어간 바늘이 다음 땀으로 들어가는 동안 추가적인 손상이 전혀 가해지지 않고 있다는 건 더욱 놀라웠다.

'새는 게 준다.'

재원은 자신도 모르게 환자의 산소 포화도와 가슴을 번갈아 바라보았다. 아까까지만 해도 쉴 새 없이 들락거리고 있던 갈비뼈 사이의 근육들이 어느새 안정을 되찾은 듯했다. 산소 포화도는 95% 이상을 유지하고 있으니, 갈비뼈 사이의 근육이 지쳐서 이렇게 된 것은 아니었다. 그저 호흡 여건이 많이 개선된 덕이다.

'헐거워졌던 구멍이 당겨지고 있어. 이대로만 가도……. 환자가 죽을 것 같지는 않은데.'

사실 진짜 급했던 것은 알루미늄의 독성보다, 호흡 곤란이었다. 막대로 인해 폐에 구멍이 뚫렸고, 그 구멍이 점점 더 커지는 바람에 폐 안에 있어야 할 공기가 새어 나오는 게 가장 시급한 문제였는데, 그게 해결된 상황이니 이대로 병원까지 가도 되지 않을까 하는 생각이 들었다. 물론 강혁은 전혀 그렇게 생각하지 않았다.

"이제 왼손으로 막대 잡아."

"지, 지금요?"

"뽑아야지. 내가 왜 이렇게 했는데."

"그……."

재원은 일단 막대를 잡은 채, 머릿속을 정리했다. 지금 자기 생각을 얘기해도 좋을지에 대한 고민이었다.

'설마 이제 와서 밖으로 던지진 않겠지.'

"교수님. 이거 그냥 유지하고 가면 안 될까요?"

"뭐? 뭔 소리야, 이놈이."

"지금 환자 호흡 보세요. 완전히 안정됐는데……. 이거 괜히 뽑다가 사고 나면 큰일 아닙니까? 폐야 교수님 봉합으로 어느 정도 안정될 거라고 보지만. 갈비뼈도 부러져 있고……. 또 이쪽 살도 찢어져서 흉강이 열리지 않았습니까."

재원은 스스로 생각하기에도 제법 타당한 주장이라고 여기며 말을 이어나갔다. 한편으로 '확실히 늘긴 늘었구나' 생각하며 잠깐 자아도취에 빠지기도 했다.

"억."

그리고 그로 인한 대가는 뒤통수 맞기였다.

"왜, 왜 때려요. 아니, 어떻게 때린 거야? 손도 없으시면서."

"발등."

"발등? 아니, 발차기가 그렇게 된다고요?"

무슨 브라질리언 킥도 아니고, 바로 옆에 서 있는 사람이 발등으로 뒤통수를 때릴 수 있다니.

"인마. 이거 소재가 알루미늄이라고. 중금속이야, 중금속. 알아? 몸에 들어가면 독이라고."

"그……. 그 잠깐 사이에 무슨……. 억."

"잠깐? 이 자식은 가만 보면 지 몸 아니라고 아주 말을 함부로 해."

강혁은 방금 두 번이나 상대 머리를 후려갈긴 사람이 하기엔 지나치게 착한 말을 하면서 재원을 노려보았다. 의사가 아니라 지옥에서 온 화신 같아 보였다.

"그, 그렇게 보지 마세요."

"꼬박꼬박 말하는 거 봐, 이거. 이게 어디 딴 데 박혔어? 폐잖아, 폐. 섬유화라도 일어나면 네가 책임질 거야? 너 간질성 폐렴이 얼마나 무서운지 몰라서 그래?"

"아……."

간질성 폐렴. 여러 가지 종류가 있지만, 그중에서 가장 지독하고 또 연구가 많이 되어 있는 건 광부들에게서 나타났던 폐렴이었다. 원인은 채굴 과정에서 필연적으로 노출될 수밖에 없는 미세한 먼지들이었는데, 이 먼지들은 너무 작은 크기 자체도 문제가 되었지만 그 안에 함유된 성분 또한 커다란 문제를 일으켰다.

"중금속에 의한……. 간질성 폐렴……."

"그래. 나도 이게 다른 장기면 인마, 이렇게까지 뭐 하러 해."

"하긴, 그렇군요. 당장 살리기만 하는 건 큰 의미가 없으니까……."

"그러니까 잡아."

"네."

폭력과 이론에 설득당한 재원은 마침내 알루미늄 막대를 움켜쥐었다. 그것을 확인한 강혁은 아까 자신이 절개한 절개 면을 통해 폐를 직접 바라보기 시작했다.

"신호하면 천천히 당겨. 거기 위에 갈비뼈 부러졌으니까 주의하고. 덜렁거리다가 폐 찌르면 대박이다, 너."

"네……."

재원은 말끝을 흐리긴 했지만 강혁의 신호에 막대를 힘차게 당겨냈다. 그와 동시에 강혁은 자신이 만들어둔, 마치 올가미 같은 봉합의 실을 천천히 끌어당겼다.

"읍."

덕분에 재원이 알루미늄 막대를 뽑아냈을 때, 환자의 폐는 완전히 닫힐 수 있었다. 완전히 봉합이 된 건 아니었지만, 올가미 형태의 봉합만으로도 일시적인 차단은 가능했다. 강혁은 그렇게 올가미 형태의 봉합사를 잡아당긴 채, 재원을 바라보았다.

"야, 이제 흉강 닫아. 너무 꼼꼼하게 하지는 말고. 어차피 이따 다 뜯어야 해."

"아……. 네. 러프하게 닫겠습니다."

"그렇다고 개판 치지는 말고."

"저, 이제 그렇게 하고 싶어도 할 수가 없는 몸이 되어버렸어요……."

"꺼져."

"진짜예요. 보실래요?"

재원은 손이 묶인 채로 자신만 보고 있는 강혁을 마주 본 채 봉합 기구를 움직였다. 강혁의 말대로 러프하게 처리할 생각이었기 때문에 그의 손에 들린 봉합사는 3번이었다. 사실 다른 사람들 같았으면 2번으로 했을 테지만, 재원은 아까 자신이 말했던 것처럼 강혁에게 너무 혹독하게 훈련을 받은 탓에 대충하는 것조차 남들이 최선을 다하는 것과 별반 차이가 없었다. 게다가 봉합의 수준조차도 그러했다.

'흠.'

강혁이 고개를 주억거리고 있을 정도였으니 말 다 한 셈 아니겠는가. 봉합은 거의 완벽하다고 볼 수 있었다.

그사이 헬기는 한국대학교 병원 이착륙장이 보이는 곳에 도달해 있었다. 기장은 길을 인도하기 위해 번쩍이는 불빛을 내려다보며 뒤편을 향해 외쳤다.

"이제 착륙합니다! 혹시 너무 급한 처치 중이면 말씀해주십쇼. 제가 멈출 테니까. 그런 거 아니면 선생님들이 멈추시고요!"

그 말에 강혁이 미처 입을 열기도 전에 재원이 답했다.

"괜찮습니다! 착륙하시죠!"

이미 봉합을 마쳤기 때문이다. 강혁은 그런 재원을 보며 남몰래 푸근한 미소를 지었다. 중간중간 좀 개기기는 해도, 어찌 되었건 자신이 키운 제자의 실력이 일취월장하는 건 보기 좋은 일이었다.

"네. 그럼 착륙합니다!"

의료진 의견을 확인한 기장은 곧장 착륙에 돌입했다. 아래를 내려다보니 이미 연락을 받고 나온 장미가 기다리고 있었다. 강행이나 한유림 교수가 없는 걸로 봐서는 처음 들어간 수술이 끝나지 않은 듯했다.

'뭔 수술을 하길래 이렇게 오래 해.'

강혁은 그런 생각을 하면서 헬기를 돌아보았다. 안에는 그가 벌써 거의 완벽하게 수술을 마쳐둔 환자 하나와 이제 막 수술실에 들어가야 할 환자가 각각 바닥과 수술대 위에 누워 있었다.

쿵! 곧 헬기는 이착륙장에 온전히 내려앉았다. 기장은 뒤를 향해 외쳤다.

"도착했습니다! 내리셔도 좋습니다!"

아직 프로펠러가 돌아가고는 있어 시끄럽긴 했지만, 그의 말을 못 알아듣는 사람은 아무도 없었다. 심지어 안중헌 단장은 벌써 뛰어 내려가 있었다.

"자, 환자 먼저 내리시죠!"

"중환자실로 가는 환자 말이지?"

"네! 저희가 끌고 가겠습니다!"

"좋아. 중환자실로 가. 모니터링 잘하고."

"네. 교수님."

그렇게 안중헌 단장은 바닥에 있던 환자를 장미가 끌고 온 중환자실 침대에 옮긴 후, 다른 대원들과 함께 엘리베이터를 향해 달렸다. 그사이 강혁은 재원과 함께 수술대 위에 고정되어 있던 환자의 벨트를 풀었다. 경추 손상이 의심되는 상황이었기 때문에 일의 진행이 빠르지는 못했다.

"교수님, 이리로."

보다 못한 장미까지 합세해 환자를 옮겨야만 했다.

"어후."

장미는 어찌어찌 옮겨진 환자를 잠시 내려다보다가 자신도 모르게 한숨을 내쉬었다. 아까 강행과 한유림 교수가 함께 들어간 수술도 참 답 없단 생각이 들었었는데. 이 환자를 보니 더하다 싶었다.

'이게 정말 산 넘어 산이로구나.'

"왜."

"아뇨. 대체 헬기에서 무슨 수술을 하신 거예요? 교수님은 뭘 잡고 있는 거고?"

"아."

강혁은 장미가 가리킨 자신의 오른손을 내려다보며 입을 열었다. 다른 한 손으로는 환자가 실린 침대를 밀면서였다.

"폐에 구멍 나서, 그거 막고 있는 거야. 손 놓으면 뚫려."

"네? 가슴 이미 봉합했잖아요. 근데……."

"얘기하자면 복잡해. 어차피 너 수술 들어올 거 아냐?"

"그건……. 그건 그렇죠."

"그럼 그때 가서 직접 보면 될 거야. 서두르기나 하자고. 이 환자 지체할 시간이 별로 없어. 강일구 교수님은, 아래 계시나?"

강혁의 말에 장미가 고개를 끄덕였다. 강혁과 마찬가지로 서둘러 달리기 시작하면서였다.

"네. 체외 순환기 세팅 마쳤습니다."

"좋아. 그럼……. 그 양반한테 아예 폐를 맡기고……. 배부터 처리한 다음……."

"목은 왜 보세요?"

"분명 뭐가 있을 거거든."

"외상은 없는데……."

"그래도 있어. 열어야 해."

"네? 검사도 하지 않고요?"

"검사할 시간이 어딨어. 목만 다친 환자도 아닌데. 하여튼 지금은 따지지 말고 엘리베이터나 타."

강혁과 재원 그리고 장미가 이끄는 팀은 엘리베이터가 1층에 내려서자마자 수술방을 향해 달렸다. 엘리베이터에서 중증외상센터로 가는 길에 응급 검사실을 몇 개 지나쳐야 했다. 그리고 그중에는 CT실도 있었다. 강혁은 CT실과 환자의 목을 번갈아 바라보면서 잠시 고민했다.

'확실히 문제가 있을 거야.'

급격히 진행됐던 호흡 곤란은 분명 폐가 주된 원인이긴 했지만 처음 발생했던 기도 폐색은 비정상적이라고 봐야 했다.

'성문 폐쇄였을 거야. 에이……. 한번 들여다볼 걸 그랬나?'

"교수님, CT 찍으실 건가요?"

그의 시선을 눈치챈 장미가 물어왔다.

"음. 아니. 안 될 거 같아. 시간이 없어."

"그럼……. 진짜 그냥 목 여시려고요?"

"나라고 좋아서 절개를 하려고 하겠어? 어쩔 수 없으니까 그렇지."

"뭐……. 저야 교수님 믿지만……. 혹시 꽝 나왔을 때 환자분이나 보호자들이 가만히 있을까요?"

야속하다는 생각이 들 수도 있는 말이었다. 강혁과 재원이나 다른 대원들이 정말 목숨 걸고 환자를 살려서 온 참이었으니까. 하지만 강혁은 일이 잘못되었을 경우 자신을 향할 비난이 아주 이해가 안 가진 않았다.

“뭐……. 가만히 있진 않겠지.”

“그러니까요. 이제 좀 안전하게 갈 생각을 하셔야 해요.”

혹 다른 의사라면 목을 절개한 것에 대해 핑계를 댈 수도 있었다. 설령 안에서 아무것도 발견하지 못했다 해도, 그럴싸한 핑계를 댈 수도 있다는 얘기였다. 하지만 장미는 강혁의 성격을 너무도 잘 알고 있었다.

‘이 양반은 순전히 자신의 추측만으로 열었는데 아무것도 없었다고, 너무 당당하게 얘기할 위인이시지.’

‘아마’라는 단어를 쓸 필요도 없이 100% 확신할 수 있었다.

“할 수 없지. 그래도 지금 CT 검사는 할 수 없어.”

“목은 짼 거고요?”

“응.”

“어휴…….”

“일단 밀기나 해. 강일구 교수님 기다리신다.”

“네…….”

그렇게 도착한 2번 방 안에는 마취과 진태림과 강일구 교수가 기다리고 있었다. 강일구 교수야 강혁이 요청을 해놓은 참이었으니 당연한 일이었지만, 진태림은 퍽 의외였다.

“응?”

고개를 갸웃거리는 강혁을 향해 진태림 교수는 예의 그 사무적인 미소를 지어 보였다.

“안녕하세요, 백 교수님. 남는 마취과 의사가 없어서 제가 왔습니다. 잘 부탁드립니다.”

“아, 뭐. 그래요. 네.”

강혁으로서는 딱히 기분 나빠할 일은 아니었다. 진태림은 사람이 좀 얄팍하긴 해도 실력 하나는 뛰어난 인간이었으니까. 오죽하면 이렇게 큰 병원의 마취과 과장을 맡을 수 있었겠는가. 더군다나 그녀가 교수가 될 때까지만 해도 마취과 내에 여의사 비율이 낮았던 시절이었는데.

"강 교수님. 그 체외 순환기 해주시고. 폐도 좀 같이 봐주실 수 있겠습니까?"

"아……. 네. 근데 폐는 어떤……. 이미 수술이 된 거 같은데요?"

"아. 이거요."

강혁은 그런 강일구 교수에게 자신이 잡고 있는 봉합사를 가리켰다.

"지금 올가미 형태로 만들어서 폐에 난 구멍 막고 있는 겁니다. 원래 여기에도 지금 배에 박혀 있던 거……. 들어가 있었어요."

"응?"

강일구 교수는 선뜻 이해가 안 간다는 얼굴이었다. 당연한 일이었다. 막대가 박혀 있다가 이제는 뽑혔는데, 올가미 모양의 봉합사를 이용해 구멍을 막았다고? 제아무리 흉부외과에서 평생 잔뼈가 굵은 강일구 교수라 해도 듣도 보도 못한 일이었다.

"그……."

강혁은 그걸 어떻게 설명을 하려다 고개를 저었다.

"이따 설명해드리죠. 가슴 열면, 바로 보일 겁니다."

"어……. 네. 알겠습니다."

그리곤 진태림 교수에게로 고개를 돌렸다. 진태림 교수는 이제 실세가 된 강혁에게 잘 보이려는 생각은 있었지만, 어차피 인간적으로 친해지는 건 진작 포기한 상태였다. 백강혁이 그럴 수 있는 종류의 인간은 아니었으니까. 그래서 지금도 자신이 맡은 바 일이나 열심히 하는 중이었다. 이미 라인도 다 잡혀 있고, 기관 절개까지 되어 있는 상황이라 마취에 시간이 걸릴 이유는 없었다. 더구나 진태림 교수는 마취 경험이 풍부하고 다양한 케이스를 접해본 마취의였다. 덕분에 환자는 아주 안정적으로 마취가 되었고, 강혁은 만족스럽다는 얼굴로 고개를 끄덕였다.

"강 교수님. 그럼 체외 순환기랑 폐 좀 부탁드립니다."

"아, 네. 교수님은……."

"저는 배요."

강혁은 그렇게 말하며 배에 박혀 있는 금속 막대를 바라보았다. 사실 폐에 박힌 것보다 급하지는 않았지만, 오히려 더 심각한 상태였다. 딱 박힌 부위만 봐도 어디에 박혀 들어간 건지 확실하게 눈에 들어왔으니까.

'위는 뚫렸어. 어쩌면 췌장도……. 그럼 그 뒤에는…….'

복부 대동맥이었다. 거기까지 막대가 박혀 있거나, 또는 근접해 있다면 어떻게 해야 할까.

'이런 망할.'

상상하는 것만으로도 욕이 절로 튀어나오는 순간이었다.

"교수님, 일단 절개는 제가 할까요?"

그런 강혁을 보며 재원이 말을 걸어왔다. 벌써 한 손에 메스를 쥔 채였다. 강혁은 폐 안쪽 구멍을 틀어막기 위한 봉합사를 쥐고 있는 상황이라 아무래도 강혁이 지금 절개를 할 수는 없다고 판단한 모양이었다.

"어. 왼손으로 보조는 할게."

"네. 후……."

계획에 없던 집도를 맡게 된 재원은, 아무리 한시적인 일이라 해도 무척 긴장했다. 여차하면 강혁이 뛰어들어줄 텐데 뭐가 걱정이냐는 말이 나올 수도 있겠지만, 오히려 눈앞에 강혁이 있어서 더 긴장되는 순간이었다.

재원은 숨 막히는 긴장 속에서 메스를 그었다. 강혁은 때로 메스만으로 복막까지 절개하기도 했지만, 그건 강혁이라서 가능한 마법이었다. 제법 우수한 재능을 가지고 있지만, 괴물까지는 안 되는 재원은 어찌 되었건 정석을 따라야만 했다. 다행히 강혁은 자신만 가능한 술기 외에도 평범한 술기를 의도적으로 가르쳐주는 상당히 좋은 스승이었기에 재원도 배우는 것에 어려움은 없었다.

"좋아. 복막 나왔어. 이제부터는 조심해야 해. 복압이 올라가 있을 거야. 보이지? 팽창되는 거."

"네. 출혈이…… 있을까요?"

"당연히 있긴 할 텐데, 어느 정도인지는 나도 모르겠어. 아까 뽑아보니까 막대가 꽤 길더라고."

"그럼 설마……."

"최악까지 생각하면 복부 대동맥이지."

강혁은 그 말을 하면서 위를 올려다보았다. 강일구 교수와 그가 데려온 흉부외과 레지던트가 함께 끙끙대고 있는 바로 그 현장이었다. 급한 것은 체외 순환기였기 때문에 폐는 건들지도 못하고 있었다. 다행히 체외 순환기 설치는 거의 막바지에 다다랐다.

"그러니까 좀 기다려. 저거 돌아가면, 그때 들어가."

"아……. 네. 대기하겠습니다."

기왕이면 어떤 수술이든 최대한 준비가 된 후 시작하는 것이 옳았다. 아무리 백강혁이라는 세계 최고의 외과 의사도 그건 마찬가지였다.

'역시 강 교수님을 부르길 잘했어.'

이렇게 금방금방 체외 순환기 설치가 되지 않는가. 이런 상황에서 괜한 위험을 무릅쓰는 건 멍청한 짓이었다.

"일단 기기 돌아갑니다, 백 교수님."

"네. 1호, 이제 열어."

"넵."

재원은 지금껏 망설이고 있던 메스를 쭉 하고 그었다. 그와 동시에 높아진 복압 때문에 바깥쪽으로 밀려 있던 장간막이 나왔다. 재원은 잠시 당황했으나, 그의 뒤에는 강혁이 있었다.

"놀라지 말고 절개 쭉 더 그어. 충분히 길게."

"아, 네."

알루미늄 막대에 찔린 것이라 손상된 범위가 넓지는 않았다. 하지만 그걸 복구하려면 어마어마한 시야 확보가 필요했다. 특히 지금처럼 어디까지 들어갔는지 모를 상황에는 더욱 그러했다. 재원은 이래도 되는가 싶을 정도로 긴 절개를 그어나갔다. 하지만 망설이지 않았다. 강혁이 말리지 않았으니까.

"자, 이제 그만. 튀어나온 거, 안쪽으로 밀어."

"네."

재원은 강혁의 주문을 받아가며 튀어나온 소장과 장간막을 한곳에 모아 쑥 하고 당겼다. 그러자 안쪽으로 파고 들어간 금속 막대와 그 막대로 인해 손상된 구조물이 눈에 들어왔다.

"이런 시발."

그리고 두 사제의 입에서 동시에 욕이 튀어나왔다. 강혁과 재원의 눈에 보이는 광경은 끔찍하다는 말도 부족할 지경이었다.

"저거……. 저거 옆으로 틀어진 거예요?"

"응. 췌장 머리를 치고 들어갔네."

"아니, 그럼 저건, 저거 설마 관인가……."

췌장 효소와 담즙이 섞인 강력한 소화 효소가 흐르는 췌장 관은 췌장의 머리에 존재했다. 그리고 이 금속 막대는 그 췌장의 머리를 치고 지나간 상황이었다. 그 상태에서 약간 옆으로 비틀어져 있었고, 그렇게 비틀어진 틈새로 뚝 절단되어버린 췌장 관의 모습이 보였다.

"그럼, 저기 근처에 흘러내린 거, 저거……."

"췌장 효소지."

"그 밑에 저거 동맥 아니에요?"

"맞지. 하……."

다행히 막대가 동맥을 찌르고 들어가 있지는 않았다. 하지만 이걸 다행이라고 해도 되나 싶은 상황이 벌어져 있었다. 췌장 관에서 흘러나온 소화 효소가 동맥을 덮고 있었고, 동맥 벽은 부글부글 녹고 있었다.

'좆됐는데, 이거……'

조금 전까지만 해도 금속 막대가 동맥에 박혀 있지 않기를 바라고 있었는데, 지금은 차라리 금속 막대가 동맥에 박혔으면 어땠을까 하는 생각이 들었다. 그게 적어도 이 상황보다는 훨씬 나을 것 같았다.

"어쩌죠? 범위를……. 범위를 특정하기가……."

강혁도 당황스러운 상황이었다. 재원은 아예 멘붕에 빠져버리고 말았다. 실시간으로 소화 효소에 의해 타들어가는 혈관 벽을 보고 있는 마당이니 그럴 수밖에 없는 일이었다.

"기다려봐. 기다려."

강혁 또한 평소처럼 바로 답을 해주지 못했고, 그동안에도 혈관벽의 손상 범위는 점점 넓어졌다.

'어디……. 어디까지 살릴 수 있지? 손상 범위가 너무 길어지면 곤란한데.'

자르고 이어 붙이는 건 한계가 있었다. 다른 혈관도 아니고 복부 대동맥이었다. 5cm정도까지는 늘려다가 붙일 수 있을지 몰라도, 그 이상은 도저히 무리였다.

'범위가……. 너무 너저분해. 딱 잘라버리면 벌써 10cm가 넘는다…….'

그걸 그냥 잘라? 미친 짓이었다. 강혁의 고개가 절로 강일구 교수를 향해 돌아갔다. 강일구 교수는 이제 슬슬 강혁이 붙잡고 있는 폐 쪽으로 자리를 옮긴 참이었다.

"강 교수님."

"네."

"혹시……. 복부 대동맥 우회로 해보신 경험이 있으십니까?"

"아, 네. 있죠. 많지는 않지만."

강일구 교수는 마침 잠시 손이 비는 타이밍이었던지라 아예 강혁을 향해 고개를 돌리고 있었다.

"그거 다행이네……. 그럼 기구도 있죠?"

"아……. 네. 저희 과 수술방에는 있습니다."

"그때 같이 들어갔던 펠로우나 레지던트도 혹시 있습니까?"

"아."

강일구 교수는 뭐라 답하는 대신 지금 자신의 보조를 서고 있던 레지던트를 돌아보았다. 레지던트는 불길한 느낌을 온몸으로 느끼면서 둘의 대화를 지켜보았다.

'뭐지, 시발?'

물론 감히 끼어들 생각은 하지 못했다. 그의 스승 강일구 교수는 국내 흉부외과 학회의 전설이었다. 거기다 저기 서 있는 백강혁은 전 세계적으로도 명성이 자자한 외상 외과의였다.

"이 친구가 보조를 해봤어요?"

"네. 잘해요. 양 선생처럼 제가 키우고 있는 제자입니다."

강일구 교수의 말에 레지던트는 웃어야 할지 아니면 울어야 할지 잘 모르겠다는 얼굴이 되었다.

'뭐……. 실력을 인정받은 건 좋은 일이긴 한데…….'

벌써 강일구 교수가 군 펠로우 자리까지 싹 다 준비를 해둔 상황이었다. 이만하면 죽도록 고생만 하다가 한국대학교 병원에 못 남고 나간 선배들보다는 시작이 좋은 셈이었다.

"그래요? 그럼 제가 빌려도 될까요?"

"빌려요? 그럼요. 제 수술만 보는 것보다, 백 교수님 수술을 보면 더 배우는 게 있을 겁니다. 방식이 다를 테니까요."

하지만 이렇게 팔려가는 신세라니. 게다가 백강혁은 악독하기로 소문이 자자한 위인이었다. 암울한 마음에 고개를 돌려 보니 더없이 푸근한 미소를 짓고 있는 재원을 마주할 수 있었다. 입도 벙긋하지 않았지만, 재원이 무슨 말을 하고 있는지 들리는 것 같았다.

'넌 뒈졌습니다.'

더더욱 암울한 심정이 되어가는 가운데, 강혁이 그를 보며 말했다.

"뭐 해? 일로 안 내려오고."

"아……."

"1호. 너는 가서 강 교수님 도와. 여기 끝나면 바로 다시 교체. 오케이?"

"넵, 교수님!"

그에 반해 재원은 더없이 밝은 얼굴이 되어 강일구 교수에게로 달려갔다. 강일구 교수 또한 그의 명성과 실력에 걸맞게 그렇게까지 살가운 집도의는 아니긴 했지만, 그래도 백강혁보다는 훨씬 나았다. 이 사람은 사람이었고, 강혁은 괴물이었으니까.

"자, 당겨. 바짝. 바짝 당겨!"

"네, 네."

"어째, 해봤단 친구가 1호보다 못해? 빨리 안 따라와?"

"네, 네."

역시나 레지던트는 강혁의 보조로 끌려가자마자 호통을 들어야만 했다. 그에 비하면 재원은 거의 고급 승용차를 탄 듯한 쾌적함을 느낄 수 있었다.

'개꿀.'

강혁은 모처럼 휴식 같은 수술 시간을 맞이하고 있는 재원을 뒤로하고 큼지막한 인조 혈관을 꺼내 들었다. 무슨 세탁기 통에 달린 호스가 아닌가 하는 생각이 들 정도로 두꺼운 녀석이었다.

"자, 이거 연결할 거야. 빨라야겠지?"

"네, 네."

"그러니까 보조를 좀 긴장해서 하라고. 해봤으니까 절차는 다 알 거 아냐. 이거 이렇게 잡고 호스 옆으로 연결하고, 다시 묶은 거 풀고."

"어……. 네."

레지던트는 잠시 머릿속을 정리했다. 그도 그냥 아무 생각 없이 한국대학교 병원 흉부외과에 지원한 것은 아니었다. 뭔가 원대한 꿈이 있다는 뜻이었다.

'그래……. 이렇게 손상된 대동맥을 잡고…….'

일단 강일구 교수의 수술에 들어가기 전에도 공부를 제법 했었고, 들어가서도 최선을 다해 배운 후, 나름대로 수술 노트도 만들어 두었을 정도였다.

"여기, 여기! 여기까지가 손상 범위야!"

"아, 네."

싫은 소리는 좀 듣고 있었지만, 어떻게든 강혁의 수술에 보조를 맞출 실력은 있었다. 강혁은 그런 레지던트를 잠시 바라보다가, 잔뜩 미안하다는 표정을 지은 채 재원을 돌아보았다.

"1호, 미안하다. 너도 이거 보긴 봐야 하는데. 지금 이게 익숙하지 않은 사람이랑 할 상황이 아니야."

재원은 아주 황당한 심정이었다. 얼씨구나 하고 도망간 사람한테 미안하다니.

'미안하다는 말 자체를 처음 들어보는 거 같은데.'

'아니……. 아까운 건가? 내가 아까워해야 하는 건가?'

상황이 이렇다보니 재원은 아주 혼란스러운 기분이 들었다. 물론 강혁은 그런 재원의 감정 따위에는 별로 관심이 없었다. 그저 자기 할 말만 쭉 늘어놓을 따름이었다.

"어차피 동영상은 따놓을 테니까, 걱정 안 해도 돼."

과연 따로 볼 시간이 있을까 싶은 동영상을 준비해준다고 하고는 다시 배를 향해 고개를 돌렸다. 그리고 다시 레지던트를 재촉해 댔다.

"자, 여기 잡았지?"

"네."

"이제부터 타임 어택이야. 보여? 이거?"

강혁은 손상한 복부 대동맥 바로 위 측면 부위를 혈관 집게로 집은 채 외쳤다. 췌장 효소로 인해 손상된 부위의 대동맥 벽이 무척 위태로워 보였다.

"네, 네."

고개를 끄덕이는 레지던트의 목소리가 파들파들 떨려왔다.

"긴장해. 떨지는 말고, 딱 적당히."

"어……. 네."

"어차피 넌 나만 따라오면 돼."

"네, 넵."

강혁은 그렇게 말한 후, 곧장 메스로 혈류가 막힌 쪽 혈관 벽을 그어버렸다. 그러자 안에 고여 있던 피가 왈칵 쏟아져나왔다.

"석션!"

강혁은 레지던트의 도움으로 시야를 확보한 후, 곧장 봉합 기구를 집어 들었다. 현미경은커녕 루페도 사용하지 않은 상황이었기 때문에 도리어 속도는 더 빨랐다. 시선에 따라 배율을 조정할 필요가 전혀 없었기 때문이다. 덕분에 강혁은 바로바로 인조 혈관을 지금 갈라놓은 혈관에 이어 붙일 수 있었다. 정말 빠른 속도였는데, 과장 조금만 더 보태면 눈에 잘 보이지도 않을 정도였다.

"컷!"

"네, 네!"

레지던트로서는 아주 낯선 경험이었다. 기껏해야 보조만 하고 있는데 직접 집도하고 있는 사람을 못 따라간다니. 국내 최고라고 하는 강일구 교수를 보조하면서도 겪어본 적 없는 일이었다.

"빨리! 긴장 안 해?"

"아, 아뇨! 지금 진짜……."

"아, 괜히 바꿨나."

"아닙니다!"

하지만 강혁은 무작정 화만 내는 것이 아니라, 기묘하게 재원과 비교를 해대면서 속을 박박 긁었다.

'시발, 내가 지나 보자.'

덕분에 레지던트는 독기를 품은 채 보조에 임하게 되었다. 사람 살리는 수술 보조를 하면서 욕지거리를 내뱉게 되는 것이 정상은 아니었지만, 뭐가 어찌 되었건 강혁은 보조의가 최선을 다해 일해 주고 있으니 목적을 달성한 셈이었다.

"좋아! 그렇게! 할 수 있으면서 왜 안 해!"

"으아."

레지던트는 거의 죽을 거 같은 얼굴이었다.

"됐어. 이제 아래."

강혁은 그렇게 보조의를 채찍질하면서 봉합을 마친 후, 즉각 시선을 아래로 옮겼다. 원래는 아래쪽 인조 혈관을 이어 붙이기 위함이었는데 그보다 먼저 그의 시선을 사로잡은 곳이 있었다.

'터진다, 곧.'

의외로 췌장으로부터 거리는 꽤 되는 부위였다. 하지만 꼭 제일 세게 부딪친 곳이 제일 많이 다치는 건 아닌 것처럼. 이 환자의 복부 대동맥 또한 그러했다.

"이런 망할."

강혁은 욕설을 내뱉으며, 원래는 아래쪽 동맥 측면만 틀어막을 예정이었던 집게를 이용해 복부 대동맥 전체를 막아버렸다.

"어?"

"멍하니 있지 말고 빨리 보조해! 아래 연결하고, 손상 부위 잘라 버릴 거야! 시간 없어! 혈류 막았으니까 이제 고작해야 10분이야!"

"10분……."

"야!"

"아, 네!"

강혁은 호통과 함께 복부 대동맥 하단을 집게로 틀어막았다. 그리곤 핀셋으로 복부 대동맥 하단을 집은 후, 메스를 슥 하고 그었다. 당연하게도 안쪽에 고여 있던 피가 울컥 쏟아져나왔다. 워낙에 손상된 부위가 많았기 때문에 그 양은 상당히 많았다.

'대체 갑자기 왜 이래……. 잘되고 있었는데.'

레지던트로서는 도저히 이해가 가지 않는 상황이었다. 비록 너무 어려운 수술이기는 했지만 일단 체외 순환기를 달지 않았는가. 그 말은 아무리 심각한 출혈이 있다 해도 심장에 무리가 갈 염려는 덜었단 것이고, 시간을 한참 벌었단 뜻인데 굳이 이런 위험을 왜 감수하는 걸까.

'진짜 미친 사람인가.'

대체 왜 그냥 해도 되는 수술을 타임 어택을 만들었는가, 이런 의문이 계속해서 둥둥 떠다녔다.

"미쳤나, 이놈이. 정신 안 차려?"

레지던트는 곧 강혁에게 딴생각을 들켰고, 강일구 교수에게서는 듣기 힘든 쌍욕까지 얻어먹어야만 했다.

"아, 죄송합니다."

"이 새끼가. 나 혼자 후달리는 거 같네?"

"아니……. 네."

레지던트는 그럴 이유는 없지 않냐는 말을 하고 싶었지만 애써 참았다. 지금 그따위 말을 했다가는 정말 죽을 거 같았으니까. 지금 강혁의 얼굴엔 그럴 만한 의지가 충분해 보였다. 강혁의 속도만 보면 거칠기 짝이 없었지만, 실은 굉장히 섬세하게 봉합하고 있었다.

'잘하긴 잘한다…….'

미친놈이라는 생각을 하고 있던 레지던트마저 감탄을 터뜨릴 지경이었다. 그만큼 완벽한, 어쩌면 아름답기까지 한 봉합이 이어지고 있었다. 하지만 그렇다고 해서 레지던트의 의문이 완전히 해소된 것은 아니었다.

"저, 근데 교수님."

그는 인조 혈관이 완전히 이어졌을 때쯤에서야 참고 참았던 입을 열었다. 마침 강혁도 잠시 숨을 돌리던 참이라 화를 내는 대신 물끄러미 레지던트를 바라보았다.

"왜? 일단 저 위에 풀고, 이 밑에 풀어."

"아, 네."

레지던트는 우선 인조 혈관 쪽을 틀어막고 있던 집게들부터 풀었다. 원래 같으면 이게 정말 피가 잘 흐르는지 주의 깊게 살펴보아야만 했지만, 순식간에 붉게 물든 인조 혈관을 보니 그럴 필요는 없겠단 생각이 들었다. 워낙 완벽한 문합술이었으니까.

'이걸 지금 5분 만에 한 거지?'

기껏해야 5분 남짓한 시간에 대동맥을 대체할 인조 혈관이 연결되어버린 것이다.

'이유가……. 있었겠지?'

강혁을 잘 안다고 할 수는 없는 레지던트였지만, 어쩌면 강혁의 행동에는 다 의학적인 이유가 있었을 거란 막연한 확신이 들었다. 그렇다고 해서 궁금했던 것을 그냥 덮기엔 호기심이 해결되지 않았다.

“왜……. 갑자기 이렇게 하신 거예요? 사실 위처럼 딱 측면만 막아서 수술했으면 이렇게까지 서두를 이유는 없지 않았을까요?”

어찌나 서둘렀는지, 강일구 교수와 재원은 아직 폐엽 절제술도 채 못 한 상황이었다. 더 중요도가 떨어지는 수술이 절반쯤 진행되고 있는데, 아래쪽의 큰 수술은 거의 다 끝나버린 상황이었다. 이번엔 분명 강혁이 지나치게 서두른 감이 없지 않았다. 레지던트는 그 이유가 무척 궁금했고, 강혁은 그 의문이 합당하다고 여겼다.

“아. 그게 궁금하구만.”

강혁은 시선을 혈관으로 돌린 채 고개를 끄덕였다. 이제는 혈류가 차단되어버린, 췌장 효소에 의해 손상된 복부 대동맥이 눈에 들어왔다. 대략 15cm 가까이 되는 손상을 입고도 살 수 있다는 생각이 들었으니 수술은 성공적인 셈이었다.

“말로 하는 것보다는 역시 보여주는 게 낫지. 거기 잡아봐.”

“아, 네.”

강혁은 이렇게 말한 후, 이제는 쓸모없어져버린 손상된 혈관을 서걱서걱 잘라버렸다.

‘이렇게 시원하게 복부 대동맥을 자를 수 있다니.’

레지던트로서는 기분이 이상할 지경이었다. 원래 같으면 애지중지하다 못해 털끝 하나라도 다치지 않게 주의를 기울여야 하는 조직이 잘려나가고 있었으니까.

“자, 봐라.”

강혁은 그렇게 잘라낸 혈관 아래쪽 끝을 다른 집게로 물었다. 아까 전까지 인조 혈관으로 향하는 혈류를 차단하고 있던 집게였다.

“물 부어봐.”

"물이요?"

"그래."

"네."

그리곤 장미에게 식염수로 혈관을 채우게 시켰다. 여유가 철철 넘쳐 보였는데, 실제로 여유가 있는 상황이라 그랬다. 묘한 여유 속에서 장미는 식염수를 부었고, 혈관이 통통해지기 시작할 때쯤 강혁이 손을 저었다.

"이제 그만. 자, 이만하면 원래 볼륨보다도 더 적지?"

"네. 조금?"

"네 손으로 위쪽에서 한번 꾹 잡아봐. 심장이 박동하는 것처럼."

"아, 아, 네."

레지던트는 고개를 한번 갸웃거리고는 혈관의 위쪽을 잡았다. 그러자 마치 심장이 박동해서 혈압이 올라가는 것처럼, 잘린 혈관 벽에 압력이 훅 전해졌다. 물론 처음에는 별 이상이 없어 보였다. 그저 좀 더 통통해졌다가 약간 홀쭉해지는 과정의 연속일 뿐이었다.

"어……."

하지만 그걸 10번 정도 반복하고 나자, 뭔가 이상한 점이 보이기 시작했다. 비단 강혁의 눈만이 아니라 다른 이들에게도.

"이거……."

"여기가……."

"계속 짜봐."

강혁은 놀란 눈을 한 채 잠시 손을 멈춘 레지던트를 향해 고개를 끄덕여 보였다. 그러자 혈관 벽 하단에 불쑥 튀어나오기 시작한 부위가 점점 더 커졌고, 급기야 퍽 하는 소리와 함께 터져버렸다. 혈관 안쪽에 있던 생리 식염수가 바닥으로 흘러내렸다. 기껏해야 2, 3

분 내에 일어난 일이었다. 강혁은 발등이 물에 젖은 채 황망한 표정을 짓고 있는 레지던트를 보며 피식 웃었다.

"왜 이랬는지 이제 알겠냐?"

"이, 임펜딩 럽처……. 이걸 어떻게 아신 거예요?"

"보는 것도 있고 듣는 것도 있지. 터지기 전이 되면 그 부위 근처에서 혈관이 돌기 시작해. 그냥 흐르질 못하고 벽을 치거든."

"아……. 그걸 어떻게……."

"주의 깊게 보고 듣고 관찰하는 수밖에 없어. 넌 인마, 흉부외과면 노상 주요 혈관만 볼 텐데 기본적으로 그렇게 해야지."

"어……."

맞는 말이긴 했다. 흉부외과가 심장만 보는 과는 아니었으니까.

'주의 깊게 본다고 이런 게 보이나?'

그건 아닐 거 같다는 생각이 들었다. 하지만 계속 그것만 붙들고 있을 수는 없는 노릇이었다. 이제 슬슬 강혁이 다음 스텝으로 넘어가고 있었기 때문이다.

"정신 놓고 있지 말고. 이거나 좀 뽑아."

"아……. 네."

우선 강혁은 알루미늄 막대를 뽑게 했다. 뽑고보니 약간 표면이 녹아 있었는데, 아무래도 위액에 섞인 췌장 효소의 영향인 듯했다. 그래봐야 남들은 눈치채기도 어려울 정도로 미약한 수준이었다.

'이게 나중에 장기적으로 어떤 문제를 일으킬지……. 알 수 없군…….'

이런 걱정이 드는 건 피할 수 없었다. 물론 지금 신경을 써야 할 건 나중이 아니라 구멍 난 췌장이었다.

"췌장 관이 잘렸어. 음."

"어쩌죠?"

레지던트에게는 아주 생소한 해부학적 구조물이었다. 흉부외과 의사가 언제 췌장이니 십이지장이니 하는 것을 보았겠는가. 앞으로 더 어려운 보조를 하게 될 생각을 하니, 눈앞이 캄캄해지는 듯한 기분이었다.

"어쩌는 건 네가 고민할 게 아니지."

"네?"

"1호! 이제 내려와. 손 바꿔. 네 전문 분야 나왔다."

"아."

강혁의 말에 레지던트는 안도의 한숨을 쉬었고, 재원 또한 아주 다른 종류의 한숨을 쉬었다.

"뭐야, 인마."

"아뇨. 아닙니다. 너무 좋아서요. 제가 활약할 시간이 되다니."

"그럼 내려와. 위에는 어떻게 되어가죠? 강 교수님?"

강혁은 너스레를 떠는 재원을 향해 피식 웃어 보이고는 강일구 교수를 바라보았다. 강일구 교수는 여전히 수술 부위만을 바라보고 있었다. 강혁과는 달리 매사에 진지한 사람다웠다.

"뭐 순조롭습니다. 천천히 꼼꼼하게 하고 있습니다."

"그게 최고죠. 손 바꿔도 될까요?"

"네. 물론이죠. 잠깐 멈추겠습니다."

강혁은 강일구 교수의 허락을 얻자마자 보조의 교대를 시행했다.

"잘 봐. 어떻게 해야 할 거 같냐?"

아까와는 달리 여유가 좀 있는 상황이었다. 강혁의 표정도 그렇고, 환자의 활력 징후도 그렇고. 그럼 재원에게도 좋아야 할 거 같은데, 꼭 그렇지만은 않았다. 강혁은 지금처럼 여유로워지면 부리나케 수술을 진행하는 대신 재원을 가르치는 데 치중했다.

"어……."

제자 된 입장에서는 참 좋은 스승이지만, 어디 사람 마음이 그렇기만 하겠는가. 오히려 싫을 때가 많았다.

"어, 할 거야?"

"아뇨, 아뇨."

"그럼 빨리 말해. 체외 순환기 달았다고 시위하냐? 내일 나갈 거야?"

"아뇨……. 음."

"똑딱똑딱."

"그, 그것 좀 하지 마요!"

재원은 강혁의 입에서 똑딱똑딱이라는 단어가 대략 10번 정도 반복될 즈음 입을 쩍 하고 벌렸다. 무엇인가 떠올렸다는 얼굴이었다.

"뭐. 뭐 하려고."

"그냥……. 머리 날리고, 바로 십이지장에 꽂죠. 어차피 이거 단면 날아가서 살릴 수는 없을 텐데요."

"십이지장에 꽂는다라."

"어, 아니에요?"

재원은 뭔가 좀 불안하다는 표정이 된 채 뒤로 물러섰다. 혹여라도 있을 폭행에 대비해서였는데, 다행히 강혁은 주먹을 휘두르지는 않았다. 대신 좀 아쉬워할 뿐이었다.

"아니, 맞아."

"근데 왜 그래요."

"그냥, 뭐……."

"와……. 때릴 핑계 없으니까 저 표정……."

"뭐 새꺄. 지금이라도 때릴까?"

"아뇨, 아닙니다."

재원은 고개를 털며 다시 환자에게로 바짝 붙었다. 강혁은 그런 재원을 때리는 대신, 머리 부위가 박살 난 췌장을 아주 조심스럽게 집어 들었다.

"십이지장 쪽은 또 괜찮네요. 여기 살짝 째서 연결하면 될 거 같습니다."

강혁이 그렇게 췌장 쪽을 살피는 동안 재원은 십이지장 쪽을 들여다보고는 자신의 소견을 말했다. 강혁이 보기에도 제법 타당한 의견이었던지라, 그저 고개를 끄덕이며 손을 내밀었다.

"뭘……. 아."

재원은 잠시 당황했다가 이내 쥐고 있던 십이지장을 강혁에게 건네주었다. 강혁은 그렇게 받은 십이지장을 왼손으로 쥔 채 곧장 메스를 그어버렸다. 보조도 없이 소장에 칼질이라니, 미친 건가 싶었지만 강혁은 그런 미친 짓이 충분히 가능한 위인이었다.

"됐고. 음."

강혁은 잠시 환자의 췌장과 위 그리고 목 쪽을 돌아보았다.

'시간이……. 꽤 걸리겠지?'

이미 대동맥의 출혈도 잡았고, 폐 쪽은 강일구 교수가 맡아놓은 상황이기는 했다. 체외 순환기까지 돌리고 있으니 시간은 제법 많이 벌어둔 셈이지만 수술 시간은 역시 짧으면 짧을수록 좋은 것이었다.

"1호."

"네?"

"이거 나 혼자 할 테니까, 넌 위로 가서 목 열어. U자 절개로. 아까 내가 기관 절개한 거 그대로 이어서 가."
"목⋯⋯ 이요? 어디⋯⋯. 어디가 타깃인데요?"
"좌우 후두 신경 또는 10번 신경."
옛날 같았으면 재원은 여전히 이게 뭔 소린가 하는 얼굴이었을 터였다. 하지만 재원도 이젠 괄목상대라는 말이 잘 어울리는 사람이 됐다.
"아⋯⋯. 아까 그 성문 폐쇄 확인하시려고요?"
"응."
재원은 잠깐 고민을 하다가 이내 고개를 끄덕였다.
'일단 백 교수님 말이 틀릴 리가 없어.'
게다가 재원 또한 성문 폐쇄, 즉 성대 마비가 그냥 왔을 거란 생각이 들진 않았다. 확인을 해보는 건 충분히 의미가 있었다.
'CT나 MRI 찍어 보는 게 더 마음이 편할 거 같긴 하지만⋯⋯.'
그걸 찍자면 일단 이 수술을 마무리하고 나가야만 했다. 거기서 문제가 보인다면 또다시 수술해야만 할 테고⋯⋯. 그러느니 그냥 이 자리에서 수술을 마무리하는 게 훨씬 나을 듯했다.
"알겠습니다. U자 절개, 맞죠?"
"그래. 아끼지 말고 쭉쭉 그어서 크게 열어."
"네."
"문제 생겨도 내가 책임질 거니까 걱정 말고."
"문제가 안 생기겠죠, 뭐."
재원은 그 말을 남긴 채 환자의 목으로 향했다. 그리곤 국소 마취제를 절개 예정 부위에 쭉쭉 찔러넣었다. 그러자 약이 들어간 부위가 부어올랐다. 재원은 전혀 망설임 없이 원래 계획대로 절개를 집어넣었다.

'많이 늘었네, 정말.'

강혁은 딱 거기까지 확인한 후, 재차 아래로 시선을 옮겼다. 대략 1cm가량의 절개창이 생긴 십이지장에 췌장 관을 연결해주어야 했다.

"봉합 기구."

"네."

"살짝만 잡아줘. 할 수 있지?"

강혁의 말에 장미가 다시 한번 고개를 끄덕였다. 중증외상센터의 수간호사 역할도 하고 있지만, 수술방 보조 간호사 일도 하고 있고, 급할 때는 아예 수술 자체에 손을 보탠 경험도 많았다.

"물론이죠."

"좋아."

강혁은 장미의 보조를 받아 췌장 관을 구멍에 연결하기 시작했다. 뭉글거리는 췌장에 최대한 손상이 가지 않도록 주의를 기울이면서였는데, 그렇다고 해서 속도가 느린 것도 아니었다. 거의 순식간이라고 해도 좋을 만한 시간에 췌장이 십이지장에 연결되었다.

"이건 이대로 됐고. 다음은 위."

하지만 손상은 더 남아 있었다. 알루미늄 막대가 틀어박혔었으니, 당연한 일이었다.

"이렇게 잡을까요?"

"어……. 그래. 그렇게. 딱 좋네. 너 진짜 제대로 한번 배워보자. 센터 일 좀만 더 자리 잡으면."

강혁은 장미가 잡아준 위의 구멍을 틀어막으며 입을 열었다. 아무리 생각해도 장미의 재능이 아까웠기 때문이다. 그리고 그건 장미도 마찬가지였다.

"네. 저야 뭐……. 너무 좋죠. 근데 언제 자리를 잡을 수 있을까요?"

하지만 지금은 때가 아니었다. 주어진 일을 해내는 것만 해도 죽을 것 같은데, 거기서 뭘 더 배우라니.

"자리……. 뭐 1년 전보다는 훨씬 낫잖아."

"그건 그런데……. 아직 멀었잖아요."

"그야 그렇지. 멀었지."

"그럼 언제 배워요."

"글쎄."

"뭐예요."

강혁은 열심히 손을 놀려 봉합을 마무리했다. 위에 났던 구멍이 순식간에 막혀버렸다.

"됐어. 이제 배 닫고 위로 가면 되겠네. 거긴 잘돼 가냐?"

강혁은 그렇게 봉합을 끊임없이 이어 가는 와중에 위를 올려다보았다.

"네. 이제 절개는 끝났고, 플랩 들고 있습니다."

"광경근 밑으로지?"

"당연하죠. 다 들고 나면 SCM(Sternocleidomastoid muscle: 흉쇄 유돌근) 박리해서 들어갈까요?"

"할 수 있으면. 근데 여기 다 끝나가."

"아 췌장이요?"

"아니, 복부 봉합."

"네?"

재원은 설마 거짓말이겠거니 했지만 역시나 환자의 배는 거의 다 닫혀 있었다. 처음 상태를 돌이켜 보면 감히 잘 상상도 안 가는 상황이라 할 수 있었다.

'역시……. 교수님은…….'

솔직히 처음 환자를 봤을 때만 해도 이 사람이 살 수 있을까 하는 생각이 들었더랬다. 그런데 저렇게까지 완벽하게 수술을 마무리 해놓다니. 확실히 괴물이라는 말도 부족해 보였다.

'신의 손…….'

예전에 강혁과 함께 일하던 용병들이 왜 이런 별명으로 불렀는지 알 것 같았다.

"어디 좀 봐."

그 신의 손은 어느새 복부 봉합을 완전히 마치고, 재원에게로 다가왔다. 재원은 이제 막 광경근 플랩을 들어 경부 구조물 중 가장 바깥층 근육들을 드러내놓은 참이었다. 그중에서 지금 중요한 것은 흉쇄 유돌근과 띠 근육 등이었다.

"흠."

"괘……. 괜찮죠?"

재원은 마치 선생님께 과제 검사를 받는 학생처럼 초조한 얼굴로 물었다.

"음. 뭐……."

"어, 어때요?"

"절개잖아. 이것도 못 하면 등신이지."

"와……. 그냥 좀 잘했다고 하시면 어디 덧나요?"

재원은 고개를 저으며 핀셋을 집어 들었다. 동시에 인턴이 쥐고 있던 기구를 좀 더 제대로 잡아주었다. 집도의에게 제일 중요한 것은 언제나 시야였으니까.

"좋아. 우리가 뭐 갑상샘 떼러 들어온 거 아니니까 여기는 그냥 두고.”

강혁은 아까보다 한결 나아진 시야에 만족스럽다는 표정을 지으며 목의 중앙을 톡톡 두드렸다. 세로 모양의 띠 근육이 있는 곳이었는데, 이걸 젖히면 바로 갑상샘이 나왔다.

“그럼 역시 SCM인가요?”

“그렇지. 잡아당겨봐.”

“네.”

“좋아. 그렇게.”

강혁은 살짝 벌어진 틈새를 메스로 툭 하고 까더니, 이내 검지를 넣어서 쭉쭉 밀어나갔다. 틈새를 잘만 치고 들어가면 손가락 박리도 가능하다고 노상 얘기했던 사람인 만큼 솜씨는 대단했다. 그저 검지만으로 기도 옆면을 쑥 하고 뚫고 들어갔다.

“자, 이제 이거 옆으로 당겨.”

강혁은 그렇게 흉쇄 유돌근과 중앙 부위 사이의 틈새를 벌린 후, 기구를 걸어 더욱더 크게 틈을 벌렸다. 그러자 갑상샘의 우측이 먼저 모습을 드러내었다. 주변 근육들과 함께였는데, 일반적인 양상과는 좀 달랐다.

“어째 좀…….”

재원은 그것을 보면서 고개를 갸웃거렸다. 전체적으로 멍이 든 것처럼 보였기 때문이다.

“일단 당기고 있어봐.”

“네.”

강혁은 중얼거리는 재원을 뒤로하고 갑상샘을 중앙 쪽으로 끌어당겼다. 그러자 그사이에 가려져 있던 신경 하나가 모습을 드러내었다. 주변 멍든 조직에 의해 꽉 눌린 모양을 하고 있었다.

"어디 끊긴 곳은 없어 보이지?"

"네."

"다행이네. 그냥 부종이야. 이대로 두어도 죽긴 했을 테지만……. 스테로이드 줘봐."

"네."

강혁은 부은 조직에 스테로이드를 주사해주었다. 곧 부기가 빠질 거고, 그럼 신경 기능도 돌아올 것이다. 이 똑같은 작업을 반대편에도 해주면 되겠다 싶을 때쯤, 옆방에서 비명 비슷한 것이 들려왔다.

"우왁!"

"뭐야?"

자연스럽게 강혁의 고개가 그쪽으로 돌아갔는데, 딱히 질문을 던질 필요는 없었다. 묻기 전에 누군가 뛰어들어왔기 때문이다.

"배, 백 교수님! 1번……, 1번 방이요. 빨리!"

피로 범벅이 된 강행이었다.

"야, 이거 반대편 하고 있어! 내가 했던 거 그대로!"

강혁은 피범벅이 된 강행을 보자마자 환자에게서 손을 떼어냈다. 비록 이쪽도 수술이 완전히 끝난 건 아니었지만, 이제 생명이 왔다 갔다 하는 상황은 넘긴 상태였다.

'피가……. 아래서 튄 게 아니야.'

게다가 강행의 얼굴을 적시고 있는 저 핏방울은 위에서 아래로 쏟아진 모양새를 하고 있었다. 대동맥이거나 딱 그 수준으로 혈압이 높은 무언가가 터졌단 얘기였다. 그런데 여기서 성대 마비를 해결하고 있을 수는 없지 않은가. 강혁은 부리나케 수술방을 빠져나갔다.

"그리고 마무리되면 저리로 와. 강 교수님! 여기 환자 빼는 것 좀 부탁드립니다!"

강일구 교수에게 환자를 부탁하면서였다.

"알겠습니다."

강일구 교수는 흔쾌히 고개를 끄덕였다. 비록 강혁은 듣지도 못한 채 허둥지둥 1번 방 안으로 들어갔지만.

"어이구."

그렇게 들어간 1번 방은 엉망이었다. 일단 바닥이 미끄러워서 하마터면 넘어질 뻔했다. 물을 엎지른 것은 아니었다. 모조리 피였다.

"쥐어짜! 짜! 백강혁 이 새끼는 어디 갔어!"

고개를 돌려 보니, 한유림 교수가 손바닥으로 어딘가를 누르고 있었다. 목 부위였는데, 거의 목을 조르는 수준으로 누르고 있었다. 아마 자신이 얼마나 힘을 주고 있는지 알지도 못하는 듯했다. 눈이 거의 홱 돌아 있었다.

"시발! 내가 왜 여기서 이러고 있어야 해! 기조실장인데!"

엄청 당황스러운 모양이었다. 하긴 항문외과 의사가 중증외상 환자 수술에 들어온 것만 해도 황당할 텐데, 목 부위를 수술하다가 피가 터졌으니 그럴 만도 했다.

"백강혀어어어어어억!"

지금 당장 생각나는 사람이 강혁뿐었는지, 한유림 교수는 계속해서 백강혁만 불러댔다.

'황송하구만.'

강혁은 그런 생각을 하면서 한유림 교수의 뒤로 이동했다.

"이 새끼이이이!"

강혁의 움직임이 워낙 은밀하기도 한 데다가, 한유림 교수는 거의 제정신이 아니었기 때문에 강혁의 접근을 전혀 눈치채지 못했다.

"이 새끼?"

"왐마, 깜짝이야!"

놀란 한유림 교수는 펄쩍 뛰었고, 그 바람에 노출된 혈관에서 다시 피가 막 터져나오려는 찰나 강혁의 손이 그곳을 덮었다. 한유림 교수가 조금 전까지 누르던 것과는 사뭇 다른 모습이었다. 아주 부드럽지만 피는 단 한 방울도 흘러나오지 않고 있었다. 강혁은 환부에 시선을 고정한 채 입을 열었다.

"몰랐는데, 우리 한 실장님 욕 잘하시네. 찰져, 아주."

"요, 욕은 무슨! 언제 왔어?"

"'시발' 할 때쯤?"

"아. 그건……. 그건 그냥 피가 하도 많이 나니까 그랬지! 저거 안 보여?"

한유림 교수는 쉬이 흥분을 가라앉히지 못하고 있었다. 강혁이 보기에도 아주 과한 반응은 아니었다.

'여기도 유리로구만.'

수술대 위에 놓인 유리를 보니 한유림 교수와 강행이 얼마나 고생을 했는지 알 것 같았다.

'아마 배가……. 메인이었겠는데.'

배를 봉합해둔 것만 봐도 알 수 있었다. 유리가 엉망으로 박혀 있었는지, 거의 거미줄처럼 복잡하게 봉합되어 있었다. 그냥 그렇게 닫았다가는 살이 죽을 거라는 것 정도는 알았는지, 어떤 곳은 국소 피판처럼 약간 틀어져 있기도 했다. 혈관 분포를 어느 정도 고려한 모양이었다. 그게 한유림 교수든 강행이든 놀랄 일이었다. 둘 다 이런 종류의 수술을 접한 지 오래된 게 아니었으니까.

'그리고 목에 박힌 사소한 걸 뺐는데 이 사달이 난 거군.'

강혁은 수술대 위에 놓인 유리 조각 중 가장 최근에 나온 것으로 보이는 조각을 보며 혀를 찼다. 그 유리 조각은 끝이 아주 날카로웠고, 길었다. 아마 너무 고된 수술로 이미 지쳐버린 한유림 교수나 강행에게는 그 끝이 어디까지 이어진 것인지 보이지 않았겠지.

"그……. 그래서 이거 어떻게……. 할 수는 있는 거야?"

강혁이 찬찬히 상황을 파악하는 사이, 어느 정도 진정된 한유림 교수가 이렇게 물었다. 강혁은 그의 질문에 답해주는 대신 뒤를 돌아보았다. 땀을 뻘뻘 흘려대고 있는 경원이 있었다.

"야, 수고했다. 너 아니었으면, 환자 죽었어."

"아……. 네. 교수님. 감사합니다."

출혈 부위는 경동맥. 그중에서도 외경동맥과 내경동맥으로 갈라지는 부위 근처였다. 우리 몸의 혈압을 측정하는 기관이 있는 곳이었다. 피 난다고 그쪽을 죽으라고 눌러버렸으니 어떻게 되겠는가. 머리는 혈압이 높다고 판단하고 혈관을 이완시켜버렸을 것이다. 그 때문에 혈압은 점점 더 요동을 쳤고.

"적절한 때 약 잘 들어갔어. 이제 슬슬 줄이고 있지?"

"네. 수축제는 끊었습니다."

"굳."

"한 교수님."

"어? 어."

한유림 교수는 무언가 돌아가는 대화로 미루어볼 때 자신이 잘못했다는 것을 깨달은 후였다. 그래서 의기소침한 얼굴을 하고 있는데, 강혁이 그의 어깨를 두드려주었다.

"괜찮아요. 배 보니까, 고생깨나 하셨겠네."

"어? 어……. 그랬지. 엄청 어려웠어."

"그렇게 고생하고 환자 죽일 뻔한 건 알죠?"

"알지……. 이젠 알겠어."

이제 완전히 정신이 돌아온 한유림 교수는 자기가 죽을 듯 누르고 있던 곳이 어딘지 깨달은 참이었다. 강혁은 주눅 든 그의 어깨를 툭툭 두드리며 말을 이었다.

"보니까, 항문외과 수술도 요새 별로 없던데. 일 놓으셨죠?"

"어? 기조실장 일 하느라 그렇지. 밑에 제자들도 좀 있고. 왜."

"왜긴 뭐가 왜예요. 이제부터 가끔 나한테 와서 배워요."

"배우라고? 아니……. 나 이제 내일모레 환갑이야. 환갑. 이제 와서 무슨 외상 외과를 배워."

"배움에는 끝이 없다는데요. 아, 저기 2호 오네. 일단 이거 수습하고 얘기합시다."

"아니? 더 할 얘기가 없는데?"

"그건 차차 잘 생각해보시고."

강혁은 그렇게 말하면서 손을 휘이휘이 저어댔다. 이제 그만 닥치고 보조나 하라는 뜻이었다.

"자……. 지금 제가 손 대고 있는 곳 있죠?"

"보여."

"손 줘봐요. 거기로 딱 대봅시다."

"아니……. 이걸 내가 해?"

"그럼 봉합을 하실래요?"

"아……. 아니."

봉합이라는 말에 한유림 교수는 순간 천장까지 솟구쳤던 피를 떠올렸다. 절로 몸서리가 쳐지는 순간이었다. 한유림 교수는 어쩔 수 없다는 표정으로 강혁이 대고 있던 곳에 자신의 손가락을 얹어놓았다. 밑에서 부웅부웅 거리는 혈류가 느껴졌다.

"이거……. 이거 힘 더 줘야 하지 않나?"

"아뇨. 딱 그렇게만. 움직이지만 말아요. 봉합할 테니까."

"내, 내 손이랑?"

"아뇨? 미쳤어요?"

강혁은 그렇게 한유림 교수를 침묵하게 한 후, 봉합 기구를 집어 들었다. 원래 같으면 현미경을 써야 하는 미세 봉합 기구였다.

"오. 신규도 좀 늘었네."

강혁은 센스 있게 그 기구를 미리 구비해둔 신규 지민에게 칭찬해준 후, 곧장 봉합에 들어갔다. 딱 한유림 교수의 손가락 끝을 바늘이 스쳐 지나가는 봉합이었다.

"어후."

한유림 교수는 그 서늘한 느낌에 한숨을 내쉬었다. 그리곤 어쩐지 편해 보이는 강행을 돌아보았다. 유리 뽑아서 사고 친 건 넌데, 왜 내가 이 지경이 되었는가 하는 얼굴이었다. 당연하게도 강행은 그의 얼굴을 마주 보지 못하고 고개를 숙였다.

"손가락 1mm 후퇴."

"1mm를 어떻게 후퇴해! 난 눈도 어둡다고."

"그럼 내가 잡아줄 테니까 그냥 가만히나 있어요."

"음. 음? 움직인 거야?"

"네. 풍이 오셨나. 감각도 후지네."

"뭐, 뭐 인마?"

"어허. 가만히. 움직이다가 손 뚫려요."

"이런 젠장……."

한유림 교수는 눈앞에서 번쩍이고 있는 날카로운 바늘 앞에 굴

복해야만 했다. 이 손을 뗐다간 아까처럼 천장으로 피가 튀어오르지 않겠는가. 그 꼴을 다시 볼 수는 없었다.

"거, 천장만 보지 말고. 이거 꿰매는 거나 좀 봐요."

"어?"

"배워야지. 다음에도 혈관 터지면 나 부를 거예요? 나 없을 수도 있는데?"

"아니……. 이런 수술 안 할 거라니까……."

"그거야 알 수 없지."

강혁은 그런 말을 하면서 천천히, 그러나 확실하게 한 땀 한 땀을 늘려나갔다. 그렇게 시간이 좀 더 흐르자, 한유림 교수는 비로소 손을 뗄 수 있었다. 그는 장갑에 가득 찬 땀을 느끼며 고개를 저어댔다.

"휴. 죽는 줄 알았네."

"경원아 이제 슬슬 끝내자. 다 됐어."

"네, 교수님."

"그리고……."

강혁은 벌써 중환자실로 들어간, 아까 헬기에서 수술한 환자를 떠올렸다. 중증외상센터 중환자실에 남은 자리는 이제 단 하나뿐이었다. 그 말은 1번 방이나 2번 방에 있는 환자 중 하나는 다른 중환자실로 가야 한다는 뜻이었다.

'피가 났어도, 여긴 경동맥이고 저쪽은 대동맥.'

중증도에서 비교가 되질 않았다. 게다가 이 환자는 어찌 되었건 현재 권력의 핵심인 한유림 교수의 손을 타기도 했다.

"이 환자는 본관 외과 중환자실로 빼자. 지정의는 한유림."

"그, 그래……. 응? 한유림? 백강혁이 아니고?"

"집도의가 한 교수님 아니에요? 전 도우미였는데."

"너, 너……!"

"어차피 이사회에서도 중증외상 쪽 키우려고 한다면서요. 대국민 홍보용으로. 기조실장이 이럴 때 딱 힘 실어주면 좀 좋아?"

"내……. 내가……."

"아마 곧 연락도 갈걸요? 김인수 알죠? 정형외과. 거기 아버지가 한림원 계시는데 이사회랑 형 동생 하거든. 내가 그쪽에 한유림 교수라고 실력 좋은……."

"이 미친!"

"멀쩡한 사람한테 미쳤다뇨. 기조실장 되더니 안하무인이 되셨어, 아주."

"이……. 그, 그런 얘기가 아니잖아! 왜……, 왜 날 멋대로 중증외상센터로 보내!"

"잘할 수 있으면서 뭘."

강혁은 끊임없이 말을 늘어놓으면서도 손을 놀렸다. 경동맥이 이렇게 찢긴 사람이라면 혹 다른 곳에도 상처가 있을 수 있었기 때문이다.

'기도는 방향 괜찮고, 식도도 괜찮네. 그냥 그대로 근육 뚫고 동맥만 찢었구나.'

흉쇄 유돌근이 있어 망정이지, 그렇지 않았다면 아마 그 뒤로도 쭉 찢어졌을 것이 뻔했다.

"뭐 해요? 저쪽부터 해서 닫아야지."

강혁은 목의 움직임 및 지탱에 아주 지대한 역할을 하고 있는 흉쇄 유돌근을 봉합하면서 한유림 교수를 바라보았다. 한유림 교수는 선뜻 '그러마' 하는 대신 강행을 돌아보았다.

"얘는."

"쟤요? 쟤는 걱정 마요. 어차피 죽도록 고생할 거니까."

"아, 그래? 그럼 뭐……."

한유림 교수는 어쩐지 위안이 된다는 듯한 얼굴로 봉합에 들어갔다. 아무래도 수십 년간 봉합을 해왔기 때문에 기본기에서 강혁이 뭔가 더 건드려야 할 부분은 없었다.

'그리고 건강하잖아. 가르칠 만하지 뭐, 이만하면.'

강혁은 흐뭇해진 얼굴로 슥슥 근육을 닫고는 피부는 그대로 한유림 교수에게 맡겼다. 목의 절개가 꽤 크긴 했지만 그래봐야 목 아닌가. 둘이 한 번에 꿰매기에는 좀 옹색한 면이 있었다.

"흠."

게다가 강혁은 환자의 복부 상태가 퍽 궁금했기 때문에, 봉합 기구를 내려놓고 배 쪽으로 내려갔다.

"2호. 여기 들어가 있던 게 뭐냐?"

그리곤 상처 중 하나를 가리켰다.

"음."

강행은 잠시 고민하다가 어렵사리 수술대 위에 놓인 유리 조각 하나를 골라내었다.

"이겁니다, 교수님."

그나마 한유림 교수가 째고, 강행은 빼내는 일을 맡았기에 가능한 일이었다. 더구나 강행 입장에서는 이런 수술에 강혁도 없이 들어간 건 처음 있는 일이었다. 평소에도 긴장을 많이 하는 편인데, 이번에는 차고 넘치도록 긴장을 한 덕에 수술 과정을 정확히 기억하고 있었다.

"어떻게 들어가 있었지?"

"방향은……. 이렇게요."

"음. 여기서 방향이 그렇게. 그럼 비장 괜찮았어?"

"다행히 캡슐 부근만 찢어져서 봉합했습니다."

"흠. 그럼 여기는 뭐가 들어갔지?"

강혁은 그런 식으로 빠르게 상처 하나하나를 짚어나갔다. 어디에 어떤 유리 조각이 어떤 방향으로 들어갔는지를 묻는 방식으로.

"어……. 아, 맞습니다. 여기서는 장간막 손상이 있었습니다."

"안 뚫렸어?"

"네."

"그래서 장루를 형성 안 했구나."

"아, 네."

질문이 어찌나 날카롭고도 정확한지 강행으로서는 식은땀이 줄줄 흘러내릴 지경이었다.

'옆에서 수술을 본 거야, 뭐야. 어떻게 방향만 보고 어디가 다쳤는지를 알지?'

실력 좋은 거야 처음부터 알고 있기는 했더랬다. 하지만 안 본 수술까지 이렇게 정확하게 짚어낼 줄이야. 강혁이 수술만 잘하는 사람이 아니란 뜻이었다.

'경험에……. 지식에……. 손까지 좋아.'

"자, 나가겠습니다."

그 소리에 고개를 돌려 보니, 어느새 한유림 교수가 봉합을 마무리한 후였다. 경원은 그 속도에 맞춰서 환자를 어느 정도 깨워두었다. 동시에 인턴이 중환자실 침대를 끌고 안으로 들어왔다.

"한유림 교수님 앞으로 가니까, 본관 중환자실로 가자고. 침대 거기서 온 거 맞지?"

"네, 교수님. 본관 외과계 중환자실입니다."

"좋아."

"하아."

한유림 교수는 자기 앞으로 환자가 입원한다는 말에 짙은 한숨을 쉬었다. 하지만 뭐라 말하지는 않았다. 늘 그렇듯 강혁의 억지에는 그럴싸한 논리가 숨어 있었기 때문이다.

'내가 수술을 하긴 했지.'

대체 왜 수술을 하게 되었는지부터가 의문이긴 했지만.

'아니……. 정말로……. 내가 왜……. 여기 있는 거야.'

이런저런 생각을 하며 침대를 끌고 본관 중환자실로 향하고 있으려니, 누군가 그를 불렀다.

"아빠!"

그야말로 눈에 넣어도 아프지 않을 것 같은 딸, 한지영이었다. 교통사고로 심장 수술을 받은 사람이라고는 믿기지 않을 만큼 건강한 모습이었다.

"오? 어이구, 우리 딸. 웬일이야, 병원에는?"

딸아이의 모습에 한유림 교수는 빙구 같은 얼굴이 된 채 목소리를 높였다.

"조금 이따 말해요. 환자 계시잖아요."

그러다 한지영의 말을 듣고서야 다시 환자를 끌고 중환자실 안으로 들어갔다.

"아, 아. 중환자실이지, 참. 그래. 잠깐만 기다려요. 내가 바로 나올게."

조금 전까지 고민하던 것은 까먹은 모양이었다.

"빨리빨리. 우리 딸 기다린다."

“아, 거……. 채신머리없게.”

“채신? 채신이라고 했나? 그거 백 교수가 할 소리는 아닌 거 같은데.”

“내가 언제 이랬다고. 아무튼, 뭐……. 수술은 깔끔하게 잘됐네. 확실히 재능이 있어.”

“누구. 설마 나? 내가 그런 사탕발림에 넘어갈 거 같아?”

한유림 교수는 어림도 없다는 표정을 지으며 대꾸했다. 저기 양재원이나 이강행처럼 생각 짧은 어린놈들이나 당하지. 이제 곧 환갑인 자신이 당할 수는 없는 노릇 아니겠는가. 하지만 강혁은 콧방귀조차 뀌지 않았다.

“이미 교수님 의지를 떠난 문제라니까 그러시네.”

“이, 이…….”

“지영이한테나 가봅시다.”

“그, 그래. 아니, 지영이? 아니, 언제 봤다고 지영이야!”

“이름 지영이 아닌가?”

“그런 문제가 아니잖아, 자네!”

한유림 교수는 설마 하는 눈빛으로 강혁을 바라보았다. 강혁은 그런 한유림 교수를 뚱한 눈으로 마주했다.

‘지영이가 애인을 안 사귀긴 하던데…….’

그가 알기로 한지영의 인기는 상당했다. 일단 그 큰 사고를 당했는데도 극복이 가능한 구김살 없는 성격인 데다가, 매력 넘치는 외모까지 지니고 있었으니 당연한 일이었다.

‘설마 이 새끼가……?’

그 이유가 백강혁이었나 하는 생각이 불현듯 머릿속을 스치고 지나갔다. 백강혁이 성질머리가 더러워서 그렇지 엄청 매력 있는 얼굴 아니었던가. 맨날 몸을 혹사하는 것에 비하면 동안이기도 했다. 나이 모르고 보면 30대 초반으로도 볼 수 있을 정도였다. 게다가 능력은 세계 최고라 인정받는 의사.

'이놈이 사위가……? 안 돼. 안 돼, 그건…….'

딱히 나이 많은 게 마음에 걸리는 건 아니었다. 지영이가 고르고 고른 사람이라면 누구라도 오케이였다. 하지만 백강혁을 사위로? 생각만 해도 벌써 얹히는 것 같았다.

한유림 교수가 혼자 생각에 빠져 있는데, 중환자실 문이 열렸다. 문 앞에 서 있던 한지영이 한유림 교수가 아닌 강혁에게 먼저 다가갔다.

"교수님! 말씀해주신 대로 여기로 왔어요!"

뭔가 의미심장한 말을 하면서였다.

"뭐……. 뭐야 지금."

한유림 교수는 덜덜 떨리는 목소리로 겨우 질문을 던졌다. 왜 강혁이 한지영과 개인적인 약속을 잡는단 말인가.

"어, 잘했네. 그래……. 뭐 상처 따로 볼 필요는 없을 거 같고. 여기 계단으로 올라온 거지?"

"네."

"숨차지는 않았고?"

"네. 아무렇지도 않아요. 저 요새 조깅도 해요."

"조깅……. 그래. 무리하지 않는 선에서 하도록 하고."

한유림 교수가 멍한 상태에 빠진 사이에 강혁과 지영은 제법 친근한 태도로 말을 이어나갔다. 워낙에 잘 웃는 지영인지라 어떻게 보면 진짜 연인 같아 보이기도 했다.

"뭐, 뭐야. 왜……."

그런 둘을 향해 한유림 교수가 더듬더듬 말을 꺼내려는데, 둘이 동시에 한유림 교수를 바라보았다.

"아, 오늘은 좀 드릴 말씀이 있어서."

그리고 강혁이 딱 이 말을 꺼낸 순간 한유림 교수는 벼락이 친 것 같은 충격에 휩싸였다. 둘의 모습이 뭔가 중대 발표라도 할 것 같았기 때문이다.

'이……. 이……. 아……. 안 돼…….'

'우리 결혼하려고요'라는 말이 나올 것 같은 모양새 아니던가.

"어어. 왜 다리가 풀리고 그러셔. 중증외상센터 안 오시려고 수 쓰시나."

자연히 다리가 훅 풀린 채 주저앉으려는데, 강혁이 용케 붙잡았다.

'기, 기운은 좋네.'

손아귀 힘이 어찌나 좋은지 한 손으로 제법 무거운 편에 속하는 한유림 교수를 쑥 하고 들어올렸다.

"한 교수님. 드릴 말씀이 있다니까."

그런 한유림 교수를 향해 강혁이 재차 입을 열었다. 생각 같아서는 귀를 막거나 저 입을 틀어막고 싶었지만 여의치가 않았다. 기운이 훅 빠졌기 때문이다.

"으……."

"왜 이래, 이거. 머리는 멀쩡해 보이는데."

"이……."

"아무튼. 이제 지영이 진료 안 봐도 된다고요."

"어?"

"딸내미 심장 파열 있었잖아요. 그거 이제 괜찮다고. 어제 검사한 거 보니까, 좋더라고. 심 초음파도 그렇고."

"아……."

그제야 한유림 교수는 바로 설 수 있었다.

'하긴 백강혁이 누구 만나고 그럴 사람은 아니긴 하지.'

잘 생각해보니까 한지영도 한지영이겠지만. 백강혁은 거의 중증외상센터에 목숨을 건 인간이었다.

"휴."

한유림 교수는 겨우 안도의 한숨을 내쉴 수 있었다. 그런데 둘이 할 얘기가 이게 끝이 아닌 모양이었다. 백강혁이 뒤로 슬쩍 빠지고 한지영이 앞으로 나서는 것을 보면 알 수 있었다.

"저, 아빠."

"뭐, 뭐야."

"얘기 들었어요."

"뭘 들어. 뭔 소리야."

한유림 교수는 영문을 모르겠다는 얼굴로 한지영을 바라보았다. 뒤에 선 강혁이 껄껄 웃고 있다는 건 눈치채지도 못했다.

"응원할게요."

"뭐, 뭘 응원해."

"일단 이거 받고."

"이게 뭐야. 이거……. 내 속옷이잖아. 이걸 왜 줘?"

"중증외상센터로 보직 변경하셨다면서요. 기조실장이랑 병행하는 조건으로."

"뭐……?"

"아빠가 정말 멋져요."

"아니……."

한유림 교수는 딸의 말에 입을 벌린 채 답하지 못했다.

"나는 환갑이라고!"

"이렇게 정정하면서 뭘. 소리 지르는 거 보니까 앞으로 40년은 거뜬하겠네. 제2의 인생은 외상 외과 하시라고. 어차피 결정됐잖아요."

"하아."

한유림 교수는 한숨과 함께 자신의 핸드폰을 내려다보았다. 차마 다 읽지도 못한 문자가 여럿 있었는데, 그중 하나가 바로 원장이 보낸 것이었다. 미리보기로 보인 첫 문장만 봐도 뒤를 알 것 같아서 아예 눌러보지도 않고 있었다.

- 장한 결심하셨습니다.

이 뒤에 설마하니 다른 내용이 있겠는가. 저 악마 같은 백강혁이 한림원까지 움직여서 일구어낸 결과에 대한 통보겠지.

'아니, 언제 한림원에는 줄이 닿은 거야…….'

한림원이라니. 국내 최고 석학들의 모임이라고 봐도 무방한 집단이었다. 동시에 이곳 한국대학교 병원 이사장들에게 거의 유일하게 압력을 줄 수 있는 집단이기도 했다.

"왜 한숨을 쉬고 그래요. 맛있는 거 먹으면서."

"에이."

"좋으면서."

"좋기는! 그냥 할 수 없으니까 하는 거지."

이제 한유림 교수는 중증외상센터에 발을 반쯤 걸치게 된 현실을 받아들이기로 했다. 어쩔 수 없는 일이지 않은가. 이사회까지 움직인 일인데. 원장이 강하게 반발이라도 하면 모르겠지만, 그럴 일은 절대로 없을 테니 그냥 이렇게 흘러갈 거라고 봐야 했다.

"근데 이게 내 환영 회식이야? 내 방에서 치킨 먹는 게?"

그렇게 생각하고보니, 좀 열이 뻗쳤다. 환영 회식이나 하자고 불러놓고 이게 대체 뭔 짓이란 말인가.

"왜요? 전망 좋잖아요. 한강 보이는 레스토랑이 어딨어."

"레스토랑이 아니잖아……."

"음식 맛있고 분위기 좋으면 됐죠. 맛없어요?"

"맛은……. 맛이야 있지. 닭을 튀겼는데 그럼 맛이 없나."

한유림 교수는 아까보다는 좀 더 흐뭇한 얼굴로 말했다. 물론 어디까지나 아까와 비교해서였다. 절대적으로는 여전히 어두운 표정이었다.

"아, 근데 내 근무표가……. 그럼 있나?"

아직 중증외상센터에서 근무를 어떻게 해야 하는지도 몰랐기 때문이다.

"아, 1호. 가져다드려."

그 말에 강혁은 턱으로 재원을 가리켰다. 재원은 누가 봐도 심하다 싶을 정도로 뭉그적거리면서 몸을 일으켰다.

"제, 제가요?"

아무래도 싫다는 표정을 하면서였다.

"네가 가져다드려야지. 원래 너 스승이었잖아. 이젠 후배지만."

"설마 3호라고 부르실 건 아니죠?"

"에이. 나도 한국 사람이야. 장유유서! 알긴 알지."

"그거……. 그건 다행이네요."

재원은 그나마 낫다는 듯한 얼굴로 고개를 끄덕였다. 그리곤 근무표를 한유림 교수에게 건네주었다. 한유림 교수는 떨리는 얼굴로 그것을 받아들었다. 그리곤 고개를 갸웃거렸다.

"잘못 가져온 거 아닌가?"

"아닌데요?"

"여긴 내 회의 시간이랑 외래, 수술 시간만 쓰여 있는……? 너 설마."

한유림 교수는 쓰여 있는 대로 읽어 내려가다가 뜨악한 얼굴이 되어 강혁을 바라보았다. 강혁은 허허 웃으며 몸을 일으키더니 아까 한지영이 가져다준 옷가지가 든 가방을 들었다.

"이거 괜히 갖고 왔겠어요."

"너……."

"그거 제외하면 중증외상센터에 있는 겁니다."

"나, 나 그러다 죽어. 난 환갑이라고!"

"12시부터 6시까지 취침은 보장할게요."

"방금 되게 '살려는 드릴게'처럼 들렸는데, 알고 있어?"

"그 뜻으로 말씀드린 거예요."

"와……."

한유림 교수는 정말 질렸다는 얼굴로 고개를 저었다. 세상에 환갑이 다 된, 다른 과 같았으면 이미 원로 취급을 받아도 마땅한 사람한테 12시부터 6시까지는 재워준다는 말을 하다니. 이집트 피라미드를 쌓던 노예들도 환갑 가까운 나이에 이런 조건으로 일하진 않았을 거다.

"의사가 놀아서 뭐 해. 사람 살릴 수 있는 의사면 사람 살려야지."

강혁은 그런 말을 하면서 어디론가 전화를 걸었다.

"왔어요? 아, 어디? 아……. 의국? 거기 아니고."

누군지는 몰라도 꽤 친밀한 사람인 듯했다.

"그 우리 맨날 회식하던 데. 네네. 맞아요. 기조실장실. 그래요. 그리로 오시면 됩니다."

강혁의 말에 한유림 교수가 황당하다는 듯 중얼거렸다.

"맨날 회식하던 데? 대체 여기 비밀번호는 어떻게 안 거야."

"지영이 생일이던데."

마침 전화를 끊은 강혁은 대수롭지 않다는 듯한 얼굴로 대꾸했다.

"지영이? 왜 자꾸 성을 빼!"

"'한지영' 하면 뭔가 멀어 보이잖아요. 그래도 내가 살린 환잔데."

"그렇게 말하지 마. 내가 걔 아빠야."

"와……. 완전 가부장적이시네. 그렇게 안 봤는데. 아빠라고, 뭐든지 쥐고 흔들려고."

"그런 게 아니라!"

한유림 교수가 다시 한번 발작 비슷한 것을 하려고 할 때쯤, 문이 열리는 소리가 들려왔다.

"아, 왔나 보다."

"아니, 저 사람도 비밀번호를 알아?"

"중증외상팀은 다 알아요."

"이런 미친."

강혁은 그런 말을 하며 방금 들어온 사람에게로 다가갔다.

"뭘 이렇게 들고 오셨어."

"오랜만이잖아요."

"그래봐야 두 달인가, 그런데."

"그럼 오랜만이죠."

"뭐……. 하긴."

짐을 받아 든 강혁과 함께 어깨를 나란히 하고 안으로 들어선 이는 다름 아닌 최하림 감독이었다. 어딜 갔다 온 건지는 몰라도, 평소 보던 옷이 아니었다. 거의 드레스 같은 옷을 입고 있었다.

"아니……. 최 감독님?"

최하림 감독의 얼굴은 한유림 교수도 당연히 알고 있었다. 그 무렵부터 한유림 교수가 워낙 중증외상팀에서 노닥거렸기 때문이다.

"네, 안녕하세요."

"오늘……. 오늘 뭔 일 있으셨어요?"

"왜 이렇게……."

"뭐예요?"

한유림 교수뿐만 아니라 재원, 강행, 장미, 지민 그리고 경원까지 모조리 다 토끼 눈을 하고 있었다. 최하림이 청바지가 아닌 다른 옷을 입은 게 일단 처음인 데다가, 머리 세팅에 화장까지 하고 있었기 때문이다.

"아, 오늘 사전 시사회가 있었어서요."

"시사……. 아! 다큐멘터리요? 우리?"

그녀의 말에 제일 먼저 소리친 사람은 재원이었다. 아마도 강혁을 제외하면 가장 분량이 많을 것이라 예상되는 인물이었다.

"네. 반응 너무 뜨거웠어요. 다음 주 개봉인데, 상영관이 아주 많지는 않지만……. 그래도 괜찮을 거 같아요."

"오……."

"원래는 다 초대해드렸어야 했는데, 시간이 애매해서. 죄송해요."

"아니에요. 괜찮습니다."

"그래서……."

최하림 감독은 그 말을 하면서 뒤에 메고 있던 가방에서 USB 하나를 꺼냈다. 드레스에 배낭이라니. 과연 최하림 감독다웠다.

"이거요."

"네."

강혁은 그런 그녀를 향해 피식 웃어 보이며 USB를 받아 들었다. 그리곤 미리 준비해둔 노트북에 꽂고는 안에 들어 있던 파일을 실행했다. 어느 틈에 연결한 것인지, 빔프로젝터에 의해 한쪽 벽 전체에 영상이 비치기 시작했다.

「중증외상센터: 골든 아워」

영상의 타이틀이 보였다.

"어……."

한유림 교수는 자신의 방에 이런 게 있는지도 몰랐는지, 퍽 놀란 얼굴이 되었다. 강혁은 그런 한유림 교수의 어깨를 툭툭 두드려주었다.

"환영은 시사회로 대신합시다."

"원래는 이렇게 막 틀면 안 되는데, 중증외상팀은 일종의 주인공들이시니까요."

최하림 감독은 배급사니 계약이니 하는 복잡한 말을 하려다가 대강 얼버무렸다.

"오오, 나온다. 저거 나네."

아니나 다를까, 그저 영상이 시작되자마자 모두 화면에 정신이 팔려버렸다. 심지어는 조금 전까지 중증외상센터에 억지로 끌려왔다고 툴툴거리고 있던 한유림 교수마저 그랬다.

"나도 나와? 어, 저거 나 같은데."

한 0.5초 정도 뒷모습만 나왔음에도 불구하고 알아맞힐 정도로 집중하고 있었다. 최하림 감독으로서는 기쁘기 짝이 없는 일이라 할 수 있었다. 본인이 제작한 영상을 그 장본인들이 이토록 좋아해 주고 있으니 당연한 일이었다.

'백 교수님은……. 아.'

하지만 정작 백강혁은 벽에 기댄 채 아주 진중한 얼굴이 되어 있었다. 적어도 그는 자신이 출연한 영화가 개봉된다는 사실을 중요하게 생각지 않았다. 그에게 중요한 것은 오직 하나. 대한민국의 중증외상센터 시스템의 정상화였다. 이 영화가 과연 그 일에 도움이 될지 안 될지만을 판단하고 있다는 얘기였다.

'역시 저 사람은 좀 달라.'

최하림 감독은 그런 생각이 들긴 했지만, 그렇다고 해서 걱정이 되진 않았다. 지금까지 쌓아올린 내로라하는 필모그래피 중에서도 이 작품이 최고였으니까. 재미 면에서도 그렇겠지만 내용 면에서는 더더욱 그러했다.

"살릴 수 있는 환자가 지천입니다! 돈, 돈, 돈 하면 안 된단 말입니다!"

한동안 강혁의 일거수일투족을 정말이지 스토커 뺨칠 정도로 쫓아다녔던 최하림 감독이었다. 덕분에 수술 장면이나, 환자를 구조하는 장면도 수두룩하게 실려 있었지만, 강혁이 다른 사람에게 성질부리는 장면 또한 빠짐없이 담겨 있었다. 물론 편집은 다소 의도적으로 되어 있었다. 무조건 강혁의 말이 옳아 보인다, 이 말이었다.

"돈, 돈, 돈 하는 게 아니라!"

"맨날 입으로만 생명이 돈보다 중하다고 하지 말고 실천을 좀 하시란 말입니다!"

방금 지나간 이 장면은 강혁이 자꾸 삭감 때리는 심평원 직원을 찾아갔던 때의 일을 담은 것이었다. 최하림 감독이나 백강혁은 그저 '찾아갔었지' 하고 있었지만, 상대방 입장에서는 거의 행패였다. 이렇게 심평원까지 와서 난리를 피우는 의사는 처음이었을 테니까. 하지만 강혁이나 최하림 감독은 별 부끄러움이 없었다. 행패는 심평원이 부리고 있다고 굳게 믿었으니까.

"그게……. 그게 아니라! 돈이 한정되어 있지 않습니까."

"그래요? 그래서 심평원이 흑자를 봅니까? 당신 인센티브 좀 받았던데, 그거 기준이 뭡니까?"

그 말에 심평원 직원은 아무 말도 못 하고 고개를 숙였다. 그들에게 인센티브란 그야말로 삭감에서 나오는 것이었으니까. 곧 이 직원이 받은 인센티브는 강혁이 이끄는 중증외상팀이 본 적자에서 나왔다고 봐도 과언이 아니었다. 영상의 장면 전환은 제법 빨랐다. 몇 달 동안 취재했다고 하기엔 너무 많은 사건들이 카메라에 담겼기 때문이다. 그걸 찍었던 장본인 최하림 감독조차 편집하면서 황당했을 지경이었다.

"헬기. 저거 언제지……. 아. 유지상 사건 때네."

대한민국의 마약왕 유지상. 벽에 기대 있던 강혁조차 참지 못하고 입을 열었을 정도로 커다란 사건이었다. 그 하나의 사건만 해도 만만치 않았는데 뒤이어 연달아 사고가 있어서 더더욱 그렇게 느껴졌다.

"유엔 사무총장……."

"현용수 의원 손자에."

"지하철 사고."

"일본 단체 관광객……."

"우리 진짜 험악했네."

영상을 다 보고 난 장미가 혀를 내둘렀다. 늘 우리 팀이 고생을 좀 하고 있다 싶기는 했지만, 이렇게 다른 사람의 시각을 통해 보니 더더욱 뼈저리게 느낄 수 있었다.

"수고했다, 나야."

재원은 자신의 정수리를 스스로 쓰다듬어주었다.

"저도 좀 해주시죠."

"그래."

그러다 머리를 디민 강행도 쓰다듬어주었다. 그걸 보고 자극받은 장미와 지민도 서로를 쓰다듬어주기 시작했다.

"하아."

한숨은 당연하게도 이제 이 팀에 합류하게 된 한유림 교수의 입에서 터져 나왔다. 아까까지만 해도 짜증이 더 많은 부분을 차지하고 있었다면, 이제는 절망과 두려움이 가득했다. 이걸 대체 어찌 버틴단 말인가.

"좋네. 아주 좋은데?"

강혁은 그저 자신의 감상평만을 입에 올렸다. 그냥 하는 말은 아니었다. 원래 빈말하는 사람도 아니었고, 정말로 만족스럽다는 표정을 짓고 있었다.

"그래요? 다행이네요."

"정말 좋아요. 메시지가 중간중간 숨어 있어서 좋아. 이거 보고 나면……. 박성민 의원이 딱 공론화하기 좋겠어."

강혁은 그 말을 하면서 지난 6개월 동안 강혁의 도움을 받아 박성민 의원이 준비 중인 정책들을 떠올렸다. 그 정책을 국민이 본다면 그 누구도 다큐멘터리에 편승해서 졸속으로 만든 정책이라고는 생각지 못할 것이다.

"아, 얘기 들었습니다. 사실 박성민 의원님 덕에 그나마 이번에 상영관을 좀 확보할 수 있었어요."

"아……. 참, 이거 개봉은 언젭니까?"

"다음 주요. 사실 시사회 반응 보고 별로면 좀 더 가다듬을까도 생각했는데, 그럴 필요는 없을 거 같아서요."

"네, 뭐. 완벽하다고 봅니다."

"과찬이세요."

"근데 그럼 상영관은 몇 개 정도 확보하신 겁니까?"

"100개요. 다큐멘터리 영화로는 뭐 드물게 많죠."

"100개라……. 박성민 의원이 힘 좀 썼겠네."

아닌 게 아니라 박성민은 힘 좀 쓴 정도가 아니었다. 거의 최선을 다해 다큐멘터리 「중증외상센터: 골든 아워」를 밀어주었다.

"박성민 의원님이 직접 손 쓴 곳이 한둘이 아닌가 봐요. 그 조건으로 뭘 좀 걸었던데, 그거 교수님한테는 말씀 안 해주셨죠?"

"나? 조건이 뭔데요?"

강혁은 영문을 모르겠다는 얼굴로 최하림 감독을 바라보았다. 최하림 감독은 '역시'라고 중얼거리며 나지막이 한숨을 쉬었다. 하지만 어차피 언젠가는 해야 할 말이긴 했다. 제일 꺼내기 쉬운 말부터 시작했다.

"우선 이 영화 수익 말인데요."

"제이씨 스튜디오에서 10%만 가져간다면서요. 좀 더 챙기시지. 엄청 힘들었을 텐데."

"힘들긴 했는데, 재밌었어요. 어차피 돈 벌려고 하는 일은 아닌데요, 뭐."

"아무튼, 그거 말고 뭐 변동사항이 있습니까?"

본래 손익 분기점을 넘긴다면 그 수익의 10%만 제이씨로 가고 나머지는 모두 중증외상센터 활성화를 위한 기금 조성에 들어갈 예정이었다. 거기에 뭔가 변화가 생겼다는 말이었기 때문에 강혁의 눈빛이 다소 날카로워졌다. 덕분에 최하림 감독은 침을 한 번 꿀꺽 삼킨 후, 입을 열었다.

"멀티플렉스 측에서 수익 조정을 하기로 했습니다. 다른 영화 상영하는 것에 비해 이 영화는 기대 수익이 좀 떨어진다고 판단을 해서요."

"아……. 적게 봐도 가져가는 돈은 비슷하게 가져가시겠다?"

"네."

"그건……."

강혁은 짜증이 솟구쳤지만, 놀라울 정도의 인내력을 발휘해 그들을 이해해주기로 했다.

'어차피……. 이걸로 돈 벌어봐야 얼마나 벌겠냐…….'

"그거야 뭐……. 할 수 없죠."

"그리고."

"그리고?"

하지만 그게 끝이 아니라는 생각이 들자, 아까보다 좀 더 짜증이 났다. 최하림 감독은 살짝 공기가 무거워지는 것을 느끼며 재빨리 입을 열었다.

"별건 아닌데요."

"그래요? 근데 왜 아까 그 얘기보다 뒤에 꺼내시지?"

강혁이 눈치를 살피는 사람이 아니라서 그렇지, 눈치가 없는 사람은 아니었다. 본인이 원할 때는 언제든지 그 누구보다 날카로워질 수 있는 인간이었다.

"그……."

"빨리빨리."

"영화관 팬 미팅을……."

"응?"

"멀리는 아니고요. 요 병원 앞에 아시죠? 코엑스."

"아니, 팬 미팅? 그게 뭔 소리예요."

강혁의 말에 다들 이쪽을 돌아보았다. 모두 본인이 나오는 영화가 개봉한다는 소식에 들떠 있느라 둘의 대화를 신경도 못 쓰고 있었지만, 팬 미팅이라는 자극적이면서 낯선 단어까지 무시할 수는 없었다.

"백 교수님 팬들 많잖아요. 영화관에서 제일 큰 관 하나 빌려서 무대 인사 겸 한 20분 진행하고 영화를 보게 하자 이거죠."

"아……. 그렇게라도 표를 파시겠다?"

"네."

"하……. 뭔 무대 인사야……."

"근데 이건 가셔야 해요. 박성민 의원님이 벌써 약속을 해서요."

"이런 미친."

"어어. 주먹 푸시고. 제가 아니라 박성민 의원, 박성민 의원."

"지금 어딨지, 그 양반?"

영화 개봉일, 강혁과 중증외상팀원은 영화관에 있었다. 상영관으로 가기 전 이벤트홀로 연결된 복도에 서서 영화관 직원의 안내를 듣고 있었다.

"자, 갑니다."

직원은 마치 전쟁터에 나서는 사람처럼 입술을 굳게 앙 다물고는 문을 열어젖혔다. 강혁은 직원의 뒤를 따라 걸었고, 그 뒤로 팀원들과 최하림 감독이 따랐다.

"어, 어! 교수님이다!"

"백 사마! 다이죠부!"

"백 교수님!"

"백강혁!"

강혁이 모습을 드러내자 이내 어마어마한 함성이 일었다. 아마 직원에게 미리 '놀라면 안 된다, 내 뒤만 쫓아와라' 하는 말을 듣지 못했다면 몸이 얼어붙을 수도 있는 상황이었다.

'사람들이 의사를……. 이렇게 좋아할 수도 있구나.'

인터넷에서 보면 허구한 날 욕만 가득하지 않던가. 그런데 이런 환호라니. 새삼 강혁이라는 존재가 대한민국 의료계에 미치는 영향이 대단하다는 생각이 들었다.

'어쩌면 정말 뭔가 바뀔 수도 있겠어.'

강혁 또한 기분이 무척 좋아져 있었다. 중증외상센터 그 자체보다는 강혁에게 관심이 쏟아지는 것이 민망하긴 했지만, 어차피 지금의 삶을 잘 반추해보면 백강혁이 한국대학교 병원 중증외상센터라고 봐도 무방하지 않은가. 강혁은 허허 웃으며 사방을 둘러보았다.

"와! 웃는다!"

"처음 보는 거 같은데?"

반응이 좋았다.

"일단 관으로 가시죠. 거기서 인사를 하셔야 해요. 진짜 오래전부터 와서 기다리고 있어요."

"네. 음."

강혁은 그렇게 직원의 뒤를 따라 입구에 바짝 붙어섰다. 어쩐지 아까보다는 조금 불안한 마음이었다.

'꼭 이럴 때 일 터지던데…….'

강혁은 직원의 안내를 따라 1번 상영관 안으로 들어섰다. 코엑스의 그 거대한 영화관 중에서도 제일 큰 상영관이었다. 심지어 아이맥스였는데, 왜 이곳에서 다큐멘터리를 상영하고 또 그걸 보러 오는 걸까 하는 의문이 들기는 했다.

하지만 꽉꽉 들어찬 상영관을 보자마자 그런 생각은 싹 사라졌다. 영화관도, 관객들도 아이맥스가 중요한 게 아니란 것을 깨달았기 때문이다.

'진짜 그냥 우리를……. 보러 온 거구나.'

사람들은 강혁과 또 다른 의료진들을 보자마자 거대한 함성을 내질러주었다. 그러자 아까까지만 해도 뒤에서 벌벌 떨고 있던 재원이나 경원, 강행 등도 용기를 얻어 손을 흔들었다. 장미나 지민이야 원래부터 그렇게 떨지도 않았다.

"네네, 제가 한유림입니다!"

오기 전에는 원장 앞에서 주책이네 뭐네 했던 한유림 교수는 정작 자기가 제일 신나서 인사했다. 직원은 환갑 가까운 노교수의 잔망스러움에 피식 미소를 지으며 무대 가운데로 모두를 이끌었다.

"자. 오래 기다리셨죠? 영화 상영에 앞서 주인공분들의 무대 인사가 있겠습니다."

상당히 능숙한 진행이었다. 덕분에 강혁을 비롯한 일행들은 마음 편히 인사를 할 수 있었다.

"중증외상센터에 관심 가져주셔서 감사합니다. 이 영화를 계기로 대한민국의 의료계가 좀 더 변할 수 있기를 바랍니다. 감사합니다."

강혁의 인사는 짤막했다. 메시지 또한 간결했다.

"제 보잘것없는 일상에 관심 가져주셔서 감사합니다. 중간중간 제가 좀 웃기게 나오는 장면도 있는데 실제로는 그렇진 않습니다! 연출은……. 아닌데, 진짜 그때만 그런 거예요. 그리고……."

그에 반해 재원은 횡설수설했다. 솔직히 평범한 사람이 언제 이렇게 많은 사람 앞에 설 수 있겠는가. 말을 제대로 할 수 있으면 그게 더 이상한 일이었다.

"선생님. 이제 감사하다는 인사로 마무리하시죠."

다행히 옆에 있던 직원이 베테랑이었다. 재원은 계속해서 이 얘기 저 얘기, 주로 안 해도 되는 얘기들을 이어나가고 있다가 그제야 정신을 차렸다. 그리곤 강혁에게 조언을 구해 완성한 인사로 길었던 얘기를 마무리했다.

"더 많은 생명으로 보답하겠습니다. 감사합니다."

"네, 좋은 말씀 감사합니다. 다음은……. 네, 백장미 선생님."

세 번째는 중증외상센터의 실질적 이인자라 할 수 있는 백장미였다. 물론 센터의 얼굴이자 리더는 백강혁이기는 했지만, 강혁은 환자 살리는 것 말고는 젬병이지 않은가. 수가나 환자 관리 등은 거의 장미와 재원이 도맡고 있었다. 마이크를 건네받자마자 살짝 울컥했다. 그간의 고생이 물밀듯 밀려왔기 때문이다.

"어……."

하지만 그녀는 절대 눈물 흘리지 않았다. 그저 담담한 얼굴로 모인 사람들의 면면을 바라볼 따름이었다. 그렇게 잠깐의 시간이 흐른 후, 그녀가 입을 재차 열었다.

"안녕하십니까, 중증외상센터 간호사 백장미입니다."

단지 한마디일 뿐인데, 사람들이 입을 다물었다. 중증외상센터 간호사라는 게 어떤 걸 의미하는지 알 것 같았기 때문이다. 장미는 그렇게 침묵이 감돌게 된 상영관에서 계속해서 말을 이었다.

"사실 중증외상센터에서 일하는 것은 대단히 힘든 일입니다. 24시간 응급 대기인 데다가, 실려 오신 환자분의 상태는 매우 좋지 못하죠. 애써 치료한 환자분이 잘못되는 경우도 비일비재합니다. 인력도 여전히 부족합니다. 그나마 한국대학교 병원 중증외상센터는 여러분들의 관심 속에 잘 크고 있지만 다른 병원들은 열악합니다. 3교대가 무의미해지고, 밥도 제때 못 먹습니다. 이러한 상황에서 일을 같이 해보자고 얘기하는 것도 어려운 일입니다."

어찌 들으면 한탄 같아 보이기도 했다. '내가 이렇게 힘들다'라고 하소연하는 것처럼 보이기도 했지만 상영관에 들어찬 사람들은 물론이고, 무대 위에 선 이들조차 입을 다물 수밖에 없었다. 이건 그냥 현실이었기 때문이다. 그리고 이러한 현실에 어떤 힘이 담겨 있기 마련이다.

"하지만 여러분. 그럼에도 저는 중증외상센터를 떠날 생각이 없습니다. 이곳에서는 정말로 저 때문에 살아나는 사람이 있으니까요. 다른 곳에 갔어도 살았을 사람이 아니라, 다른 사람이 봤어도 살았을 사람이 아니라, 정말로 제가 봐서 살아나는 사람들이 있으니까요."

여전히 상영관은 침묵 속에 머물러 있었다. 하지만 사람들의 표정은 조금 달라져 있었다. 장미가 처음 입을 열 때만 해도 어둡기 그지없었던 그들의 얼굴에 잔잔한 미소가 번지고 있었다.

"그래서 간절히 바랍니다. 더 많은 간호사가, 의사가 그리고 또 다른 의료진들이 저처럼 자신의 가치를 느낄 수 있기를요. 더 많은 중증외상센터들이 자리를 잡아서 더 많은 의료진들이 일할 수 있기를요. 감사합니다. 백장미였습니다."

침묵은 장미가 말을 마친 후에도 잠시 더 이어졌다. 그러다 우레와 같은 박수로 끝을 맺었다.

그 다음 순번이었던 한유림 교수는 슬그머니 뒤로 돌았다. 제대로 근무한 지 이제 일주일 정도인 자신이 장미의 멘트 다음 순서라니, 부담스러웠다.

"어, 교수님?"

당황한 강행이 그의 소매를 잡아끌었지만, 한유림 교수가 쪼는 대상은 백강혁뿐이었다.

"뭐, 뭐. 네가 가."

"아……."

"뭐 인마. 네가 백강혁이야?"

"아뇨……."

"그럼 말 들어야지."

"네……."

강행은 거의 울면서 앞으로 갔다. 그리고 당연하게도 인사는 조져버렸다. 장미 뒤에 한다는 부담감에 더해 너무 많은 사람 앞이라 긴장한 탓이었다.

"더 많은 생명으로 보답하겠습니다!"

상영관에서 마지막 인사를 다 같이 전하고 있는데 전화벨이 울렸다. 그것도 그냥 전화벨이 아니라, 도저히 안 받고는 배길 수가 없는 그런 전화벨이었다.

"미쳤나?"

"어떤 놈이 영화관에서 진동 안 하냐?"

당연하게도 객석 여기저기서 웅성거림이 시작되었다. 어마어마한 비매너였기에 그럴 수밖에 없었다.

"네, 백강혁입니다."

하지만 그 벨소리의 장본인이 지금 무대 위에 있는 강혁이라는 것을 깨닫게 되자 모두 입을 다물었다. 저 전화가 그냥 전화가 아니라, 어떤 사람의 생명이 담겨 있는 전화라는 것을 너무도 잘 알고 있기 때문이다.

"교수님! 저 김강률입니다!"

김강률. 이 영화에서도 많이 나오는 인물이었다. 그리고 어지간해서는 직접 전화하는 일이 없는 사람이기도 했다. 강혁은 아까보다도 좀 더 진중해진 얼굴로 입을 열었다.

"무슨 일이지?"

"사고 신고가 들어왔는데, 코엑스입니다! 혹시 지금도 거기 계십니까?"

"응, 영화관. 무슨 사고지?"

강혁은 이미 무대에서 제멋대로 내려오는 중이었다. 직원 하나가 그런 강혁을 제지하려 했으나, 다른 직원이 말렸다.

"아니, 그냥 가시게 둬. 바깥 통제하고!"

무대 인사는 이 정도면 마무리된 셈이었다. 의사가 의사 본연의 업무로 복귀하는데, 방해해서는 절대 안 되는 일이었다. 그런 생각에 직원들은 도리어 강혁이 재빨리 나갈 수 있도록 도왔다.

"네. 딱 코엑스는 아니고요. 그 옆 파르나스 타워 쪽 사고입니다. 건물 외벽 청소 중에 추락했습니다. 하필 밑에 행인이 있어서 총 사고 인원은 셋입니다."

"추락인데, 셋? 이런 망할. 높이가 얼마나 되지?"

이제 강혁은 뛰고 있었다. 다른 의료진들 또한 강혁을 따라 달렸다. 무슨 상황인지 정확히 전달되지는 않았지만, 강혁이 괜히 떨리는 없다는 생각에서였다. 덕분에 통제를 맡은 직원들도 뛰어야 했다.

"비켜주세요! 응급 환자 발생했습니다! 교수님 가셔야 합니다!"

그러자 강혁을 발견하고 우 몰려들던 사람들이 또 우 하고 비켜섰다. 마치 홍해가 갈라지듯이, 또는 구급차 앞에 선 차들이 갈라지듯이.

"소란스러운데, 괜찮습니까?"

"괜찮아. 너는 얼마 걸려? 나는 뛰면……."

강혁은 대강 파르나스 타워까지의 거리를 가늠해보았다.

"한 5분 걸려."

"영화관이 그렇게 가까웠나요?"

"뛰면 돼."

"알겠습니다. 저희는 지금 사고 지점 상공에 있습니다. 곧……. 내립니다."

"착륙이 가능해? 아니면 라펠이야."

"라펠입니다."

"오케이. 알았어. 길은 많이 막혀? 구급차가 나을 수도 있어."

"엄청 막힙니다. 지금이라면 여기 오는 데만 20분은 걸립니다."

"안 되겠네. 알았어. 그럼 바로 고정해줘."

"네."

강혁은 강률의 짤막한 답변을 끝으로 전화를 끊었다. 그리곤 다리에 힘을 줘서 더 빨리 달리기 시작했다.

"죄다 따라와! 추락이고, 환자 셋! 위치는 파르나스 타워 우측! 이따 안 보이면 그놈은 오늘 밥 없다!"

정말이지 나는 듯이 뛴다는 게 저런 거구나 싶은 달리기였다.

"여기! 여깁니다!"

고함에 고개를 돌려 보니 상공에서 뛰어내리다시피 강하한 김강률이 손을 휘젓고 있었다. 그가 말했던 것처럼 차디찬 돌바닥에 누운 부상자 셋이 보였다. 주변으로는 외벽 청소 시 발판으로 쓰일 법한 물건이 나뒹굴고 있었다. 셋 중 한 명의 몸에는 블랙 스티커가 붙어 있었는데, 이미 사망했거나 곧 사망할 거라 판단한 모양이었다.

"이런."

강혁은 아랫입술을 깨물고 그쪽을 향해 달렸다.

"나머지 둘도 위독합니다!"

강률은 소리를 치면서도 급히 정장 차림을 한 여성 환자의 목을 고정하고, 입안에 불빛을 비추고 있었다. 곧장 삽관하려는 모양인데 쉽지는 않아 보였다. 환자의 입에서 연신 피가 튀어나오고 있었기 때문이다. 아마 안이 제대로 보이지도 않을 터였다.

"비켜봐. 일단 저기 저 환자 고정해!"

"아, 네!"

김강률은 강혁이 이미 칼을 빼 든 것을 확인하자마자 옆으로 물러섰다.

"목 당겨! 젠틀하게!"

강혁은 칼을 고쳐 쥐며 외쳤고, 바짝 뒤를 쫓고 있던 장미가 환자의 목을 살짝 당겨주었다.

"환자분! 이름이 뭐예요!"

그사이 재원은 벌써 다른 환자, 즉 인부 차림의 남성 환자에게로 다가간 참이었다.

"끄……. 으으……."

재원의 외침에 환자는 약간의 반응을 보이긴 했지만, 의미 있는 답을 하진 못했다. 재원은 환자의 다리 쪽을 바라보며 다시 한번 외쳤다.

"환자분! 이름!"

떨어질 때 다리로 떨어진 것이 분명해 보였다. 그렇지 않고서는 양쪽 다리가 이렇게 부서질 리가 없었으니까.

'의식을 잃지 않은 게 용하다…….'

보통 사람 같았으면 그냥 통증만으로도 쇼크에 빠졌을 수준이었다. 재원은 또다시 환자를 불렀다. 이러다 의식을 잃게 되면 대번에 활력 징후가 흔들릴 수 있기 때문이다.

"환자분!"

"으……. 기……. 김성철……."

"좋습니다! 여기 어디에요!"

"사, 삼성……."

"지금 계절은?"

"……. 가, 가을……."

마지막 질문에 환자는 '이놈이 미쳤나' 하는 표정을 잠깐 짓긴 했지만, 어찌 되었건 답을 했다. 지금 이 환자의 두뇌 기능엔 큰 이상이 없다고 판단됐다.

"좋아요. 그럼……. 아, 한 교수님. 저 좀 도와주세요."

"허억, 허억. 그, 그래."

"아니, 잠깐만 쉬시고……. 거기 요원님이 지금은 좀 도와주세요."

"허억, 허억."

재원은 환자의 다리 쪽에 온전히 집중했다. 뛰어오느라 숨이 턱까지 차오른 한유림 교수도 정신은 말짱했지만, 몸이 말을 듣지 않아 잠깐 비켜 서 있었다. 그동안 재원은 다른 요원과 신규 지민의 도움을 받아 환자의 다리를 살폈다. 먼저 오른쪽 발로 지면을 디뎠는지, 그쪽은 발목부터 무릎 부근까지 복합 골절이 있었다.

"개방형 골절! 일단 항생제 근육 주사로 주시고! 파상풍도 바로 주세요! 진통! 진통제도 주시고! 이제 의식 확인됐으니까 좀 센 거로 주셔도 됩니다!"

"네! 선생님!"

정강이뼈와 종아리뼈가 밖으로 살갗을 뚫고 튀어나온 부위도 있었다. 이런 경우 감염 예방이 최우선 과제가 되어야만 했다. 재원은 요원이 주사들을 놓는 동안 베타딘을 환자의 상처 부위에 들이부었다.

"거기 딱 잡아요! 맞출 수 있는 부분은 지금 맞추겠습니다!"

그리곤 반대편 다리는 곧장 교정해주었다. 그것만으로도 한결 나은지, 환자의 얼굴이 다소 편안해졌다. 물론 진통제의 효과도 좋았고, 이만하면 거의 완벽한 응급조치인 셈이었다.

"오케이! 연결! 올려!"

그동안 강혁은 벌써 자신이 맡고 있던 환자의 응급조치를 끝내고 들것에 실어 헬기 위로 올려보내고 있었다.

"멍하니 보고 있지 말고! 연결해서 올려! 환자 거기서 죽일래!"

재원은 강혁의 모진 말 하나하나에 상처받는 성격이 아니었다. 환자를 살려야겠다는 일념 하나만큼은 강혁에게 뒤지지 않았다. 재원은 고개를 끄덕이고는 환자를 들것에 옮겼고, 그제야 몸을 다시 움직일 수 있게 된 한유림 교수도 재원을 거들었다.

"이렇게 하면 되지?"

"네, 네. 거기. 거기 연결하시고요."

물론 큰 도움이 되진 못했다. 차라리 수술실에서라면 훨씬 나았을 테지만. 이런 현장에서의 한유림 교수는 초보 그 자체였기 때문이다.

"자, 연결! 올려주세요!"

곧 닥터 헬기로 두 개의 들것이 차례로 끌어 올려졌다.

"자, 이제 우리도!"

강혁이나 다른 요원들도 들것이 올라가자마자 라펠을 몸통에 묶었다. 몇몇 요원들은 지상에 남게 되었는데, 김강률 팀장이 그들을 향해 외쳤다.

"너희는 현장 정리하는 거 돕고! 어떻게든 병원으로! 본부 복귀할 때는 같이 간다!"

"네!"

당연하게도 누구 하나 불만을 터뜨리는 사람은 없었다. 병원으로 환자 이송하는데, 의료진을 떼놓고 갈 수는 없는 노릇 아닌가. 무슨 일이 있어도 환자를 살리는 것이 최우선시되어야만 했다. 현장에서 시신 수습과 기타 수습을 진행하는 사이 헬기는 병원을 향해 출발했다. 워낙 거리가 가까운 데다가, MD 902의 순간 기동력이 좋은 덕에 일행은 곧 병원에 도착할 수 있었다.

"벌써 왔네요!"

재원이 들뜬 얼굴로 외쳤다. 강혁 또한 반갑다는 얼굴로 고개를 끄덕였다. 옥상 위에 나와 있는 일련의 의료진을 가리키면서였다.

"그래도 연락하면 이젠 말 잘 듣네. 한 교수님 덕인가."

그리곤 뒤에 있던 한유림 교수에게로 고개를 돌렸다.

"뭐……. 기조실장이 세긴 세지."

라펠을 묶을 때만 해도 벌벌 떨고 있더니, 이젠 제법 미소까지 지어 보일 정도로 회복되어 있었다.

"자, 이제 곧 착륙합니다!"

그사이 헬기는 이착륙장의 수직 상공에 도달했다. 그리곤 빠르게 착륙하기 시작했다. 헬기가 착륙장에 내려앉자마자 강혁을 비롯한 의료진들이 밖으로 튀어나갔다.

"빨리빨리! 1번 방에는 나랑 2호! 2번 방에는 1호랑 3호! 아니, 한 교수님! 보조는 조폭이 저리로 가고! 신규가 이쪽으로 와!"

강혁은 자기가 맡았던 환자를 들것에서 환자 침대로 옮기면서 이렇게 외쳤다. 한유림 교수는 3호라는 말에 잠시 울컥했지만 이내 고개를 끄덕였다. 눈앞의 환자의 목숨이 걸려 있었다.

"교수님! 환자 이쪽으로!"

"아! 그래!"

강혁은 침대를 끌고 달리며 재원에게 외쳤다.

"1호! 그 환자는 CT까지 찍고 들어가! 아까 보니까 처치가 좋아서 시간은 많이 벌었어!"

"아, 네!"

재원의 대답을 뒤로하고 1층으로 내려가기 시작했다.

"달려, 달려! 우리는 급해!"

강혁은 그렇게 1층에 도착하자마자 수술방을 향해 달렸다. 강행이나 지민 또한 전력을 다했다.

"바로 마취하겠습니다!"

1번 방 마취 담당은 다름 아닌 경원이었다. 다른 핵심 인력은 모두 재원에게 양보했지만, 마취만큼은 그럴 수가 없어서였다. 발판으로 쓰이던 철제 기구에 머리를 부딪친 상황이었다. 두개골 골절은 물론이고 일부 안면부 골절까지 동반하고 있었다.

'생사의 기로뿐 아니라…….'

한창 사회생활을 해야 할 나이에 외모가 망가질 가능성이 큰 상황이었다. 늘 당장 생명뿐 아니라 환자의 장래까지 염두에 두는 수술을 하는 강혁으로서는 최선에 최선을 다해야만 하는 상황이었다.

"소독하고 있어! 바로 손 닦고 온다."

"네!"

그가 그렇게 빠르게 움직이고 있을 때, 상영관에서의 시사회가 끝나고 그에 대한 후기로 인터넷이 뜨겁게 달궈지기 시작했다.

- 너네 다큐 보고 운 적 있냐? 난 있다, 이제.

- 솔직히 팬심으로 갔다가 울면서 나옴.

- 미친……. 올해 본 영화 중에 제일 재밌고, 제일 좋아…….

"아……. 「중증외상센터: 골든 아워」요……. 네, 매진입니다."

"영화관마다 다 매진인데, 상영관 못 늘려요?"

"그게……. 제가 어떻게……."

"아……. 짜증 나네. 알겠습니다."

"네, 죄송합니다. 고객님."

괜히 인터넷 시대라고 불리는 게 아니었다. 커뮤니티의 반응은 곧 다큐멘터리에 대한 관심도로 이어졌다. 백강혁 자체가 하나의 상징처럼 되어버린 것도 한 가지 이유였다. 그냥 그의 유명세에 묻어가려는 다큐멘터리인가 했던 팬들도 이젠 영화에 좀 더 관심을 보이기 시작했다.

“좋아. 메스.”

물론 바깥세상이 어떻게 돌아가고 있든지 강혁은 수술방에 있었다. 여느 때처럼 중증외상 환자를 눈앞에 둔 채 수술복을 입고, 장갑을 끼고.

“여기 있습니다.”

“음.”

강혁은 지민이 건네준 메스를 쥔 채 환자의 머리를 바라보았다. 이미 길었던 머리카락은 전부 잘려나가 있었고, 거기에 더해 얼굴과 머리 전체가 베타딘 액에 소독된 상황이었다.

“당기겠습니다.”

강행은 그중 유독 움푹 들어가버린 부위를 좌우로 당겨주었다. 강혁은 고개를 끄덕이며 당겨진 부위 중앙에 메스를 그었다. 두피는 워낙 혈액 순환이 좋은 곳이라 피가 엄청 많이 흘러나와야 정상이었지만, 이미 강혁이 혈관 수축제가 섞인 국소 마취제를 꼼꼼히 찔러둔 뒤라 시야를 방해하지는 않았다.

“전기칼.”

강혁은 평소와는 달리 전기칼까지 적극적으로 사용해가면서 아주 빠르게 절개를 이어나갔다. 곧 전기칼 끝이 단단한 두개골에 닿았고, 강혁은 그제야 손을 멈추었다. 절개된 틈새로 새하얀 뼈가 보였다.

“당겨.”

“네.”

강행은 방금 만들어진 양측 절개면에 후크를 걸어 절개면을 잔뜩 벌려주었다. 그러자 아까까지만 해도 그냥 평범해 보이기만 했던 두개골이 실은 조각조각 나 있다는 것을 확인할 수 있었다.

"아."

"이 정도면 양호한 거야. 그냥 싹 제거만 해도 될 정도지. 범위가 넓지 않아."

"아……."

"핀셋."

강혁은 짤막한 강의를 마치고 재차 손을 내밀었다. 어느새 메스는 수술대 위에 내려놓은 후였다.

"여기 있습니다."

"좋아."

그렇게 핀셋을 받아 든 강혁은 빠르게 뼛조각을 제거하기 시작했다. 사이사이 환자의 활력 징후를 확인하면서였는데, 얼마 지나지 않아서는 그저 뼛조각 제거하는 데에만 집중하게 되었다. 경원이 알아서 잘 관리하고 있었기 때문이다. 뇌압이 뒤흔들리게 되면 그러기가 쉽지 않은데, 참 대단한 녀석이었다. 경원의 보조를 받은 강혁은 빠르게 뼛조각을 제거하기 시작했다. 그의 수술 실력이야 이미 다방면으로 입증된 바 있지 않던가. 더구나 지금처럼 다른 것에 신경 쓰지 않아도 되는 상황에서는 그 위력이 더더욱 어마어마했다.

'확실히……. 이 사람은 달라.'

절개면을 당겨 뼈를 노출하고 있는 강행은 속으로 감탄을 연발하는 중이었다. 핀셋이 다가오면 어김없이 뼈가 제거되는데, 이것까지는 뭐 그렇게 놀랄 일도 아니긴 했다. 하지만 주변에 있는 뼛조각이나 안쪽의 구조물은 전혀 건드리지 않고, 딱 목표로 한 조각만 제거하는 것은 불가능했다. 거의 마법이라고 불러도 좋을 지경이었다.

강혁은 그런 마법을 부리면서도 전혀 표정 변화를 보이지 않았다.

환자가 아주 천천히, 그러나 확실하게 나빠지고 있었기 때문이다.

'머리도 머리지만…….'

얼굴 쪽 골절이 문제였다. 우측 광대 부근이 완전히 함몰되었는데, 그냥 광대뼈만 무너진 것이 아니라 입의 천장까지 무너져 있었다. 아까 김강률이 삽관에 실패하고, 강혁 또한 삽관 대신 절개를 해버린 이유이기도 했다.

'그쪽 출혈은……. 음…….'

지금도 피가 끊임없이 흘러나오고 있었다. 그것도 상당히 양이 많았는데 멈추기는 어려웠다. 입안에서의 출혈은 그 위치와 구조 때문에 누르는 것이 거의 불가능했기 때문이다.

'안 되겠어. 여기 대강 정리되면 바로 내려가야지.'

강혁은 그렇게 결심한 후, 손을 더 빨리 움직였다. 당연하게도 강행에게는 충격과 공포였다. 방금까지도 빨랐는데, 이젠 거의 보이지도 않을 지경이었다. 그와 동시에 수술대 위에 쌓이는 뼛조각의 수는 점점 더 늘어가고 있었다.

'미친……. 진짜 미쳤다…….'

절로 벌어지기 시작한 강행의 입이 거의 한계점에 도달했을 때쯤 강혁의 손이 멈추었다.

"뇌는……. 음. 이쪽은 좀 다쳤네."

강혁은 바깥쪽 뇌, 즉 환자의 우측 측두엽을 손가락으로 슬쩍 쓸었다. 강행은 분명히 강혁과 같은 시야각을 공유하고 있었으나 제대로 상태를 파악하는 건 어려웠다.

"어……."

"아. 잘 보라고."

강혁은 자신이 남들과는 다른 눈을 가지고 있다는 것을 새삼 깨달았다는 얼굴로 환자의 측두엽을 가리켰다.

"여기 보면 뇌가 원래 색이랑 좀 달라져 있지? 부어 있는 곳도 보이고."

"아……. 네."

"여긴 괴사한 거야. 이건 못 살려."

"아하……."

"그렇다고 뭐……. 지금 자를 필요는 없어 보이긴 해."

뇌는 우리 몸의 장기 중 압도적으로 혈액 순환이 좋은 곳에 속했다. 그럴 수밖에 없지 않겠는가. 아주 잠시라도 영양분이 안 가면 죽는 곳이었다.

"그럼……."

"아마 흡수될 거야. 기능은……. 기능도 크게 문제는 없을 거야. 이 정도면 뭐."

강혁은 지금 파괴된 뇌세포가 저절로 회복될 거란 얘기를 하는 건 아니었다. 우리 뇌란 참으로 신기한 장기여서, 어느 정도의 손상으로 인한 기능 손실은 다른 부위의 변형으로 보전 가능했다.

'이 환자라고 예외가 될 수는 없겠지.'

강혁은 그렇게 굳게 믿겠다고 결심을 한 채 경원을 돌아보았다. 이제 뼛조각이 모두 제거됐고, 그 틈새로 뇌압이 빠져나갔으니 얼마나 상태가 호전되었는지 확인하기 위함이었다.

"지금 좋습니다. 약 서서히 줄이겠습니다."

늘 환자 관리에 최선을 다하는 경원은 딱히 강혁의 질문이 있기도 전에 먼저 강혁이 원했던 말을 해주었다.

"좋아."

덕분에 아주 흡족한 얼굴이 된 강혁은 일단 머리는 그대로 두고 아래로 향했다. 강혁이 그렇게 움직일 거란 걸 어느 정도는 예상하고 있던 강행 또한 마찬가지였다.

"어."

하지만 강혁은 그의 예상보다도 좀 더 아래로 내려갔다. 막상 피 나는 곳은 얼굴인데 강혁은 목 부위에 있었다.

"어……?"

"뭐 인마. 너 저거 어떻게 잡으려고."

"그……."

"얼굴에서는 못 잡아. 아니, 잡을 수는 있는데……."

그러자면 얼굴을 온통 헤집어놓아야 할 것이다.

"아무튼, 메스."

다른 방향으로 출혈을 잡기로 결심한 참이었다.

"여기. 여기를 짼 거야."

강행을 바라보던 강혁은 화를 낼까 말까 하다가 그냥 절개 지점을 알려주었다. 만약 재원이 이러고 있었다면 죽도록 혼냈겠지만, 2호는 1호가 아니었다. 이 녀석은 잡아먹으려면 좀 더 어르고 달래야 했다.

"아, 네."

"어딘지 알겠냐?"

"아……. 경동맥 갈리는 지점? 아!"

"그래. 외경 동맥 분지를 묶을 거야. 그럼, 여기서도 안면부 출혈을 막을 수 있지."

'피가 나는 곳을 막지 못하겠다면 그 혈관의 입구를 틀어막아라.'

외상 외과의 격언 중 하나라고 보면 되었다. 그제야 강혁의 의중을 완전히 파악한 강행이 절개 예상 부위를 좌우로 당겨주었다. 강혁은 그렇게 당겨진 부위에 절개를 넣었다.

"이런 거 따라 할 생각은 하지 마라. 급해서 이렇게 가는 거야. 원래는 나도 잘 안 해."

"아, 네."

딱 이렇게만 절개하고 싶다고 생각하고 있던 강행은 뜨끔한 얼굴로 고개를 끄덕였다. 그사이 강혁의 절개는 좀 더 진행되어서, 이제는 흉쇄 유돌근 전면부가 어느 정도 노출이 되었다.

"여기 걸어서 당겨."

"네."

강행은 그렇게 노출된 흉쇄 유돌근의 전면을 뒤로 젖혔다. 그러자 그 안쪽으로 바로 경동맥이 노출되었는데, 역시나 내경동맥과 외경동맥으로 나뉘는 부위였다.

"자, 위로도 당겨."

그리고 위쪽으로도 조금 당겨지자 외경동맥의 분지가 보이기 시작했다. 강혁은 그것 중 세 번째로 튀어나가는 분지를 검지로 톡톡 두드렸다.

"이게 안면 동맥이지.'

"아, 네."

"지금 출혈의 원흉이기도 하고."

"그럼……."

"묶어야지. 켈리 줘봐."

강혁은 지민이 건네준 켈리로 해당 동맥을 꽉 물었다. 그러자 2호 강행은 마찬가지로 지민이 건네준 실크를 이용하여 동맥을 묶기 시작했다. 강혁이 워낙 시야를 잘 확보해주고 있는 데다가, 방향까지 절묘하게 돌려주었기 때문에 생각보다는 어렵지 않았다. 강혁은 그렇게 매듭이 만들어지자마자 환자의 우측 안면부를 향해 고개를 돌렸다. 확실히 출혈이 뚝 끊기는 듯한 기분이 들었다. 피를 공급하는 메인 혈관이 묶였으니 당연한 일이었다.

'뭐 나중엔 피부 표면에 좀 이상한 감각이 있을 수도 있는데…….'

그냥 그렇게 되고 모양 보전하는 것이 훨씬 나을 터였다. 덕분에 강혁은 아까보다는 한결 편안해진 얼굴로 조금 자리를 옮겼다. 이제야말로 환자의 얼굴을 다룰 준비가 되었기 때문이다.

"뭐 해. 안 올라와?"

"아, 네. 교수님."

강행은 자기 생각보다 너무도 쉽게 잡혀버린 출혈을 멍하니 바라보고 있다가 뒤늦게 강혁을 따랐다.

그 시각, 「중증외상센터: 골든 아워」에 대한 관심은 점점 높아지고 있었다. 실시간 검색어 순위에 오를 정도였는데, 영화관 측에서는 상영관을 늘려야 하는지 고민하게 되었다.

"아……. 박성민 의원님 말 들을걸……."

"메스."

강혁은 환자의 얼굴 쪽으로 올라오자마자 다시 손을 내밀었다.

"당겨. 아니, 거기. 아니……. 거기, 그래."

"눈이 안 보이냐? 내 손가락 끝이 안 보여?"

"그……. 아닙니다."

"그래, 거기 당기라고. 그렇게. 아니, 아니! 세게 당기지 말고! 남의 얼굴이라고 막 하네, 이놈이?"

"아……."

"얼굴이잖아, 얼굴! 주름 잡히면 네가 책임질래?"

"아, 아닙니다. 죄송합니다."

"딱 지금 내가 당기는 정도로만. 가뜩이나 지금 뼈 박살 나서 심란하구만. 잘하자. 응?"

"네, 교수님."

물론 입을 다문다고 해서 혼나는 게 멈추지는 않았다.

"근데 교수님."

그나마 재원에게 강혁이 의학적인 질문은 싫어하지 않는다는 사실을 배운 강행이 입을 열었다.

"왜?"

"골절은 안면부 중앙인데……. 왜 절개는 귀로 들어가세요?"

강혁은 지금 메스를 귀 앞쪽을 향해 가져가고 있었다. 골절이 발생한 곳과는 물리적인 거리만 해도 거의 10cm 가까이 떨어진 곳이었다.

"아……. 성형외과 같이 안 배우지 참."

"네?"

"야. 안면부 중앙에 상처가 있다고 거길 째고 들어가면 어찌 되겠냐. 흉터가 남잖아."

"전에 그 유엔 사무총장은 째고 들어가셨잖아요."

"그 사람은 이미 유리가 박혀 있었고."

"아하."

"아하는 개뿔이. 당기기나 해."

"성형외과 동료한테 배워두길 잘했지."

"시리아에 성형외과도 있었어요?"

"국경없는의사회지. 용병 회사에서 뭐 하러 성형외과를 써."

‘뭐……. 나름 좋은 추억이었지.’

“아, 국경없는의사회…….”

“거기 정말 좋은 단체야. 너도 기회 되면 한번 다녀와.”

“네? 아니, 저는 아직…….”

“아, 지금은 안 되지. 가도 뭐 쓸모도 없을 텐데.”

“와…….”

“일단 여기서 쓸모를 보여봐. 당겨. 박리해서 앞으로 갈 거야.”

“아, 네.”

강혁의 말에 강행은 즉시 표정을 바꾸고 방금 절개한 절단면을 위로 쭉 끌어당겼다.

“놀라고만 있지 말고. 나중엔 다 너도 해야 하는 수술이야.”

“아……. 네. 교수님.”

“좋아. 이제 접근했어. 좀 좁고 캄캄하긴 한데……. 흠.”

쭉 박리를 진행하긴 했는데, 막상 골절 부위에 와 보니 방금 강혁이 말한 대로 너무 좁고 캄캄했다. 마치 터널 같은 모양새라고 해야 할까. 귀 근처의 절개를 통해 얼굴 가운데까지 왔으니 당연한 일이라 할 수 있었다. 다른 의사들 같으면 고민이 좀 더 오래 계속되었겠지만, 강혁은 그러지 않았다. 이미 박리할 때부터 대강 어떻게 해야겠다는 계획이 서 있었기 때문이다.

“이비인후과 내시경 세트 좀. 여기는 내시경 보면서 해야겠어. 렌즈는 30도.”

“아, 네. 바로 준비하겠습니다.”

렌즈가 30도라는 건, 30도만큼 꺾여 있다는 뜻이었다. 그 말은 즉 좀 다른 시야로 수술 부위를 볼 수 있다는 얘기였다. 지금 이 환자처럼 절개 틈새와 정작 수술해야 하는 부위의 시야가 틀어져 있는 경우에 아주 유용하게 쓰였다.

"경원아, 환자 바이털은 어때?"

"아주 좋습니다. 지금은 그냥 마취제만 쓰고 있습니다. 머리 쪽 손상은 아주 크지 않았던 거 같습니다."

"운이 좋았어."

어느새 내시경 세팅이 끝났다.

"좋아. 그럼 다시 시작해 볼까."

강혁은 그렇게 받아든 30도 내시경을 터널처럼 생긴 절개 틈새로 집어넣었다. 그러자 수술방 내에 비치된 모니터 두 대에 그 장면이 고스란히 잡혔다. 배워야 할 입장인 강행이나 지민에게는 아주 잘된 셈이었다. 적어도 이 순간만큼은 집도의인 강혁과 정확히 같은 시야를 공유할 수 있었으니까.

"시클 나이프 줘봐."

"네, 교수님."

강혁은 마치 낫처럼 생긴, 아주 작고 긴 칼을 가지고 광대뼈 위를 덮고 있는 근육에 절개를 넣었다. 원래 갑자기 시야가 바뀌고, 심지어 그 시야가 30도 정도 틀어져 있으면 조작이 무척 어려운 법이거늘. 강혁은 그냥 정면에서 보고 있기라도 한 것처럼 완벽한 절개를 넣었다.

"자, 여기 뼛조각들 보이지? 이거 다 제거할 거야. 잡을 거."

"네, 교수님."

포셉들도 무는 부위가 30도 정도 틀어져 있었다. 어떤 건 아예 90도로 틀어진 것도 있었다. 강혁은 그러한 기구들을 이용해서 슥슥 뼛조각들을 제거해나가기 시작했다. 속도는 늘 그러하듯 무지막지하게 빨랐다.

'옆방은 어찌 되고 있으려나.'

그냥 이렇게 끝이면 좋으련만, 강혁에게는 아직도 의무가 남아 있었다. 그는 단순한 외상 외과 의사가 아니라, 이 센터의 센터장이었기 때문이다.

"2번 방 좀 봐봐. 어떻게 되고 있나."

강혁이 질문을 던졌고, 그 즉시 간호사 하나가 카메라를 들고 옆방으로 달렸다. 말로 설명하는 것보다 그냥 수술 부위 찍어서 보여주는 것이 훨씬 빠르고 정확하다는 것을 그간의 경험을 통해 배운 덕이었다.

"넌 딴 데 보지 말고. 여기 봐야지. 이제 봉합할 거야."

"아, 네. 근데 봉합도 내시경으로 하시나요?"

"그럼 봉합은 째고 하냐? 그럴 거면 뭐 하러 이 고생을 해."

강혁은 고개를 절레절레 흔들며 봉합에 들어갔다. 드르륵. 그때 누군가 수술방 안으로 들어왔다. 2번 방으로 갔던 간호사가 아닌, 최하림 감독이었다. 이제야 시사회 관련 행사가 끝난 모양이었다.

"어? 웬일이에요?"

"아, 교수님. 드릴 말씀이 있어서요. 제가 단독으로 결정하면 안 될 거 같은 제안이 와서……."

"아. 뭔데요?"

"이번 추계 외과 학회에서 이 다큐멘터리를 상영해도 되는지 문의가 왔습니다. 보건복지부 제안이라는데, 내년도 펠로우 지원할 4년 차들 대상으로 한다고 합니다."

"오."

그 말은 곧 노예 4호, 5호 양성을 위한 시간이라는 뜻이었다. 어차피 수술 막바지라 여유가 있던 강혁은 눈을 빛내며 최하림 감독을 향해 고개를 틀었다.

"그게 언제죠? 나도 갈게요."

"직접……. 가시게요? 그런 거 싫어하시잖아요."

최하림 감독은 무대 인사도 무산될 뻔했다는 것을 떠올렸다. 그나마 강혁이 이걸 가는 게 중증외상센터 활성화에 도움이 된다는 말에 동의했기에 망정이지. 그렇지 않았다면 아마 영화관을 박살 내서라도 안 갔을 것이 뻔했다.

"가야지. 우리 노……. 아니, 펠로우 후보생들인데."

"아……. 후보생. 그럼 된다고 연락드릴까요?"

"네, 뭐 그렇게 해주시죠. 저도 간다고 해주세요. 무조건 시간 낼 겁니다."

"환자 생기면 돌아오시는 거죠?"

"도저히 여기 사정이 안 되면. 하지만 어지간하면 거기 있을 거라고 해주세요."

"오……."

다시 한번 수술방 문이 열렸다. 이번엔 정면 쪽이 아니라, 2번 방이랑 통하는 쪽 문이었다. 카메라를 들고 사라졌던 간호사였다.

강혁은 최하림 감독과 얘기를 나누는 사이에도 봉합을 쉬지 않고 있었기 때문에 이제 거의 끝나가고 있었다. 덕분에 별 부담감 없이 간호사가 들고 온 카메라를 들여다볼 수 있었다.

"어때?"

"저기도 지금 거의 다 끝나가긴 합니다."

"그래? 어디 봐봐. 아……. 김인수 교수가 왔구나."

"네. 한 실장님이 불렀다고 합니다."

"권력 생겼다고 막 부리네."

강혁은 고개를 절레절레 흔들면서 사진을 바라보았다. 확실히 재원은 이제 상당한 경지에 올라 있었다.

'이 정도면……. 뭐 거의 아단 컨트랑 비교해도 될 거 같은데.'

수술의 섬세함은 아직 좀 부족할지 몰라도, 무엇이 환자의 생명을 살리는 데 더 우선시 되어야 할 것인지를 알고 있는 듯했다. 이건 말로 가르친다고 되는 게 아니라 직접 겪고 고민해야 해결되는 문제였다. 재원이 그간 강혁과 함께 얼마나 많은 수술에 끌려다녔는지 알 수 있었다.

"그……. 사망한 환자는 어떻게 됐지?"

"아. 현장에서 잘 수습해서 지금은 병원 안치실에 있을 거예요."

그의 말에 대답해준 사람은 최하림 감독이었다. 현장 요원들에게 상황을 전해 들은 모양이었다. 어쩌면 수습될 때까지 그 자리를 지켰을 수도 있고. 강혁은 어쩐지 그녀가 그 자리에 계속 있었을 거란 확신이 들었다. 그가 아는 최하림 감독은 그런 사람이었다. 단지 다큐멘터리 찍는 데에 목매는 것이 아니라, 그 대상이 된 사람의 가치관에 공감해주는.

"그건……. 다행이네. 보호자 연락은?"

"아마……. 이제 왔을 거예요. 소지품 중에 핸드폰이 있어서 연락이 어렵지는 않았습니다."

"그렇군. 음."

강혁은 잠시 고개를 숙여 이름도, 얼굴도 모르는, 하지만 현장에서 잠시 마주쳤던 환자를 위해 묵념했다. 그리곤 봉합을 마무리하고, 숙이고 있던 허리를 폈다. 하도 오랜 시간 동안 한 자세를 고수하고 있다보니 허리가 비명을 지르는 느낌이었다.

"으억."

옆에 있던 강행의 입에서는 아예 신음이 흘러나왔다.

"야, 운동 좀 해."

잔소리를 한 뒤 경원을 바라보았다.

"바로 이동해도 됩니다."

늘 그렇듯 경원은 이미 환자를 이송해도 좋은 상태로 되돌려놓았다.

"좋아. 그럼 중환자실로 가자. 그리고 최 감독님은 그……. 학회 쪽 연락해주세요."

"아, 네."

최하림 감독은 강혁이 환자와 함께 중환자실로 향하는 사이 학회 측에 전화를 걸었다. 공짜로 상영만 하게 되어도 좋겠다고 생각하고 있던 학회 측 학술 이사 박동현 교수는 백강혁이 직접 가겠다는 얘기를 듣고는 손뼉을 치며 기뻐했다. 아마 그가 강혁의 꿍꿍이를 조금이라도 알고 있었다면 이렇게까지 격한 반응을 보이진 않았을 테지만, 이땐 몰랐으니 어쩔 수 없는 일이었다. 그렇게 「중증외상센터: 골든 아워」 다큐멘터리 상영과 강혁의 참가는 일사천리로 결정되어버렸다.

- 진짜 좋네요.
- 아직도 이 영화 안 본 흑우 있으면 가서 보세요. 재미 감동 둘 다 잡은 명작입니다.
- 대박……. 나도 외상 외과 하고 싶다…….

그리고 그 후로도 「중증외상센터: 골든 아워」는 계속해서 입소문을 타고 있었다. 그 위력이 어느 정도인가 하니, 어느새 박스 오피스 역주행을 하고 있을 지경이었다. 딱히 꿈이 의사이거나 현역 의대생 또는 의사들에게만 인기가 좋은 게 아니었다. 언제든 중증외상센터의 환자가 될 수 있다고 생각하게 된 일반인들 사이에서 오히려 더 인기가 좋았다.

"오, 온다. 온다."

강혁은 정말 자신이 예언했던 그대로 학회장 안에 들어서는 중이었다.

"여기가 하이원이구만."

심지어 학회장은 강원도였다. 꼬박 하루가 날아간다는 뜻이었다. 하지만 강혁은 충분히 그럴 만한 가치가 있는 시간이라고 생각했다.

"교, 교수님! 안녕하십니까!"

"오. 반가워요."

지금 눈앞에 있는 레지던트들 모두가 레지던트가 아닌 미래의 일꾼으로 보니 당연한 일이었다.

"오늘은 굉장히 친절하시네요."

그런 강혁의 옆에는 박성민 의원이 있었다. 만면에 억지웃음을 짓고 있는 강혁과는 달리 약간은 서운해하는 얼굴이었다. 무려 3선 의원인 데다 현재 제1야당 원내 대표인 그를 알아보는 이가 하나도 없었기 때문이다. 과연 병원에서만 갇혀 지내는 레지던트들다운 반응이었다.

"친절해야죠. 모집하러 온 건데."

"그래서 제 경호원들도 빌린 건가요?"

박성민 의원은 어느새 문가 쪽에 자리한 자신의 경호원들을 바라보았다. 평소에는 기껏해야 하나 아니면 둘 정도나 대동할까 말까였지만, 오늘은 사설 경호원까지 싹싹 끌어온 마당이었다. 강혁의 요청이 있었으니 그럴 수밖에 없었다. 현재 박성민 의원과 강혁은 거의 운명 공동체이지 않은가.

"그렇죠. 애들 실력 좋죠? 좀 비리비리해 보이는 친구도 있던데."

"교수님 같은 친구만 없으면 버틸 수 있을 겁니다."

"그럼 뭐……."

강혁은 허허 웃으며 좌중을 돌아보았다. 아직은 커피 브레이크 타임이었다. 상영 시간이 되려면 대략 15분 정도 남았다는 뜻이었다. 그럼에도 자리는 거의 다 차 있었다. 아무래도 이게 영화 상영이다보니 자리를 빼앗기고 싶지 않은 모양이었다.

'요새 외과 힘든가 보네.'

그렇게 자리를 채우고 있는 이들 중 몸 좋아 보이는 친구는 거의 없었다. 어찌 보면 당연한 일이라고 할 수 있었다. 외과는 수술 끝나고 먹는 야식이 하나의 트레이드 마크처럼 된 과였으니까.

곧 밖에 서 있던 학회 진행 요원들이 징을 치기 시작했다. 강의 시작 시간이니 강의실로 들어가라는 뜻의 징이었다. 그러자 밖에서 서성이던 이들까지 대부분 그랜드 볼룸, 즉 강혁이 있는 강의장 안으로 우르르 몰려들었다. 대부분 레지던트 아니면 군의관 또는 펠로우들이었다. 교수들은 거의 없다고 봐도 무방할 정도로 적었다.

"자, 그럼 먼저 영화 상영을 하고, 그다음 백강혁 교수님께 짧은 강의를 듣도록 하겠습니다."

좌장을 맡은 교수는 이미 자리는 꽉 찼고, 복도까지 발 디딜 틈 없이 몰려든 인파를 확인한 후 급히 입을 열었다. 아직 강혁에게 그 '짧은 강의' 내용이 뭔지 전해 듣지는 못했지만, 별로 걱정이 들진 않았다. 어차피 오늘 중요한 건 영화 상영이지, 백강혁의 강의가 아니었으니까.

"음. 네. 이제 다들 준비된 거 같으니, 영화 상영 시작하겠습니다."

교수는 사람들이 대강 자리에 앉거나 어딘가에 서게 된 것을 확인하고선 고개를 끄덕였다. 그러자 컴퓨터 앞에 서 있던 진행 요원이 영상을 실행시켰다.

「중증외상센터: 골든 아워」

그와 동시에 앞에 마련된 거대한 화면에 영화가 상영되기 시작했다.

"교수님, 이제 슬슬 끝나 가는데, 준비할까요?"

박성민 의원은 연신 사방을 두리번거리고 있던 강혁의 어깨를 뒤흔들었다. 고개를 돌려 보니, 과연 영화는 피날레를 향해 달려가고 있었다.

"그러죠."

그래서 강혁은 고개를 끄덕였고, 그것을 확인한 박성민 의원 또한 고개를 끄덕였다. 그러자 조금 전까지만 해도 문가 곁에 서 있기만 했던 경호원들이 우르르 움직이기 시작했다. 덜커덕. 철컥. 그리곤 문을 모조리 잠가버렸다. 덕분에 문 가까이에 있던 이들은 좀 이상하단 표정을 짓게 되었다. 하지만 대부분은 아직 영화에 빠져 있거나 아예 잠에 빠져 있었기 때문에 신경도 쓰지 못하고 있었다. 그 사이 그랜드 볼룸 강의장은 바깥과 완전히 차단되어버렸다.

"자. 이제 영화 상영은 끝마치겠습니다. 다음으로는 백강혁 교수님을 강단에 모시겠습니다."

곧 영화는 완전히 끝났고, 좌장을 맡고 있던 교수가 강혁을 불렀다. 강혁은 예의 그 어색한 미소를 한가득 담은 채 위로 뛰어 올라갔다. 중간에 받아든 무선 마이크를 들고서였다.

"아아."

그는 잠시 음향을 확인한 후, 말없이 좌중을 둘러보았다. 영화를 보기 전에도 물론 강혁을 존경 어린 눈빛으로 바라보던 친구들이 많긴 했지만. 이젠 거의 숭배하는 눈이 되어버린 친구들도 많았다. 최하림 감독이 찍은 영화에는 그럴 만한 힘이 있었다.

"잘 봤습니까?"

강혁은 그렇게 잠시 입을 다물고 있다가, 질문을 던졌다. 아주 짤막한 질문이었지만 반응은 폭발적이었다.

"네! 교수님!"

"정말 잘 봤습니다!"

"존경합니다! 교수님!"

아무래도 젊은 의사들이 대부분이다보니 아주 호의적인 반응이었다.

"여러분들, 외과에 왜 지원했습니까?"

강혁은 가만히 그들의 환호를 듣고 있다가 다시 한번 질문을 던졌다. 아까와는 달리 이번 질문은 답을 듣기 위한 것이 아니었다. 그저 주의를 환기하기 위한 하나의 방편일 따름이었다.

"생명을 살리는 최전선에 있고 싶어서가 아닙니까? 그렇지 않고서야 맨날 미달 나는, 남들이 기피하는 과에 와서 사서 고생할 리가 없죠."

일은 힘든데 보상은 적은, 그게 현재 외과가 처한 현실이었다.

"하지만 현실은 어떻습니까. 레지던트 4년간 배운 전문 지식을 마음껏 펼칠 수 있는 곳이 그렇게 많지가 않죠. 대부분의 2차 병원에서 외과는 그저 구색 맞추기에 불과합니다. 때문에 많은 선배들이, 레지던트 때나 펠로우 때는 그렇게 훌륭했던 선배들이 지금은 어디에 있습니까? 미용이나 비만 또는 모발과 같은 곳으로 가 있죠."

미용이나 비만, 모발 등을 다루는 의사들이 잘못되었다는 뜻은 아니었다. 어떤 사람들에겐 미용이나 비만 등이 생명만큼 중요할 수 있고, 그런 이들을 도울 수 있다는 것 또한 숭고한 일이었으니까. 하지만 생명을 살리고 싶다는 마음이 가득한 데도 현실에 등 떠밀려 다른 일을 하게 된다는 건 가슴 아픈 일 아니겠는가.

"자. 선생님들. 생명을 살리고 싶으시다면, 지금 당장 사인하십시오."

강혁은 이들에게 기회를 주기로 했다. 강혁의 제자가 되거나, 지역 거점 병원의 외상 외과 펠로우가 될 수 있는 기회를.

"어?"

"이거 뭐지?"

레지던트들은 어느새 자신들의 책상 위에 놓여 있는 종이 하나를 발견했다. 그러고보니 아까부터 우락부락한 사람들이 사방을 돌아다니며 종이를 나누어주고 있었다.

"외상 외과 지원서입니다. 방금 이 영화를 보고, 또 제 말을 듣고 조금이라도 마음이 움직인 사람은 빨리 써서 내세요."

그 종이는 강혁의 손에도 들려 있었다. 강혁은 종이를 하늘 높이 들어 올린 채 이리저리 흔들었다.

"이, 이게 무슨 일이래……."

"나, 난 나갈게. 일단."

자다 깬 레지던트 중 하나가 다급히 몸을 일으켰다. 그는 정말로 두 시간 동안 꿀잠 자러 들어온 것이지, 외상 외과에 지원하러 온 게 아니었기 때문이다. 해서 바로 나가려는데, 문이 좀 이상했다.

"이거 뭐야."

잠겨 있었다. 물론 그는 바보가 아니었기 때문에 바로 잠금장치를 풀려고 했다. 하지만 경호원이 그런 그의 손을 덥석 잡았다.

"못 나가십니다."

"뭐, 뭔 소리예요! 왜 못 나가요!"

"백강혁 교수님의 명령이 있었습니다."

"명령? 아니, 무슨……."

명령이라니. 여기가 무슨 군대도 아니고. 너무 생소한 단어 아닌가. 황당한 마음에 고개를 돌려 보니, 비단 그만이 경호원에게 붙잡힌 게 아니었다. 모두 손을 덥석 잡힌 채 같은 말만 듣고 있었다.

"백강혁 교수님의 명령입니다."

"뭔……."

뒤를 돌아보니, 단상 위에 선 강혁이 보였다. 강혁은 예의 그 미소를 지은 채 자신 앞에 놓인 작은 탁자를 톡톡 두드렸다.

"우리 선생님들 제 말을 이해하지 못하셨나 본데, 여기 지원서 50장 이상 안 쌓이면 아무도 못 나가신다고."

"저, 저기. 백 교수님?"

강혁의 말에 제일 먼저, 가장 격한 반응을 보인 사람은 역시나 좌장을 맡고 있던 이상학 교수였다. 영화 상영 후에 짤막한 강의가 있을 거라 하더니 갑자기 펠로우 모집을 하고 있지 않은가. 이건 말려야 했다.

"네. 교수님."

"그……. 이런, 이런 얘기는 없으셨지 않습니까?"

"안 하겠다는 얘기도 안 드린 거 같은데."

"그건……."

강혁은 얼어버린 이상학에게서 시선을 떼고 뒤에 걸린 시계를 바라보았다. 시각은 이미 오후 5시 반을 넘어가고 있었다.

"어차피 이 뒤로 강의도 없지 않습니까?"

"아니! 아니, 그런 문제가 아니죠! 그렇다고 레지던트들을 이렇게 가둬두면 안 되죠!"

"가두다니요. 지원서 50장 쓸 때까지만 기다리는 겁니다. 아주 잠시. 금방 쓸걸요?"

"지원서 50장이라니요……. 외상 외과가 어디 무슨 항문외과나 유방외과도 아니고. 무슨 수로 50장을 채웁니까? 작년 전국에서 외상 외과 분과 지원한 의사가 셋이었는데."

그중 둘이 재원과 강행이었다. 즉 딱 한 명만 다른 병원 외상 외과에 지원했다는 뜻이었다. 이토록 인기가 없는 데에는 사실 다 이유가 있었다.

"백 교수님……. 저도 교수님이 얼마나 애를 쓰고 계시는지 잘 알고 있어요. 그렇게 유명해지시면서 개인적으로 뭐 하나 받은 거 없다는 것도 알고……. 하지만 뜻이 좋다고 일이 다 잘 풀리는 건 아니지 않습니까."

사실 대한민국의 중증외상센터 활성화를 꿈꿨던 사람이 강혁만 있는 건 결코 아니었다. 그전에도 있었고, 심지어 강혁보다 훨씬 됨됨이가 훌륭한 사람들이었다. 하지만 그들의 희생에도 불구하고 현실의 벽은 높았다.

"뜻만 좋은 건 아닙니다."

강혁은 그 벽이 얼마나 높든 다 뛰어넘어버리겠다는 얼굴로 박성민 의원을 돌아보았다. 그제야 쭈구리처럼 앉아 있던 박성민 의원이 몸을 일으켰다. 레지던트들이야 누군지 전혀 알아보기 어렵겠지만, 이상학 교수는 좀 달랐다.

“어……? 박성민 의원님?”

“네. 이상학 교수님. 저번에 한번 뵌 적이 있죠.”

“아, 네. 국감 때……. 기억하시네요?”

“인상적인 질의였거든요.”

둘은 국감에서 한 번 본 적이 있었다. 하나는 보건 위원회의 일원으로, 다른 하나는 증인으로.

“자, 그럼 잠시 저도 발언을 좀 할까요.”

“어……. 그러시죠. 네, 뭐.”

해서 박성민 의원은 너무도 손쉽게 마이크를 잡고 수많은 레지던트 그리고 소수의 펠로우와 교수 앞에 설 수 있었다. 늘 달고 다니는 금배지가 조명에 비쳐 몹시 반짝거렸다.

“안녕하십니까. 저는 박성민 의원이라고 합니다. 제1야당 원내대표직을 맡고 있습니다.”

그가 이렇게 자기소개를 하고 나서야 레지던트들 사이에서 웅성거림이 일었다.

“저는 이곳에 계신 백강혁 교수님과 중증외상센터 활성화……. 아니, 정상화를 위해 일하고 있습니다. 그러한 방편 중 하나로 중증외상센터에서 근무하게 될 의료진에 대한 처우 개선이 있을 예정인데, 그중에서도 외상 외과 의사들에 대한 개선 방안에 관해 말씀드리고자 합니다.”

“오.”

3선 의원에 원내대표가 하는 말이었다. 관심이 쏠리는 것은 당연한 일이라 할 수 있었다.

“우선 향후 3년 안에 지자체별로 중증외상센터를 새로이 설립할 예정입니다. 당장 내년부터 현재 권역 응급 의료 센터로 지정된 병원들, 또는 그렇지 않더라도 역량을 갖추었다고 판단되는 병원들을 대상으로 심사를 진행할 예정입니다."

박성민 의원은 그 관심 속에서 너무도 당당한 얼굴로 말을 이어 나가는 중이었다.

"그렇게 되면 앞으로 3년 안에 외상 외과 전문의 수요가 전국적으로 대략 50명 이상이 될 것으로 예상하고 있습니다. 모두 교수직이 될 것입니다."

"또한, 외상 외과 전문의 육성을 위한 기금을 조성하여 월급을 보전해드릴 예정에 있습니다."

"오오."

월급 보전이라는 말에 눈이 튀어나올 것처럼 변해버렸다.

"예전 외과 레지던트들에게 지급되었던 보조금과는 달리, 중증 외상센터에서 근무하고 있다면 그동안에는 무조건 지급되는 방향으로 가닥을 잡고 있습니다."

"오오오."

그런데 그 돈이 어쩌면 평생 나올 수도 있다는 말을 하고 있었다.

"자, 당장 마련된 것만 이렇습니다. 그럼 다시 한번 생각해보시고, 지원서를 작성해주시기 바랍니다."

"참고로 제가 방금 말씀드린 사안은 모두 예정이고 확정된 사안은 아닙니다만 사활을 걸고 현실화시킬 것을 약속드립니다."

그사이 박성민 의원은 모든 말을 마치고, 뒤이어 가장 중요한 말을 덧붙였다. 어찌나 빠른지 마치 보험 약관 뒤에 붙는 주의 사항 같았다. 당연하게도 대다수 청중은 그 말을 제대로 듣지도 못했다. 그저 박성민 의원이 전반부에 말했던 꿈같은 얘기에만 빠져 있었다.

"그……. 괜찮습니까? 이렇게 말해도? 거의 구란데 지금."

그런 레지던트들의 표정을 확인한 강혁은 약간은 걱정스럽다는 기색으로 박성민 의원을 바라보았다. 반면 박성민 의원의 얼굴엔 한 점 부끄러움조차 묻어나지 않고 있었다.

"원래 정치인들 말 바꾸는 거 잘한다고 하지 않습니까? 사회적 통념이 그러면 가끔 이용도 해줘야죠."

"아니……."

"하하. 어차피 지원서 받고 따로 연락할 때는 자세히 안내할 건데요, 뭐. 아, 맞다. 제일 중요한 걸 얘기 안 했네. 교수님 학회 설립한다고 하셨잖아요."

"뭐…… 아직은 멀었죠. 한동안은 학회라기보다는 집담회 형식이 될 겁니다."

"그거라도 공지는 해야죠. 아마 다들 교수님 밑에서 일하고 싶어하지 않겠습니까?"

박성민 의원은 껄껄 웃고는 재차 마이크를 집어 들었다. 한창 지원서를 쓰고 있던 레지던트들이 고개를 들어올렸다.

"깜빡 잊고 말씀을 못 드린 게 있습니다. 여러분들 모두 백강혁 교수님 밑에서 근무를 하고, 배우고 싶으실 텐데요……. 그게 원래는 불가능했습니다."

"하지만, 연새병원, 아선병원, 성무병원 그리고 인하병원 등이 협력 병원으로 나서주었습니다. 각 병원 티오로 잡힌 인원을, 1년간 한국대학교 병원 중증외상센터로 위탁 펠로우로 보낼 예정에 있습니다. 즉 적어도 10명은 백 교수님에게 직접 배울 수 있다는 뜻입니다."

박성민 의원이 여기까지 말하고 다시 마이크를 내려놓으려 하자,

누군가 손을 번쩍 들었다. 박성민 의원이야 처음 보는 얼굴이겠지만. 강혁은 아니었다.

'아까 울던 교수잖아?'

박성민 의원 대신 강혁이 그를 불렀다.

"네. 말씀하시죠."

"감사합니다. 저는 칠성병원 외과 의국에서 간담췌 분과 교수를 맡고 있는 박선태입니다."

"칠성병원?"

칠성병원은 중증외상센터 협력 요청을 했을 때 단호히 거절했던 병원이었다. 아직 역량이 안 된다는 소리를 하면서였는데, 현재 국내 2위를 달리는 병원이 그런 소리를 했다는 건 그냥 싫어서 안 한다는 뜻으로밖에 안 들렸다. 그런데 그쪽 병원에서 교수가 와 있는 데다가 질문까지 하고 있으니 강혁이나 박성민 의원이나 좀 당황스러운 마당이었다.

"네. 저도 저희 병원이 교수님 제안을 거절했다는 건 알고 있습니다. 부끄럽게 생각하고 있습니다."

박선태 교수는 강혁과 박성민이 침묵을 지키고 있는 사이 말을 계속해서 이어갔다.

"실례가 되지 않는다면……. 저 하나만이라도 집담회에서 받아주실 수 있을까요? 중증외상센터 활성화에 조금이나마 보탬이 되고 싶습니다. 제가 스스로 납득할 만한 실력이 생기면 병원에 요구해서 팀도 꾸리겠습니다."

거절할 이유가 없는 제안이었다. 환자를 생각하는 진심이 담겨 있었으니까.

"그러시죠. 환영합니다."

“감사합니다.”

“자, 그럼 지원서 내세요. 50장 안 되면 진짜 못 가. 한국말 모르는 사람 없지?”

5권에서 계속

중증외상센터
골든 아워 IV

초판 1쇄 발행 2020년 8월 18일
초판 3쇄 발행 2021년 3월 19일

지은이 한산이가(이낙준)
펴낸이 김선식

경영총괄 김은영
책임편집 한나래 **디자인** 박수연 **책임마케터** 박태준, 유영은
콘텐츠개발6팀장 이호빈 **콘텐츠개발6팀** 임경섭, 박수연, 한나래, 정다움
마케팅본부장 이주화 **마케팅3팀** 박태준, 유영은
미디어홍보본부장 정명찬 **홍보팀** 안지혜, 김재선, 이소영, 김은지, 박재연
뉴미디어팀 김선욱, 허지호, 염아라, 김혜원, 이수인, 임유나, 배한진, 석찬미
저작권팀 한승빈, 김재원
경영관리본부 허대우, 하미선, 박상민, 권송이, 김민아, 윤이경, 이소희, 이우철, 김재경, 최완규, 이지우, 김혜진

펴낸곳 다산북스 **출판등록** 2005년 12월 23일 제313-2005-00277호
주소 경기도 파주시 회동길 490
전화 02-704-1724
팩스 02-703-2219 **이메일** dasanbooks@dasanbooks.com
홈페이지 www.dasanbooks.com **블로그** blog.naver.com/dasan_books
종이 · 출력 · 제본 ㈜갑우문화사

ISBN 979-11-306-3083-0(04810)
979-11-306-3079-3(세트)

· 이 도서의 국립중앙도서관 출판예정도서목록(CIP)은 서지정보유통지원시스템 홈페이지(http://seoji.nl.go.kr)와 국가자료종합목록 구축시스템(http://kolis-net.nl.go.kr)에서 이용하실 수 있습니다.(CIP제어번호:CIP2020030565)